Sous l’œil du prédateur

*

L’ombre du silence

CARLA CASSIDY

Sous l'œil du prédateur

Traduction française de
CATHERINE VALLEROY

BLACK ROSE

HARLEQUIN

Collection : BLACK ROSE

Titre original :
WETLANDS INVESTIGATION

HARPERCOLLINS FRANCE
83-85, boulevard Vincent-Auriol, 75646 PARIS CEDEX 13
Service Clients — https://www.harlequin.fr/contenu/contactez-nous
ISBN 978-2-2805-1298-5 — ISSN 1950-2753

Édité par HarperCollins France.
Composition et mise en pages Nord Compo.
Imprimé en mars 2025 par CPI Black Print (Barcelone)
en utilisant 100% d'électricité renouvelable.
Dépôt légal : avril 2025.

FSC www.fsc.org MIXTE Papier issu de sources responsables FSC® C159065

Pour limiter l'empreinte environnementale de ses livres, HarperCollins France s'engage à n'utiliser que du papier fabriqué à partir de bois provenant de forêts gérées durablement et de manière responsable.

1

Nick Cain roulait lentement dans la rue principale de Black Bayou, petite ville de Louisiane. C'était la première fois qu'il avait l'occasion de contempler l'endroit où il allait vivre et travailler les trois prochains mois, voire plus.

Sa première impression était celle de bâtiments légèrement décrépits. Toutefois, au loin, le marais, qui cernait presque entièrement la ville, semblait respirer la vie et la couleur. Et c'était dans le marais qu'il allait effectuer la majeure partie de son enquête, croyait-il savoir. À l'idée de pénétrer dans ce marécage, une bouffée de nervosité lui noua le ventre.

Nick était détective privé. Thomas Gravois, le chef de la police, l'avait engagé pour enquêter sur les meurtres de quatre femmes de Black Bayou. Apparemment, un tueur en série était à l'œuvre dans cette petite ville. Mais Nick serait là à titre indépendant, non comme membre du commissariat.

Avant d'aller rencontrer Gravois, il voulait voir la chambre qu'il avait réservée pour son séjour. C'était le chef de la police qui lui avait donné les coordonnées d'Irene Tompkin, une veuve qui louait des chambres pour compléter ses revenus.

Lorsqu'il eut tourné dans Cypress Street, il chercha le numéro de la maison. Il le trouva facilement et s'arrêta dans l'allée.

La demeure de la veuve Tompkin était un grand bâtiment à un étage, peint en beige, avec une frise et des volets marron. Faisant le tour de la maison, un large porche accueillant était meublé de fauteuils en osier et d'une balancelle. Le quartier était joli, avec ses vieilles demeures précédées de pelouses soignées.

Il décida d'aller se présenter avant de sortir ses bagages. Aussi descendit-il de voiture et alla-t-il frapper à la porte. Le soleil de ce début de septembre lui réchauffa le dos tandis qu'il attendait.

Une toute petite femme dotée d'une crinière blanche et de brillants yeux bleus ouvrit la porte. Son visage ridé se fendit d'un sourire amical.

— Vous êtes bien beau, jeune homme, mais je crains de ne rien vous acheter, dit-elle.

— Tant mieux parce que je ne vends rien. Je m'appelle Nick...

— Ah, monsieur Cain, coupa-t-elle avant qu'il ait fini de parler. Je vous attendais.

Lui prenant la main, elle lui fit franchir le seuil.

— Je suis si contente que vous soyez là ! Et c'est un tel honneur que vous logiez chez moi ! La ville a désespérément besoin de votre aide. Laissez-moi vous montrer votre chambre.

Elle l'entraîna vers un grand escalier.

— Comment s'est passé votre voyage ?

— Très bien, répondit-il en dégageant gentiment sa main.

— Bon, bon. J'ai fait des biscuits tout à l'heure. J'ai pensé que vous aimeriez vous restaurer un peu avant d'entamer votre travail de détective.

Au sommet de l'escalier ils parcoururent un petit couloir, puis elle ouvrit une porte et lui fit signe d'entrer.

La chambre, meublée d'un grand lit double et d'une commode, possédait une salle de bains adjacente. Le vert menthe du couvre-lit se mariait bien avec les murs beiges. Une petite table et deux chaises étaient disposées devant une grande fenêtre, et une porte donnait sur un vieil escalier de secours.

— Est-ce que ça vous conviendra ?

Elle se retourna pour le regarder avec une pointe d'appréhension.

Il lui sourit.

— C'est absolument parfait.

C'était, de fait, bien mieux qu'il ne s'y attendait. Son principal souci était l'hygiène, et cet espace respirait la propreté.

— Ah très bien, j'en suis ravie. Eh bien, je vous laisse vous installer, et ensuite nous pourrons bavarder un peu ?

— Naturellement.

Elle sortit de la chambre, et il lui emboîta le pas.

Au pied de l'escalier, elle fila vers une autre partie de la maison, tandis qu'il sortait prendre ses bagages.

En trente minutes, il eut fini de déballer ses affaires. Il descendit l'escalier et s'immobilisa dans le hall.

— Madame Tompkin ? cria-t-il.

Elle apparut et lui adressa un sourire chaleureux.

— Venez, dit-elle, j'ai des biscuits pour vous. Nous allons parler des règles de la maison et de choses comme ça.

La cuisine était vaste et aérée, éclairée par de grandes fenêtres. Une table pour six personnes en occupait le centre.

Irene Tompkin le fit asseoir sur une des chaises.

Au centre de la table trônait ce qui ressemblait à un plat de cookies aux pépites de chocolat.

— Aimeriez-vous une tasse de café ? demanda-t-elle.

— Volontiers.

— C'est tellement rapide maintenant avec ces machines modernes, dit-elle en introduisant une capsule dans la cafetière.

Se haussant sur la pointe des pieds, elle attrapa une petite assiette dans un placard, qu'elle emporta à table.

— Vous avez une très jolie maison, dit Nick.

Elle lui adressa un sourire rayonnant en disposant trois cookies sur l'assiette, qu'elle déposa devant lui.

— Merci. Mon mari et moi, Dieu ait son âme, nous avons été très heureux ici. Il est mort il y a cinq ans, d'un cancer du côlon.

— Toutes mes condoléances, madame Tompkin, dit-il.

— Ça va, maintenant. Je sais qu'il est au ciel, me gardant ma place. Et tant que j'y pense, il n'y a pas de Mme Tompkin, ici. Tout le monde m'appelle Nene.

— Alors ce sera Nene.

— Il faut que nous parlions du fonctionnement de la maison. J'ai un autre pensionnaire, il s'appelle Ralph Summerset. C'est un homme gentil et réservé. Il est retraité de l'armée et travaille à mi-temps à la poste. Crème ou sucre ? demanda-t-elle en posant une tasse de café devant lui.

— Noir, ce sera très bien, répondit-il.

Elle prit place face à lui et lui sourit encore.

Nick supposait qu'elle avait soixante-dix ans bien tassés, peut-être quatre-vingts. Mais elle dégageait l'énergie d'une personne bien plus jeune.

— En tout cas, je sers le petit déjeuner entre 6 heures et 8 heures chaque matin, puis je prépare le dîner pour 17 h 30 chaque soir. Si vous êtes là, vous pouvez manger, mais si vous n'êtes pas là, je ne propose pas de service à la demande.

— Je comprends.

Bien qu'il n'ait pas du tout faim, il mordit dans un des cookies.

— Normalement, je demande à mes hôtes de rentrer au plus tard à 22 heures, mais je vais faire une exception pour vous.

Elle plongea la main dans la poche de sa robe d'intérieur et en sortit une clé.

— Je sais que dans votre métier, les horaires sont insensés, alors prenez ceci, afin de pouvoir aller et venir à votre guise. Veillez juste à bien verrouiller la porte derrière vous quand vous rentrerez.

— Merci, je vous en suis reconnaissant.

Il prit la clé et finit le cookie en prenant une gorgée de café. Il était impatient d'aller au commissariat et de découvrir ce qui l'attendait, mais il savait qu'il était important d'établir de bonnes relations avec les habitants.

Et cela commençait par Nene.

Il prit un second cookie.

— Ils sont vraiment délicieux, dit-il, la faisant une fois de plus sourire jusqu'aux oreilles.

— J'aime faire de la pâtisserie, alors j'espère que vous appréciez les gâteaux et les biscuits, dit-elle.

— En effet, j'aime le sucré, répondit-il. Mais je suis désolé, deux cookies me suffisent pour l'instant.

Il prit encore une gorgée de café.

— J'espère que vous êtes doué pour enquêter, parce que ces meurtres sont horribles, et il faut faire quelque chose pour mettre le monstre du marais de Honey Island derrière les barreaux.

— Le monstre du marais de Honey Island ?

Il la considéra avec curiosité, n'ayant jamais entendu cette expression.

— C'est comme ça que tout le monde appelle le meurtrier.

— Et qui ou qu'est ce monstre du marais de Honey Island ?

Elle se pencha en avant avec les yeux brillants d'une enfant malicieuse.

— La légende raconte que c'est un enfant abandonné élevé par les alligators. Il mesure plus de deux mètres et pèse dans les deux cents kilos. Il a de longs cheveux gris et des yeux dorés, et il dégage une horrible puanteur.

Nick la contempla avec incrédulité.

— Je suis sûr que personne ne croit réellement à cela.

Nene s'adossa à sa chaise et laissa échapper un petit rire.

— Bien sûr que non.

Mais l'amusement quitta très vite son visage.

— Le plus triste, c'est que les habitants de la ville pensent que c'est un habitant du marais, et les habitants du marais que c'est quelqu'un de la ville. Et notre chef de la police semble n'avoir aucune idée de l'identité du coupable.

Elle s'empara d'une des mains de Nick.

— Ce qui compte, c'est que quelqu'un tue ces pauvres filles. La rumeur dit que ces meurtres sont affreusement sauvages. J'espère vraiment que vous pourrez nous aider, monsieur Cain.

Elle relâcha sa main.

— Je vous en prie, appelez-moi Nick, répondit-il, en essayant d'assimiler ce qu'elle venait de lui dire.

Il avait appris au fil des ans à ne négliger aucune information. Même les rumeurs et les commérages avaient leur place dans une enquête criminelle.

Elle lui sourit à nouveau.

— Nick, répéta-t-elle. Quoi qu'il en soit, Nick, je lis beaucoup de romans d'amour, et vous ressemblez à ce bel étranger qui arrive en ville non seulement pour sauver tout le monde mais aussi pour trouver l'amour. Vous avez un amour, Nick ? Y a-t-il quelqu'un qui vous attend chez vous ?

— Non, je suis plus ou moins marié à mon travail.

— Eh bien, c'est dommage, répondit-elle. Mais faites en sorte que je puisse continuer de croire à mes romans.

— Je suis désolé, mais je n'ai rien d'un héros romantique.

Son ex-femme aurait certainement été d'accord avec cette appréciation de lui-même. Trois ans auparavant, Amy avait divorcé car il n'était pas homme à la faire rêver. À l'époque, il avait définitivement rayé l'amour de sa vie.

Seul le travail comptait pour lui, désormais. En parlant de cela, il se leva et prit la clé sur la table.

— Si nous avons terminé, je dois me rendre au commissariat pour me mettre au travail.

— Naturellement, je ne voulais pas vous retenir aussi longtemps.

Se levant, elle le raccompagna à la porte.

— J'espère vous voir au dîner, mais je comprendrai si vous ne pouvez pas. Je sais que vous avez un travail important à faire, alors je ne vous retarde pas plus.

Ils se dirent au revoir, et Nick reprit sa voiture pour se rendre au commissariat. En roulant dans Main Street, il repensa à Nene et à la conversation qu'ils venaient d'avoir.

La propriétaire lui donnait l'impression d'être une gentille vieille dame qui avait trop de temps à elle. Il avait le sentiment que s'il était resté, elle aurait été parfaitement satisfaite de bavarder tout l'après-midi.

À présent que la question du logement était réglée, il pouvait se concentrer sur la raison de sa présence dans cette ville.

Lorsqu'il avait vu l'annonce dans le journal, demandant de l'aide pour résoudre une série de meurtres, il avait été très intrigué.

Des années durant, il avait été inspecteur des homicides dans la police de La Nouvelle-Orléans. Il avait reçu de nombreuses récompenses et félicitations et avait travaillé dur pour mettre autant de criminels que possible hors d'état de nuire.

Mais, deux ans auparavant, il avait éprouvé le besoin de quitter la police et d'ouvrir un cabinet de détective privé. Ce qui ne signifiait nullement qu'il en avait terminé avec les meurtriers.

Lorsqu'il avait contacté Thomas Gravois, celui-ci lui avait parlé de quatre jeunes femmes brutalement assassinées, mais il n'avait rien dit de la dispute entre les habitants de la ville et les gens du marais. En fait, Nene lui en avait dit davantage que lui.

Toutefois, cela n'avait pas d'importance. Gravois l'avait engagé par téléphone après avoir examiné ses références. Nick était maintenant plus qu'impatient d'étudier les dossiers de l'affaire, de voir où en était l'enquête et quel genre de « monstre » il devait affronter.

Il ignorait s'il pourrait résoudre ces meurtres avec un regard neuf, mais il donnerait tout ce qu'il avait pour que ces jeunes femmes assassinées obtiennent justice.

Assise à la réception, Sarah Beauregard tambourinait sur le bureau, sentant l'énergie bouillonner en elle.

Elle travaillait au commissariat depuis douze ans. Durant ce temps, Gravois l'avait essentiellement chargée d'effectuer du travail de bureau et de coller des amendes pour excès de vitesse.

Elle l'avait plusieurs fois supplié de lui permettre de travailler sur des affaires criminelles, mais il avait toujours refusé.

Elle venait d'avoir vingt et un ans quand ses parents avaient été tués dans une collision frontale avec un chauffard.

À l'époque, elle était accablée de chagrin et de douleur. Gravois, un proche ami de son père, l'avait prise sous son aile et engagée comme agent de police. Mais son instinct protecteur avait très vite commencé à peser à Sarah. Il l'empêchait de passer inspcctrice.

Jusque-là... Une fois encore, elle sentit l'excitation fourmiller dans son corps. Elle fixa la porte d'entrée, attendant que son nouveau coéquipier la franchisse.

Mais elle fronça les sourcils en voyant entrer Ryan Staub. Il vint s'appuyer de la hanche à son bureau.

— Alors, la petite dame va enfin pouvoir jouer au vrai flic ?

— D'abord, je ne suis pas une « petite dame », et ensuite, tu es jaloux parce que c'est moi que le chef a désignée pour collaborer avec le nouveau sur les meurtres.

Les yeux bleus de Staub prirent une nuance plus foncée.

— Je n'arrive pas à croire que Gravois te laisse travailler sur cette affaire. Il doit avoir perdu l'esprit.

— Il m'autorise enfin à faire mes preuves, répliqua-t-elle fermement. En outre, tu as déjà travaillé dessus et rien n'en est sorti. Et ôte tes fesses de mon bureau.

Ryan ricana et se redressa.

— Pourquoi ne viens-tu pas boire un verre avec moi vendredi soir ?

Elle contempla le grand homme blond.

— Combien de fois t'ai-je répété que je ne sortirai pas avec toi ? Je te l'ai déjà dit, je te trouve affreusement arrogant. Tu es un dragueur invétéré, et de toute façon, tu n'es pas mon type.

Il rit à nouveau.

— Ah, Sarah, j'adore quand tu me susurres des douceurs.

Il se pencha en sorte de pouvoir la regarder dans les yeux.

— Tu sais ce que je crois ? Je crois que tu craques pour moi en secret et que tu te fais juste désirer.

Sarah ravala un grognement d'irritation.

— Tu n'as rien de mieux à faire que de m'embêter ?

Il se redressa.

— Oui, j'ai des choses à faire, en effet.

— Eh bien, n'hésite pas à y aller, répliqua Sarah sèchement.

Elle poussa un soupir de soulagement en voyant Ryan s'engager dans le couloir pour gagner la salle où les inspecteurs avaient leurs bureaux.

Ryan et elle se connaissaient depuis l'enfance, mais ce n'est que le mois dernier qu'il s'était mis en tête de faire sa conquête. Et en matière de conquêtes, il en avait suffisamment fait dans cette ville.

À trente-trois ans, elle n'avait pas envie de chercher un homme qui lui convienne. Elle avait cru le trouver une fois, et cela avait très mal tourné.

Mais même si elle avait été en quête d'amour, Ryan aurait été le dernier avec qui elle aurait voulu sortir.

À cet instant, la porte s'ouvrit toute grande, et un homme fit son entrée. Elle sut tout de suite que c'était *lui*... l'homme que Gravois avait engagé pour enquêter sur les meurtres.

Elle avait lu son CV et savait que c'était un inspecteur des homicides très respecté au sein de la police de La Nouvelle-Orléans. Il avait de courts cheveux noirs, des traits bien dessinés, de larges épaules et de longues jambes et était sanglé dans une chemise et un pantalon noirs.

Un bel homme à tous points de vue, son nouveau coéquipier…

Il approcha de son bureau et lui décocha un bref sourire. Non seulement il avait des yeux gris couleur de l'aube mais ses longs cils étaient incroyablement épais.

— Bonjour, je m'appelle Nick Cain, je suis venu voir M. Gravois.

— Oui, je vais lui dire que vous êtes arrivé.

Elle se leva et s'engagea dans le couloir menant au bureau du chef.

Peu importait que Nick Cain soit bel homme. Ce qui intéressait Sarah, c'était d'étudier ces affaires de meurtres et d'apprendre quelque chose de cet inspecteur largement plus expérimenté qu'elle, devenu détective privé.

Elle frappa à la porte et attendit la réponse. Puis elle ouvrit et passa la tête à l'intérieur.

— Il est là.

Gravois était grand et bien bâti, avec des cheveux poivre et sel et des yeux bleus perçants.

— Demande à Shanks de tenir la réception et amène-le-moi, pour que je puisse vous parler en même temps.

Une fois encore, une vague d'excitation monta en elle. Elle ouvrit la porte de la salle des policiers.

Il n'y avait que trois hommes dans la maison, Ryan, Colby Shanks et Ian Brubaker, qui était l'adjoint du chef.

— Colby, Gravois veut que tu t'occupes du standard.

Le jeune policier sauta sur ses pieds. Il était nouveau et avide de faire ses preuves.

— Bien sûr. Le détective est là ? demanda-t-il en la suivant.

— Oui.

— Super. J'espère qu'il est aussi bon qu'il en a l'air.

— Espérons-le, se borna-t-elle à répliquer.

Ils retournèrent à la réception, où Nick patientait devant le bureau.

— Désolée pour l'attente. Si vous voulez me suivre, je vais vous conduire à M. Gravois.

— Merci.

En marchant devant lui dans le couloir, elle sentit l'énergie qui se dégageait de lui. C'était une énergie attirante, celle d'un mâle sûr de lui.

Soudain, Sarah se demanda si elle était bien coiffée. Et le parfum dont elle s'était vaporisée ce matin, tenait-il encore ?

Elle écarta tout de suite ces pensées, qui n'avaient rien à faire dans la situation.

Tant qu'elle collaborerait avec cet homme, elle serait une policière, pas une femme.

En outre, son unique excursion dans le domaine des sentiments lui avait amplement suffi.

Elle frappa un coup bref à la porte de Gravois et l'ouvrit. Nick la suivit à l'intérieur. Son chef se leva et lui tendit la main.

— Thomas Gravois, se présenta-t-il. Asseyez-vous tous les deux, je vous prie. C'est bon de vous avoir ici, Nick.

— Merci, je suis ravi d'être ici aussi, répondit-il.

— Vous êtes bien installé, chez Irene ?

— Oui, tout à fait.

— Bon alors, avant tout, je vous présente votre coéquipière, Sarah Beauregard.

Gravois la désignait de la main.

— Vous travaillerez en étroite collaboration tout le temps de votre séjour parmi nous.

Nick hocha la tête en direction de Sarah, et Gravois poursuivit :

— Pour l'instant, il n'y aura que vous deux sur cette enquête. Si vous avez besoin de renforts, nous pourrons en parler. Je vous ai attribué un petit bureau, qui devrait contenir tout ce dont vous avez besoin. Toutefois, si vous voulez autre chose, faites-le-moi savoir. En fait, je vais vous y emmener tout de suite pour vous le montrer.

Tous trois se levèrent, et Gravois se dirigea vers un bureau, au fond du couloir, qui ressemblait plus à un placard qu'à autre chose.

Une table avait été installée au centre et un petit classeur se dressait dans un coin. Il y avait aussi un grand tableau blanc sur l'un des murs.

— Les dossiers des meurtres sont sur la table, avec des blocs-notes neufs. Je suis sûr que vous êtes impatient de vous y mettre. Je suis ravi que vous soyez là, Nick. Nous devons mettre la main sur ce type dès que possible.

— J'espère pouvoir vous y aider, répondit Nick.

— Tout à l'heure, il faudra que nous discutions de la manière dont les choses vont se dérouler exactement, ajouta Gravois. J'ai aussi de la paperasse à vous faire signer.

— À votre convenance, monsieur.

— Je vous laisse alors, et je vous vois plus tard.

Sur ces mots, Gravois quitta la pièce et referma la porte derrière lui.

La pièce parut instantanément plus petite.

Sarah perçut nettement le parfum de Nick, une senteur épicée qu'elle trouva très attirante.

Il lui désigna une chaise et prit l'autre pour lui.

— Madame Beauregard, commença-t-il.

— Sarah, je vous en prie, répondit-elle.

— Sarah, depuis combien de temps travaillez-vous au commissariat ?

— Douze ans.

— Vous avez peut-être des idées sur les meurtres ? demanda-t-il d'un air d'expectative.

— Euh... pour être honnête, je n'ai pas participé à l'enquête jusqu'ici, avoua-t-elle.

Il la considéra un long moment, puis poussa un gros soupir.

— Alors, quelles autres enquêtes avez-vous menées ces dernières années ? J'essaie juste de comprendre avec qui je travaille.

— Vous travaillez avec une policière dont le seul désir est de résoudre ces meurtres. Je suis laborieuse et tenace et je couvrirai vos arrières, comme tout bon collègue doit le faire, répondit-elle avec ferveur.

Mais le regard que Nick posait sur elle n'avait rien d'indulgent.

— J'imagine que le temps dira si vous êtes vraiment tout cela.

À cet instant, Sarah prit conscience que son nouveau collègue pouvait très bien être un imbécile, après tout.

2

Nick réintégra la pension juste avant l'heure du dîner. La maison sentait bon la sauce tomate et le pain tout juste sorti du four.

Il monta avec les dossiers dans sa chambre et les posa sur la petite table pour les consulter plus tard.

À peine avait-il eu cette brève conversation avec sa coéquipière que Gravois l'avait rappelé pour une discussion prolongée sur la manière dont les choses allaient se passer maintenant que Nick était engagé comme vacataire.

Il y avait plusieurs documents à signer.

Une fois la discussion terminée, Nick avait décidé d'étudier les dossiers dans la soirée puis, dès la première heure le lendemain, de parler avec Sarah de la manière d'entamer leur enquête.

Il passa dans la salle de bains pour se rafraîchir avant le dîner et, durant ce temps, se surprit à repenser à sa coéquipière. Elle n'était pas plus grosse qu'une souris. Il estimait qu'elle mesurait environ un mètre cinquante et ne pesait pas plus de cinquante kilos toute mouillée.

Elle avait de courts cheveux blonds et bouclés, et on aurait pu la prendre pour une peluche n'étaient ses yeux bleus perçants, qui brillaient d'une avidité qu'il connaissait bien.

Il ignorait pourquoi on la lui avait attribuée comme équipière. La seule raison à laquelle il pouvait penser était que Gravois voulait deux paires d'yeux neufs. Et il ignorait également pourquoi il n'y avait pas plus de policiers assignés à cette affaire.

Ce qui l'irritait, c'était le fait qu'il trouvait sa coéquipière extrêmement jolie. La première fois qu'elle lui avait souri, il avait senti une étincelle fuser en lui, quelque chose qu'il n'avait pas éprouvé depuis très longtemps et qu'il préférait ignorer.

Il redescendit et se rendit à la cuisine.

— Nick, l'accueillit Nene avec un grand sourire. Je n'étais pas sûre que vous arriviez assez tôt, mais je suis ravie que vous l'ayez fait. Je vous en prie, asseyez-vous.

Il obéit, mais elle l'arrêta vivement.

— Oh non, pas là, c'est la place de Ralph. C'est un homme d'habitudes, il aime s'asseoir toujours à la même place.

— Pas de problème, je vais m'asseoir là.

Nick se déplaça devant l'autre couvert.

— Ça sent délicieusement bon.

— C'est du steak suisse, j'espère que vous aimerez ça. Nous n'avons pas parlé de vos goûts et vos éventuels dégoûts. Avez-vous des allergies dont je dois m'inquiéter ?

Elle sortit un grand plat du four et le posa sur le comptoir, où attendait un dessous-de-plat.

— Aucune, et la seule chose que je n'aime vraiment pas, ce sont les choux de Bruxelles.

— Moi non plus, répondit-elle avec un petit gloussement. Peu importe comment on les cuisine, pour moi ils ont toujours un goût de terre.

— Tout à fait d'accord, approuva Nick.

À cet instant, un homme grand et massif fit son entrée. Il avait des cheveux bruns très courts et des yeux marron enfoncés.

Nick se leva et lui tendit la main.

— Vous devez être Ralph, lui dit-il. Je m'appelle Nick.

La poignée de main de Ralph était ferme.

— Enchanté de vous rencontrer, dit-il.

Les deux hommes s'assirent à table.

— Je crois savoir que vous êtes l'homme que Gravois a engagé pour résoudre les meurtres du monstre de Honey Island.

— C'est le plan, en effet, répondit Nick. Auriez-vous une théorie sur les meurtres ?

— Moi ? Non. J'ignorais même leur existence il y a encore peu de temps.

Comment était-ce possible ? Dans une ville de cette taille, quelqu'un pouvait-il ne pas être au courant des meurtres ? Nick pouvait comprendre qu'on n'ait pas parlé beaucoup du premier, mais lorsque le second avait eu lieu, tout le monde en avait forcément parlé.

Le dîner était délicieux. Le steak suisse était tendre et savoureux, et il y avait des haricots verts sautés, des petits pains maison et un dessert de gélatine. Nene savait incontestablement cuisiner.

Ralph ne fit aucune tentative pour engager la conversation tandis qu'ils mangeaient. Mais Nene combla le silence en bavardant sur le temps, la ville et son projet de préparer un cake aux pommes, des petits pains et de la sauce à la viande pour le petit déjeuner du lendemain.

— Ralph ne se lasse pas de mes petits pains et de ma

sauce à la viande, n'est-ce pas ? dit-elle alors qu'ils achevaient leur repas.

— Vous savez très bien que c'est vrai, répondit Ralph. Je pourrais en manger tous les jours.

— Alors je suis impatient d'y goûter, commenta Nick.

Il fut soulagé que le dîner finisse rapidement, car il avait envie de remonter et de se plonger dans les dossiers. Lorsqu'ils eurent tous fini de manger, il prit son assiette pour aller la mettre dans l'évier.

— Ne faites pas ça, dit Nene. C'est moi qui nettoie.

— Et n'essayez même pas de discuter, ajouta Ralph. C'est une femme très entêtée.

— Haha, c'est vrai. Maintenant posez cette assiette et allez votre petit bonhomme de chemin.

— Alors je vais juste vous remercier. Le dîner était délicieux, répondit Nick.

— Si vous voulez grignoter plus tard, je laisse toujours des chips et des crackers sur la table pendant la nuit. Vous pouvez vous servir.

— Merci, Nene. Ralph, j'ai été ravi de vous rencontrer.

Sur ce, il quitta la cuisine.

Il aurait probablement dû consulter les dossiers des meurtres avec Sarah, mais il voulait les étudier seul d'abord.

Dans sa chambre, il s'approcha de la table et prit tout d'abord un des blocs-notes fournis par Gravois. Il l'ouvrit et se munit d'un stylo. Il avait l'intention de prendre des notes en lisant.

Le premier dossier le surprit par sa minceur. En fait, il avait été étonné qu'ensemble ils ne pèsent pas plus lourd quand il les avait emportés.

La première chose qu'il vit fut les photos de scène de crime.

La victime, Babette Pitre, avait été retrouvée dans une ruelle derrière la poste. Sur les clichés, il semblait qu'on lui avait tranché la gorge, et son visage arborait des blessures telles qu'aurait pu en faire un animal sauvage.

L'autopsie indiquait qu'elle avait été poignardée trois fois dans l'abdomen et que c'était probablement une griffe de jardin qui lui avait tranché la gorge et l'avait défigurée.

Elle avait aussi une piqûre sur le haut de son bras. L'examen toxicologique avait révélé qu'une forte dose de Xanax lui avait été injectée. C'était la même chose avec les autres victimes.

C'était manifestement la manière dont le tueur les étourdissait.

Selon le rapport, les premières personnes à être arrivées sur la scène étaient Gravois, les policiers Ryan Staub et Ian Brubaker, le médecin légiste Douglas Cartwright et son assistant, et quelqu'un qui s'appelait Ed Martin.

Les sourcils froncés, Nick reposa les photos et se mit à feuilleter les notes de l'enquête.

Trois interrogatoires seulement avaient été menés : l'un avec un certain Gator Broussard, un autre avec la mère de Babette, et le dernier avec un homme nommé Zeke Maloney.

Ces interrogatoires étaient courts et ne contenaient rien de remarquable.

Il fut choqué de constater, en ouvrant également les trois autres dossiers, que très peu de choses avaient été mises en œuvre pour enquêter. Pourquoi ?

Gravois était-il incompétent à ce point ? Paresseux ? Et les autres policiers ? S'étaient-ils dit que tout avait été fait pour arrêter le meurtrier ?

Nick n'arrivait pas à croire que les investigations aient été à ce point défaillantes.

Il se renversa sur sa chaise et contempla la fenêtre. La nuit était tombée et les réverbères s'étaient allumés.

Il ne s'attendait pas à ce que les investigations soient si bâclées, si succinctes. Il avait espéré un bien meilleur travail de police. Il poussa un profond soupir.

Instantanément, l'image de sa coéquipière lui traversa l'esprit. Elle lui avait dit qu'elle en savait très peu sur les meurtres. Il n'avait pas non plus raté le fait qu'elle ne lui avait pas répondu lorsqu'il lui avait demandé quel genre d'enquête elle avait effectué par le passé.

Il avait donc des dossiers de meurtres pratiquement vides et une coéquipière dont il soupçonnait qu'elle était jeune et naïve. C'était la recette du désastre.

Mais il avait désormais une vision plus précise des quatre victimes. Celles-ci méritaient justice, aussi l'échec n'était-il pas envisageable.

La manière dont ces femmes avaient été tuées indiquait qu'il y avait vraiment un monstre quelque part à Black Bayou.

De plus l'intervalle entre les meurtres s'était réduit, aussi pouvait-il y en avoir un autre à tout moment.

Il quitta finalement la table et se prépara à se coucher.

Il voulait être frais et dispos le lendemain matin. Il avait demandé à Sarah d'arriver à 7 h 30, car ils avaient du pain sur la planche.

Le lendemain matin, Nick arriva au commissariat juste avant 7 h 15. Il se sentait revigoré par les meilleurs petits pains et la meilleure sauce à la viande qu'il avait jamais mangés, ainsi que plusieurs tasses du café corsé de Nene.

Il se rendit tout droit au bureau qui leur avait été attribué. Posant les dossiers au milieu de la table, il alla inscrire le nom des quatre victimes sur le tableau blanc.

Il fut agréablement surpris de voir Sarah arriver à 7 h 15. Apparemment, elle préférait être en avance plutôt qu'en retard.

— Bonjour, lui lança-t-elle avec un sourire éclatant.

Elle était incontestablement jolie, et une fois encore, une étincelle fusa en lui.

Bien qu'il fasse chaud et humide à l'extérieur, elle apportait avec elle une senteur très agréable de fleurs printanières. Cela l'irrita d'avoir remarqué son parfum.

— B'jour, dit-il.

Sans doute d'un air plus grognon qu'il ne l'avait voulu, car le sourire de Sarah disparut instantanément.

— N'hésitez pas à commencer à lire les dossiers. J'aimerais connaître votre opinion.

Elle s'assit à la table et prit le premier dossier. Il la regarda lire. À son crédit, elle ne tressaillit qu'un tout petit peu en voyant les photos des victimes. Il ne put s'empêcher de remarquer aussi que ses cils étaient longs et épais.

Bon sang, qu'est-ce qui n'allait pas chez lui ?

Elle feuilleta les interrogatoires, puis leva les yeux, un pli délicat entre les sourcils.

— Il y a d'autres rapports ?

— Apparemment non. Et les trois autres dossiers sont tout aussi minces.

Il la rejoignit à table.

— Il doit sûrement y avoir autre chose quelque part, répondit-elle, l'air confus.

— J'ai demandé à Gravois, il y a quelques minutes, s'il y a d'autres informations sur les meurtres, et il m'a dit que nous avons tout ce qu'il y a.

Il avait tenté de ne pas prendre un ton réprobateur, mais n'y était sans doute pas parvenu. Les joues de Sarah rosirent.

— Eh bien, c'est gênant.

Elle repoussa le dossier.

— Ce devrait être gênant pour tout le commissariat.

— Je suis content que nous soyons d'accord là-dessus. Ça vous dit d'aller au marais ?

— Ça ne me pose pas de problème. Je m'y promenais quand j'étais petite. Et vous ?

— La même chose. Ma mère travaillait comme avocate à La Nouvelle-Orléans, et beaucoup de ses clients vivaient dans le marais. Il n'était pas rare qu'elle m'emmène avec elle quand elle allait voir certains d'entre eux.

Il sentit pourtant sa gorge se nouer à la simple idée du bayou. Il déglutit avec effort pour dissiper son anxiété.

— Alors c'est par là qu'on commence ? Par le marais ?

Il hocha la tête.

— Je pense que nous devrions aller voir les parents de Lisa Choate.

Lisa était la dernière jeune femme à avoir été tuée.

— Ça me semble logique. Ce meurtre est tout récent.

— Mais avant cela, j'aimerais aussi jeter un coup d'œil à l'endroit où on a trouvé son corps.

— C'était derrière la banque. Alors, on y va ?

Elle le considéra avec de grands yeux brillants d'anticipation.

— On y va, répondit-il.

Elle se leva.

— Je conduis.

— Normalement, c'est moi qui conduis, objecta-t-il.

— C'est plus logique que ce soit moi, je connais mieux la région que vous.

Elle leva le menton, comme pour le défier. Cela le surprit, cette pointe d'insolence chez elle.

— D'accord, alors vous conduisez pour aujourd'hui.

Quittant le bureau, ils se dirigèrent vers la porte arrière du commissariat, mais s'arrêtèrent en croisant un autre policier. Celui-ci sourit à Nick.

— Monsieur Cain, je m'appelle Ryan Staub.

Tous deux échangèrent une poignée de main.

— Je tenais à vous dire que si vous trouvez Microbe un peu déficiente, je suis disponible pour me joindre à votre équipe.

— Bon sang, Ryan, tu as autant de délicatesse qu'un bulldozer, répliqua sèchement Sarah.

— Je m'en souviendrai, mais je trouve ma coéquipière parfaite, dit Nick. Jusqu'ici, elle me fait l'effet d'être extrêmement intelligente et je suis sûr qu'elle sera d'une grande utilité à l'avenir.

— Ah... d'accord, répondit Ryan. Eh bien, tenez-moi au courant si vous avez besoin de renfort.

— Je n'y manquerai pas.

Nick et Sarah parcoururent le reste du couloir et sortirent dans la tiédeur de cette matinée de septembre.

— Merci, dit Sarah.

— Il est toujours aussi crétin ? demanda Nick.

Elle laissa échapper un rire musical, très agréable aux oreilles.

— Seulement les jours où il n'est pas complètement abruti.

Elle désigna une berline bleue, garée à l'arrière du bâtiment.

— Et les autres policiers, ils se... euh... ils font aussi allusion à votre petite taille ?

Ryan lui avait déplu à tous les niveaux, mais surtout parce qu'il avait qualifié Sarah de microbe.

— Non, seulement Ryan, dit Sarah.

Elle déverrouilla les portières de la voiture, et il prit place sur le siège passager.

L'intérieur de l'habitacle sentait comme elle, un parfum de fleurs fraîches qu'il trouvait très attirant.

Qu'est-ce qui n'allait pas chez lui ? Cela faisait des années qu'il n'avait pas remarqué le parfum d'une femme. Pourquoi maintenant ? Et pourquoi elle ?

Ce qu'il devait faire, c'était se maîtriser, résoudre ces meurtres aussi vite que possible et retourner à sa vie à La Nouvelle-Orléans.

Sarah se sentit inhabituellement nerveuse en sortant du parking pour prendre la direction de la banque. Au départ, elle avait classé Nick dans la catégorie des imbéciles, mais il l'avait défendue face à Ryan. Elle n'était plus certaine de savoir que penser de lui.

Il avait l'air aussi sexy ce jour-là que la veille. Sanglé dans un pantalon noir et une chemisette grise, son holster d'épaule en place, il respirait la virilité.

Non que cela compte, tant qu'ils pouvaient collaborer efficacement. Plus que tout, Sarah voulait faire ses preuves aux yeux du commissariat.

Elle voulait leur montrer qu'elle n'était pas cette petite chose de rien du tout à laquelle Gravois avait offert un boulot parce qu'il avait pitié d'elle. Elle voulait prouver qu'elle n'était pas seulement bonne à répondre au téléphone ou à coller des amendes.

Elle était prête à gagner sa place en tant que membre à part entière de l'équipe, et elle avait enfin l'opportunité de le faire.

La dernière chose qu'elle voulait, c'était succomber à un béguin pour son équipier et perdre son objectif de vue.

Le trajet jusqu'à la banque fut court. Elle se gara et ils descendirent de voiture.

— Par ici, lui dit-elle en le conduisant dans une ruelle entre la banque et la boutique de vêtements Masy's. On l'a trouvée ici.

Elle désigna l'endroit où le corps avait été découvert. Nick fixa le sol et promena les yeux aux alentours.

— Pas de caméras de sécurité ?

— Non, et il n'y a pas non plus d'éclairage, répondit-elle.

— Alors le tueur devait bien connaître le quartier. Il a pu se débarrasser du corps et s'en aller rapidement sans être vu.

— Il n'y a pas beaucoup de gens dans la rue à 2 ou 3 heures du matin, de toute façon. Mais le tueur devait savoir que c'était l'endroit idéal pour l'abandonner à cause de l'absence de surveillance et d'éclairage.

— On pourrait croire que la banque aurait installé des caméras de sécurité tout autour de ses locaux.

Elle lui sourit.

— Vous raisonnez comme un citadin. Il n'y a tout simplement pas de cambriolage à Black Bayou.

Il hocha la tête.

— C'est noté.

Il survola la zone du regard encore quelques minutes, puis reposa les yeux sur elle.

— Allons au marais effectuer au moins quelques interrogatoires avant la fin de la journée.

Quelques minutes plus tard, ils étaient dans la voiture, en route pour Vincent's, une supérette située en bordure du marais.

L'une des choses que contenait le dossier de meurtre était l'adresse des parents de Lisa.

— Comment ça se fait que vous alliez dans le bayou quand vous étiez plus jeune ? demanda-t-il.

— La maison où j'ai grandi était adossée au marais, expliqua-t-elle. Mes parents travaillaient tous les deux, alors j'étais souvent seule. Vers huit ou neuf ans, j'ai rencontré des enfants qui vivaient dans le marais et je suis allée les voir. Je trouvais que c'était un endroit magique. Mais quand j'ai atteint l'adolescence, j'ai renoncé au marais pour d'autres activités.

— Et vous n'aviez pas peur ? questionna-t-il avec curiosité.

— Non, jamais. Mes amis m'ont appris beaucoup de choses, et j'étais probablement trop jeune et trop bête pour me rendre compte du danger, finit-elle avec un petit rire.

— Alors qu'en pensez-vous ? Notre tueur est-il du marais ? Ou de la ville ? Gravois semble certain que c'est quelqu'un qui vit dans le marais.

— Je n'ai pas d'opinion sur la question. Je n'ai pas assez d'éléments pour en tirer une déduction logique, répondit-elle.

— Tant mieux, répliqua-t-il. Il est important que nous gardions tous les deux l'esprit ouvert.

Ces paroles la réconfortèrent.

Elle espérait qu'il ne se rendrait pas compte de son inexpérience, qu'elle ne ferait rien qui révèlerait à quel point elle était néophyte dans les affaires criminelles.

— Pourquoi avez-vous quitté la police pour ouvrir un cabinet de détective privé ? demanda-t-elle. Désolée si je vous parais indiscrète.

— Pas du tout. En un mot, c'était l'épuisement. J'ai travaillé douze à quinze heures par jour pendant des années, et j'ai fini par décider qu'il était temps de ralentir un peu. Maintenant, je choisis les affaires sur lesquelles je travaille.

— Y a-t-il quelqu'un qui vous attend chez vous ? Une épouse ou une petite amie ?

Sarah eut envie de se gifler pour avoir posé une question aussi personnelle. Mais elle était curieuse.

— Ni l'une ni l'autre. J'ai toujours été plus ou moins marié à mon travail. Et vous ? Vous avez un compagnon ?

— Non, et j'en suis ravie. Je veux rester concentrée sur ces affaires, sans distraction extérieure.

— Alors nous sommes sur la même longueur d'onde, répondit-il.

Sarah s'arrêta sur le parking du petit supermarché, d'où partait un sentier menant dans le bayou. Beaucoup de gens qui vivaient dans le marais garaient leurs véhicules là, car le propriétaire de la supérette, Vincent, se montrait amical envers eux.

— Nous y voilà. Selon les indications, les parents de Lisa Choate vivent sur ce sentier, à droite après la seconde fourche, annonça-t-elle.

— Allons-y, et espérons qu'Abe et Emily pourront nous fournir des informations qui feront avancer l'enquête.

Il s'engagea le premier dans le sentier.

Cela faisait des années que Sarah n'était pas venue dans le marais.

En suivant Nick, elle respira le parfum de fleurs mystérieuses, accompagné d'un relent sous-jacent de pourriture. La chaleur qui régnait semblait amplifier toutes les odeurs.

Des insectes vrombissaient autour de sa tête et de petites créatures des bois filaient de chaque côté du sentier. De la mousse espagnole pendait aux branches des arbres, créant de splendides motifs de dentelle.

Malgré cette beauté, Sarah restait consciente des serpents venimeux et des mares infestées d'alligators, ainsi que des sangliers qui rôdaient dans les environs.

Heureusement, ils ne rencontrèrent aucun de ces animaux avant d'arriver chez les Choate.

Avant qu'ils puissent franchir la passerelle branlante menant à la porte d'entrée, un homme sortit de la petite maison sur pilotis.

— Qui êtes-vous ? lança-t-il d'un ton soupçonneux. Que voulez-vous ?

— Monsieur Choate, je m'appelle Sarah Beauregard et je travaille pour la police de Black Bayou. Et voici Nick Cain, détective privé. Nous aimerions vous parler de Lisa, à vous et à votre femme.

L'homme resta un long moment immobile, et Sarah se demanda s'il avait ne serait-ce qu'envie de leur parler. Mais il hocha finalement la tête.

— Entrez donc.

Nick et Sarah traversèrent le pont, et le père de Lisa les introduisit dans la bicoque.

— Ils sont là pour parler de Lisa, dit-il à une femme assise au bout du canapé.

Elle se leva, le visage déformé par le chagrin.

— Asseyez-vous, je vous prie, dit-elle en faisant un pas de côté et en désignant le canapé.

Elle se tordit les mains.

— Puis-je vous offrir quelque chose à boire ?

— Non, merci, répondit Nick. Et nous sommes vraiment navrés de votre deuil.

Sarah et lui s'assirent côte à côte sur le canapé, et Emily prit place dans un fauteuil face à eux, tandis que le père de Lisa restait debout près de la porte, comme prêt à les jeter dehors à tout moment.

— C'était une fille si gentille, dit Emily, dont les yeux noirs se remplirent de larmes. Toujours heureuse, toujours souriante.

Elle s'essuya les yeux.

— Elle ne méritait pas qu'on lui fasse ça.

— Aucune des victimes ne le méritait, dit doucement Sarah. Et nous allons faire tout notre possible pour obtenir justice pour elles.

— Personne n'a rien fait pour arrêter ce tueur, dit Abe avec un dégoût évident. Quatre filles mortes, et toujours pas de réponse.

— Nous espérons changer cela, répondit Nick.

Il prit la direction de l'entretien, tandis que Sarah sortait un bloc-notes.

Durant l'heure suivante, il les questionna sur Lisa et son mode de vie. Ses parents affirmèrent avec force qu'elle n'aurait jamais quitté le marais de son plein gré. Quelqu'un l'en avait fait sortir pour la conduire à la mort.

Il aurait été utile qu'ils sachent où les jeunes femmes avaient été tuées. Les endroits où on avait retrouvé leurs corps n'étaient que des lieux opportunistes. Elles avaient été tuées ailleurs, mais où ?

Les parents de Lisa ne connaissaient aucune habitante de la ville qui aurait été amie avec leur fille, mais elle avait quelques amies proches vivant dans le marais.

En fait, elle venait de rentrer d'une petite fête avec ces amies quand elle avait disparu.

Sarah fut impressionnée par son coéquipier, qui posait des questions intelligentes et pointues, tout en témoignant de la compassion envers ces parents en deuil.

Ils se levèrent finalement pour partir, mais Abe les arrêta à la porte.

— Vous feriez mieux de trouver le tueur avant moi, déclara-t-il avec des yeux étrécis. Parce que si je le trouve le premier, je le tuerai en lui tranchant la gorge, comme il l'a fait à ma fille.

— Je comprends, dit Nick.

Ils quittèrent la bicoque mais, avant de s'éloigner, firent halte au pied de la passerelle pour parler de ce qu'ils venaient d'apprendre.

— Je n'ai vu aucun interrogatoire des amies de Lisa dans le dossier, souligna Nick.

— C'est parce qu'il n'y en a pas eu, répondit Sarah.

Aussi inexpérimentée soit-elle, elle savait que c'était un travail de police bâclé. Ses collègues auraient dû effectuer des entretiens avec toutes les amies de Lisa.

L'attitude du commissariat lui causait une gêne intense. Elle était particulièrement embarrassée par l'homme qui lui avait offert son job tant d'années auparavant.

Elle avait cru Gravois meilleur que cela. Mais elle savait qu'il y avait des gens en ville qui le tenaient pour un paresseux. Peut-être l'était-il, ou peut-être ne savait-il pas comment enquêter sur des affaires de cette envergure. Ou se fichait-il des victimes parce qu'elles venaient du marais ?

Toutes ces pensées la troublaient profondément.

— On ne devrait pas aller voir Hayley Duchamp, vu que nous sommes si près de chez elle ? demanda-t-elle.

Les parents de Lisa leur avaient donné les adresses de deux des amies de leur fille.

— Bonne idée, répondit-il. Honnêtement, je suis surpris que personne ne les ait interrogées jusqu'à maintenant. Elles savent peut-être des choses sur Lisa que ses parents ignoraient.

Il s'engagea sur le chemin menant à la maison de Hayley.

Soudain, il y eut une détonation. Un coup de feu ! Nick se jeta sur Sarah pour la recouvrir de son corps.

Au même instant, elle entendit la balle siffler entre les feuilles et s'écraser contre un arbre à proximité.

3

Le cœur de Nick pompait de l'adrénaline pure quand il tira son arme.

Il regarda dans la direction d'où venait la balle, mais ne vit personne. Le seul fait d'être dans le marais le rendait nerveux, et maintenant ceci. Que se passait-il ?

Il considéra Sarah, sous lui, qui ne bougeait pas plus qu'une statue.

— Ça va ? demanda-t-il doucement.

— Je vais bien, répondit-elle sur le même ton.

Mais il sentait les battements frénétiques de son cœur – et la tension de son corps.

— Restez là et ne bougez pas, dit-il.

Il se redressa lentement et, courbé, courut devant lui, zigzaguant entre les arbres vers l'endroit où il pensait que le tireur s'était trouvé.

À un moment donné, il se retourna et vit que Sarah s'était accroupie et avait dégainé son arme.

Aucun autre tir ne résonna. Il était impossible de définir exactement la localisation du tireur.

Nick sentit que le danger s'était éloigné, puisque rien d'autre ne s'était passé, mais il garda sa position courbée en revenant vers Sarah. Ce ne fut que quand il l'atteignit qu'ils se redressèrent tous deux.

— Qu'est-ce que c'était que ça, bon sang ? lança-t-il. Est-il possible que les gens qui vivent par ici n'aiment pas la police ?

— J'imagine que oui, mais il est possible aussi qu'on ait voulu nous décourager de poursuivre notre enquête, répondit-elle.

— Ça a fonctionné ? Vous voulez renoncer à l'enquête ?

— Sûrement pas ! rétorqua-t-elle avec des yeux pleins de feu. Je suis plus que jamais déterminée à continuer.

Il la contempla un long moment, cherchant une faille dans son attitude.

Cette balle qui les avait visés aurait secoué plus d'un professionnel expérimenté, mais elle semblait avoir encaissé le choc sans dommage.

Soit elle savait rester impassible, soit elle était dépourvue de peur. S'il admirait la première qualité, la seconde pouvait être mortelle. Un flic devait fonctionner avec une saine dose de peur pour rester en vie.

Sa coéquipière était encore une inconnue pour lui.

Ce qu'il savait, néanmoins, c'est que sous son uniforme bleu, malgré sa taille menue, il y avait des formes bien féminines.

Durant le bref moment où il s'était trouvé sur elle, son traître de cerveau avait enregistré ce fait.

— Est-ce quelque chose que nous devrions signaler ? questionna-t-il.

— Signaler à qui ? Nous n'avons pas vraiment besoin de renforts, et nous ne savons même pas si cette balle ne vient pas d'un chasseur du coin. Maintenant que j'y réfléchis, il est un peu tôt pour que quelqu'un craigne ce que nous faisons.

— Le fait qu'il n'y ait pas eu d'autre tir me porte à croire qu'il s'agit d'un hasard. Allons chez Hayley, mais avec prudence, dit-il finalement.

Ils repartirent ensemble, leurs armes dégainées. Ils réussirent à s'entretenir non seulement avec Hayley, mais aussi avec Lily Champeau, une autre amie de Lisa.

Après cela, ils décidèrent de rentrer au bureau, pour traiter ce qu'ils avaient appris ce jour-là et planifier ce qu'ils feraient le lendemain.

Sarah s'assit tandis que Nick notait les noms des deux amies de Lisa sur le tableau blanc, derrière le nom de la jeune femme. Quand il eut fini, il la rejoignit à table.

— Les deux filles étaient d'accord pour dire que Lisa n'avait pas de petit ami, déclara-t-il.

— Et qu'elle ne serait pas partie avec un type de la ville, ajouta Sarah, découragée. Nous n'avons rien appris qui puisse nous aider.

— Nous retournerons chaque pierre de la région s'il le faut, répliqua Nick. La patience est notre atout majeur. Cette affaire ne sera pas résolue du jour au lendemain. Ce que je ne comprends pas, c'est pourquoi on n'en a pas fait plus au moment où les meurtres ont été commis.

Sarah poussa un profond soupir.

— Sans doute parce que ce sont des femmes du marais, dit-elle. Je vais vous avouer le sale petit secret de cette ville. Les habitants de la ville ont beaucoup de préjugés contres ceux qui vivent dans le marais. Ils pensent que tous les hommes sont des ivrognes et des feignants, et les femmes des Marie-couche-toi-là.

Ses joues prirent une teinte rosée.

— Si c'étaient des habitantes de la ville qui avaient été

tuées, je pense que les enquêtes auraient été bien plus consciencieuses.

— Alors qu'est-ce qui a changé ? Pourquoi ai-je été engagé s'ils ne se soucient pas vraiment de résoudre ces crimes ?

— Les pressions de businessmen influents, qui exigent des réponses, et la crainte de Gravois d'être rappelé à l'ordre, répondit-elle. Les choses changent lentement aussi avec la nouvelle génération. C'est surtout la vieille garde qui s'accroche à ses préjugés.

— Eh bien, tant mieux si ça change. Si ce sont des préjugés qui empêchent la résolution de ces meurtres, c'est en soi un délit à caractère discriminatoire.

Nene avait fait allusion à quelque chose comme ça lorsqu'ils avaient eu leur première conversation, mais elle ne l'avait certainement pas exposé en termes aussi clairs.

Cela l'irritait. Toutes les victimes, quelles que soient leur origine ou leur identité, méritaient d'obtenir justice.

— Je pense aussi qu'il est possible que les policiers impliqués dans l'affaire croient que c'est quelqu'un du marais qui l'a fait, et qu'ils attendent simplement que quelqu'un avoue les meurtres ou communique des informations sur le coupable.

Nick se rembrunit.

— Alors au lieu d'enquêter, tout le monde se contente de rester les bras ballants en attendant que les crimes se résolvent d'eux-mêmes ?

— Nick, je vous jure que j'ignore ce qui a été fait ou pas fait en ce qui concerne les enquêtes. On m'a tenue éloignée de cette affaire. Je constate tout cela pour la première fois, et j'avoue que ça me dégoûte.

Elle soutint son regard avec une expression d'honnêteté impossible à feindre.

Il poussa un gros soupir.

— D'accord, on va se servir du peu qu'il y a dans les dossiers et avancer à partir de là. Je voudrais vous poser des questions sur certaines des personnes citées dans les dossiers.

— D'accord, allez-y.

Il y avait une petite feuille verte accrochée dans ses boucles blondes.

Il ne savait pas s'il avait envie de l'enlever parce qu'elle n'avait rien à faire là ou parce qu'il voulait toucher ces cheveux qui avaient l'air si doux et soyeux.

Au lieu de cela, il ouvrit son bloc-notes et s'empara de son stylo.

— La première personne est Ed Martin. Selon les rapports, il était présent sur tous les lieux où on a retrouvé les victimes, avant qu'on n'enlève les corps.

Elle fronça les sourcils.

— Son père, Gustave, est propriétaire de la plupart des bâtiments de Main Street. Ed le seconde dans ses affaires et encaisse les loyers des commerçants. Il est marié, et sa femme et lui ont un fils qui doit avoir dix-neuf ou vingt ans. Mais j'ignore quelle raison il aurait de se trouver près des corps ou des scènes de crime.

— Et Gator Broussard ? On l'a interrogé après le premier meurtre, mais les notes ne disent pas grand-chose de l'entretien.

Un petit sourire étira les lèvres de Sarah, rallumant ce petit quelque chose en lui.

— Gator a plus de quatre-vingts ans, et il a vécu toute sa vie dans le marais. C'était un sacré personnage. Il capture des alligators pour gagner sa vie.

— Et que pourrait-il savoir sur les meurtres qui mérite qu'on l'interroge ? demanda Nick.

— Il connaît pratiquement tous ceux qui vivent dans le marais, et il sait tout ce qui s'y passe.

— Alors c'est quelqu'un que nous devrions incontestablement réinterroger, dit-il.

— Je suis d'accord. Si quelqu'un sait quelque chose sur ces meurtres, c'est bien lui.

— On ira lui parler demain matin. Enfin, vous connaissez Zeke Maloney ? Il a été listé comme suspect potentiel parce qu'on l'a vu traîner autour du magasin Chastain la nuit où le corps de Marchelle Savoie a été découvert dans la ruelle derrière.

Une fois encore, Sarah fronça les sourcils.

— Zeke a une trentaine d'années ou une petite quarantaine. Il vit au motel, et je crois que c'est un toxicomane.

— Vous savez quel genre de drogue il prend ?

— Non, désolée, je l'ignore. Mais si je devais faire une hypothèse, je dirais de la cocaïne ou de la méthamphétamine.

Nick s'adossa à sa chaise.

— Donc, demain, nous allons interroger ces trois hommes… Ed Martin, Gator Broussard et Zeke Maloney. Plus tard, je veux signaler à Gravois qu'on nous a tiré dessus. Qu'il s'agisse de la balle perdue d'un chasseur ou d'autre chose, je pense qu'il doit être mis au courant.

— Je suis d'accord, répondit-elle. Vous voulez que je vienne avec vous quand vous irez lui parler ?

— Je ne crois pas que ce soit nécessaire.

Il referma son cahier et consulta sa montre. Il était 17 heures passées de quelques minutes.

— Pourquoi ne pas fermer boutique et reprendre demain matin, frais et dispos ? Je suis sûr que nous aurons à travailler tard plus d'une fois à l'avenir.

Ils se levèrent tous deux.

— Alors je vous vois demain matin, dit-elle.

Une fois qu'elle eut quitté la pièce, il se laissa retomber sur sa chaise.

Il espérait de toutes ses forces qu'elle n'avait pas remarqué combien il avait été terrifié à partir du moment où il avait posé le pied dans le marais. Le bayou avait hanté ses rêves durant des années, alors pénétrer dans ce marécage sombre et mystérieux était un vrai défi pour lui. Une expédition terrifiante.

Avec un peu de chance sa coéquipière n'avait rien deviné de sa lutte intérieure entre le devoir et la peur. La dernière chose qu'il voulait, c'était avoir l'air faible aux yeux de n'importe qui, mais surtout à ses yeux à elle.

Il ne savait toujours pas quel genre de collègue serait Sarah, mais il la trouvait déjà terriblement distrayante. Son beau sourire lui faisait l'effet d'un cadeau quand elle le lui adressait. Et ses yeux de la couleur du saphir brillaient tout autant que les pierres du même nom.

Pourquoi n'avait-elle pas de petit ami ou de compagnon ? Elle était jolie et intelligente, et il ne pouvait croire que personne en ville ne s'intéresse à elle.

Et pourquoi diable restait-il assis à spéculer sur elle ?

Il avait eu beaucoup de collègues féminines au fil des ans, mais il n'avait jamais voulu en savoir plus sur elles en dehors du boulot.

Il y avait quelque chose de différent chez Sarah, et elle le troublait plus qu'un peu. Dès demain, il devrait se reprendre en ce qui la concernait.

Sarah s'éveilla en sursaut, le cœur battant, les veines inondées d'adrénaline. Elle regarda frénétiquement autour d'elle, sortant lentement du cauchemar qui l'avait réveillée.

Enfin, elle se retourna et consulta le réveil : 5 heures et des poussières. Au lieu d'essayer de se rendormir, elle décida de se lever. Elle alluma la lampe de chevet et sortit de son lit.

Puis elle alla dans la cuisine se préparer un café.

En sirotant le breuvage brûlant, elle repensa au cauchemar qui l'avait réveillée.

Elle était de retour dans le marais, retenue captive par des lianes tandis que des ombres tiraient sur elle. Il n'était pas difficile de comprendre pourquoi elle avait rêvé de cela.

Le tir qu'ils avaient essuyé la veille l'avait terrifiée. Elle espérait que son coéquipier n'avait pas remarqué sa peur abjecte, et qu'elle avait réussi à lui donner le change. La dernière chose qu'elle voulait, c'était lui donner l'impression qu'elle n'était pas à la hauteur.

Elle fixa la fenêtre la plus proche, où le soleil commençait à pointer au-dessus de l'horizon. Elle avait acheté cette maison quatre ans après la mort de ses parents. C'était une jolie maison, avec un petit jardin clôturé.

Elle avait de si grands espoirs à l'époque. Elle s'était fiancée à Brent Williamson, un homme dont elle avait cru qu'il était son âme sœur, et elle s'occupait de planifier leur mariage.

Mais tout cela, de même que sa confiance en elle, avait été détruit par une seule image sur le téléphone de Brent.

Au lieu de ruminer le passé, elle finit son café et alla prendre une douche.

Une demi-heure plus tard, elle était habillée, mais il était encore trop tôt pour se rendre au commissariat.

Elle se prépara une autre tasse de café et l'emporta au salon, où elle se laissa tomber sur le canapé.

Alors que sa chambre était rose et blanche, cette pièce-ci était décorée de noir et de gris, avec des touches jaune vif.

Le reste de sa maison comprenait une chambre d'amis bleue et une pièce supplémentaire dont elle espérait se servir comme d'un bureau maintenant qu'elle enquêtait officiellement sur des crimes.

En sirotant son café, elle ne put s'empêcher de penser à Nick.

Alors qu'elle comprenait bien les gens en général, elle ne parvenait pas à le déchiffrer.

Elle le trouvait parfois d'un grand soutien, mais il se montrait aussi froid et réservé.

Son regard passait successivement du gris chaleureux à une lointaine couleur acier, tout cela au cours d'une même journée.

C'était certainement un homme très beau et très attirant.

Sa beauté pouvait devenir une vraie distraction si elle n'y prenait pas garde. Mais elle ne pouvait laisser cela arriver.

Tout ce qu'elle voulait, c'était prouver qu'elle était une policière dévouée à son travail, quelqu'un que ses collègues respecteraient.

Et, en parlant de cela, elle prit conscience qu'il était temps de partir. Avec un peu de chance, ils trouveraient quelque chose aujourd'hui qui les rapprocherait de la capture du tueur.

La chaleur et l'humidité des mois d'été étaient enfin retombées, et la journée était censée ne pas dépasser les vingt ou vingt-trois degrés.

Sachant qu'ils allaient se déplacer plusieurs fois, elle se gara devant le commissariat et entra par la porte principale.

— Bonjour, dit-elle à Ian Brubaker, qui tenait la réception.

— Bonjour Sarah, répondit-il. Ton coéquipier est déjà là.

— Merci, alors j'y vais. Bonne journée, Ian.

Son estomac se noua d'anxiété tandis qu'elle parcourait le couloir, se préparant à revoir son coéquipier.

« Son coéquipier », c'est ainsi qu'elle devait penser à lui. Elle ne voulait pas l'appeler Nick, parce que Nick était un homme qui l'attirait énormément.

Elle n'était pas sortie avec beaucoup d'hommes ces dernières années, et cela l'agaçait que le premier homme qu'elle trouve attirant soit intouchable.

Elle ouvrit la porte de leur petit bureau et y entra. Nick était assis à la table.

— Je suis en train de dresser la liste des gens que nous devrions aller voir aujourd'hui, dit-il en guise de salutation.

Il lui désigna la chaise face à lui.

En s'asseyant, elle cueillit une bouffée de son odeur, mélange de savon, de crème à raser et d'eau de toilette épicée. Ce matin, il portait un polo gris assorti à ses yeux, et son habituel pantalon noir.

Toutefois, son expression paraissait distante, presque froide, lorsqu'il lui lut la liste des gens à interroger.

— Vous voulez ajouter quelqu'un ?

— Non, cette liste me paraît bien, répondit-elle.

— Alors allons-y.

Il se leva, et elle s'empressa de le suivre dans le couloir.

— C'est moi qui conduis aujourd'hui, annonça-t-il quand ils furent à l'extérieur. Vous pouvez jouer le copilote.

Elle ne se risqua pas à le contredire, étant donné l'humeur qui semblait être la sienne.

Il la conduisit à une berline noire, et lorsqu'il eut déverrouillé les portières, elle se glissa sur le siège passager. Son parfum dans l'habitacle la troubla immédiatement. Elle le regarda faire le tour de la voiture pour gagner le côté conducteur. Pourquoi ne pouvait-il avoir un estomac bedonnant et des épaules tombantes ?

Pourquoi ne pouvait-il sentir la pommade et la naphtaline ? Cela lui aurait rendu les choses tellement plus faciles.

— Je me suis dit que nous allions commencer par Ed Martin. Je suppose qu'il est au bureau ?

Il démarra la voiture.

— Oui. Son bureau est à quelques rues d'ici, sur Main Street.

— Et tout businessman qui se respecte est au bureau à cette heure-là, n'est-ce pas ?

— On peut imaginer que oui.

Elle attacha sa ceinture, et ils partirent.

— Y a-t-il des choses que je devrais savoir sur M. Martin avant que nous lui parlions ?

— Pour être honnête, je n'en sais pas beaucoup plus que ce que je vous ai déjà dit, répondit-elle.

Elle ne put s'empêcher de remarquer que la voix de Nick était un peu brusque ce jour-là.

Elle se demanda si elle avait fait quelque chose qui l'avait offensé. À moins qu'il n'ait juste une tendance à la morosité.

Tout comme elle ne pouvait décider si le tueur venait du marais ou de la ville faute d'informations, elle ne pouvait hasarder une hypothèse sur la véritable personnalité de Nick.

Il ne leur fallut que quelques minutes pour arriver au bureau d'Ed. La devanture annonçait en grandes lettres « Martin's Enterprises ».

Il y avait aussi un petit panneau sur la porte, indiquant que le bureau était ouvert.

Ils descendirent de voiture, et Nick ouvrit la porte et fit passer Sarah devant lui. Une petite clochette tinta, annonçant leur arrivée.

Plusieurs chaises étaient alignées devant la vitrine, tandis qu'Ed était assis à un grand bureau.

Il se leva lorsqu'ils entrèrent.

C'était un homme de petite taille, avec des cheveux d'un noir d'encre. Il arborait une moustache bien taillée et un costume qui coûtait probablement autant qu'un mois de salaire de Sarah.

— Bonjour, dit-il.

Il hocha la tête en direction de Sarah et tourna son attention vers Nick.

— Monsieur, dit-il en tendant la main, je ne pense pas avoir eu le plaisir de vous rencontrer.

— Nick Cain, se présenta Nick, et les deux hommes se serrèrent la main. Je suppose que vous connaissez Mme Beauregard ?

— En effet. Je vous en prie, asseyez-vous, dit Ed en désignant les chaises devant son bureau.

Ils s'exécutèrent, et Ed reprit son siège.

— Que puis-je faire pour vous ? demanda le petit homme.

— Nous enquêtons actuellement sur les meurtres de quatre femmes. En consultant les dossiers, nous avons remarqué que vous étiez présent sur chacune des scènes où les corps ont été retrouvés. Pourquoi étiez-vous là, monsieur Martin ? questionna Nick de but en blanc.

Sarah aurait pu jurer qu'Ed avait pâli. Il s'éclaircit la gorge et se pencha en avant.

— Monsieur Cain, mon père a investi énormément d'argent dans cette ville. C'est maintenant un homme âgé, qui a des problèmes de santé, alors je suis ses yeux et ses oreilles. J'ai dit à Gravois que je voulais être tenu au courant de tout ce qui se passe à Black Bayou.

— Vous êtes conscient que votre présence sur ces lieux est très inhabituelle ? reprit Nick. Vous avez probablement contaminé la scène de crime juste en étant là.

— Je suis resté en dehors du périmètre et je n'étais là qu'en tant qu'observateur, répliqua Ed.

— C'est tout de même inhabituel et certainement pas une bonne idée, lui répondit Nick. Quel est le nom de votre fils, monsieur Martin ?

Ed se redressa sur sa chaise.

— Pourquoi ? Il n'a rien à voir avec tout cela. Je sais qu'il a des alibis pour tous les meurtres.

— Tout ce que j'ai demandé, c'est son nom...

Même Sarah, toute débutante qu'elle soit, reconnut que la réponse d'Ed était étrange. Cela la fit s'interroger sur le fils en question.

— Gus... Il s'appelle Gus, fit Ed à contrecœur.

— Merci. Nous essayons seulement de garder nos dossiers à jour. Serez-vous disponible si nous avons besoin de vous parler à nouveau ?

— Bien entendu, répondit Ed.

— Nous vous sommes reconnaissants du temps que vous nous avez accordé.

Nick se leva, et Sarah l'imita.

— Je pense qu'il devrait être au sommet de notre liste de suspects, dit Sarah dès qu'ils furent dans la voiture.

— Lui et son fils, répliqua Nick en démarrant.

— Il a trop protesté quand vous lui avez demandé le nom de son fils. Est-ce que papa se rend sur les scènes de crime pour s'assurer qu'il n'y a pas de preuves incriminant son petit garçon ?

— On pourrait se le demander, hein ? Nous devons absolument parler à Gus Martin, et pas en présence de son père. Maintenant, allons au motel, voir ce que nous pouvons apprendre de Zeke Maloney. Je sais où se trouve le motel. Je suis passé devant en arrivant.

— D'accord, alors le copilote est en congé, répondit-elle légèrement.

Ils roulèrent quelques minutes en silence.

— Est-ce qu'il y a un gros problème de drogue par ici ? demanda-t-il, rompant le silence.

— Y a-t-il des gens qui consomment ? Oui. Y a-t-il un gros problème de trafic ? Non, répondit-elle.

— Vous avez déjà essayé quelque chose ?

Il y avait une curiosité sincère dans sa voix.

— Jamais.

Elle hésita un instant, puis poursuivit :

— Si j'avais jamais eu envie de le faire, ç'aurait été dans les semaines qui ont suivi le décès de mes parents. J'étais tellement terrassée par le chagrin qu'à l'époque je pouvais comprendre le besoin... le désir d'engourdir cette douleur insupportable. Mais même dans ces circonstances, je ne voulais rien avoir à faire avec les drogues.

— Comment vos parents sont-ils morts ?

— Je venais d'avoir vingt et un ans quand ils ont été tués dans une collision frontale avec un conducteur ivre.

Elle était vaguement surprise qu'après tout ce temps, la pensée de ses parents suscite toujours autant de chagrin en elle.

— Je suis navré, dit-il avec une gentillesse qui lui parut sincère.

— Et vous ? Vous en avez déjà consommé ?

— Non, je n'ai jamais eu le désir de fiche ma carrière en l'air, bien que plusieurs de mes collègues aient fumé du cannabis.

C'était comme si la glace était enfin brisée entre eux. La brusquerie précédente de sa voix s'était évanouie.

— Vous étiez proche de vos parents ? interrogea-t-il.

— Très proche. C'étaient mes meilleurs amis. Ils me manquent toujours beaucoup.

Sarah avait envie de poursuivre la conversation, mais ils étaient arrivés au motel.

— Zeke occupe la chambre 3, dit-elle à Nick.

Le motel avait tout d'un lieu de désespoir et d'impuissance. L'extérieur du bâtiment était d'un gris lugubre, encore aggravé par les dégradations dues à la chaleur et à l'humidité.

Et il recelait beaucoup d'histoires. Des années auparavant, le meurtre d'une jeune prostituée avait eu lieu dans la chambre 7, choquant toute la ville. D'autant plus que c'était un homme d'affaires hautement respecté qui avait commis le meurtre, et qu'un innocent du marais avait passé des années en prison à sa place.

Beau Boudreau était revenu à Black Bayou après ses années de prison et avait repris contact avec son ancienne petite amie, Peyton LaCroix.

Peyton étant avocate pénaliste, ils avaient résolu le crime et innocenté Beau. Peyton travaillait toujours comme avocate et Beau se faisait un nom dans le secteur du bâtiment et de la restauration. Ils avaient redécouvert leur amour mutuel et formaient désormais un couple heureux.

Nick s'arrêta devant la chambre numéro 3 et se gara. Ils descendirent de voiture, et Nick frappa à la porte.

— Yo... j'arrive, hurla une voix.

Un instant après, la porte s'ouvrit, révélant Zeke.

Il les considéra les sourcils froncés.

— Euh... J'attendais quelqu'un d'autre.

Zeke avait dû être bel homme à une époque, mais il avait désormais les joues creuses, les dents pourries et un air général caractéristique d'une mauvaise santé.

— Bonjour Zeke, je m'appelle Nick Cain, et voici Mme Beauregard. Nous nous demandions si nous pouvions entrer et vous poser quelques questions.

— Des questions sur quoi ?

Zeke se gratta une croûte sur le visage. Laissant retomber sa main, il jeta un coup d'œil derrière lui.

— Nous avons des questions sur les meurtres qui se sont produits. Le reste ne nous intéresse pas, répondit Nick d'un ton insistant.

Sarah comprit qu'il assurait à Zeke qu'ils ne s'intéressaient pas à sa consommation de drogue... du moins ce jour-là.

Zeke fixa Nick un long moment puis, poussant un gros soupir, ouvrit la porte plus grande. Nick entra, suivi de près par Sarah.

La pièce était crasseuse. Les couvertures et les draps avaient été arrachés du lit, révélant un matelas gris de saleté. Des emballages de fast-food traînaient sur le sol et le dessus de la commode. Des mouches noires y reposaient, sans doute trop rassasiées pour pouvoir voler.

— Je vous inviterais bien à vous asseoir, mais il n'y a pas vraiment la place.

Il passa le poids de son corps d'un pied sur l'autre.

— Je ne sais pas quel genre de questions vous voulez me poser parce que je ne sais rien du tout sur les meurtres.

— Que faisiez-vous dans la rue, la nuit du 23 juin vers 2 heures du matin ? questionna Nick.

Zeke se rembrunit et recommença à se tripoter le visage.

— Je ne me rappelle pas cette nuit en particulier, mais ça arrive souvent que j'aie envie de sortir d'ici. Je préfère attendre une heure où il n'y a personne pour me dévisager et me juger. Alors je sors souvent au milieu de la nuit, mais je n'ai rien à voir avec ces pauvres femmes.

— Quand vous sortez marcher, vous voyez quelqu'un dans les rues ? demanda Sarah.

Elle n'avait pas l'intention de rester silencieuse, et il était temps qu'elle s'affirme un peu.

Une fois encore, Zeke fronça les sourcils.

— J'ai vu Ed Martin quelques fois, et Ryan Staub et le chef Gravois une ou deux fois. Et j'ai rencontré Dwayne Carter aussi. C'est un ami, on se voit de temps en temps.

— Y a-t-il une raison pour que votre ami et vous vous voyiez si tard le soir ? demanda Nick.

Sarah la connaissait. Dwayne Carter était le dealer local.

— Euh... On est juste des couche-tard, je suppose.

— Avez-vous vu ou entendu quelque chose cette nuit-là, qui aurait pu être suspect ? demanda Sarah.

— Non, pas que je me souvienne.

— Alors vous ignoriez que le corps de Marchelle Savoie était dans la ruelle, près de l'endroit où votre ami et vous traîniez, dit Nick.

— Bon sang, oui. Je n'ai appris son meurtre que le lendemain. Écoutez, j'admets que je suis un toxico. Je me pique et je sniffe pas mal de trucs, mais je ne suis pas un tueur.

Il secoua la tête.

— Impossible que je tue quelqu'un.

— Je pense que c'est une impasse, observa Nick, quelques minutes plus tard.

Ils étaient à nouveau dans la voiture, roulant vers le marais.

— Je suis d'accord.

Sarah lui jeta un bref coup d'œil.

— J'espère que je ne vous ai pas contrarié en intervenant.

— Pas du tout. Je veux que vous vous sentiez libre de le faire avec tous ceux que nous interrogeons. Nous sommes des coéquipiers, pas vrai ?

Il lui adressa un sourire éclatant, apparemment authentique.

— Oui, dit-elle.

Tandis qu'il reposait les yeux sur la route, elle fixa la vitre de son côté, luttant contre la chaleur que son sourire avait fait naître en elle.

Nick semblait avoir une double personnalité à son endroit. Une minute, il se montrait froid et distant ; et la suivante, chaleureux et concerné.

Lorsqu'il était chaleureux, elle se surprenait à avoir envie d'être sa coéquipière... sa meilleure amie et son amante. Elle se redressa sur son siège lorsque le mot... la simple idée d'*amante* se faufila dans sa tête.

Elle n'avait eu personne depuis Brent, et n'avait même jamais pensé à un amant depuis lors.

Nick n'avait jamais été autre chose que professionnel avec elle, et elle n'avait aucune raison de croire qu'il pensait à elle sur le plan du sexe.

Pourtant, elle aurait juré qu'il y avait quelque chose entre eux, une vibration dans l'air, une raréfaction de l'oxygène, une énergie palpable qu'elle trouvait très difficile à ignorer, car elle la tentait et la séduisait.

Elle aurait été idiote de laisser ces pensées prendre de la place dans son cerveau. Nick était là en mission, pas pour faire ami-ami avec sa coéquipière, et mieux valait qu'elle s'en souvienne.

4

Nick s'efforça de ne pas penser à Sarah tandis qu'ils roulaient vers Vincent's.

Il y gara la voiture.

— Vous savez où vit ce Gator ? demanda-t-il lorsqu'ils furent descendus de voiture.

— Pas exactement, mais d'après ce qu'on m'a dit, il est toujours dans les parages. Il suffit que nous avancions un peu et que nous l'appelions, répondit-elle.

Il la contempla avec un amusement non dissimulé.

— Si nous entrons là-dedans en hurlant « Gator ! », j'espère que ce ne sera pas un appel à tous les alligators de la région.

Elle rit, de ce même rire musical qu'il trouvait si attirant.

Il s'était efforcé de garder ses distances avec elle.

Il avait été désolé d'apprendre la mort tragique de ses parents.

Il n'avait pas cherché à connaître sa vie personnelle. Mais maintenant que c'était le cas, malgré sa résolution de faire le contraire, il se surprenait à avoir envie d'en savoir plus sur elle.

Cela ne pouvait pas faire de mal qu'ils soient amis tout en travaillant ensemble, se disait-il. C'était l'idée d'être d'éventuels partenaires sexuels qu'il ne voulait pas… ne pouvait pas entretenir.

Ils s'engagèrent dans le marais, leurs armes dégainées par mesure de précaution.

Comme la veille, le cœur de Nick battait plus fort que la normale, et l'anxiété lui nouait l'estomac et pesait sur sa poitrine.

Tout ira bien, se dit-il. *Tu es adulte et tu as une arme. Le marais ne peut pas te faire de mal.*

Il se répéta cela en boucle, comme un mantra, afin de maîtriser la peur irrationnelle qui le taraudait.

Ils n'étaient pas allés très loin quand ils tombèrent sur un gros arbre couché en travers du chemin. Ils firent halte.

— Gator Broussard, cria Sarah d'une voix étonnamment forte.

Des oiseaux prirent leur envol à la cime des arbres. Ils restèrent immobiles et attendirent.

Après quelques instants, Sarah cria à nouveau son nom.

— Je suis là, qu'est-ce que c'est que tout ce raffut ?

Un vieil homme parut sortir comme par enchantement d'un fourré à leur gauche.

Gator était vêtu d'un jean retenu à la taille par une bande de tissu et d'un T-shirt gris tendu sur ses maigres épaules.

Ses cheveux étaient presque blancs, et son visage tanné sillonné de rides. Il s'appuyait sur une canne.

Mais ses yeux brillaient d'intelligence et d'humour.

— Monsieur Broussard, je m'appelle Nick Cain.

Nick tendit la main au vieil homme. Gator la serra fermement.

— Eh ben, c'est-y pas beau de me serrer la main et tout.

Gator posa les yeux sur Sarah.

— Regardez-moi ça, c'est-y pas la petite Sarah Beauregard qu'est toute grandie ?

— Bonjour, Gator, dit Sarah en souriant.

— Monsieur Broussard, nous aimerions vous poser quelques questions, dit Nick.

— Gator, fils. Appelez-moi Gator. Et de quoi vous voulez me parler ?

— Serait-il possible d'aller chez vous pour parler en privé ?

Il voulait entrer chez Gator parce qu'ils cherchaient toujours le lieu des meurtres.

Bien qu'il n'ait aucune raison de croire qu'un homme aussi âgé et aussi maigre que lui ait tué ces femmes et transporté leurs corps en ville.

Ils pourraient ainsi exclure sa maison.

— Je suppose que je peux vous faire entrer, mais je vous préviens que c'est pas prêt pour la compagnie, répondit Gator.

Sans rien ajouter, il tourna les talons et s'engagea dans l'étroit sentier.

Nick fit signe à Sarah de le précéder, et elle suivit le vieil homme, tandis que Nick fermait la marche.

Malgré sa canne, Gator trottait allègrement dans les fourrés.

Tandis qu'ils avançaient, des mares obscures apparurent de chaque côté du chemin, qui devint plus étroit.

Des insectes bourdonnaient autour de la tête de Nick, et une légère sensation de claustrophobie le prit.

Les branches d'arbres se pressaient au-dessus du sentier et les épais taillis semblaient vouloir le toucher. Soudain, il avait à nouveau cinq ans, et il était perdu sans retour dans le marais noir et effrayant.

Les eaux étaient remplies d'énormes alligators, qui claquaient des mâchoires dans l'attente de le dévorer. La mousse espagnole pendait au-dessus de lui, essayant de l'aveugler et de le suffoquer.

Il voulait sortir de là. Seigneur, il en avait besoin !

Dieu merci, à cet instant une petite bicoque apparut et le tira de ses sombres souvenirs. Il n'était plus un petit garçon et il avait une tâche importante à réaliser.

Une étroite passerelle délabrée menait à la porte d'entrée.

Gator s'élança dessus, ouvrit la porte, et les deux policiers le suivirent à l'intérieur.

L'intérieur était très petit et ne comportait qu'une seule autre porte, dont Nick supposa qu'il s'agissait de la salle de bains.

Une couchette semblait servir à la fois de lit et de canapé, et un poêle à bois ventru dans un coin devait faire office de cuisinière.

Il n'y avait qu'un seul siège dans la pièce, un vieux fauteuil délabré.

— Je vous ai avertis que ce n'était pas prêt pour les visites, dit Gator. Allez-y, asseyez-vous.

Il leur désignait la couchette. Lui-même s'assit dans le fauteuil.

— Je suppose que vous êtes là pour les meurtres.

— Exactement, dit Nick.

— Qu'est-ce qui vous fait penser que j'en sais quelque chose ?

— Gator, vous connaissez la plupart des gens qui vivent dans le marais. Vous savez où ils vont et ce qu'ils font. Vous devez savoir si l'un des hommes d'ici est capable de commettre des crimes aussi horribles, dit Sarah.

— Quand Gravois est venu poser des questions après le premier meurtre, je lui ai dit que je pensais pas que c'était quelqu'un du marais, et depuis cette époque j'ai pas changé d'avis. Mon instinct me dit que c'est l'œuvre de quelqu'un de la ville, et mon instinct me trompe rarement.

Son regard se fit plus sombre.

— Quoi ? lança Nick. Gator, vous avez quelque chose en tête ? Quelque chose que vous voulez nous dire ?

L'homme fronça les sourcils.

— Il y a un type ici, dans le marais... Il s'appelle James Noman. Il vit dans une bicoque loin d'ici, et personne ne sait grand-chose sur lui. On dit qu'il lui manque une case, et les gens ne s'approchent pas de lui.

— C'est quelqu'un à qui nous devrions sans doute parler, répondit Nick. Vous pouvez nous dire où trouver sa maison ?

— Je ne crois pas pouvoir vous le dire, mais je suppose que je peux vous montrer où elle est, dit Gator avec un soupçon de réticence.

— Vous pouvez nous la montrer dès maintenant ? demanda Sarah.

— Nous vous en serions très reconnaissants, ajouta Nick.

Gator se leva, et Sarah et Nick firent de même.

Cela pouvait-il être aussi facile ? Était-il possible que ce James Noman soit la personne qu'ils recherchaient ?

Ils quittèrent la maison de Gator et s'engagèrent sur un sentier. Une fois encore, Gator se déplaçait rapidement, enjambant les racines et se baissant sous les branches.

À force de se concentrer sur le sentier, qui avait maintenant presque disparu, Nick perdit toute notion du temps.

Le soleil qui brillait auparavant entre les branchages avait décliné. Il n'était plus possible de voir à travers l'épaisse canopée.

L'air devint beaucoup plus froid, et une cacophonie parut s'élever de partout à la fois.

Des poissons sautaient dans les mares et d'étranges cris d'oiseaux se faisaient entendre dans les arbres.

Nick ne s'était jamais enfoncé aussi loin dans le marais, et cette atmosphère mystérieuse le mettait sur les nerfs.

Il devait sans cesse se rappeler qu'il n'était plus un petit garçon égaré. Il était adulte désormais... avec une arme et un besoin désespéré de résoudre ces meurtres.

Enfin, Gator s'arrêta abruptement. Il désigna droit devant eux une bicoque presque dissimulée par les gommiers et les cyprès.

— C'est là qu'il habite.

Gator se retourna pour les regarder.

— Et j'irai pas plus loin.

Nick aurait juré déceler la peur dans les yeux du vieil homme.

— Merci, Gator. Nous prenons la relève, répondit-il avec une confiance forcée.

Gator s'écarta pour les laisser passer.

— Si vous vous perdez au retour, vous n'avez qu'à m'appeler en criant.

Il tourna les talons et reprit la direction d'où ils étaient venus. Nick prit la tête, serrant étroitement son arme, et ils approchèrent lentement de la petite cabane.

De l'extérieur, l'endroit semblait tout à fait abandonné. Il n'y avait rien sous le porche et l'une des fenêtres latérales était cassée. La passerelle qui y menait était étroite, et plusieurs planches manquaient.

— Monsieur Noman, hurla Nick lorsqu'ils atteignirent le bout de la passerelle.

Ils attendirent une réponse. Après quelques secondes, Nick réitéra son appel, toujours en vain.

— Il ne doit pas être chez lui, dit Sarah.

Nick crut déceler une touche d'appréhension dans sa voix. Lui-même était franchement mal à l'aise.

Ils ignoraient dans quoi ils mettaient les pieds.

Gator avait mentionné le fait qu'il manquait une case à Noman. Qu'est-ce que cela voulait dire ?

Traiter avec quelqu'un qui avait des problèmes mentaux était toujours préoccupant et parfois dangereux.

— On devrait peut-être aller frapper à la porte, dit Nick.

Cela leur permettrait de jeter un coup d'œil par la fenêtre.

— D'accord, approuva Sarah.

Il rengaina son arme pour traverser l'étroite passerelle branlante. Lorsqu'il fut de l'autre côté, il reprit son arme et regarda Sarah traverser lentement.

Une fois qu'elle fut à ses côtés, il se retourna pour frapper à la porte.

— Hello ? cria-t-il. Il y a quelqu'un ? Monsieur Noman ? Vous êtes là ?

Une forte odeur de pourriture environnait la petite construction. Nick en eut la chair de poule. Ce n'était pas l'odeur de la végétation, mais bien l'odeur d'une putréfaction animale ou humaine.

— Vous sentez ça ? demanda doucement Sarah.

— Oui.

Il s'approcha de la porte et frappa, les muscles tendus. Il ignorait à quoi s'attendre, mais l'odeur à elle seule était un sérieux signal d'alarme. En tant qu'inspecteur des homicides, il avait senti cette affreuse odeur bien trop souvent par le passé.

Alors que se passait-il ici ? Que faisait Noman dans cette bicoque isolée ?

Il frappa derechef à la porte, sans plus de succès.

— Soit il n'est pas là, soit il ne répond pas.

Son envie d'enfoncer la porte était forte, mais il y avait des règles pour ce genre de choses et, en collaborant avec une policière, il se devait de les respecter.

En outre, si c'était le tueur, il ne voulait pas faire quoi que ce soit qui nuise à la mise en accusation.

Il prit conscience avec gratitude que sa peur du marais était remplacée par le désir ardent d'obtenir des réponses.

— Alors, qu'est-ce qu'on fait maintenant ? demanda Sarah.

— Je vais jeter un coup d'œil par la fenêtre, répondit Nick.

Il contourna l'étroit porche pour gagner la fenêtre brisée. Un seul regard à l'intérieur lui suffit pour constater qu'il n'y avait personne.

Une banquette était à demi recouverte d'un édredon déchiré et une cuisinière à bois ventrue se tenait dans un coin.

Mais c'est aux parois que Nick accorda un regard stupéfait : elles étaient recouvertes d'os. De gros os et d'autres plus petits. Nick fut incapable de déterminer de quel genre d'os il s'agissait. Étaient-ils humains ?

À cet instant, il remarqua un coin de la pièce. Du sang. Du sang séché et du sang frais. Il avait éclaboussé les murs et s'était accumulé sur le sol.

Était-ce le lieu des tueries qu'ils cherchaient ?

Sarah émit un hoquet audible en voyant les os et le sang. Sans réfléchir, elle agrippa le bras de Nick.

— Vous… vous croyez que c'est là que les femmes ont été tuées ?

— Tout est possible, à ce stade, répondit-il. J'aimerais bien entrer et examiner ces os et ce sang de plus près.

Sarah retira sa main, non sans avoir noté la chaleur de la peau de Nick et le jeu de ses muscles.

— Et maintenant ?

— On repart et on voit si on peut obtenir un mandat de perquisition pour cet endroit.

Il parlait avec une frustration évidente.

Sarah comprit que si elle n'avait pas été avec lui, il serait probablement entré.

Mais cela aurait nui à l'accusation, qui exigeait une enquête dans les règles.

Ils retraversèrent le pont.

— Vous connaissez le chemin du retour ou devons-nous appeler Gator ? demanda-t-elle.

Elle-même ignorait tout à fait comment sortir de là. Elle avait trop pris garde à ne pas tomber de l'étroit sentier dans les eaux infestées d'alligators pour prêter attention au trajet.

— Oui, je peux nous ramener. J'ai fait en sorte d'enregistrer l'itinéraire.

— Dieu merci, répliqua Sarah.

Il y eut soudain de forts bruissements dans les broussailles près d'eux. Du coin de l'œil, Sarah aperçut un homme mince et torse nu qui détalait sur le chemin devant eux.

— James Noman ! hurla-t-elle en se mettant à courir.

Il sauta par-dessus une mare et se jeta dans les fourrés de l'autre côté. Sarah n'hésita qu'un instant avant de sauter également par-dessus la mare, soulagée d'atterrir en terrain spongieux.

— James, arrêtez ! Nous voulons seulement vous parler.

Elle voulait absolument le rattraper pour le questionner. Et elle voulait absolument faire ses preuves aux yeux de Nick.

Des branches la giflèrent tandis qu'elle courait aussi vite que possible pour ne pas le perdre. Elle était vaguement consciente que Nick était sur ses talons.

L'homme zigzaguait dans les broussailles et, le cœur battant et le souffle court, elle s'efforçait de ne pas le perdre.

— James, s'il vous plaît, répéta-t-elle, essoufflée. Nous voulons seulement vous parler.

Comme une gazelle, il bondit par-dessus une large mare. Elle l'imita sans hésiter. Mais elle n'atteignit malheureusement pas l'autre rive et chuta dans l'eau à hauteur d'épaule.

Elle jeta instinctivement son arme sur le sentier avant de se débattre dans tous les sens, sous le choc de ce plongeon inattendu.

L'idée que des alligators pouvaient se trouver à proximité la glaça de terreur. Elle s'efforça de se calmer et de sortir de l'eau.

Mais ce ne fut pas avant que Nick lui tende une main secourable qu'elle put reprendre pied et s'extraire du marais.

À ce moment-là, Noman avait disparu.

— Bon sang ! explosa-t-elle de frustration.

Elle était non seulement furieuse d'avoir perdu leur suspect, mais aussi d'avoir l'air d'un rat mouillé.

Tout ça pour avoir voulu impressionner Nick avec ses prouesses.

— Nous essaierons de l'avoir demain, dit-il. Retournons à la voiture, j'ai une serviette dans le coffre.

— Merci, répondit-elle, reconnaissante qu'il prenne les devants afin qu'elle puisse dissimuler sa honte.

Elle frissonna plusieurs fois, trempée comme elle l'était.

Bon sang, pourquoi n'avait-elle pas mieux jaugé le bond à effectuer ?

Elle se sentait idiote aux yeux de l'homme qu'elle voulait le plus impressionner.

Le trajet du retour jusqu'à la voiture lui sembla durer une éternité.

Nick ouvrit le coffre ; il y avait là non seulement une serviette, mais aussi des bouteilles d'eau, un paquet de barres de céréales et un kit de collecte de preuves.

— On dirait que vous êtes prêt à toute éventualité, dit-elle.

— J'aimerais pouvoir dire que j'étais boy-scout dans ma jeunesse, mais la vérité, c'est que j'aime avoir tout ce qu'il faut pour survivre si je suis bloqué quelque part.

Il lui tendit la serviette.

— Merci.

Elle s'efforça d'éponger l'eau de ses vêtements, puis plaça la serviette sur le siège passager et s'assit.

Nick referma le coffre et se glissa derrière le volant.

— Si vous me guidez jusque chez vous, je vous y emmène pour que vous puissiez changer de vêtements.

— C'est gentil. Je suis vraiment désolée, Nick.

Elle se sentait misérable. Elle aurait dû mieux jauger la distance avant de sauter.

Maintenant, ils devraient prendre du temps dans cette journée chargée à cause de son erreur stupide.

— Ne battez pas votre *coulpe*. *J'admire* l'effort que vous avez fait.

— Heureusement qu'un alligator ne m'a pas attrapée.

— Croyez-moi, je n'aurais pas laissé cela arriver. Je n'ai jamais perdu de coéquipier ou de coéquipière et je n'ai pas l'intention de commencer avec vous.

Il lui adressa un sourire étonnamment chaleureux.

— Alors vous êtes coincée avec moi.

— Je suis surprise que ça vous réjouisse.

Elle poussa un profond soupir.

— Au cas où vous ne l'auriez pas encore remarqué, je n'ai aucune expérience dans ce genre d'affaire. Ces douze dernières années, je n'ai fait que tenir le standard et infliger des amendes pour excès de vitesse.

— Pour être honnête, je l'avais plus ou moins deviné.

— Je comprendrai si vous préférez demander un autre coéquipier. Ryan a fait clairement comprendre qu'il aimerait travailler avec vous, et il a beaucoup plus d'expérience que moi.

Elle retint son souffle dans l'attente de sa réponse.

— Non, vous me convenez très bien. Je pense que vous avez un très bon instinct et, en outre, je peux vous enseigner à conduire une enquête de meurtre comme il faut.

Elle laissa échapper un rire un peu sec.

— Alors cela fera de moi la seule personne du commissariat qui sait s'y prendre. Tournez à gauche au prochain carrefour, lui indiqua-t-elle.

— Compris.

— Je ne sens qu'une chose, l'affreuse odeur du marais.

Elle décolla sa chemise trempée de sa peau.

— Au moins, j'ai réussi à ne pas mouiller mon arme, mais j'espère que votre voiture ne sentira pas mauvais quand j'en sortirai.

Il se mit à rire.

— C'est le dernier de mes soucis.

Un frisson lui parcourut le dos.

Cette fois, ce n'était pas en raison de ses vêtements mouillés mais à cause de la sonorité de son rire grave.

— Tournez à droite, ici.

Pour la deuxième fois, elle avait l'impression qu'ils avaient vraiment brisé la glace entre eux.

Si tout ce qu'il fallait pour qu'ils partagent un rire c'était qu'elle saute dans le marais, elle le ferait tous les jours.

— Ma maison est la quatrième sur la gauche.

Il s'arrêta dans son allée.

— Jolie demeure, observa-t-il.

Elle contempla sa maison, peinte en gris avec une frise noire. La pelouse était bien tondue, et deux fauteuils en osier avec des coussins rouges meublaient le porche.

— Merci. Vous m'attendez ? Ma voiture est au commissariat.

— Bien sûr.

Elle se tourna sur son siège pour le regarder.

— Entrez donc, Nick. Je ne veux pas que vous attendiez dans la voiture alors que mon canapé est tout à fait confortable.

Elle ouvrit sa portière et fut soulagée d'entendre qu'il faisait de même.

Ils approchèrent ensemble de la porte d'entrée. Elle la déverrouilla et lui fit signe d'entrer.

Nick était le premier homme à franchir sa porte depuis qu'elle avait rompu avec son fiancé.

Mais il n'était pas en visite, se rappela-t-elle. Il était là parce qu'elle avait été stupide.

Oh qu'elle se sentait idiote !

— Faites comme chez vous, je vais me dépêcher, lui dit-elle.

Elle se rendit dans sa chambre, ôta ses vêtements mouillés et tourna le robinet de la douche.

En quelques minutes, elle fut sous le jet d'eau chaude,

chassant la mauvaise odeur du marais avec son savon à l'odeur fraîche.

Ses sentiments vis-à-vis de Nick étaient toujours embrouillés. Plus ils passaient du temps ensemble, plus son attirance physique croissait.

Lorsqu'il avait saisi sa main pour la sortir de l'eau, une sorte de courant électrique l'avait fait frissonner de plaisir.

Mais la pensée qu'il l'attendait lui interdisait de lambiner.

Elle sortit de la douche, revêtit un uniforme propre et prit quelques minutes de plus pour se sécher les cheveux.

Elle se vaporisa son parfum préféré et quitta la salle de bains.

Lorsqu'elle revint dans le salon, Nick était debout devant son mur de photos.

Il y avait là des clichés d'elle avec ses parents, et d'autres d'elle avec Gravois.

Elle avait également accroché des photos d'elle avec deux de ses amies, des amies qu'elle négligeait depuis quelques semaines.

En l'entendant entrer, il se retourna et lui sourit.

— Je suppose que ce sont vos parents, dit-il en désignant une photo prise quand elle avait douze ans.

— Vous supposez bien.

Elle s'approcha de lui.

— Vous avez encore les vôtres ?

— Oui. Quand je suis chez moi, ma mère insiste pour que je dîne avec eux au moins une fois par semaine.

— C'est gentil. Et des frères et sœurs ? Vous en avez ?

— J'ai une sœur de deux ans plus âgée que moi, et un frère de deux ans plus jeune.

— Et vous êtes proches ?

— Oui, nous nous entendons bien. Et vous ? Des frères ou des sœurs ?

— Non, je n'ai aucune famille.

Un sentiment de nostalgie la remplit, une nostalgie qui l'accompagnait depuis longtemps.

C'était le désir d'avoir quelqu'un dans sa vie, qui lui tienne lieu de famille. Mais à ce stade, elle ne cherchait plus vraiment quelqu'un.

Elle avait cru avoir trouvé ce compagnon chez Brent, mais leur relation lui avait brisé le cœur, et elle se méfiait désormais des relations romantiques.

— Il y a des jours où je vous prêterais volontiers mon frère, dit Nick avec une touche d'humour. Il me taquine sans merci, c'est un vrai casse-pieds.

Elle rit.

— J'aimerais bien voir ça. On y va ?

— Oui, je viens de m'apercevoir qu'il est presque 18 heures, c'est trop tard pour dîner chez Nene. Je me demandais si vous aimeriez aller dîner au café. Nous pourrons continuer à parler de la journée en mangeant. Et tu ne crois pas qu'il serait temps que nous nous tutoyions ?

— Eh bien, je suis d'accord pour les deux, répondit-elle.

Elle n'avait pas pris conscience qu'il était si tard, et elle était incontestablement surprise par son offre.

Ce n'était rien d'autre qu'un repas professionnel, se dit-elle en le suivant jusqu'à la voiture.

Alors pourquoi aurait-elle aimé que ce soit autre chose ? Pourquoi avait-elle envie que ce soit une invitation romantique ?

5

Une fois encore, Nick se surprit à lutter contre un désir frémissant pour sa coéquipière.

Cela avait commencé au moment où il l'avait tirée de l'eau. Son uniforme trempé collait à son corps, mettant ses courbes en valeur.

Mais ce n'était pas seulement ça. C'était la rapidité avec laquelle elle avait réagi en voyant l'homme sur le sentier et le courage dont elle avait fait preuve en bondissant à sa poursuite.

Il avait également senti son cœur se serrer en percevant la solitude dans sa voix, lorsqu'elle lui avait dit qu'elle n'avait pas de famille. À cet instant, il avait eu envie de la prendre dans ses bras et de la serrer contre lui.

Et maintenant, dans l'espace restreint de sa voiture, c'était son parfum qui lui donnait le vertige. Il ne rêvait que de l'enlacer et de goûter à la douceur de ses lèvres.

Seigneur, qu'est-ce qui lui prenait ? Il ne s'était pas senti attiré par une femme depuis au moins trois ans.

Pourquoi maintenant et pourquoi elle, au nom du ciel ?

D'une manière ou d'une autre, il devait maîtriser ces sentiments.

— Tu as déjà mangé au café ? demanda-t-elle.

— Non, pas encore. C'est bon ?

— Excellent, répondit-elle. Comment est la cuisine de Nene ?

— Très bonne. C'est une excellente cuisinière. Tu cuisines aussi ou tu manges dehors ?

— Je vais rarement au restaurant. J'aime cuisinier, bien qu'il y ait des soirs où je suis trop fatiguée et où je décongèle juste quelque chose au micro-ondes. Et toi ?

— En dehors des dîners hebdomadaires chez mes parents, je cuisine pour moi. Ma mère a veillé à ce que tous ses enfants sachent cuisiner.

— Une femme avisée, commenta-t-elle.

— Elle nous disait que c'était une aptitude essentielle, que nous devions maîtriser pour survivre seuls.

Il venait de se garer sur une place de parking derrière le café. Il coupa le moteur et tous deux descendirent de voiture.

— C'est une belle soirée, observa-t-il tandis qu'ils faisaient le tour du restaurant pour entrer par-devant.

La température était douce et le ciel clair. Le soleil descendait doucement vers l'horizon.

— Oui, il fait beau.

Il ouvrit la porte et s'effaça pour la laisser entrer. Une fois à l'intérieur, il regarda autour de lui avec curiosité.

Il y avait là la disposition ordinaire des restaurants, avec une rangée de box le long de chaque mur, et des tables au milieu.

Les murs étaient peints en jaune, mais deux d'entre eux arboraient de jolies fresques peintes à la main. L'une représentait Main Street, tandis que l'autre figurait des cyprès recouverts de mousse espagnole.

L'odeur était positivement merveilleuse. Cela sentait

la viande grillée et les sauces mijotées. Il y avait aussi une douceur dans l'air qui lui fit penser que les desserts devaient être bons.

Il fut vaguement surpris du nombre de personnes qui dînaient là un jeudi soir, ce qui témoignait certainement de la qualité de la nourriture.

Il repéra un box vide au fond et l'entraîna dans cette direction.

— Ça te convient ? lui demanda-t-il.

— C'est parfait pour moi, dit-elle en s'asseyant.

Il se glissa sur la banquette face à elle et s'empara d'un des menus glissés entre la salière et la poivrière.

Une serveuse, dont le badge indiquait « Heidi », ne tarda pas à venir les voir.

— Puis-je vous servir quelque chose à boire ?

— Je vais prendre un thé glacé, dit Sarah.

— Moi aussi, ajouta-t-il.

— Vous êtes prêts à commander ? Ou vous avez besoin d'un peu de temps ? questionna Heidi.

— Je suis prête. Je vais prendre un hamburger-bacon avec des frites, dit Sarah en reposant le menu à sa place.

— Et moi une assiette mixte de crevettes.

— Très bien. Je transmets vos commandes en cuisine et je reviens avec vos boissons.

Lorsqu'elle s'éloigna, Nick reposa le menu et s'adossa à son siège.

— Parlons d'aujourd'hui, dit-il.

Il valait mieux parler boutique car sinon, cela ressemblerait trop à un rendez-vous amoureux, et la dernière chose qu'il voulait, c'était sortir avec sa coéquipière.

— Par où veux-tu commencer ?

Sarah se pencha en avant, ses magnifiques yeux bleus remplis de l'envie d'apprendre, une expression qu'il trouvait incroyablement sexy.

— Commençons par Zeke. Il est évident que c'est un toxicomane et c'est une des raisons pour lesquelles je suis réticent à l'ôter de la liste des suspects, dit-il.

— Qui sait de quel genre d'hallucinations il souffre et ce qu'il peut faire quand il en souffre ?

— Exactement.

Il aimait qu'elle semble toujours savoir ce qu'il avait à l'esprit.

— Est-ce que je suis convaincu que c'est notre homme ? Non. Mais je pense que nous devons le garder sur la liste des suspects jusqu'à ce que nous l'ayons interrogé une nouvelle fois.

— Je suis tout à fait d'accord.

La conversation s'interrompit un instant, le temps que Heidi leur serve leurs boissons et leurs assiettes.

Celle de Nick comprenait des crevettes sautées et frites en panure, de même que du coleslaw et du pain à l'ail. Tout avait l'air délicieux.

— Maintenant, parlons de l'éléphant dans la pièce, continua-t-il.

— Quand tu me déposeras au bureau, je taperai la demande de mandat de perquisition. Avec un peu de chance, nous l'aurons demain après-midi.

— Bon. Je suis impatient d'entrer chez Noman et d'examiner les os et le sang. Est-ce que d'autres femmes ont disparu ces dernières années ? demanda-t-il.

Si certains des os appartenaient à des femmes, il fallait bien qu'elles viennent de quelque part.

— Pas que je sache.

Elle prit une grosse bouchée de son hamburger. Il appréciait qu'elle soit capable de manger tout en parlant d'os et de sang. C'était la marque d'une bonne policière.

Elle mâcha et avala sa bouchée.

— Mais ça ne veut pas dire que d'autres filles n'ont pas disparu dans le marais sans que personne ne le signale.

Il fronça les sourcils.

— J'imagine que mieux vaut ne pas demander pourquoi personne ne l'aurait signalé.

— Les gens du marais ont perdu toute confiance dans la police, répondit-elle. Ils n'ont pu que constater que rien ou presque n'a été fait pour enquêter sur les meurtres de ces filles.

Durant les deux heures suivantes, ils continuèrent de parler en mangeant, non seulement de ces crimes-là, mais aussi des affaires sur lesquelles il avait travaillé en tant qu'inspecteur des homicides.

Sarah écoutait bien, ne l'interrompant que pour demander des précisions.

C'était une expérience nouvelle pour lui, de parler avec quelqu'un qui s'intéressait à ce qu'il disait. Amy n'avait jamais voulu entendre parler de son métier.

— Je te raconte encore une histoire et ensuite je me tais, dit-il en prenant conscience qu'il monopolisait la conversation.

— Non, s'il te plaît. Ça m'amuse et j'apprends tant de choses.

— Commençons par commander des desserts et des cafés.

Après avoir attiré l'attention de Heidi, il commanda une tarte pommes-caramel pour lui et une tarte mousse au chocolat pour Sarah.

Les cafés leur furent servis, et il poursuivit en lui racontant la dernière histoire promise.

— Quand j'étais encore un bleu, j'ai dû poursuivre un type à pied. Il avait attaqué une supérette à main armée. Il s'était débarrassé de son arme, si bien que je savais qu'il était désarmé. Je voulais être celui qui l'arrêterait, pour faire mes preuves vis-à-vis de policiers plus expérimentés que moi.

— Je connais bien ce sentiment, dit-elle avec un sourire triste.

Mais que son sourire était beau !

Il prit une gorgée de café et continua :

— En tout cas, je courais aussi vite que je le pouvais, et il s'est engouffré dans un magasin de vêtements dont la porte était ouverte. Du moins, j'ai cru qu'elle était ouverte jusqu'à ce que j'entre en collision avec un panneau de verre.

— Oh non, souffla-t-elle, les yeux écarquillés.

Il se mit à rire.

— Oh si. Non seulement j'ai brisé la porte en verre, mais je me suis cassé le nez. Et ma fierté était en loques.

Elle rit aussi, un son magnifique qui le toucha jusqu'au fond de lui.

— Désolée, je ne voulais pas rire.

Il lui sourit.

— C'est tout à fait normal.

À sa grande surprise, elle tendit la main en travers de la table et toucha le dos de la sienne. Il sentit une petite vague de chaleur le traverser.

— Merci beaucoup de m'avoir raconté ça.

Elle retira sa main et reprit sa fourchette. Son contact manqua immédiatement à Nick.

Tout en mangeant le dessert, ils parlèrent de leurs plans pour le lendemain.

— Dès la première heure, nous retournerons au marais pour essayer d'entrer en contact avec ce Noman, dit-il.

— Et après ?

— J'aimerais reparler à Zeke et l'interroger sur ses alibis les nuits des meurtres. J'aimerais savoir si on peut l'exclure avec certitude du panel des suspects ou s'il faut le garder.

— Et il faudrait peut-être aller voir le fils d'Ed Martin pour savoir s'il a un alibi, ajouta-t-elle.

— Absolument. Je trouve très louches les explications d'Ed Martin quant à sa présence sur les lieux. S'il voulait être tenu au courant de ce qui se passe en ville, un simple coup de fil de Gravois aurait suffi. Il n'avait pas besoin d'être là.

— Je suis bien d'accord.

Ils avaient désormais fini leurs desserts et leurs cafés.

— J'imagine qu'on devrait y aller, dit-il avec un brin de réticence.

Il avait apprécié la nourriture, mais ce qui lui avait plu plus que tout, c'était la conversation et le fait de voir Sarah de l'autre côté de la table.

Il fit signe à Heidi de leur apporter l'addition.

Sarah insista pour payer sa part, et bien qu'il eût été heureux de payer pour eux deux, ils finirent par partager l'addition.

La nuit était tout à fait tombée, et la lune était presque pleine dans le ciel.

Maintenant qu'ils étaient sortis du restaurant, il sentait à nouveau le parfum fleuri de Sarah. Les muscles de son ventre se contractèrent, faisant monter un désir contre lequel il luttait désespérément.

Elle lui sourit.

— Je suis gênée de l'avouer, mais parler de meurtres m'a mise en appétit.

Il se mit à rire.

— Ça veut dire que tu es une bonne policière.

Son sourire se fêla quand elle soutint son regard.

— Je ne suis pas encore une bonne policière, mais j'ai la ferme intention de le devenir.

Ils remontèrent en voiture et il prit la direction du commissariat, où elle était garée.

— Je vais bien dormir ce soir, dit-elle. J'ai le ventre plein, c'est la fin de la journée et j'ai sommeil.

— Moi aussi, approuva-t-il.

— Ma voiture est sur le parking de derrière, lui dit-elle quand ils furent en vue du commissariat.

Il fit le tour du bâtiment. Sa voiture était l'une des trois seules qui restaient.

— Je vais d'abord entrer et m'occuper de la paperasse pour ce mandat de perquisition, dit-elle en détachant sa ceinture.

— Tu as besoin d'aide ?

— Non, je pense que ça ira.

— Je t'accompagne à la porte, dit-il sans bien savoir pourquoi il le proposait.

— D'accord. Alors à quelle heure commençons-nous demain matin ?

— Pourquoi ne pas garder 7 h 30 ?

Ils atteignirent la porte de derrière et elle se tourna pour lui faire face. Le clair de lune caressait ses jolis traits. En la voyant sourire, il n'eut qu'une envie, l'embrasser. Ses lèvres pleines semblaient appeler les siennes. Il se pencha vers elle.

Ce ne fut qu'en voyant ses yeux s'écarquiller légèrement qu'il recula, horrifié par ce qu'il avait été sur le point de faire.

— Bonne nuit, collègue. On se voit demain matin.

Il tourna rapidement les talons et retourna à sa voiture.

Sarah franchit la porte de derrière, le cœur battant sauvagement dans sa poitrine. Avait-il été sur le point de l'embrasser ?

Elle aurait pu jurer qu'elle avait vu une lueur de désir dans ses yeux lorsqu'il s'était penché vers elle.

Durant ce bref instant, elle avait tellement souhaité qu'il l'embrasse. Elle avait eu envie de sentir ses lèvres sur les siennes. Elle avait eu envie qu'il la serre étroitement contre lui.

Elle prit la direction de leur bureau, où l'attendait son ordinateur. Ce matin-là, elle avait décidé de l'emporter avec elle tous les jours, en anticipation du jour où arriverait le mandat de perquisition. Elle y prendrait aussi des notes sur l'enquête.

Elle se connecta à son compte officiel et chercha le formulaire approprié. Une fois qu'elle l'eut trouvé, elle se mit en devoir de le remplir.

Heureusement, le commissariat avait financé l'achat d'un traitement de texte pour les policiers.

Normalement, les juges ne prenaient en considération que les mandats de perquisition remplis par un policier expérimenté. Mais elle ajouta le nom de Nick à la requête, espérant que le juge Harry Epstein l'accorderait.

Elle envoya le formulaire par courriel au juge, puis referma son ordinateur et le rangea pour l'emporter chez elle. Avec un peu de chance, ils auraient la réponse le lendemain après-midi.

Quelques minutes plus tard, en retournant à sa voiture, elle repensa à la soirée qui venait de s'écouler. Il y avait eu des moments où cela n'avait pas du tout ressemblé à un repas de travail, mais plutôt à un rendez-vous amoureux.

Elle avait adoré écouter Nick évoquer ses affaires passées, et cela avait été vraiment gentil de sa part de lui raconter la fois où il s'était cassé le nez contre une porte en verre. Elle était consciente qu'il l'avait fait pour qu'elle se sente moins mal d'avoir atterri dans les eaux du marais.

Elle était incontestablement en train de développer un sacré béguin pour son coéquipier, et elle ne pouvait s'empêcher de repenser à ce moment à couper le souffle, où elle avait cru qu'il allait l'embrasser.

Le sentait-il aussi ? Ce courant électrique ? Cette bouffée de chaleur dans la pièce quand ils étaient ensemble ? Le désir qu'elle avait cru voir dans ses yeux n'était-il qu'un tour du clair de lune ou était-il réel ? Seul le temps le dirait.

Elle rentra chez elle, ôta ses vêtements, se mit en chemise de nuit et se coucha immédiatement. Elle était épuisée, et elle s'endormit presque instantanément.

Son téléphone la réveilla en jouant la musique entraînante d'une chanson populaire. Elle tâtonna sur la table de chevet et, en le prenant, s'aperçut que c'était Nick qui l'appelait.

— Qu'est-ce qui se passe ? demanda-t-elle, en notant qu'il était plus de 2 heures du matin.

Un nœud se forma dans sa poitrine. C'était forcément une mauvaise nouvelle.

— Nous en avons une autre, dit Nick brièvement.

— Où ?

— Dans la ruelle derrière le salon de coiffure Madeline's.

— J'arrive, lança-t-elle.

Mettant fin à l'appel, elle entra en action.

Elle s'habilla rapidement et passa un coup de brosse dans ses cheveux, puis prit ses clés et sortit.

Bon sang, elle avait espéré qu'il n'y aurait pas d'autre victime, que Nick et elle auraient été capables d'arrêter le tueur avant qu'une cinquième femme ne soit assassinée.

La seule chose qu'elle pouvait désormais espérer, c'est que Nick trouve les indices qui avaient fait défaut lors des meurtres précédents.

Ils avaient besoin de quelque chose qui les fasse avancer, d'un indice quelconque auquel se fier.

Le ciel était obscur. La lune projetait néanmoins une lueur argentée à même d'éclairer un peu les environs.

Les rues étaient encore désertes quand elle parvint au salon de coiffure.

Garés devant la voiture de Nick, il y avait le véhicule de Gravois, une voiture de patrouille et plusieurs autres véhicules qu'elle ne reconnut pas.

Elle se rangea près de la voiture de Nick, le cœur battant. Puis elle remonta le côté de la boutique et tourna dans la ruelle.

Plusieurs projecteurs avaient été installés pour éclairer le corps et les environs.

Sarah salua Nick et Gravois de la tête et contempla la victime.

Voir des femmes sur des photos de scène de crime et dans la réalité était très différent. Son estomac se noua, et elle lutta contre la nausée.

Même si la victime portait un jean et un corsage jaune vif, il était évident qu'elle avait été poignardée à plusieurs reprises dans le ventre.

Mais c'était surtout son visage et son cou qui rendaient

Sarah malade. On lui avait coupé la gorge, et son visage était lacéré au point d'en être méconnaissable.

C'était horrifiant et macabre de penser qu'un être humain puisse commettre ce genre de monstruosité.

— Nous attendons le médecin légiste, dit Nick.

Elle hocha la tête. Ils ne pouvaient rien faire tant que le légiste n'avait pas examiné le corps et les circonstances.

Ils se retournèrent tous en entendant des pas approcher. Ed Martin tourna le coin de la rue.

— Messieurs... Sarah, dit-il en guise de salutations.

— Je croyais que vous aviez compris que votre présence sur la scène d'un crime était inopportune, dit Nick d'un ton chargé de colère.

— Gravois m'a appelé pour m'informer qu'un autre meurtre s'est produit et, en tant qu'homme d'affaires de cette ville, je...

— Je me fiche de qui vous êtes, et je pense que c'est diantrement suspect que vous vous montriez ici, rétorqua Nick.

— Suspect ? Vous croyez vraiment que j'ai quelque chose à voir avec ces meurtres ? s'exclama Ed avec incrédulité.

— Messieurs cessez, je vous prie, dit fermement Gravois. Ce n'est pas l'heure des disputes.

— Qui a signalé ce meurtre ? demanda Sarah, espérant apaiser la situation.

— C'est Zeke. Apparemment, son ami le dealer et lui ont décidé d'aller faire la fête, mais ils l'ont découverte, dit Gravois. J'ai enfermé Zeke à l'arrière de ma voiture, et Dwayne est dans celle de Brubaker. Je les mets tous les deux en garde à vue pour interrogatoire.

— Est-ce qu'on sait qui est cette femme ? reprit Sarah.

— Pas encore. Avec un peu de chance, quelqu'un nous

aidera à l'identifier, répondit Gravois. Nous prendrons ses empreintes, mais si elle n'est pas répertoriée cela ne nous servira à rien.

Gravois se mit alors en devoir de photographier la scène de crime.

Il venait juste de finir quand le médecin légiste, le Dr Douglas Cartwright, arriva avec son assistant, Jimmy Leyton.

Tous se turent pendant que le médecin procédait à ses constatations.

Cartwright était le médecin légiste de Black Bayou depuis aussi longtemps que Sarah s'en souvenait. Il devait avoir dans les quatre-vingts ans désormais, mais elle ne l'avait jamais entendu parler de prendre sa retraite.

Le médecin prit immédiatement la température du corps, puis enveloppa ses mains dans des sachets en plastique.

Avec un peu de chance, elle s'était débattue et avait gardé un peu de la peau de son agresseur sous les ongles. Dans ce cas, ils auraient vraiment de la chance.

Sarah lança un regard à Nick, qui semblait absorbé par ce qui se passait.

Comme c'était la première scène de crime sur laquelle elle se rendait, elle observait tout ce qui se faisait avec grand intérêt.

Elle espérait de toutes ses forces que cette fois, ils pourraient obtenir un indice solide quant à l'identité du monstre du marais de Honey Island.

Jusque-là, leur enquête avançait à l'aveuglette.

Bien que James Noman se trouve au sommet de leur liste, si les os et le sang chez lui se révélaient être ceux d'animaux, ils retourneraient à la case départ.

Puisque cette femme avait dû mourir, Sarah espérait

que sa mort servirait au moins à leur dévoiler un indice qui résoudrait l'affaire.

Cartwright acheva enfin sa tâche et se redressa.

— Jimmy, ramène la civière, ordonna-t-il à son assistant. Inutile de dire que je qualifie cette mort d'homicide, ajouta-t-il à l'intention des autres. La cause de la mort semble être les blessures au couteau dans le ventre. Je dirais qu'elle n'est pas morte depuis plus de deux heures. Mais j'en saurai davantage après avoir procédé à l'autopsie.

— Mme Beauregard et moi-même pouvons-nous y assister ? demanda Nick.

— Bien sûr. Mais je n'aime pas remettre les choses à plus tard. Dès que vous aurez fini ici, rejoignez-moi à la morgue et nous l'effectuerons immédiatement, répondit Cartwright.

Quelques minutes plus tard, le corps ayant été emporté, le véritable travail de police put commencer.

Ryan Staub fut convoqué par Gravois et, quand il arriva, procéda à l'interrogatoire de Zeke et Dwayne, tandis que trois autres policiers se mettaient à traiter la scène.

Ils rassemblèrent tout ce qui s'était trouvé sous et autour du corps.

Nick arpenta les ruelles ente les bâtiments, espérant trouver quelque chose sur le trajet qu'avait parcouru le corps.

Mais, aux yeux de Sarah, rien de ce qu'ils avaient recueilli n'avait quoi que ce soit à voir avec le meurtre ou le meurtrier. Ce n'étaient que des déchets.

Trois heures plus tard environ, ils s'arrêtèrent sur le parking de la morgue.

C'était un petit bâtiment adossé à l'hôpital de Black Bayou.

Lorsqu'elle descendit de voiture, Sarah sentit l'anxiété lui nouer l'estomac. Cela avait déjà été assez difficile de contempler la morte anonyme. L'autopsie mettrait sa force intérieure à l'épreuve, d'une manière inconnue jusque-là.

Nick la rejoignit devant la voiture.

— Tu te sens prête pour ça ?

— Je n'en sais rien, répondit-elle honnêtement. La dernière fois que je suis venue à la morgue, c'était pour identifier les corps de mes parents.

— Oh ! Sarah, je suis vraiment navré, dit-il.

Il fit un pas vers elle et, pendant un bref moment, elle crut qu'il allait l'enlacer. Mais il s'arrêta près d'elle.

— Si tu veux passer ton tour, ça ne me pose aucun problème.

Elle lui sourit.

— Merci, Nick. Mais il faut que je le fasse. J'ai besoin de faire cette expérience et je veux entendre ce que son corps a à nous dire.

— Les autopsies sont plutôt brutales. Si tu as besoin de sortir à un moment ou à un autre, ne te sens pas coupable.

Elle le récompensa d'un autre sourire.

— Je ne l'oublierai pas.

Ils pénétrèrent dans le bâtiment et tombèrent sur une petite réception, avec une demi-douzaine de chaises.

Une femme que Sarah ne reconnut pas les salua derrière la vitre.

— Le Dr Cartwright vous attend. Remontez le couloir, il est dans la dernière salle à droite.

Elle pressa un bouton et la porte s'ouvrit. Sarah et Nick s'engagèrent dans le couloir.

L'air était beaucoup plus frais à l'intérieur. Sarah réprima un frisson, se demandant si c'était dû au changement de température ou à ce qui l'attendait.

Elle appréhendait vraiment l'autopsie.

Ils dépassèrent deux portes et arrivèrent enfin à la dernière. Nick frappa, et Cartwright leur ouvrit.

Cette pièce avait également une zone de réception avec plusieurs chaises, une baie vitrée et une porte intérieure, dont Sarah savait qu'elle menait à la salle d'autopsie proprement dite.

Le médecin leur tendit à tous les deux des tenues en plastique, un filet pour les cheveux, ainsi que des surchaussures et des gants.

Lorsqu'ils furent habillés, ils entrèrent dans la salle où l'inconnue les attendait sur une table métallique. Elle était recouverte d'un drap, seul son visage ravagé apparaissait.

— J'estime que la victime a entre vingt et vingt-cinq ans. Elle pèse soixante-trois kilos et mesure un mètre soixante-deux, dit le médecin.

Il retira le drap qui recouvrait le corps, lequel était désormais nu.

— Et maintenant, nous allons commencer.

De la première à la dernière incision, ce fut difficile à regarder.

La pièce se remplit de l'odeur de la mort, et plusieurs fois Sarah fut tentée de partir.

Mais elle s'en abstint.

Cartwright enregistrait des notes tout en travaillant, fixant les processus chirurgicaux.

Lorsqu'il eut terminé, il avait répertorié quatre blessures au couteau dans l'estomac et une trace d'injection dans le bras.

— Son dernier repas était fait de poisson, dit-il.

— Qu'elle a probablement mangé chez elle ou avec des amies dans le marais, compléta Nick.

Le Dr Cartwright examina finalement la bouche, où il

découvrit un petit morceau de tissu bleu coincé entre les dents du bas.

Il arrêta le magnétophone avant de retirer l'objet et de le déposer sur une table stérile à ses côtés.

— Mesdames-messieurs, nous avons le premier indice matériel. Elle semble l'avoir arraché aux vêtements de son agresseur, dit-il.

Nick se rapprocha de la table et fixa le petit morceau de tissu, avant de regarder Sarah.

— On va le faire analyser, mais à première vue, cela ressemble à un fragment de chemise d'uniforme policier.

Un frisson parcourut l'échine de Sarah.

Était-il possible que l'un des hommes avec qui elle travaillait, un homme qui avait fait le serment de protéger et de servir les habitants de Black Bayou, soit le monstre du marais de Honey Island ?

6

— Je parie que l'examen toxicologique montrera une haute dose de Xanax, comme pour les autres, dit Nick.

— Et moi, je parie que vous avez raison. Il est évident que c'est ainsi que le tueur les étourdit et les emmène hors du marais jusqu'à l'endroit où il les tue, répondit Cartwright.

— Tout de même, je suis content de ce petit bout de tissu. Au moins, elle lui a arraché quelque chose, poursuivit Nick. Et nous avons un joli indice à suivre.

— Dommage qu'elle ne lui ait pas arraché de la peau avec, remarqua Sarah.

Nick regarda sa collègue. Il avait vu jouer les émotions sur son visage durant l'autopsie et, plusieurs fois, il avait pensé qu'elle allait tourner de l'œil. Mais elle s'était accrochée, et il était fier d'elle.

Les autopsies étaient incontestablement difficiles. Il connaissait des flics chevronnés qui ne les supportaient pas.

— Laissez-moi l'examiner, pour que je vous donne une idée du mélange.

Cartwright cueillit le petit morceau de tissu avec des pinces et le déposa sous un puissant microscope.

— On dirait que c'est environ 30 à 35 % de coton et 65 ou 70 % de polyester.

Il releva les yeux.

— Ce n'est qu'une supposition. Je vais l'envoyer au labo pour avoir confirmation.

— Alors je pense que nous avons fini, dit Nick.

— J'ai téléchargé ses empreintes, pour que vous puissiez les passer dans le système et voir si vous avez une touche.

— Merci, docteur Cartwright.

Sarah et lui se débarrassèrent de leurs tenues de protection. Puis ils sortirent du bâtiment.

Le soleil montait dans le ciel, peignant tout d'un doux halo doré.

Il entendit Sarah pousser un soupir de soulagement.

— Ça va ? lui demanda-t-il.

Elle lui adressa ce sourire éclatant dont elle avait le secret.

— Très bien, maintenant que c'est fini.

— Puis-je te demander un service ?

— Bien sûr.

— Ça t'ennuie si je regarde l'étiquette de ta chemise ?

— Ça ne m'ennuie pas du tout.

Elle s'approcha, si près qu'il sentit la chaleur de son corps. Le soleil faisait étinceler ses cheveux blonds, et son merveilleux parfum floral l'enveloppait.

Il allait devoir toucher sa nuque.

Cela faisait partie de l'enquête, se dit-il. Pourtant il hésitait à le faire car une part de lui avait envie de savoir si la peau de Sarah était aussi douce qu'elle en avait l'air.

— Nick ?

Il prit conscience qu'il ne faisait rien depuis un long moment.

— Oui, je suis là.

Il tira gentiment le col vers lui. Il ne put éviter que ses doigts effleurent sa nuque.

Il lut rapidement l'étiquette et remit le col en place.

Elle tourna son regard vers lui, les joues légèrement rosies.

— Eh bien ? Je n'y ai jamais fait attention avant.

Il recula d'un pas.

— 65 % polyester et 35 % coton.

Était-il possible qu'un flic soit l'auteur de ces meurtres ? Nick ne savait que penser à ce stade.

Noman était toujours au sommet de la liste de suspects, mais ce petit morceau de tissu bleu ouvrait sur tout un éventail de suspects potentiels.

— Comment te sens-tu ? demanda-t-il.

La nuit avait déjà été longue.

— En pleine forme. Une fois que nous aurons une identification, nous aurons plein d'autres gens à interroger, et avec un peu de chance nous aurons bientôt ce mandat de perquisition en main.

Elle hésita un instant, puis le dévisagea d'un air sombre.

— Nick, il y a sûrement d'autres personnes, en dehors des policiers, qui portent des chemises faites de ce tissu.

— Sûrement. Pourquoi ne rentrons-nous pas au bureau pour voir dans quel sens aller à partir de là ?

Elle monta en voiture et il fit de même.

Il était saisi d'un sentiment d'urgence, mais faute d'avoir identifié la victime, ils ne pouvaient commencer à interroger les parents ou les amis.

Il était sans conteste intrigué par le petit morceau de tissu bleu. Il avait dit à Sarah que le matériau pouvait provenir de n'importe qui, mais il pensait qu'il était très possible qu'il vienne de la chemise d'un policier.

À quel point tout cela allait-il devenir risqué ? Et à quel point était-ce risqué qu'il éprouve une telle attirance pour sa coéquipière ?

Il s'arrêta sur le parking derrière le commissariat, et Sarah fit de même.

Ensemble, ils descendirent de leurs véhicules et se dirigèrent vers la porte.

— Je suggère que nous prenions un grand café pour nous soutenir, parce que ça va être une très longue journée, dit-il.

— Au moins, à cette heure-ci, le café sera encore correct, répondit-elle.

Ils se rendirent dans la salle de pause.

Il y avait là un distributeur de sodas et de snacks, une table ronde et une petite table supportant une cafetière électrique. Heureusement, la cafetière était encore pleine, et le café sentait bon.

Ils se servirent des cafés et retournèrent à leur petit bureau.

Tandis que Sarah s'asseyait, Nick posa son café et alla au tableau blanc, où il ajouta une personne X à la liste des victimes.

— Il nous faudrait les interrogatoires de Zeke et Dwayne par Staub et Brubaker, dit-il.

— Leurs rapports doivent être faits, je vais les chercher.

Elle se leva et sortit de la pièce, tandis qu'il contemplait le tableau blanc en soupirant.

Un tel carnage commis par un seul homme… Non, c'était incontestablement un monstre. Il fallait être un monstre pour faire ce qui avait été fait à ces femmes.

Mais comment arrivait-il à échapper à toute surveillance ?

Comment pouvait-il commettre ces crimes sans laisser aucune trace ?

La plupart des tueurs en série finissaient par commettre des erreurs, mais pas lui. Cinq mortes, et il ne semblait pas devenir négligent ou désorganisé. Il devait être suprêmement intelligent.

Mais d'une manière ou d'une autre, sa dernière victime avait arraché un fragment de sa chemise.

Nick espérait de toutes ses forces que ce petit bout de tissu allait les conduire à lui.

— Désolée d'avoir été si longue, dit Sarah en revenant quelques minutes après. Ryan était encore en train de taper ses notes, mais je les ai.

Elle posa les feuilles sur la table, et il s'assit pour les parcourir. Elle rapprocha sa chaise de la sienne, afin de pouvoir lire avec lui.

L'interrogatoire était à peu de chose près celui qu'ils avaient mené avec Zeke, et les propos de Dwayne reflétaient les siens. Tous deux traînaient alentour et étaient tombés par hasard sur le corps.

Nick regarda Sarah d'un air frustré.

— Je trouve que c'est une énorme coïncidence que ces deux-là tombent par hasard sur deux des corps.

— Tu penses qu'il pourrait y avoir deux tueurs ?

Nick réfléchit soigneusement à la question.

— Non, je crois que nous cherchons un seul homme. Et pour être honnête, je n'imagine pas Zeke et Dwayne commettant ce genre de crimes en étant drogués ou même sobres. Je crois qu'ils ne sont tout simplement pas assez intelligents ou organisés pour le faire.

— Moi, je me demande ce qu'ils ont pu voir ou entendre dans la rue, quelque chose qu'ils ne nous ont pas dit et dont ils ne réalisent même pas l'importance, dit-elle.

— Qui sait ? Tout ce que je sais avec certitude, c'est que notre tueur est organisé et malin. Il s'est débrouillé pour commettre ces meurtres sans rien laisser derrière lui, ni empreintes de pas ni empreintes digitales...

— Mais maintenant, nous avons un petit morceau de tissu, souligna-t-elle avec un espoir manifeste.

— Elle a dû se battre pour sa vie, et maintenant nous devons nous battre aussi dur pour trouver ce tueur. Pour elle.

Sarah resta silencieuse plusieurs minutes, puis poussa un gros soupir.

Elle jeta un coup d'œil à la porte fermée du bureau, puis se pencha vers lui, si près qu'il distingua de petits éclats argentés dans les profondeurs de ses yeux bleus.

— Je ne cesse de me demander qui aurait pu faire en sorte que ces filles se sentent assez en sécurité pour sortir du marais avec lui ? Et qui aurait eu les compétences pour commettre des crimes comme ceux-là sans laisser absolument aucune trace derrière lui ?

Sa voix n'était qu'un murmure.

— Un flic, répondit-il sur le même ton.

— Bingo.

Se rembrunissant, elle s'adossa à sa chaise.

— Bien que je trouve dur à croire qu'un homme avec qui j'ai travaillé des années puisse être le monstre.

— À ce stade, tout ce qu'on peut faire, c'est suivre les indices, dit-il.

Un coup résonna à la porte, qui s'ouvrit. C'était Ryan.

— Hé, on a identifié ses empreintes. Elle s'appelle Kristen Ladouix. Elle a été arrêtée deux fois pour possession d'un attirail de drogue sur la voie publique. J'ai imprimé le rapport et toutes les informations disponibles sur elle.

Il tendit les feuilles de papier à Nick.

— Merci, mon vieux, répondit Nick.

Ryan quitta la pièce, et Nick se leva pour remplacer le X par Kristen Ladouix.

Il retourna s'asseoir et regarda ce que Ryan venait d'apporter.

— Elle avait vingt-quatre ans, et apparemment ses parents vivent en ville. Prends ton café et allons-y.

Ils sortirent par la porte de derrière. Le soleil était encore vif et chaud.

— Ta voiture ou la mienne ? demanda-t-elle.

— La mienne.

Ils se rendirent à l'adresse donnée pour les parents de Kristen.

Durant les heures suivantes, ils interrogèrent non seulement les parents mais aussi plusieurs de ses amis.

Ils apprirent que Kristen squattait maison après maison dans le marais. Elle n'avait pas de petit ami et était aux prises avec la toxicomanie, ce qui signifiait sans doute que Zeke et Dwayne la connaissaient tous deux.

Ce fut juste après 17 heures qu'ils décidèrent finalement de plier bagage.

Étant donné que leur journée avait démarré à 2 heures du matin, Nick était épuisé et Sarah aussi.

— Nous nous y remettrons demain, lui dit-il tandis qu'elle refermait son ordinateur. Même endroit, même heure.

— Je serai là, répondit-elle.

Elle lui sourit, mais son sourire n'était pas aussi éclatant que d'ordinaire.

— Ça a été une longue journée, dit-il quand ils sortirent tous deux.

Il était impressionné par le fait qu'elle ne se soit pas plainte une seule fois durant la journée.

— Diablement longue. Mais au moins, nous progressons. Je suis désolée que nous n'ayons pas eu de réponse pour le mandat de perquisition. J'espère que le juge Epstein ne s'est pas absenté.

— Avec un peu de chance, nous le saurons demain.

Il la raccompagna à sa voiture.

Pourquoi, chaque fois qu'il lui disait au revoir, devait-il lutter contre l'envie de la serrer dans ses bras et de l'embrasser ?

Et pourquoi le regardait-elle comme si elle voulait qu'il l'embrasse ?

Ou bien l'imaginait-il seulement ?

Il y eut un silence embarrassé durant quelques secondes.

— On se voit demain, alors, dit-elle finalement, et elle se glissa dans sa voiture.

Il la regarda s'éloigner avant de s'installer dans la sienne. Seigneur, il était épuisé, mais cela n'expliquait pas ses sentiments grandissants pour Sarah.

Il l'aimait. Il l'aimait beaucoup. Elle était intelligente et avait un grand sens de l'humour. Même s'ils ne faisaient que travailler, il aimait passer du temps avec elle. Quand ils prenaient une pause, les conversations sur d'autres sujets leur venaient facilement.

Pourtant, il craignait de prendre l'initiative, parce que si cela tournait mal, cela pouvait rendre leurs relations professionnelles très difficiles, et c'était la dernière chose qu'il voulait.

Il était si fatigué qu'il décida de sauter le dîner et de se coucher tout de suite.

Même ainsi il lui fallut un moment pour s'endormir, car

tout se mêlait dans son cerveau, les victimes des meurtres, les interrogatoires qu'ils avaient menés ce jour-là et la possibilité que ce petit morceau de tissu bleu provienne d'un uniforme de police.

Il devait avoir enfin dérivé dans le sommeil, car il s'éveilla soudain, le cœur battant la chamade. Il se redressa, prit son arme sur la table de chevet et alluma rapidement la lampe.

Elle jeta une douce lueur dans la pièce. Il n'y avait personne. Rien ne justifiait cette réaction de panique. Il inspira plusieurs fois à fond et se détendit lentement. Cela devait être un mauvais rêve qui l'avait tiré de son sommeil.

Il reposa son arme sur la table de chevet, éteignit la lampe et se recoucha. Puis il l'entendit… Un étrange bruit de crécelle, venant de sous le lit. En fait, il y avait plusieurs bruits de crécelle.

Qu'est-ce que c'était que ça ?

Il ralluma la lampe et prit son téléphone, dont il alluma la torche. Se penchant, il regarda sous le lit. Son sang se figea dans ses veines.

Des serpents… Des serpents à sonnette.

Ils grouillaient et se tordaient en une masse mortelle.

La sonnerie de son téléphone réveilla Sarah. Il était 2 heures du matin passées et, en prenant son téléphone, elle réprima un grognement. Il ne pouvait pas y avoir déjà un autre cadavre.

L'écran indiquait Brubaker. Elle fronça les sourcils. Pourquoi Ian l'appelait-il au milieu de la nuit ?

— Ian ?

— Salut, Sarah. Je me suis dit que tu voudrais être au courant de l'appel que je viens d'avoir de ton coéquipier.

Apparemment, il est coincé dans sa chambre parce qu'il y a un tas de serpents à sonnette sous son lit.

— Quoi ?

Elle se redressa d'un coup. Des serpents à sonnette sous son lit ? Des frissons glacés parcoururent son corps.

Était-ce un cauchemar ? Comment cela pouvait-il être réel ?

— Euh... Sarah, tu es toujours là ?

— Oui, merci Ian.

Elle raccrocha rapidement et s'habilla aussi vite que possible d'un jean et d'un T-shirt au logo de la police de Black Bayou.

Puis elle boucla son holster, attrapa son arme et sortit en hâte de la maison.

Des serpents à sonnette sous son lit ? Comment diable quelque chose comme ça pouvait-il arriver ? Avait-il été mordu ?

Seigneur, si on ne lui injectait pas de l'antivenin à temps, il pourrait en mourir.

Et quel secouriste serait prêt à entrer dans une chambre pleine de serpents venimeux ?

La tête lui tournait de tant de scénarios épouvantables, et la peur lui comprimait la poitrine, l'empêchant de respirer. Sa gorge se noua et elle eut un hoquet de peur.

Elle ne pouvait pas perdre Nick. Toute la ville avait besoin de lui. Elle avait besoin de lui.

Oh Seigneur, qui avait fait quelque chose d'aussi terrible que de mettre des serpents dans sa chambre ? Une chose pareille était-elle déjà arrivée ?

Les rues étaient encore obscures quand elle s'engagea dans celle où était située la maison d'Irene Tompkin.

Puis elle vit les gyrophares bleu et rouge de la voiture de Gravois et d'un autre véhicule de patrouille.

Elle s'arrêta le long du trottoir, car la voiture de Nick et une autre étaient garées dans l'allée.

Sautant à bas de la voiture, elle courut à la porte d'entrée, le cœur battant d'anxiété.

La première personne qu'elle vit dans le hall fut Nick.

Il n'était vêtu que d'un caleçon noir. Le voir vivant et apparemment sain et sauf lui fit un tel effet que l'émotion explosa en elle. Elle se jeta dans ses bras, secouée par des sanglots de soulagement.

— Sarah, je vais bien, dit-il doucement. Ça va.

Elle leva les yeux vers lui.

— Oh Nick, j'ai craint tellement pour toi.

Elle avait à peine fini de prononcer ces mots que les lèvres de Nick s'emparèrent des siennes.

Ce fut un baiser ardent, qui fit monter un désir brûlant au milieu de sa peur.

Il fut aussi bref que torride. Nick recula immédiatement.

— Je suis désolé, Sarah... ça... ça n'aurait pas dû arriver.

— Mais... je voulais que ça arrive, répondit-elle.

À cet instant, des pas lourds se firent entendre dans l'escalier.

Gravois apparut dans le hall, suivi de Colby Shanks. Le chef de la police avait l'air épuisé et en colère.

— Gator en a attrapé cinq jusqu'ici, et il y en a encore quelques-uns.

— Comment est-ce arrivé ? Comment... comment diable ont-ils pu entrer dans la chambre de Nick ? lança Sarah.

C'était seulement la première des nombreuses questions qu'elle avait.

Gravois lança un regard appuyé à Nick.

Elle dévisagea ce dernier, s'efforçant de se concentrer

sur ce qu'il allait dire plutôt que sur l'allure qu'il avait en sous-vêtement.

Son corps était splendide : des épaules larges, des hanches minces, des jambes et des bras longs et musclés.

Elle n'avait pas encore eu le temps d'assimiler ce baiser si bref qu'ils avaient partagé.

— J'ai commis une grosse erreur en m'installant dans cette chambre, dit Nick, un muscle tressautant sur sa joue. Je n'ai pas vérifié si la porte de service était verrouillée ou non. C'était une erreur stupide, qui aurait pu me coûter la vie.

Il fourragea dans ses cheveux noirs.

— Je ne pensais pas que ce vieil escalier de secours puisse supporter le poids d'une personne, mais apparemment si, parce que quelqu'un est passé par là pendant que je dormais pour lâcher ces serpents dans ma chambre.

Ses yeux étaient plus sombres qu'elle ne les avait jamais vus.

— Dieu merci, j'ai entendu leurs cascabelles avant de poser un pied par terre.

— Dès que j'ai eu son appel, j'ai envoyé Lynons chercher Gator au marais, qui est là-haut en ce moment, en train d'attraper les serpents, expliqua Gravois.

Judd Lynons était un jeune policier de trente-cinq ans, qui avait passé les dix premières années de sa vie dans le marais.

— Quand Gator leur aura mis la main dessus, nous entrerons et nous relèverons les empreintes sur la porte et l'escalier de secours. Avec un peu de chance, nous en trouverons qui nous donneront l'identité de celui qui a fait ça.

— C'était une tentative de meurtre, intervint Sarah, qui luttait toujours contre les tremblements qui la secouaient.

— C'est bien ce qu'il semble, et c'est ainsi que nous allons le traiter, répondit Gravois. C'est incontestablement une manière tordue d'essayer de nuire à Nick.

— Où est Nene ? demanda brusquement Sarah.

Elle avait dû être terrifiée d'être réveillée par la nouvelle qu'il y avait des serpents à sonnette chez elle.

— Elle est dans la cuisine avec Ralph, l'autre pensionnaire, expliqua Nick.

— Elle va bien ?

— Elle est étonnamment en forme, répondit Nick. Elle semble prendre tout ça très bien.

— C'est une femme solide, commenta Gravois.

Gator redescendit l'escalier, suivi de Judd. Il portait un grand sac de jute tout frétillant. Il avait aussi sur l'épaule un jean et un T-shirt, qu'il jeta à Nick.

— J'ai pensé que vous auriez besoin de ça, dit-il.

— Merci. Alors, combien y en avait-il ? demanda Nick en désignant le sac.

— Huit gros, répondit Gator. Je dirais qu'il y a quelqu'un qui vous aime pas trop, monsieur Nick.

— Oui, j'ai bien compris le message, répliqua Nick. Si vous voulez m'excuser une minute, je vais m'habiller.

Il franchit une porte, dont Sarah supposa qu'elle donnait sur une salle de bains, et referma la porte derrière lui.

C'était vraiment dommage de couvrir ce corps splendide.

Et ce baiser, il lui avait coupé le souffle. Elle était juste déçue qu'il n'ait pas duré plus longtemps.

Elle avait le sentiment qu'ils devaient absolument en parler plus tard.

— Nous avons vérifié tout l'étage, mais les serpents n'étaient que dans la chambre de Nick, déclara Judd.

— Si M. Judd me ramène chez moi, je relâcherai ces serpents dans le marais, dit Gator.

Nick revint dans la pièce, désormais vêtu d'un jean et d'un T-shirt gris.

— Judd allez-y, ramenez Gator chez lui, dit Gravois. Shanks et moi allons monter et commencer à traiter la scène. Nick, en tant que victime, vous comprenez que vous ne pouvez pas participer à l'enquête. Et ça va nous prendre un moment.

— Nick, tu veux venir chez moi jusqu'à ce que tout ça soit terminé ? lança Sarah, espérant que son invitation avait l'air décontractée.

— C'est une bonne idée, Nick. Nous allons rester ici plusieurs heures, dit Gravois.

Nick contempla Sarah.

— Tu es sûre que ça ne t'ennuie pas ? Tu pourrais juste rentrer chez toi et te recoucher.

— Je suis bien trop énervée pour me rendormir et, non, ça ne m'ennuie pas du tout, sinon je ne te l'aurais pas proposé.

Nick fronça les sourcils.

— Mes clés de voiture sont à l'étage.

— Pas de problème. Je t'emmène, répondit Sarah.

Elle se tourna vers Gravois.

— Vous avez encore besoin de lui ?

— Pas pour l'instant, mais il me faudra une déposition officielle, Nick. Mais nous nous en occuperons plus tard. Vous pouvez partir. Je vous contacterai demain.

Nick et Sarah quittèrent la maison.

— Bon sang, Nick ! s'exclama-t-elle quand ils furent dans la voiture.

— Imagine ma surprise quand j'ai entendu ces sifflements sous mon lit et que j'ai vu les serpents…

— Je ne peux pas l'imaginer. Le simple fait d'y penser me fait frissonner de haut en bas, répondit-elle. Je me demande qui pourrait faire quelque chose d'aussi vil, d'aussi fourbe.

Bien qu'on fût au milieu de la nuit, elle perçut un faible effluve d'eau de toilette émanant de lui.

— La première question qui me vient c'est : t'es-tu disputé avec quelqu'un en ville ? Qui pourrait t'en vouloir ? Mais je sais que tu n'as pas eu l'occasion de beaucoup interagir avec qui que ce soit en dehors de notre enquête, dit-elle.

— Tu as raison. La seule chose à laquelle je peux penser, c'est que quelqu'un se sent officiellement menacé par notre enquête.

Elle s'arrêta dans son allée, et tous deux sortirent de voiture. Ils restèrent silencieux tandis qu'elle déverrouillait sa porte et entrait.

— Un verre, ça te dirait ? demanda-t-elle. J'ai du whisky et du rhum. Je ne vois pas de meilleure raison de boire que de trouver des serpents sous son lit.

Il laissa échapper un petit rire contraint.

— Tu as raison. Un whisky-Coca me ferait le plus grand bien.

Il se laissa tomber sur le canapé.

— C'est comme si c'était fait.

Elle se rendit dans la cuisine et prépara un whisky-Coca pour lui et un pour elle. Elle emporta les verres dans le salon, les posa sur la petite table, puis s'assit à côté de lui.

— Alors, qui t'a menacé, selon toi ? demanda-t-elle.

C'était un point dont elle voulait absolument discuter, mais avant de le ramener chez lui, il faudrait qu'elle lui parle aussi du baiser explosif qu'ils avaient partagé.

— Tout ce que j'arrive à me dire, c'est que ce petit bout de tissu bleu a dû faire peur à quelqu'un.

— Mais qui aurait pu être au courant, à part nous ?

Elle le regarda boire une gorgée avant qu'il ne réponde :

— Gravois devait le savoir.

— Tu ne peux pas sérieusement croire qu'il est le monstre, protesta-t-elle. Impossible de penser qu'il a quelque chose à voir avec ces meurtres. Je connais Gravois, et c'est tout à fait improbable.

— Mais il a sans doute parlé à quelqu'un du commissariat de l'indice que nous avons, et je parierais qu'à midi tous les policiers connaissaient son existence.

Ce fut à son tour de prendre une grande gorgée de sa boisson.

— Alors tu crois vraiment qu'un des policiers est notre suspect principal ?

Même la brûlure du whisky ne pouvait supprimer le frisson glacial qui la parcourait à l'idée que l'un de ses collègues était le monstre qu'ils recherchaient.

— À ce stade, ça me semble plus plausible qu'invraisemblable. Tu connais quelqu'un qui aime ramasser des serpents sur son temps libre ?

— Je n'en ai aucune idée. Bien que Judd Lynons ait grandi dans le marais, je pense que ce doit être quelqu'un qui a une grande connaissance de ce terrain.

Elle prit une autre gorgée et posa une main sur le genou de Nick.

— Oh Nick, quand je pense à ce qui aurait pu t'arriver si tu étais sorti de ton lit sans t'en apercevoir, ça me rend malade. Tu aurais pu être mordu des dizaines de fois. Tu aurais pu en mourir ou, au moins, être très, très malade.

Il recouvrit sa main de la sienne.

— Crois-moi, j'en suis bien conscient.

— Comment as-tu réussi à sortir du lit avec tous ces serpents dans la pièce ?

Elle luttait contre la chaleur délicieuse qui l'envahissait au contact de sa main.

Un bref rire lui échappa.

— En faisant très attention. En fait, Gator a détourné l'attention de ces créatures pendant que je filais dans le couloir. Mais comment sais-tu tout cela ?

— Ian m'a appelée après avoir reçu ton appel, expliqua-t-elle. Il a pensé que j'aimerais savoir ce qui était arrivé à mon coéquipier.

Tout en continuant d'évoquer les événements de la soirée et leurs suspects potentiels, ils burent un autre verre, et Sarah se surprit à être assise plus près de lui sur le canapé.

Elle ne sut pas vraiment qui s'était penché le premier, mais soudain ses lèvres furent sur les siennes, dans un tendre baiser qui s'approfondit quand il pointa la langue pour aller à la rencontre de la sienne.

Le baiser se fit moins tendre et plus vorace. Il resserra ses bras autour d'elle. Elle noua les siens autour de son cou, pour se rapprocher encore… Elle avait la sensation d'avoir attendu son baiser des mois, des années… Et maintenant elle ne pouvait se rassasier de lui.

Leurs langues bataillaient, et le baiser continua jusqu'à ce qu'elle en ait le souffle coupé. Alors ses lèvres quittèrent les siennes et déposèrent de petits baisers tout le long de sa gorge.

Il posa les mains autour de ses seins, et elle gémit de plaisir. Mais ce gémissement parut stopper Nick dans son élan. Il retira ses mains et cessa de l'embrasser.

La dévisageant avec de grands yeux qui reflétaient encore la soif qui l'animait, il lui dit :

— Sarah, je suis navré...

Il fourragea dans ses cheveux et poussa un soupir.

— Je... J'ai l'impression de ne pas pouvoir m'empêcher de...

— S'il te plaît, ne t'excuse pas, répondit-elle, le cœur tambourinant plus vite.

— Il est évident que tu m'attires énormément sur le plan physique...

— Moi aussi, intervint-elle.

— Mais, Sarah, nous ne pouvons pas faire ça. Il faut garder des rapports professionnels.

— Pourquoi ne pouvons-nous pas avoir les deux ?

Elle se pencha vers lui.

— Je ne cherche pas une relation éternelle, Nick. Je sais qu'une fois que nous aurons résolu les crimes tu retourneras à La Nouvelle-Orléans. Mais j'ai envie de toi, Nick, et ça ne changera pas la manière dont nous travaillons ensemble.

— Sarah, tu me tues, murmura-t-il doucement.

Elle se leva, le cœur battant sur un rythme chaotique.

— Au lieu de te ramener chez toi, pourquoi ne me laisses-tu pas t'emmener dans ma chambre ?

Elle n'avait jamais été aussi directe de sa vie, mais elle n'avait jamais éprouvé non plus tant de désir pour un homme. C'était un désir brut et intense, et s'ils faisaient l'amour juste une fois, cela leur permettrait sûrement de s'en libérer. Elle lui tendit la main.

7

Nick avait la sensation d'être ivre de désir pour elle.

Quelque part au fond de lui, il savait que c'était une mauvaise idée, mais embrasser Sarah avait embrasé son désir. Elle lui tendait la main, et il ne pouvait nier la soif qu'il avait d'elle.

Il glissa sa main dans la sienne et se leva, la laissant le guider dans le couloir.

Ils dépassèrent une chambre qui semblait être pour les invités, et un bureau de l'autre côté. Puis elle tourna à gauche, dans sa propre chambre.

La pièce sentait comme elle, un parfum évocateur qui lui fit tourner encore plus la tête.

Sur le grand lit, un dessus-de-lit blanc et rose était tiré, révélant des draps rose pâle froissés. Une lampe argentée projetait un doux halo lumineux.

Il était évident qu'elle avait sauté du lit et était partie en hâte en entendant parler des serpents.

Il était désolé qu'elle ait eu peur pour lui, mais pour l'instant, tout ce à quoi il pouvait penser était son désir d'elle.

Il la reprit dans ses bras et captura ses lèvres pleines. Elles avaient un petit goût de whisky et étaient brûlantes de passion.

Il la serra plus étroitement et elle blottit son petit corps contre le sien. Il adorait sa manière de se couler dans ses bras, comme si leurs corps étaient faits l'un pour l'autre.

Le baiser se poursuivit jusqu'à ce qu'ils soient tous deux hors d'haleine.

Elle recula finalement et ôta son T-shirt en le faisant passer par la tête. Elle portait un soutien-gorge blanc. Il n'avait jamais rien vu de plus sexy. Jusqu'à ce qu'elle enlève le soutien-gorge...

Ses seins étaient petits et absolument parfaits. Leurs pointes étaient durcies, et il ne voulait rien d'autre que les goûter.

Il sentit ses genoux faiblir, menaçant de le renverser avec le désir brûlant qui le consumait.

— Tu es sûre que c'est ce que tu veux, Sarah ? questionna-t-il, pour lui laisser une issue. Je veux que tu sois tout à fait certaine.

— Je suis tout à fait certaine. Je te veux, Nick, répondit-elle d'une voix rauque. Je... ça fait très longtemps que j'ai envie de toi.

Il ôta son T-shirt, jetant toute prudence au vent.

Ils étaient des adultes intelligents. Ils pouvaient certainement profiter de cette nuit ensemble sans la laisser interférer avec le travail.

Cette pensée éradiqua le reste de ses craintes et libéra le désir qu'il avait d'elle depuis qu'elle lui avait souri pour la première fois.

Ils finirent de se déshabiller, elle en slip, lui en caleçon. Puis ils se mirent au lit, et il la reprit dans ses bras.

Contre sa poitrine, ses seins nus étaient doux et chauds, comme l'était sa bouche qu'il investit de toute la passion qui le consumait. Elle lui répondit avec une ferveur égale, collant ses lèvres contre les siennes et s'agrippant à son dos.

Tout en déposant des baisers sur sa gorge, il la fit lentement rouler sur le dos. Sa bouche continua son chemin, et il captura l'un de ses tétons.

Il lécha et suça, enivré par ses gémissements de plaisir. Il lécha d'abord le premier, puis le second. La tension monta en lui et il se découvrit pleinement excité.

Mais il n'était pas encore prêt à la pénétrer. Il voulait lui donner autant de plaisir que possible avant cela. Sa main glissa de son sein à son ventre plat, puis caressa le dessus de son slip. Elle arqua le dos en gémissant de frustration.

Alors il glissa les doigts à l'intérieur, là où elle le voulait. Elle haleta et colla ses hanches contre lui, puis s'arrêta et se tortilla pour faire descendre son slip. Elle s'en débarrassa d'un coup de pied, et il recommença à la caresser.

Cette fois, il sentit l'humidité au fond d'elle, et la tension qui montait. Il la taquina un peu au début, faisant danser ses doigts légèrement, puis il accéléra le rythme. Il la sentit jouir contre lui. Elle frémit de tout son long et cria son nom. Son orgasme ne fit que multiplier son désir d'elle.

Il se débarrassa de son caleçon d'un coup de pied, dévoré du besoin d'elle. Mais avant qu'il puisse la prendre, il sentit sa main l'encercler.

— Ah, Sarah, grogna-t-il, tandis que sa main glissait de haut en bas sur son membre durci.

Il la laissa faire quelques instants, puis il écarta sa main, enfila un préservatif et se plaça entre ses jambes.

Après l'avoir surplombée un instant, il gémit de plaisir en la pénétrant. Elle croisa les jambes autour de ses hanches, l'entraînant plus profondément en elle.

Il la fixa au fond des yeux en commençant d'aller et venir en elle. Ses yeux brillaient d'un éclat sauvage. Ses mouvements furent d'abord très lents. Elle ferma les yeux et murmura un doux « oui » en s'accrochant à ses flancs.

Il accrut le rythme à mesure que la tension montait en lui. Plus vite, toujours plus vite. Elle eut un autre orgasme, et il jouit presque en même temps.

Enfin, il roula sur le flanc, haletant. Ils respirèrent ainsi plusieurs minutes, jusqu'à ce que leurs souffles aient repris une apparence de normalité.

Elle posa une main sur sa poitrine et se redressa un peu pour lui sourire.

— C'était bien meilleur que ce que j'imaginais.

Il lui rendit son sourire.

— Et tu imaginais ça depuis longtemps ?

— Depuis le premier jour, quand tu es arrivé, avoua-t-elle.

— J'ai commencé à l'imaginer la première fois que tu m'as souri, dit-il. Mais tu es consciente que nous n'aurions pas dû faire ça, n'est-ce pas ?

— Comment quelque chose de si bon pourrait être mal ? répliqua-t-elle. Nick, cela n'a pas besoin d'interférer avec notre travail. Nous sommes des adultes raisonnables, et nous pouvons le gérer, n'est-ce pas ?

Ses yeux bleus étaient si beaux, si sincères.

— J'espère, répondit-il enfin.

— Bon, puisqu'il est si tard, pourquoi ne restes-tu pas dormir ?

Cela paraissait ridicule d'insister pour qu'elle le ramène chez lui. Il était plus de 4 heures du matin, et aucun d'eux ne serait apte à travailler s'ils ne dormaient pas.

— D'accord. On dort jusqu'à midi, et ensuite on va au bureau.

— Bonne idée. Je reviens tout de suite, dit-elle en sortant du lit. N'hésite pas à te servir de la salle de bains dans le couloir.

Tandis qu'elle disparaissait dans son cabinet de toilette et refermait la porte, il se leva et ramassa son caleçon sur le plancher. Il se rendit dans la salle de bains indiquée, se nettoya et remit son caleçon.

Il fixa son reflet dans le miroir au-dessus du lavabo. Tout était arrivé si vite qu'il n'avait pas pensé une minute à la contraception.

Cela faisait trois ans qu'il n'avait pas eu de rapports sexuels. Était-ce cela qui avait rendu l'amour avec Sarah aussi extraordinaire ? Parce que cela avait été vraiment extraordinaire.

Soudain épuisé, il s'aspergea le visage d'eau froide. Il y avait tant à penser... Les serpents dans sa chambre, la possibilité que le tueur soit un flic...

Mais il ne pouvait réfléchir à tout cela cette nuit. Il ne pouvait certainement pas réfléchir au fait qu'il venait de faire l'amour à sa collègue.

Après avoir dormi, il serait davantage capable d'appréhender à la fois ses émotions et ces nouveaux développements.

Il quitta la salle de bains et retourna dans la chambre, où Sarah s'était recouchée, vêtue d'une nuisette rose.

Elle avait l'air positivement charmante dans ce vêtement, avec ses cheveux ébouriffés.

Il se glissa dans le lit, et elle se rapprocha, manifestement désireuse de se blottir contre lui pour dormir.

Il avait presque oublié qu'il faisait aussi cela autrefois. Cela ne lui posait pas de problème de la tenir dans ses bras.

— Bonne nuit, Nick, dit-elle d'une voix déjà ensommeillée.

— Bonne nuit, Sarah.

La lampe de chevet était encore allumée, mais cela ne les empêcha pas de sombrer dans le sommeil.

Nick s'éveilla le premier. Le soleil brillait entre les volets de la chambre, indiquant qu'il était sans doute temps de se lever.

Mais il n'avait pas envie de sortir du lit. Il était lové contre Sarah, et son corps s'imbriquait parfaitement avec le sien.

Elle donnait une impression de petitesse et de fragilité, et il prit conscience que même s'il ne la connaissait pas depuis très longtemps, il éprouvait des sentiments profonds pour elle, des sentiments qui allaient bien au-delà de leur association sur le plan professionnel.

Mais leur relation ne pouvait aller nulle part.

Il n'avait rien à lui offrir en matière d'avenir.

Son ex-femme lui avait dit qu'il était un très mauvais mari, et il n'essaierait plus d'être un mari. Pourquoi rendre une autre femme malheureuse ?

Le simple fait qu'il pense à tout cela après une seule nuit avec Sarah le troublait. Il était plus que temps de se lever et d'aller travailler.

Il s'écarta d'elle en roulant, et elle s'éveilla immédiatement. S'étirant comme un petit chat, elle lui adressa un sourire groggy.

— Bonjour… Il est quelle heure ?

— Onze heures et demie, répondit-il en enfilant son T-shirt et en prenant son pantalon.

Elle se glissa hors du lit.

— Donne-moi vingt minutes, et je serai prête.

Elle marcha jusqu'à son placard, en sortit un uniforme et se rendit dans la salle de bains.

— Je serai au salon, répondit-il.

Quittant la chambre, il alla se jeter sur le canapé pour l'attendre.

La tête lui tournait des myriades de pensées qu'il devrait trier à un moment ou à un autre.

— Quand nous arriverons chez moi, dépose-moi juste, je te retrouve au commissariat dans une demi-heure, dit-il lorsqu'ils montèrent en voiture.

— Tu n'as pas peur de retourner dans cette chambre ?

— Non, je suis sûr que Gator a capturé tous les serpents. Maintenant, tout ce que nous avons à faire, c'est découvrir quel est le reptile qui les a mis dans ma chambre, répliqua-t-il sombrement.

Assise dans leur petit bureau au commissariat, Sarah fixait le tableau blanc.

Elle aurait dû réfléchir aux actes criminels qui s'étaient déroulés récemment, mais tout ce à quoi elle pensait pour l'instant, c'était à la nuit qu'elle avait passée avec Nick.

Faire l'amour avec lui avait été magique. Il s'était montré à la fois tendre et expert et l'avait emportée vers des sommets de plaisir inconnus pour elle.

S'endormir dans ses bras avait été presque aussi merveilleux. Elle s'était sentie tellement en sécurité contre lui, tandis qu'elle dérivait dans le sommeil. Ses bras musclés l'encerclaient et son odeur familière l'enveloppait.

Elle savait qu'elle n'aurait pas dû se laisser aller à développer de vrais sentiments pour lui, mais elle ne pouvait maîtriser son cœur.

La vérité, c'est qu'elle était plus qu'à moitié folle de lui.

Elle admirait son professionnalisme. Il la poussait à raisonner en profondeur, à tout analyser.

Plus que cela, il lui donnait l'impression d'être une adolescente haletante quand elle était avec lui.

Elle ne se rappelait pas avoir éprouvé quelque chose de semblable avec son ex-fiancé, et à l'époque elle était convaincue de l'aimer de tout son cœur. Mais c'était différent avec Nick.

Et qui avait essayé de le tuer la veille ? C'était une tentative de meurtre particulièrement sournoise. Un pas hors de son lit et il aurait pu être mordu des dizaines de fois.

Une fois encore, un frisson la parcourut de haut en bas à cette seule idée.

Dieu merci, il avait entendu les cascabelles avant de faire un geste.

Qui avait piégé ces serpents dans le marais, les avait emportés le long du vieil escalier de secours et les avait relâchés dans la chambre de Nick ?

Elle sursauta lorsque la porte s'ouvrit d'un coup. En voyant entrer Ryan, elle réprima un grognement.

— Salut, Microbe ! lança-t-il en se jetant sur une chaise à côté d'elle.

— Qu'est-ce que tu veux, Ryan ? demanda-t-elle, incapable de contenir son irritation.

Il prit un air blessé.

— Je n'ai plus jamais l'occasion de te parler. Monsieur Canon et toi, vous êtes continuellement ensemble.

— Nous travaillons, dit-elle d'un ton appuyé.

— Je pense que vous faites plus que travailler. Je vois bien la manière dont tu le regardes. Tu craques pour lui.

— Ne sois pas ridicule. Je le regarde comme un coéquipier et un ami.

La possibilité que Nick et elle fassent l'objet de commérages au bureau était sa hantise. Elle ne voulait pas que cela nuise à son image professionnelle vis-à-vis de ses collègues.

Personne n'avait à savoir ce qui se passait entre Nick et elle. C'était leur affaire à eux, et à eux uniquement.

— Qu'est-ce que vous avez découvert jusqu'ici ? Vous avez en suspect à l'esprit ?

— Personne en particulier, mais nous réduisons de plus en plus les possibilités, dit-elle, prenant garde de ne rien révéler.

— J'ai entendu dire que vous avez relevé un bel indice sur la dernière victime, reprit-il.

— Les nouvelles vont vite, ici, répliqua-t-elle.

— Mais c'est important. Nous n'avons rien tiré des autres victimes. Au moins, vous avez quelque chose à exploiter.

— Eh bien, nous verrons où ça nous mène.

Avant qu'elle puisse ajouter autre chose, la porte s'ouvrit et Nick entra. Ryan bondit sur ses pieds et lui sourit.

— Salut, vieux. Je faisais juste une petite visite à Sarah.

— Pas de problème, répondit Nick.

— Je n'ai pas eu l'occasion de la voir dernièrement. Mais je vais m'en aller et vous laisser à vos affaires.

Il n'attendit pas que Nick réagisse avant de quitter la pièce. Nick s'assit sur une chaise face à Sarah et sourit d'un air amusé.

— Quelque chose d'important est sorti de ta conversation avec lui ?

Elle lui retourna son sourire.

— Il n'y a jamais rien d'important dans nos conversations, mais il a effectivement demandé où nous en sommes de l'enquête. Je ne lui ai rien dit en dehors du fait que nous réduisons le nombre de suspects.

Comme d'ordinaire, Nick sentait bon le savon et cette eau de toilette épicée qu'elle trouvait si séduisante.

Il était sanglé dans un pantalon bleu marine et une chemise bleu clair et, comme toujours, elle sentit son cœur battre un peu plus vite à sa seule vue.

— Euh... avant qu'on se mette au travail, je pense qu'il faut que nous parlions d'hier soir.

Elle le dévisagea, sentant son cœur manquer un battement.

— Ne me dis pas que tu regrettes, je t'en prie, Nick, dit-elle.

Il sourit, de ce doux sourire qui lui réchauffait le cœur.

— Comment pourrais-je regretter quelque chose de si merveilleux ?

Elle se remit à respirer.

— C'était merveilleux, en effet. Alors de quoi devons-nous parler ?

— Je voulais que tu saches que ça fait des années que je n'ai couché avec personne, mais c'est arrivé si vite hier soir que je n'ai pas pensé à la contraception.

— Ça fait aussi des années pour moi, avoua-t-elle. Mais je prends la pilule, alors il n'y a pas de danger.

C'était une conversation légèrement embarrassante, et elle se sentit rougir.

Elle supposait que ce genre de sujet se présentait souvent dans les relations d'aujourd'hui, même si elle devait se souvenir qu'ils ne sortaient pas ensemble.

Tout ce qu'ils avaient partagé, c'était une nuit torride, une nuit qu'elle était avide de répéter. Mais la balle était dans le camp de Nick.

— Alors parlons d'hier soir et de ce qui s'est passé dans

ma chambre. Du fait que j'ai été un fichu imbécile de ne pas vérifier la porte donnant sur l'escalier de secours.

Il fit la grimace.

— Je ne l'ai vérifiée qu'une fois, le jour où j'ai emménagé, et en voyant l'état de l'escalier, j'ai écarté l'idée que quelqu'un puisse passer par là. C'était une erreur stupide de ma part.

— Ne bats pas ta coulpe, Nick. Qui aurait pu supposer que quelqu'un passe par là pour lâcher une dizaine de serpents dans ta chambre ?

— J'ai parlé à Gravois en venant. Ils n'ont relevé aucune empreinte sur la porte ou la rampe. Je m'y attendais. Celui qui a fait ça est malin… assez malin pour ne laisser aucune trace.

Elle sentit l'anxiété peser sur sa poitrine.

— Tu penses que c'était notre tueur ?

— Je pense que c'était quelqu'un qui voudrait m'écarter de l'enquête, répondit-il avec une lueur d'orage dans les yeux. Alors, oui, je pense que c'était notre tueur.

— Mais pourquoi n'est-il pas entré dans ta chambre pour te tuer ?

— Sans doute parce qu'il savait que j'avais une arme à portée de main.

Sarah ouvrit son ordinateur et l'alluma.

— Si nous pensons que c'est un policier qui est derrière tout ça, je ferais mieux d'afficher le planning de cette semaine. Ça nous montrera qui était de service cette nuit et la nuit dernière, et on pourra les éliminer de notre panel de suspects.

— Ce serait un bon début, approuva-t-il.

— Attends… J'ai un message en attente !

Elle cliqua sur le message en question et releva les yeux avec enthousiasme.

— Ça y est, on a notre mandat de perquisition pour James Noman.

— Oui, il y a beaucoup de sang dans cette bicoque. Et en vivant dans le marais, j'imagine qu'il doit être adepte de la manipulation de serpents. Alors allons-y.

Elle mit en route l'impression du mandat sur l'imprimante du petit bureau dans le couloir, puis ils s'en allèrent dans la voiture de Nick.

Elle ignorait comment le bout de tissu pouvait être relié à Noman, mais Nick avait raison quant au sang dans sa maison et le fait qu'il connaissait probablement bien les serpents.

Même si la résolution des meurtres signifierait la fin du séjour de Nick, elle voulait plus que tout mettre ce tueur derrière les barreaux.

Nick sentit l'adrénaline affluer dans son corps lorsqu'il se gara sur le parking de Vincent's.

Pour le moment, James Noman était aussi suspect que n'importe qui. Il pouvait très bien s'en prendre aux femmes du marais, bien que Nick ignore s'il possédait un véhicule pour transporter les corps en ville.

Mais James était sans doute capable de se déplacer comme une ombre et de se débarrasser des corps sans être vu par quiconque.

Et il n'y avait aucun doute dans l'esprit de Nick que l'homme était capable d'attraper des serpents.

Dans un coin de sa tête, il retenait encore la possibilité que le tueur soit un policier, mais c'était Noman qu'il avait en ligne de mire pour l'instant, et il était impatient d'explorer cette bicoque en détail.

Il devait se concentrer sur la résolution la plus rapide

possible de ces crimes. Parce qu'il devait s'éloigner de Sarah aussi vite que possible, avant que les choses ne prennent de l'ampleur entre eux.

Il avait déjà développé des sentiments pour elle auxquels il ne se serait jamais attendu. La dernière chose qu'il voulait, c'était lui faire du mal d'une quelconque manière.

Lorsqu'ils pénétrèrent dans le marais, son cœur se mit à battre plus vite comme toujours, et il lutta contre le souvenir de son traumatisme.

Il avait cru que cela deviendrait plus facile avec le temps, mais chaque fois qu'il abordait le marécage, son anxiété crevait le plafond. Sa gorge se nouait et sa bouche s'asséchait.

Il ne voulait pas que Sarah s'aperçoive qu'il avait peur.

Il ne voulait pas qu'elle comprenne que le grand flic des homicides n'était rien de plus qu'un paquet de nerfs.

Il avait une conscience aiguë de sa présence tandis qu'ils progressaient dans le marais.

Malgré l'âcreté des odeurs autour de lui, il sentait encore son parfum. Il imagina qu'il pouvait sentir la chaleur de son corps, bien qu'elle marche à plusieurs mètres derrière lui.

Il resserra les doigts sur son kit d'indices dans une tentative pour se concentrer sur sa tâche. Il avait l'intention de collecter des échantillons de sang et de prendre des photos des os.

Il espérait que le Dr Cartwright serait capable de leur donner des réponses sans avoir à tout envoyer au labo, lequel prendrait des semaines ou des mois pour transmettre des résultats.

Si le sang s'avérait humain, alors il y aurait beaucoup à faire pour traiter ce qu'il y avait là, et il devrait probablement recourir à l'aide d'autres policiers.

Comme le sentier rétrécissait, il se retourna pour faire face à Sarah.

— Ça va, toi ?

Elle hocha la tête en guise de réponse.

Il se remit à marcher, essayant de faire aussi peu de bruit que possible à l'approche de la cabane de Noman.

Il aurait bien aimé trouver l'homme chez lui pour pouvoir l'interroger.

Ils atteignirent finalement la passerelle menant à sa bicoque. Nick fit halte au pied de celle-ci et regarda autour de lui. Comme la dernière fois, l'endroit paraissait désert vu du dehors.

Son cœur battait la chamade. Ils ignoraient si Noman avait une arme ou non. Il n'y avait même pas moyen de savoir s'il était chez lui.

— Monsieur Noman ! hurla-t-il.

N'entendant rien, il cria à nouveau puis s'engagea prudemment sur le pont branlant. Une fois de l'autre côté, il dégaina son arme et regarda Sarah traverser à son tour.

Quand ils furent sous le porche, il alla immédiatement à la fenêtre brisée pour regarder à l'intérieur.

Il n'y avait personne.

Il rengaina son arme et gagna la porte d'entrée. Elle s'ouvrit facilement et tous deux pénétrèrent à l'intérieur.

La puanteur était insoutenable, et l'endroit avait la même apparence que la dernière fois.

Nick contempla le vieil édredon sur la couchette. Il était multicolore et avait des tons de bleu. Était-ce là que la dernière victime avait arraché un bout de tissu ? Peut-être l'en avait-il enveloppée avant de la tuer ou l'avait-il transportée dedans ?

— Tu photographies les os pendant que je m'occupe du sang ? demanda-t-il.

— Parfait. Plus vite on sort d'ici, mieux ce sera en ce qui me concerne. Cet endroit me fiche les jetons.

Il lui fichait aussi les jetons. Tandis qu'elle prenait photo sur photo, il s'accroupit pour racler des échantillons de sang à différents endroits et les placer dans des sachets d'indices.

Ils étaient sur le point de finir quand la porte s'ouvrit et James Noman entra.

— Vous êtes qui, vous ? Qu'est-ce que vous fichez chez moi ? lança-t-il d'un ton tranchant, les narines gonflées de colère.

Nick se releva lentement et Sarah se rapprocha de lui.

James Noman était d'une maigreur extrême, avec des cheveux noirs qui lui couvraient les épaules. Il ne portait qu'un short gris en mauvais état, et ses yeux étaient sombres et durs.

L'énergie qu'il dégageait avait quelque chose de malsain, qui mit Nick instantanément en alerte.

— Monsieur Noman, je m'appelle Nick Cain et voici ma coéquipière, Sarah Beauregard, commença-t-il, d'une voix qu'il espérait apaisante. Nous sommes ici avec un mandat de perquisition pour prélever des échantillons de sang. Nous avons presque fini, et nous allons partir.

Nick tenta de lui montrer le mandat, mais James l'écarta.

— Monsieur Noman, puis-je vous poser quelques questions ? demanda Sarah avec son sourire le plus éclatant.

Il la dévisagea longuement.

— T'es drôlement jolie, toi. Je vois jamais de jolie fille ici.

— Merci. Alors je peux vous demander quelques petites choses ?

Sarah gardait un ton léger.

Il hocha lentement la tête.

— D'accord. Seulement toi, pas lui.

Il désigna Nick avec un froncement de sourcils.

— James Noman, est-ce votre vrai nom ? demanda-t-elle.

— Je sais pas mon vrai nom. J'ai choisi James, et puis j'ai décidé de m'appeler Noman parce que je suis un homme pour personne. Je vis tout seul depuis aussi longtemps que je me rappelle.

— Qu'est-il arrivé à vos parents ? demanda-t-elle avec curiosité.

— Je sais pas. Je me souviens pas d'eux.

— Je suis désolée de l'apprendre, James. Alors, vous avez toujours été seul ici ?

Sa voix recelait une note de sympathie.

Tandis qu'elle continuait à lui poser des questions, Nick s'empressa de collecter les derniers échantillons.

— Pourquoi vous êtes là ? Pourquoi il fait ça ? questionna James d'une voix épaissie par la tension.

Il les regardait tour à tour avec méfiance.

— Vous avez entendu parler des femmes du marais qui ont été assassinées ? demanda Sarah.

Il se rembrunit.

— Non, mais personne me parle. Les gens m'aiment pas, et j'aime pas les gens. Je parle aux arbres et aux plantes et aux animaux, c'est tout ce que j'ai besoin.

— À qui sont tous ces os ? demanda-t-elle.

— C'est les os des animaux que j'ai mangés. Je les mets sur le mur pour leur rendre hommage, parce qu'ils ont donné leur vie pour moi. Des fois, ils me parlent, surtout au milieu de la nuit.

— Et que vous disent-ils ?

Un sourire étira ses lèvres. Ce n'était pas un sourire agréable.

— Rien que vous avez besoin de savoir.

Le sourire disparut.

— Alors, pourquoi vous êtes là ? C'est pas contre la loi de tuer des animaux pour les manger.

Nick rejoignit Sarah, ayant pris ce dont il avait besoin et sentant un changement net dans l'attitude de James.

— Nous avons fini, monsieur Noman, alors nous allons vous laisser.

— Et revenez pas. Vous entendez ? Revenez pas. C'est pas bien d'entrer chez un homme pour faire des trucs, dit-il soudain en colère. Vous avez pas le droit d'entrer ici.

Nick prit le bras de Sarah pour lui faire franchir la porte, car la colère de James semblait croître de seconde en seconde. Une fois qu'ils furent dehors, il lui fit passer la passerelle, puis la suivit rapidement.

James était debout sous son porche, les observant avec des yeux plissés et des épaules ramassées.

Dieu merci, l'homme ne semblait pas posséder d'arme, parce que Nick n'était pas convaincu qu'il ne leur aurait pas tiré dessus.

8

Les trois jours suivants passèrent à tire-d'aile.

Ils continuèrent d'interroger autant de gens que possible sur les meurtres. Ils rencontrèrent les amis et les membres des familles des victimes, toujours plus ou moins avec les mêmes résultats.

Ils avaient déposé les échantillons et les photos chez Cartwright, mais il y avait eu une collision le même jour, avec quatre morts, si bien que le médecin avait été trop occupé pour leur communiquer des résultats.

Le soir du troisième jour, vers 19 heures, ils étaient assis à la table, après avoir mis leurs notes à jour.

Nick se renversa en arrière sur sa chaise et poussa un soupir de fatigue.

— Tu sais à quoi je pense, là tout de suite ?

Elle leva les yeux de son ordinateur et lui sourit. Comme d'habitude, ce sourire fit monter une vague de chaleur dans son ventre.

— Quoi ?

— À un gros steak saignant et un verre d'alcool bien tassé.

— Ça ne me déplairait pas.

— Alors, où est-ce que deux flics fatigués peuvent trouver ça dans cette ville ?

— Le café fait des steaks corrects, mais si tu veux un steak vraiment bon et un verre bien tassé, il faut aller chez Tremont.

— Ça te dit ? demanda-t-il en se levant.

Elle sauta à bas de sa chaise.

— Ta voiture ou la mienne ?

Il se mit à rire.

— Voilà une femme qu'on n'a pas besoin de prier.

Quelques minutes plus tard, ils étaient dans la voiture, en route pour ce très chic restaurant.

— Alors, tu as faim ? demanda-t-il en la regardant.

Même après une journée de dix heures, elle paraissait fraîche et dispose.

— Je suis affamée !

Il se concentra sur la route, luttant comme toujours contre son désir d'elle.

Depuis qu'ils avaient fait l'amour, il ne pensait qu'à recommencer.

Toutefois, il ne cessait de se dire qu'il devait rester fort et ne pas céder à la tentation. Au moins, ils passaient la soirée en public, parce que s'ils étaient allés chez elle, il n'aurait pas été certain de pouvoir se contenir.

Il s'arrêta devant le restaurant, mais dut contourner le bâtiment pour se garer, car toutes les places devant étaient prises.

Il réprima l'envie de prendre la main de Sarah tandis qu'ils marchaient vers l'entrée. Il se contenta de placer une main au creux de ses reins lorsqu'ils entrèrent.

Ils furent accueillis par une hôtesse qui les escorta le long du bar, peuplé d'hommes bien habillés, vers un box au fond du restaurant.

Ils se glissèrent face à face sur les sièges aux dossiers

capitonnés de rouge, et l'hôtesse leur tendit de grands menus plastifiés.

— Votre serveuse sera là très vite, leur dit-elle avec un sourire aimable, et elle les laissa.

Tous deux se mirent en devoir de parcourir le menu.

— Tu as déjà mangé ici ? demanda Nick.

— Occasionnellement. Je peux te dire que tout était bon.

Elle referma le menu et lui sourit.

— Tu m'as donné assez faim pour un bon steak juteux.

— Ah, le pouvoir de la suggestion, répondit-il avec un petit rire.

Il reprit son sérieux.

— C'est moi qui paie, et je ne veux pas de discussion.

— Ce qui ne veut pas dire qu'il n'y en aura pas.

Elle se pencha en avant, les yeux brillants.

— Nous sommes des partenaires, et ça signifie que nous payons chacun notre part.

— Mais j'ai un compte pour les frais, je peux l'inclure comme dîner d'affaires. En outre, Sarah, j'aimerais vraiment t'offrir à dîner ce soir. Laisse-moi faire, s'il te plaît.

Elle soutint son regard un long moment.

— D'accord, concéda-t-elle finalement.

— Bon, maintenant que c'est réglé, nous pouvons parler d'autre chose.

À cet instant, la serveuse apparut à leur table.

Il y avait deux tailles de faux-filet. Il choisit le gros, avec de la purée de pommes de terre et du maïs, et elle commanda le petit, avec une pomme de terre au four et du maïs.

Il commanda également un whisky-Coca, tandis qu'elle prenait un thé glacé.

Une fois leurs commandes passées, la serveuse s'étant esquivée, Nick s'adossa à son siège et contempla Sarah.

— Dis-moi une chose, comment se fait-il qu'une femme aussi jolie, intelligente et charmante que toi ne soit pas mariée et n'ait pas de petit ami ?

Elle rougit et détourna le regard.

— J'ai failli me marier il y a trois ans.

— Que s'est-il passé ? Tu as changé d'avis ?

Elle reporta les yeux sur lui et lâcha un petit rire sec.

— Non. J'étais à fond dans la relation. J'étais fiancée à un homme que j'adorais, et nous allions nous marier trois mois après. Je passais mon temps à planifier le mariage. J'ai réservé une salle et nous sommes allés goûter des gâteaux. Je me figurais qu'il était aussi engagé que moi.

Elle poussa un gros soupir.

— Un soir, nous avons fait la fête avec des amis, et il a tellement bu qu'il était cuit. Je l'ai mis au lit, et en sortant son téléphone de sa poche, j'ai eu l'idée de le regarder. Je ne m'attendais pas du tout à trouver quelque chose de moche.

Ses yeux s'assombrirent.

— Mais c'est ce qui est arrivé.

Il lutta contre l'envie de lui prendre la main, tandis qu'elle parlait de cette époque visiblement douloureuse.

— Oh oui. J'ai trouvé une vidéo de lui et de ma meilleure amie en train de faire l'amour. La date disait que c'était la veille du jour où nous étions allés commander les fleurs pour le mariage.

Ses yeux s'ouvrirent tout grand sous le coup de la colère.

— Cet imbécile entretenait une liaison avec elle tout en projetant de m'épouser. Je ne sais contre lequel des deux j'étais le plus en colère, lui ou elle, qui était censée être mon amie. En tout cas, je les ai éjectés tous les deux. Depuis, je n'ai pas vraiment cherché d'homme à faire entrer dans ma vie.

— Je suis vraiment désolé de ce qui t'est arrivé, dit-il. Tu mérites tellement mieux que ça.

— Merci, Nick.

À cet instant, la serveuse arriva, chargée de leurs boissons et de leurs plats.

— Et toi ? demanda-t-elle quand ils furent de nouveau seuls. Je pourrais te retourner la question. Comment se fait-il qu'un homme aussi intelligent, charmant et beau que toi ne soit pas marié et n'ait pas de petite amie ?

— En fait, j'ai été marié pendant quatre ans. C'est drôle, c'est à peu près il y a trois ans, comme toi, que ma vie s'est effondrée. Ma femme m'a fait asseoir un soir et m'a déclaré que j'étais un mari vraiment nul. Je croyais que tout allait bien et que nous essayions de fonder une famille, mais ce soir-là, elle m'a dit qu'elle se refusait à faire un enfant avec un homme aussi minable que moi.

Elle soutint son regard un long moment.

— J'ai du mal à l'imaginer, mais étais-tu vraiment un mari nul ?

— Je ne crois pas, mais je sais que, durant nos quatre années de mariage, j'ai accumulé les heures de travail. Selon ce qu'elle m'a dit, je ne voyais pas ses besoins. Je n'étais pas disponible pour elle comme j'aurais dû l'être. Alors j'imagine qu'au bout du compte, j'étais sans doute un mari nul. Cela m'a fait comprendre que je ne me remarierais jamais.

— Tu as déjà envisagé qu'elle n'a peut-être pas été aussi patiente avec toi qu'elle aurait dû l'être ? T'a-t-elle parlé de ses besoins ? T'a-t-elle dit qu'elle était malheureuse avant ce soir-là ?

Il appréciait que Sarah essaie de le réhabiliter, mais il connaissait la vérité. Et la vérité, c'est qu'il n'avait jamais été du bois dont on fait les maris.

— Non, elle ne m'a rien dit avant le jour où elle m'a quitté.

En fait, elle ne l'avait jamais interrogé sur son travail. Lorsqu'il essayait d'en parler avec elle, elle lui faisait comprendre que ce qu'il faisait pour gagner sa vie ne l'intéressait pas.

Et lorsqu'il lui demandait comment s'était passée sa journée, elle répondait par monosyllabes.

— Elle travaillait, ou c'était une femme d'intérieur ?

Sarah attrapa le flacon de sauce à steak sur la table.

— Tu vas vraiment faire ça ?

— Faire quoi ?

— Noyer la saveur de ce steak avec ce truc ?

Elle se mit à rire.

— Oui, en effet. Je suis une femme qui aime les sauces.

Elle secoua le flacon pour en déposer une petite mare à côté de son steak, puis le reposa à sa place.

— Et tu n'as pas répondu à ma question sur ton ex.

— Elle travaillait comme guichetière dans une banque.

— Tu te rends compte qu'il n'y a vraiment personne, en dehors de la profession, qui comprend le dévouement et l'énergie que cela demande d'arrêter les méchants, dit Sarah.

Il coupa son steak et hocha la tête, d'accord avec elle.

— Alors ton prochain petit ami devrait aussi être flic. Ryan semble bien craquer pour toi.

Il avait remarqué que Staub rôdait autour de Sarah dès qu'il en avait l'occasion.

— Ne dis pas ça. Même s'il était le dernier homme sur Terre, je ne voudrais pas de lui, rétorqua-t-elle.

Nick fut ridiculement heureux d'entendre cela, même s'il n'aurait pas dû.

Tout en mangeant, ils parlèrent des difficultés qu'il y avait à entretenir une relation avec un membre de la police.

— Dans un monde parfait, les policiers épouseraient des policières, dit-elle. Sauf qu'il n'y a personne dans mon monde de flics que je voudrais épouser.

— Moi, je n'ai plus ce monde.

— Ça te manque, la police ? demanda-t-elle.

— Bien sûr, de temps en temps. Ce qui me manque surtout, c'est la camaraderie. J'ai essayé de rester en contact avec mes collègues, mais c'est difficile. Pour l'instant, comme je te l'ai dit, je peux travailler autant ou aussi peu que je le veux. Je choisis les affaires que je prends, et je n'ai pas à me soucier de la paperasse.

— Tu envisages d'avoir des enfants un jour ?

— Quand j'ai épousé Amy, j'en voulais deux, un garçon et une fille. Mais maintenant, je n'y pense plus. Et toi ? Tu veux des enfants ?

— Dans un monde parfait, si j'étais heureuse en ménage, j'aimerais aussi avoir deux enfants, répondit-elle.

Il crut percevoir une certaine mélancolie dans son ton.

Mais ils changèrent de sujet et parlèrent de son travail et de la façon dont elle-même se voyait une fois que l'affaire serait résolue.

— J'espère obtenir un peu plus de respect quand tout ceci sera terminé. Nous avons eu des affaires criminelles par le passé sur lesquelles j'aurais adoré travailler. Avec un peu de chance, Gravois me laissera en faire un peu plus maintenant, que distribuer des amendes pour excès de vitesse ou tenir le standard, dit-elle.

— Tu es bien trop bonne policière pour gaspiller ainsi tes compétences, dit-il.

Elle lui sourit avec un regard étincelant.

— Merci. Venant de toi, cela représente beaucoup pour moi.

— Eh bien, c'est sincère.

Elle avait l'intelligence et l'instinct naturel des très bons flics. Tout ce dont elle avait besoin, c'était d'une occasion de démontrer ces talents.

— Dis-moi, est-ce que tu as déjà eu aussi peur dans ta vie que lorsque tu as compris qu'il y avait des serpents sous ton lit ? questionna-t-elle tandis qu'ils continuaient de manger.

Il se sentait parfaitement à l'aise avec elle, désormais.

En fait, il se sentait bien plus proche d'elle qu'il ne l'avait jamais été de son ex.

— C'était loin d'être le moment le plus effrayant de ma vie, avoua-t-il lentement. Je t'ai déjà raconté que ma mère m'emmenait souvent avec elle quand elle allait dans le bayou. Je crois que j'avais cinq ou six ans quand nous sommes allés voir ensemble un de ses clients.

Elle se pencha en avant, le regard fixé sur lui.

Parfois, quand ils se regardaient dans les yeux, cela lui donnait l'impression d'un lien aussi puissant que quand ils faisaient l'amour. Ses beaux yeux l'attiraient profondément.

— La conversation des adultes m'a très vite ennuyé. Tout ce que je voulais faire, c'était jouer dehors, alors quand plus personne n'a prêté attention à moi, je me suis glissé à l'extérieur et je suis parti en exploration. Il ne m'a pas fallu longtemps pour être complètement perdu et totalement terrifié.

Il laissa échapper un rire sans humour et détourna les yeux.

— Soudain, les arbres avaient l'air de géants monstrueux, et j'avais l'impression que la mousse espagnole essayait de me dévorer. Je croyais qu'il y avait des alligators tout autour de moi, attendant de me croquer avec leurs grandes dents. J'étais mortellement effrayé.

— Oh ! pauvre petit garçon.

Elle tendit la main pour prendre la sienne. Il reposa les yeux sur elle.

Elle écarquilla un peu les yeux et lui pressa la main plus fort. Il fut certain qu'elle avait senti l'angoisse rendre sa peau moite.

— Oh ! Nick, je suis vraiment désolée que tu aies fait cette expérience.

Elle lâcha finalement sa main, mais soutint son regard.

— Alors c'était vraiment difficile pour toi de retourner dans le marais pour cette affaire ?

Sentant son soutien indéfectible, il décida d'être tout à fait sincère.

— Pour être honnête, c'est une épreuve chaque fois que nous y allons.

Il se mit à rire.

— Bonjour le grand méchant flic des homicides, hein ?

— Tu es humain, Nick, et tu as été traumatisé quand tu étais enfant. Ce genre d'expérience laisse des traces à l'âge adulte. Mais tu aurais dû me le dire plus tôt, répondit-elle.

— Pourquoi ? Tu m'aurais tenu la main dans le marais ?

— Je te tiendrai la main chaque fois que tu en auras besoin.

Son regard était si doux et si ouvert qu'il sentit son cœur se serrer d'émotion.

— Nous ferions mieux de manger avant que ça refroidisse, dit-il enfin, en déglutissant pour réprimer l'émotion qui l'étreignait.

Ils bavardèrent durant le reste du repas. Le steak était délicieux, comme les pommes de terre qui l'accompagnaient.

Comme toujours, la conversation se déroulait sans heurt, et Nick se surprit à se demander comment cela serait d'être marié à Sarah.

Il lui était facile de s'imaginer rentrant du travail et la trouvant à la maison. Elle lui poserait des questions sur ce qu'il avait fait ce jour-là. Elle voudrait savoir sur quelle affaire il travaillait, et lui, lui demanderait comment s'était passée sa journée.

C'était fou comme il pouvait l'imaginer avec Sarah, et comme cela avait été difficile avec Amy.

Serait-ce vraiment différent avec quelqu'un qui partageait la même passion ? Qui adorait son métier ?

Il se reprit. Que diable faisait-il à seulement s'imaginer marié à Sarah ? Ils n'étaient que des collègues, c'est tout.

Il partirait dès que l'affaire serait résolue, et il retournerait à sa vie solitaire à La Nouvelle-Orléans.

— Café et dessert ? questionna-t-il.

— Café oui. Dessert, je ne sais pas, j'ai beaucoup mangé, répondit-elle.

— Regarde au moins la carte des desserts, insista-t-il.

— Moelleux au chocolat surmonté de glace à la vanille et d'un coulis de chocolat, lut-elle à voix haute. Non seulement je suis tentée, mais je vais en prendre. Tu as une très mauvaise influence sur ma silhouette.

Il éclata de rire.

— Reste avec moi, ma belle, je vais te conduire sur la voie de desserts à se damner. Et crois-moi, ta silhouette est absolument parfaite.

— Merci, monsieur, dit-elle en rosissant.

Il fit signe à la serveuse et commanda un moelleux pour elle, et quelque chose qui s'appelait « Rêve de caramel » pour lui, autrement dit un gâteau aux épices, pépites et sauce caramel.

Il demanda également des cafés.

Quelques minutes plus tard, ils avaient leurs desserts devant eux.

— Mmm, il faut que tu goûtes ça, dit-il après sa première bouchée.

Il remplit la cuillère et la lui tendit. Elle avança pour la prendre dans sa bouche.

Aussitôt, il sentit son désir d'elle se ranimer. Il se rappelait exactement la sensation de sa bouche sur la sienne, et il voulait y goûter encore. Mais tout ce qu'il eut, ce fut la cuillérée de moelleux au chocolat qu'elle lui offrit.

Un beau couple s'arrêta à leur table. L'homme était élégant et bien découplé, et la femme qui l'accompagnait était d'une beauté éclatante.

— Bonsoir Sarah, dit-il.

— Jackson, Josie, bonsoir ! Je vous présente Nick Cain. Nick, voici Jackson Fortier et son épouse, Josie.

Les deux hommes se serrèrent la main.

— Nous ne vous dérangerons pas longtemps. Je voulais juste vous rencontrer, Nick, et vous dire que beaucoup de gens soutiennent vos efforts ici.

— Merci, je vous en suis reconnaissant, répondit Nick.

— Si vous avez besoin de quoi que ce soit que le commissariat ne peut pas vous fournir, n'hésitez pas à m'appeler, je verrai ce que je peux faire pour vous, ajouta Jackson.

— C'est très aimable à vous.

— Et maintenant, nous allons vous laisser savourer votre dessert.

Jackson et Josie suivirent l'hôtesse jusqu'à leur table.

— Jackson est l'un des hommes les plus riches de Black Bayou, et c'est grâce à lui si tu es ici, dit Sarah lorsque le couple se fut éloigné.

Elle lui expliqua comment Jackson et plusieurs de ses amis hommes d'affaires avaient exigé de Gravois qu'il fasse appel à quelqu'un pour résoudre les meurtres.

Elle lui raconta aussi que Jackson avait rencontré l'adorable Josie dans le marais, lorsque l'un de ses amis avait tenté de la tuer. Heureusement, tout s'était bien terminé, et l'agresseur avait été arrêté.

Ils finissaient juste leurs cafés, quand le téléphone de Nick sonna. Avec un froncement de sourcils, il le sortit de sa poche.

— C'est le Dr Cartwright, annonça-t-il à Sarah, et il prit l'appel.

Il écouta ce que le légiste lui disait, le remercia et raccrocha. Puis il regarda Sarah un long moment et poussa un soupir.

— Tous les échantillons de sang relevés chez Noman viennent d'animaux. Il n'y a pas de sang humain. Et il a pu identifier les os comme étant aussi animaux.

Elle soutint son regard, l'air inquiète.

— Alors où est-ce que ça nous mène ?

— Au fait qu'un petit morceau de tissu bleu est notre seul indice, répondit-il.

Le regard de Sarah s'assombrit.

— Ce qui veut dire que notre éventail de suspects est maintenant réduit aux membres du commissariat.

Le matin suivant, Sarah arriva tôt au travail.

Quelques minutes avant 7 heures, elle se servit une tasse de café et se rendit à leur petit bureau.

Elle posa son ordinateur et se mit à siroter son café.

Elle s'était agitée toute la nuit en pensant à la possibilité que l'un des hommes avec qui elle travaillait puisse être le monstre du marais de Honey Island.

Et comme si cela ne suffisait pas, la pensée de Nick l'avait également empêchée de dormir.

Même en sachant qu'elle n'avait pas d'avenir avec lui, elle était consciente de terriblement craquer pour lui.

Elle avait vu l'émotion qui l'étreignait lorsqu'il avait parlé d'être un mauvais mari. Peu importait ce qui s'était passé dans son mariage, elle soupçonnait qu'il en avait été profondément blessé.

Bien qu'elle-même n'ait pas été mariée à Brent, ils s'étaient fréquentés pendant trois ans avant qu'il ne la trahisse aussi vilainement. Elle n'avait pas rayé seulement Brent de sa vie, mais aussi son amie Casey, qui s'était autorisée à coucher avec son fiancé.

Mais une fois sa colère apaisée, la souffrance due à leur trahison était demeurée en elle.

Alors, tout comme Nick, elle avait déjà été blessée par l'amour.

Il y avait aussi son aveu de s'être perdu dans le marais lorsqu'il était petit garçon et l'effet résiduel que cela avait sur sa vie d'adulte.

Elle aurait voulu retrouver ce petit garçon perdu et le consoler. Elle aurait voulu le prendre dans ses bras et le serrer contre elle jusqu'à ce qu'il n'ait plus peur.

Elle l'admirait tant d'être capable de repousser sa peur et de pénétrer au cœur même du marais pour y retrouver un tueur. Mais il semblait que la prochaine phase de leur enquête n'allait pas se dérouler dans le marais.

Nick et elle étaient tous deux passés par l'enfer de la perte, et cela n'avait fait que les rapprocher.

Sarah avait le sentiment que son proche avenir recelait aussi la peine et la trahison.

Nick allait lui briser le cœur, et s'il était vrai que l'un de ses collègues du commissariat était le tueur, elle se sentirait ultimement trahie par cela.

Elle se retourna en entendant la porte s'ouvrir et fut surprise de voir Nick, lui aussi en avance.

— Bonjour, collègue !

Il lui adressa un sourire qui fit monter une vague de chaleur en elle.

— Tu es une lève-tôt, dit-il en posant un gobelet de café sur la table.

— J'avais du mal à dormir cette nuit, répondit-elle.

— Oui, moi aussi.

Il s'assit face à elle.

— J'imagine que ce sont les mêmes idées qui nous ont tenus éveillés.

Elle doutait sérieusement qu'il ait perdu le sommeil à cause d'elle.

— Les quelques indices que nous avons semblent désigner quelqu'un du commissariat, dit-elle à voix basse.

— Nous avons le bout de tissu et le fait que toutes ces femmes auraient fait confiance à un policier.

Il parlait du même ton confidentiel.

— Combien de policiers y a-t-il au total ?

— Quatorze. Plus Gravois.

Il hocha la tête.

— Dorénavant nous ne noterons plus rien sur le tableau

blanc. Inutile que quelqu'un entre ici et voie le genre d'enquête interne auquel nous allons nous livrer.

— D'accord.

— Nous noterons tout sur ton ordinateur, et tu l'emporteras tous les soirs chez toi.

— OK, dit-elle. Alors par où débutons-nous ?

Elle craignait les conséquences de leurs recherches, mais elle était aussi déterminée à poursuivre. Si le monstre se cachait au sein du commissariat, il fallait l'identifier.

— Nous allons afficher les horaires de tous les policiers, aussi loin qu'on peut remonter.

— Ça va prendre la plus grande partie de la journée, répondit-elle.

— Alors, allons-y.

Durant les quatre heures suivantes, Sarah imprima le planning de tous les policiers pour les deux mois précédents, le reste n'était pas disponible en ligne.

Chaque fois qu'elle en sortait un, Nick l'agrafait et complétait un tableau récapitulant qui était où durant les nuits des deux derniers meurtres.

Il leur fallut deux jours pour préciser les choses. Cependant, il était impossible de savoir ainsi ce que les policiers avaient fait de leurs nuits de congé.

Sarah raconta à Nick tout ce qu'elle savait de ses collègues, et de leurs personnalités.

Ils savaient tous deux que le monstre était intelligent et hautement organisé.

Il n'avait commis aucune erreur jusqu'à la dernière victime, laquelle avait réussi à lui arracher un bout de tissu.

Sarah parla aussi de leurs résidences.

Ils cherchaient encore le lieu où les meurtres avaient eu

lieu, alors ils devaient savoir non seulement où vivaient les policiers, mais aussi s'ils possédaient d'autres propriétés ou terrains hors de la ville.

L'après-midi du deuxième jour, ils se rendirent au cadastre pour déterminer qui possédait quoi. À la fin de la journée, ils avaient d'autres listes à parcourir et vérifier.

L'une des choses que Sarah avait apprises en travaillant avec Nick était qu'une enquête pour meurtre ne se limitait pas à la poursuite d'un suspect, dans le marais ou ailleurs.

Pour effectuer un bon travail de police, il fallait aussi passer de longues heures à effectuer des recherches.

Jusque-là, ils avaient réussi à garder leur enquête par-devers eux. Mais tôt ou tard, ils allaient devoir commencer à interroger les policiers du commissariat, et cela ouvrirait la boîte de Pandore.

Juste après 19 heures, ils décidèrent de dételer.

Sarah rangea son ordinateur, de même que tout ce qu'elle avait imprimé.

— Fatiguée ? demanda Nick tandis qu'ils sortaient ensemble du bâtiment.

— Oui, je suis épuisée. Je n'ai qu'une envie, fourrer quelque chose au micro-ondes, manger et me coucher, avoua-t-elle.

— On dirait qu'on va avoir un déluge, remarqua-t-il.

Le ciel était chargé de sombres nuées orageuses. La météo prévoyait des orages pendant la nuit.

— Tout ce que je demande, c'est que l'orage ne me réveille pas.

Ils avaient atteint sa voiture, et elle posa son ordinateur et les dossiers sur le siège passager, avant de se redresser et de se tourner vers lui.

Entre eux, la tension n'avait fait que frémir et croître au fil des jours. Elle la sentait et savait que lui aussi.

Il y avait des moments où leurs regards se croisaient, et où elle lisait dans les profondeurs de ses yeux gris tout le désir qu'il avait d'elle.

Elle le distinguait à présent, qui brillait avec un éclat qui lui échauffait le sang et jusqu'à l'âme.

— Nick..., murmura-t-elle.

— Ah Sarah, qu'est-ce que tu me fais ?

Il la prit dans ses bras et l'embrassa.

Elle lui passa les bras autour du cou et se colla contre lui. Leurs langues se mirent à danser en un baiser ardent qui effaça toute autre pensée.

— Tu me rends fou, ma belle, dit-il finalement en plongeant les doigts dans ses cheveux.

— Toi aussi tu me rends folle, répondit-elle doucement.

— Tu sais que nous ne pouvons pas recommencer, dit-il enfin, en la relâchant.

Elle n'était pas d'accord, mais elle n'allait pas se jeter à son cou.

Il s'efforçait de rester aussi professionnel que possible et elle ne voulait pas le priver de cela.

Mais c'était vraiment dur, parce qu'elle le désirait de toutes ses forces.

Ce ne fut que quelques minutes plus tard, alors qu'elle rentrait chez elle en voiture, qu'elle prit conscience qu'elle était amoureuse de Nick.

Cette révélation remplit son cœur de bonheur.

Après Brent, elle s'était dit qu'elle n'aimerait plus jamais. Elle ne se croyait plus capable de tomber à nouveau amoureuse.

Nick était non seulement l'homme qu'elle aimait, mais aussi son meilleur ami.

Elle sentait qu'elle pouvait parler avec lui de tout et n'importe quoi.

Et de fait, ils avaient à la fois des conversations sérieuses et des échanges bébêtes qui les faisaient rire.

Mais sa joie à l'idée d'être amoureuse de Nick fut de courte durée. Elle ignorait ce qu'il éprouvait pour elle.

Oh ! elle savait qu'il la désirait, mais que ressentait-il en dehors de cette incroyable attraction chimique entre eux ?

Elle poussa un soupir las en entrant dans son garage. Prenant ses affaires sur le siège passager, elle descendit de voiture. Puis elle pénétra dans la maison et déposa son ordinateur et ses dossiers au bout de la table de cuisine, avant d'aller directement au réfrigérateur voir ce qu'il y avait pour dîner.

Elle prit un plat de poulet frit surgelé et le mit au micro-ondes. Tandis qu'il cuisait, elle sortit un soda et l'ouvrit. Elle se débarrassa de son holster avec son arme et s'assit à table.

Dieu, elle était épuisée. Toutes ces soirées tardives commençaient à lui peser. Avec un peu de chance, une bonne nuit de sommeil remédierait à cela.

Le micro-ondes sonna, annonçant que son dîner était prêt. Elle mangea en un temps record, puis alla prendre une douche. Ce fut seulement sous le jet d'eau chaude qu'elle repensa à Nick.

Elle avait le sentiment qu'ils étaient tout proches d'arrêter le tueur.

Et alors Nick repartirait.

Il lui avait déjà dit qu'il n'avait pas l'intention de se remarier.

Que lui fallait-il de plus pour comprendre que leur relation était condamnée ?

Quand elle se mit au lit, elle était trop épuisée pour réfléchir encore. Elle se laissa sombrer dans le matelas et s'endormit presque immédiatement.

Soudain, elle se réveilla et se redressa, le cœur battant à deux cents à l'heure.

Un éclair déchira la nuit, suivi d'un coup de tonnerre. C'était sûrement ce qui l'avait réveillée. Elle se détendit et inspira plusieurs fois à fond pour calmer les battements de son cœur.

Quand un nouvel éclair illumina sa fenêtre, elle sentit son cœur s'arrêter. Elle aurait pu jurer qu'une silhouette noire venait de passer devant sa porte.

L'avait-elle imaginée ou y avait-il vraiment quelqu'un chez elle ?

Son cœur se remit à battre frénétiquement quand elle sortit doucement du lit. Que devait-elle faire ?

Bon sang, son arme était dans la cuisine, sur la table. Devait-elle appeler à l'aide ?

Y avait-il vraiment quelqu'un chez elle ? Qui et pourquoi ?

Un long moment, elle resta près du lit, figée à la fois par la peur et l'envie de savoir si elle n'était pas seule. Elle prit son téléphone et le serra étroitement dans sa main.

Était-il possible qu'on la cambriole ? Elle n'avait pas grand-chose de valeur en dehors de sa télévision. Elle supposait qu'on pouvait la mettre au clou pour en tirer un peu d'argent.

Elle se fichait de son téléviseur, mais l'idée qu'il y ait quelqu'un chez elle… dans son sanctuaire… Cette personne était-elle dangereuse ?

Seigneur, que devait-elle faire ? La dernière chose qu'elle voulait, c'était appeler au secours si ce n'était pas nécessaire.

Inspirant à fond, elle sortit dans le couloir et alluma la lumière.

Le tonnerre résonna à nouveau, ajoutant à son anxiété. Il n'y avait personne dans le couloir, et elle n'entendit rien.

Peut-être était-ce le produit de son imagination. Peut-être n'y avait-il pas eu du tout de silhouette.

Elle poursuivit dans le couloir, vérifiant soigneusement chaque pièce et allumant toutes les lumières.

S'il s'agissait d'un cambrioleur, les lumières allaient l'effrayer. Elle pénétra finalement dans le salon et eut un hoquet en voyant un homme vêtu de noir, une cagoule sur le visage, se précipiter vers elle en venant de la cuisine.

Il la poussa si fort qu'elle tomba à la renverse, criant de douleur quand l'arrière de son crâne heurta le sol moquetté.

Avant qu'elle puisse se relever, l'homme fila par la porte et disparut dans la nuit.

Elle se remit péniblement sur pied, sentant la douleur lui marteler la tête, et alla verrouiller la porte en sanglotant.

Qui était cet homme ? Seigneur, que venait-il de se passer ? Qui était-il et pourquoi était-il chez elle ?

Elle l'avait à peine aperçu, et la cagoule lui avait rendu impossible de l'identifier.

Elle ne se sentait toujours pas en sécurité. Les joues sillonnées de larmes, elle se précipita dans la cuisine pour prendre son arme.

En allumant le plafonnier, elle eut un hoquet de surprise. Son arme était encore sur la table, mais son ordinateur et ses papiers avaient disparu.

9

Nick se tenait auprès de Sarah, luttant contre l'envie de la prendre dans ses bras. L'air terriblement petite et vulnérable, elle regardait Gravois, Judd Lynons et Jason Richards examiner la fenêtre cassée de la pièce qui lui servait de bureau.

Apparemment, c'était par là que le voleur s'était introduit chez elle. L'idée qu'elle était toute seule lorsqu'un inconnu était entré terrifiait Nick.

Cela aurait pu tourner très, très mal. C'était déjà grave que l'homme l'ait projetée sur le sol.

Dieu merci, il ne lui avait pas tiré dessus et ne l'avait pas frappée.

Que se serait-il passé si elle s'était relevée et l'avait affronté ?

— Je n'arrive pas à trouver d'empreintes sur cette fenêtre, dit Lynons, contrarié, après plusieurs minutes de tentatives.

— Je suis sûr qu'il portait des gants, observa Nick.

— Allons dans la cuisine, voir si on peut en relever sur la table, dit Gravois.

Ils se rassemblèrent dans ladite cuisine, et Lynons se remit au travail.

Une fois encore, Nick eut envie de serrer Sarah dans ses bras.

Ce qui le glaçait jusqu'aux os, c'était la conviction que

ce soir, elle s'était trouvée avec le monstre du marais de Honey Island.

Le tueur avait visiblement décidé que leur enquête se rapprochait trop du but, et il avait donc volé les notes de travail et l'ordinateur qui pouvaient le désigner.

C'était la seule explication. Et qui que soit ce meurtrier, il devait avoir un lien avec Sarah assez important pour ne pas vouloir lui faire de mal.

Il était évident que la perte des documents et de l'ordinateur allait retarder leur enquête, mais pour l'instant, Nick s'inquiétait davantage du bien-être de Sarah.

Elle portait sa chemise de nuit rose et un court peignoir blanc.

Son visage était d'une pâleur inhabituelle, et elle paraissait trembler de tout son corps.

Lorsqu'elle l'avait appelé et lui avait dit que quelqu'un s'était introduit chez elle, son seul objectif avait été de la rejoindre. Il avait entendu la peur dans sa voix.

Lynons réussit à relever un tas d'empreintes sur la table, mais elles se ressemblaient toutes, et tout le monde s'accorda à dire qu'elles appartenaient sans doute à Sarah.

Celles-ci étaient enregistrées au commissariat, alors il serait facile de vérifier.

L'orage était passé, et vers deux heures et demie du matin, tout le monde finit par s'en aller.

Dès qu'ils franchirent la porte, Nick la referma, la verrouilla et retourna auprès de Sarah, qui se tenait aussi immobile qu'une statue près de la petite table du salon.

Il l'attira immédiatement dans ses bras et la serra contre lui tandis qu'elle tremblait. Elle se mit à pleurer doucement.

— Tout va bien, lui murmura-t-il. Tu es en sécurité maintenant.

Elle continua à pleurer plusieurs minutes puis, avec un gros soupir, fit un pas en arrière. Elle se laissa tomber sur le canapé, et il s'assit auprès d'elle.

— Quand j'ai compris qu'il y avait quelqu'un dans la maison, j'ai eu tellement peur, dit-elle d'une voix un peu tremblante. Ensuite je l'ai vu, et il m'a poussée, j'étais sous le choc. Et quand j'ai vu que l'ordinateur et les dossiers avaient disparu, j'ai compris que c'était sans doute le tueur.

— Dieu merci, tu n'as rien eu, dit-il en lui prenant une main.

L'idée qu'elle aurait pu être tuée le glaçait de la tête aux pieds.

— Maintenant que c'est fini, je suis tellement en colère aussi.

Elle le contempla d'un air triste.

— Il a tout pris, tout ce sur quoi nous avons travaillé.

— Nous pourrons le reconstituer, dit-il.

— Mais qui était-ce ? Pourquoi nous voler tout ça ?

— C'est le tueur, il veut absolument savoir où nous en sommes. Je pense qu'il a dû te voir imprimer les plannings de tes collègues, et ça a dû l'effrayer. Il a compris que tous les policiers étaient suspects.

Il lui pressa la main.

— Il voulait nos notes de travail pour savoir si nous avons progressé. Si ça peut te consoler, il doit bien t'aimer, c'est pour ça que tu es toujours vivante.

— Ça ne me console pas du tout, répliqua-t-elle avec feu. Je veux que ce salopard aille en prison, et je me fiche qu'il m'aime ou non. Il est malade et pervers. La manière dont il tue ces femmes fait de lui un monstre.

— J'ai tenté d'établir son profil psychologique, les raisons pour lesquelles il s'acharne à démolir le visage de ses victimes.

— Manifestement, il hait les femmes.

— Oui, mais ce n'est pas tout. Il essaie peut-être de remplacer quelqu'un. Et lorsqu'il emporte ses victimes dans son antre, il est en colère qu'elles ne ressemblent pas à ce qu'il voudrait... à ce dont il a besoin.

— Des problèmes avec maman ? suggéra-t-elle.

— Peut-être. Maintenant, est-ce que tu as quelque chose que je pourrais utiliser pour réparer la fenêtre cassée ?

Il lâcha sa main et se leva.

— Il y a de vieux morceaux de contreplaqué dans le garage. Ils étaient là quand j'ai acheté la maison.

Elle se leva également.

— Je vais te chercher un marteau et des clous.

Trente minutes plus tard, la fenêtre était obturée. Mais il n'avait pas envie de la quitter, et il voyait bien qu'elle ne souhaitait pas rester seule.

— Tu veux que je reste dormir avec toi ? demanda-t-il.

— Ça ne t'ennuie pas ?

Son regard était doux, légèrement suppliant. Elle avait vécu une terrible épreuve, et il comprenait qu'elle n'ait pas envie de dormir seule.

— Bien sûr que non, répondit-il en lui souriant. Quand ma coéquipière a besoin de moi, je suis là.

— Merci, Nick.

Quinze minutes plus tard, ils étaient au lit et elle se blottissait dans ses bras. Comme toujours, le désir qu'elle éveillait en lui fit surface, mais il le réprima.

Heureusement, il ne lui fallut pas longtemps pour s'endormir, et il la suivit de peu.

Il se réveilla un peu plus tard. La chambre était encore plongée dans le noir et, bien qu'il soit à moitié endormi, il sentait Sarah bouger légèrement contre lui. Son excitation monta.

Leurs vêtements disparurent et leurs membres tièdes se nouèrent. Les petits bruits de plaisir qu'émettait Sarah se répandaient dans la pièce. Il eut l'impression de rêver tandis qu'ils faisaient lentement l'amour. Un rêve merveilleux. Il avait le sentiment aigu d'être à sa place là, avec elle. Puis il se rendormit.

Quand il s'éveilla à nouveau, il était 7 heures passées. Il était lové contre Sarah, et tous deux étaient nus, ce qui lui rappela que ce qu'il avait pris pour un rêve était bien la réalité. Ils avaient refait l'amour.

Le corps était une chose si traîtresse. Même en dormant, il la désirait, et elle aussi. Il s'écarta doucement de son corps tiède et se glissa hors du lit.

Elle remua mais ne s'éveilla pas, ce dont il fut soulagé. Elle avait besoin de dormir.

Il resta immobile quelques instants près du lit, la contemplant dans la lumière matinale.

Le soleil faisait briller ses cheveux ébouriffés, les transformant en un halo doré autour de sa tête. Ses lèvres étaient légèrement entrouvertes, comme prêtes pour son baiser. Elle était si belle, même dans les bras de Morphée.

Il adorait son étonnement lorsqu'il lui apprenait quelque chose de nouveau.

Il adorait quand elle riait d'un trait d'esprit.

Il adorait parler de tout et de rien avec elle.

Les sourcils froncés, il ramassa son jean et son T-shirt sur le sol et sortit de la pièce.

Il s'habilla rapidement dans la salle de bains, puis quitta silencieusement la maison.

En roulant vers chez Nene, il prit conscience avec un sursaut intérieur qu'il était amoureux de Sarah.

Il ignorait quand cela s'était produit. Si c'était arrivé quand elle avait sauté dans le marais en poursuivant Noman ou quand elle lui avait pris la main lorsqu'il lui avait raconté son traumatisme d'enfance.

Il ignorait quand c'était arrivé, mais c'était arrivé. Il était fou amoureux d'elle.

Cette pensée ne lui apportait aucune joie. Il n'y avait aucun avenir pour eux. Il n'avait pas l'intention de poursuivre une relation avec elle une fois les meurtres résolus.

Ce qu'il avait fait cette nuit, en lui faisant l'amour, c'était lui redonner espoir.

Il avait l'impression qu'elle était complètement mordue de lui. Les signes étaient là… La manière dont elle le regardait, dont elle le touchait sans nécessité… Oui, il savait qu'elle éprouvait des sentiments profonds pour lui.

Mais le pire qu'il puisse faire serait d'imaginer faire sa vie avec elle.

Il savait qui il était, et il ne voulait pas que Sarah souffre de ses défauts. Elle méritait bien mieux que lui.

Lorsqu'il arriva chez Nene, la vieille dame l'accueillit à la porte.

— Est-ce que Sarah va bien ? lui demanda-t-elle avec un regard rempli d'inquiétude.

— Elle va bien, répondit-il. Les nouvelles se répandent vite dans cette ville.

— Les rumeurs allaient bon train ce matin. Un cambriolage

est une chose effrayante, commenta Nene. Pauvre Sarah, je suis sûre qu'elle a dû être terrifiée.

— Elle était terrifiée, c'est vrai, mais Dieu merci, elle n'a pas eu de mal.

— Dieu merci. Des serpents dans votre chambre et maintenant cette effraction... Vous avez vraiment dû faire peur à quelqu'un.

Elle secoua la tête.

— Je suppose que c'est le cas.

Elle lui jeta un regard timide.

— Au moins, Sarah vous a à ses côtés, comme dans un bon roman d'amour.

— Malheureusement, il ne s'agit pas d'un roman d'amour.

Elle poussa un gros soupir.

— Eh bien, je ne vais pas vous retenir. Je sais combien vous êtes occupé. Je voulais juste m'assurer que Sarah allait bien. C'est une femme adorable, qui s'est toujours montrée gentille avec moi.

Il lui sourit.

— Oui, j'allais juste monter prendre une douche. Je dois retourner au bureau.

— J'espère que vous allez attraper cet homme, dit-elle.

— Nous l'aurons, Nene, répliqua-t-il fermement.

— Il y a des muffins à la myrtille dans la cuisine, si vous voulez en prendre un avec vous. En fait, prenez-en deux et donnez-en un à Sarah.

— Merci, c'est très gentil.

Il prit la direction de l'escalier, tandis qu'elle se rendait dans la cuisine. Il ne lui fallut que quelques minutes pour se doucher et revêtir un pantalon et un polo bleu marine propres.

Il ignorait quand Sarah arriverait. Il espérait qu'elle dormirait autant qu'elle en avait besoin pour se sentir à nouveau fraîche et dispose.

Ils avaient tous deux travaillé de longues heures et s'étaient souvent relevés la nuit. Il était habitué à ce genre d'horaires, mais il savait qu'elle ne l'était pas.

Une fois au commissariat, il entra dans le petit bureau, prit un nouveau bloc-notes dans le placard et s'assit à table.

Qui que soit le voleur qui avait subtilisé l'ordinateur et les dossiers, il avait dû croire que cela entraverait leur enquête pendant des semaines. Mais il n'avait pas volé l'esprit de Nick et sa mémoire.

Les notes qu'ils avaient prises sur l'ordinateur étaient encore fraîches dans son esprit. Il commença par dresser la liste des hommes du commissariat qui n'avaient pas pu fournir d'alibi pour les nuits des meurtres. Tout en travaillant, il mangea un des muffins, qui était délicieux.

Il avait noté plusieurs noms quand la porte s'ouvrit sur Sarah.

— Désolée du retard, collègue, dit-elle en s'asseyant face à lui.

— Tu n'es pas en retard. Comment te sens-tu ?

— Reposée et prête à reprendre le travail.

Il fut soulagé de comprendre qu'ils n'allaient pas parler de leurs ébats au milieu de la nuit.

Qu'y avait-il à en dire, de toute façon ? C'était arrivé et ç'avait été merveilleux, mais c'était une nouvelle erreur. Il avait le sentiment qu'elle ne voudrait pas entendre cela.

— J'étais en train d'écrire les noms de tous ceux pour lesquels nous n'avons pas d'alibis pour les nuits des meurtres, expliqua-t-il. Heureusement, une grande partie de notre travail m'est restée en mémoire.

— Laisse-moi voir ce que tu as jusqu'ici.

Elle approcha sa chaise de la sienne au point de le toucher.

Rempli de désir comme il l'était, cette proximité était une vraie torture pour lui.

La courbe gracieuse de sa joue... La plénitude de ses lèvres... Ce parfum qui n'appartenait qu'à elle... Il avait le sentiment que tout cela le hanterait très longtemps après son départ de cette petite ville.

Elle ajouta quelques noms à la liste qu'il avait établie, puis tira à elle le muffin restant.

— Un cadeau pour toi de la part de Nene, dit-il.

— C'est gentil à elle, mais où est le tien ?

— Ça alors, je ne sais pas ce qui lui est arrivé, plaisanta-t-il.

Elle lui sourit.

— Ce serait plus facile à croire si tu n'avais pas des miettes sur le menton.

— Démasqué !

Il se mit à rire et s'essuya vivement le menton.

Mais ce moment de légèreté ne dura pas. Nick se renversa sur sa chaise.

— Tu sais que nous ne pouvons plus garder le silence sur cette enquête, dit-il tandis qu'elle mangeait son muffin.

— Je sais, dit-elle solennellement.

— Il est temps que nous commencions à interroger tes collègues.

— Ce n'est pas une perspective agréable. Je ne peux toujours pas croire qu'un des policiers avec lesquels je travaille est suspect, répondit-elle en engouffrant le reste du muffin.

Il la contempla d'un air tout aussi solennel.

— Je suis convaincu qu'il n'est pas seulement suspect, mais qu'il est bien le meurtrier du marais.

— Avant d'aller plus loin, je pense qu'il faut mettre Gravois au courant de nos conclusions, déclara Nick.

— On va lui parler maintenant ? demanda Sarah.

Elle était partagée entre la crainte de découvrir le monstre parmi eux et le désir de mettre ce monstre derrière les barreaux aussitôt que possible.

Ce n'était d'ailleurs pas la seule chose qui la tourmentait depuis son réveil.

Nick et elle avait encore fait l'amour. Cela avait été lent, ensommeillé et absolument merveilleux.

Il devait l'aimer au moins un peu. Nick n'était pas le genre d'homme à coucher sans éprouver de sentiment. Dans l'une de leurs nombreuses conversations, il lui avait dit qu'il avait toujours été fidèle à sa femme, et elle le croyait.

C'était l'homme qu'elle voulait pour le reste de sa vie. Tant de ses qualités lui plaisaient.

Elle s'imaginait l'épouser et vivre heureuse pour toujours. Ils partageraient leur passion des romans policiers, et elle lui donnerait des bébés. Ce serait parfait… Sauf que ça ne l'était pas.

— Oui, allons voir Gravois maintenant, dit-il.

En le suivant dans le couloir, elle sut que viendrait le moment où elle lui dirait ce qu'elle éprouvait pour lui.

Elle ne pouvait pas le laisser quitter Black Bayou sans qu'il sache combien elle l'aimait.

Mais avant que cela n'arrive, ils avaient un tueur à attraper… Un tueur qui pouvait se trouver dans le même bâtiment qu'eux, en ce moment même.

Nick tapota à la porte de Gravois et quand celui-ci leur cria d'entrer, ils s'exécutèrent.

— Nous voudrions vous parler, dit sobrement Nick.

— Alors asseyez-vous.

Gravois leur désigna les chaises devant son bureau.

— De quoi s'agit-il ? Vous avez progressé dans l'affaire ?

— Nous nous rapprochons de la résolution. Nous sommes convaincus que le tueur est un flic du commissariat, annonça Nick.

Gravois s'adossa à son fauteuil, l'air visiblement stupéfait. Son visage pâlit, puis rougit tour à tour. Il se pencha vers eux, les sourcils froncés.

— Vous en êtes absolument sûrs ?

— Aussi sûrs qu'on peut l'être, répondit Sarah d'un ton grave.

— Vous voyez, un flic aurait pu facilement aborder ces femmes pour les convaincre de sortir du marais avec lui. Il connaîtrait également les meilleurs lieux en ville pour se débarrasser des corps, et il saurait comment ne pas laisser d'indices, dit Nick.

— Et puis nous avons ce bout de tissu qui est de la même composition que les chemises d'uniformes, ajouta Sarah.

— Nous avons éliminé tous les autres suspects, ce qui nous laisse avec cette seule possibilité, compléta Nick.

— Si c'est le cas, je serai impitoyable, dit Gravois. Vous avez un suspect particulier en tête ?

— Non, pas encore.

— Alors, de quoi avez-vous besoin ? reprit Gravois.

— Nous avons une liste des policiers que nous aimerions interroger, expliqua Nick. Je suis formé aux techniques d'interrogatoire et, avec un peu de chance, je serai à même d'identifier le coupable et de recueillir des preuves.

— Nous ne nous attendons évidemment pas à ce qu'il avoue, mais il faut que nous découvrions qui a un alibi solide pour les nuits des meurtres et qui n'en a pas, dit Sarah.

— Je vais faire en sorte que tous les policiers sachent qu'ils doivent coopérer avec vous.

— Nous vous en sommes reconnaissants, mais nous aimerions démarrer les interrogatoires immédiatement, avec les hommes qui sont de service aujourd'hui, répondit Nick.

Gravois hocha la tête.

— Très bien. Mais mettez-moi dans la boucle, s'il vous plaît. Si vous avez un suspect qui tient la route, je veux le savoir.

— Nous ne manquerons pas de vous tenir au courant, dit Nick en se levant.

Sarah l'imita et, quelques instants plus tard, ils étaient de retour dans leur petit bureau.

Le premier policier qu'ils convoquèrent fut Judd Lynons. Il n'était pas de service les nuits des meurtres, mais il travaillait ce jour-là.

Sarah alla le chercher dans la salle des inspecteurs, où Judd mangeait une barre chocolatée assis à son bureau.

— Bonjour, Judd.

— Bonjour, Sarah, dit-il en souriant.

Judd avait la trentaine et il était massif, avec de larges épaules et de gros bras. Il était assez fort pour transporter une victime.

— Tu pourrais venir avec moi dans notre bureau ?

Son sourire s'effaça, remplacé par une expression curieuse.

— Euh... bien sûr.

Il avala la dernière bouchée, froissa le papier et le jeta, puis se leva et la suivit dans le couloir.

Nick se leva lorsqu'ils entrèrent dans la pièce et fit signe à Judd de prendre une chaise.

— Qu'est-ce qu'il se passe ? demanda Judd d'un air désorienté. Pourquoi vous voulez me parler ?

— Nous sommes en train de réduire notre liste de suspects, dit Nick.

Judd dévisagea Sarah, puis Nick avec stupéfaction.

— Je suis suspect ?

— Nous allons nous entretenir avec tous tes collègues dans les jours qui viennent, dit Nick.

Judd écarquilla les yeux.

— Vous pensez que c'est un flic qui a commis tous ces meurtres ? Bon sang, quel bazar !

Secouant la tête, il s'assit plus confortablement.

— Si vous avez des questions, allez-y. Je n'ai rien à cacher.

— Nous croyons savoir que tu as grandi dans le marais, durant les dix premières années de ta vie, dit Nick.

Ainsi commença le premier interrogatoire.

Judd semblait ouvert et honnête, et il fournit un alibi facile à vérifier pour la nuit du quatrième meurtre. Il était allé à Shreveport pour le mariage d'un copain, et il avait une facture d'hôtel pour le prouver.

Si son alibi tenait la route, alors il n'était pas le tueur.

Ils savaient sans l'ombre d'un doute que c'était le même homme qui avait tué toutes ces femmes. Aussi, si quelqu'un avait un alibi pour l'un des meurtres, cela l'exonérait des autres.

— Apporte-nous la facture de l'hôtel aujourd'hui ou demain, si tu y penses, dit Nick à Judd.

— Et les noms et les numéros de téléphone de certaines des personnes qui étaient avec toi à Shreveport, ajouta Sarah.

— Je n'y manquerai pas. Ça veut dire que vous en avez fini avec moi ?

— Pour l'instant, répondit Nick.

Judd partit sans demander son reste.

Sarah fronça les sourcils en voyant qui était le suivant.

— Ryan et moi nous avons grandi ensemble. Je ne peux pas imaginer qu'il fasse quelque chose comme ça. C'est peut-être un crétin, mais je ne peux pas croire qu'il soit un tueur.

Nick tendit la main en travers de la table pour couvrir la sienne.

— Tu savais que ça allait être difficile. Je suis navré que l'un de ceux que tu regardes comme des amis et des collègues soit sans doute le meurtrier.

Il lui pressa la main puis la relâcha.

— Mais à ce stade de l'enquête, il est important de garder l'esprit ouvert.

Le geste comme le soutien lui firent plaisir.

— Alors je vais chercher Ryan.

Elle se leva, quitta le petit bureau et retourna au bureau des policiers.

Apparemment, Judd n'était pas revenu. Soit il avait pris une pause, soit il avait été appelé au-dehors.

Quoi qu'il en soit, Ryan était seul, lisant quelque chose sur son téléphone, lorsqu'elle entra.

— Ryan, tu veux venir parler à Nick ?

— Parler de quoi ? demanda-t-il.

— Tu le découvriras quand tu y seras.

Il haussa les épaules et rangea son téléphone. Puis il se leva et lui sourit jusqu'aux oreilles.

— Tu sais que je te suivrais n'importe où, Microbe.

Sarah soupira, mais fut soulagée qu'il la suive dans le couloir en silence.

Ryan avait travaillé sur plusieurs des meurtres, et ils avaient besoin de savoir ce qu'il avait fait les heures précédant la découverte des corps.

Il lui aurait été facile de tuer une femme, puis de se montrer quelques heures plus tard au travail. Pour deux des meurtres, il n'était pas en service et n'avait pas été appelé en renfort.

— Salut, vieux, lança Ryan à Nick.

— Staub… Assieds-toi, je te prie. Nous avons quelques questions pour toi, dit Nick.

— Et je suis sûr que j'aurai des réponses pour vous, dit Ryan avec désinvolture.

— Où étais-tu durant les heures précédant ton intervention sur le meurtre Soulange ? questionna Nick.

Ryan les regarda tour à tour, sous le coup de la surprise. Il s'adossa à sa chaise et rit.

— C'est une blague ? dit-il finalement.

— Absolument pas, répliqua Sarah.

— Vous pensez vraiment que je suis le méchant grand tueur que vous cherchez ?

Il reporta à nouveau les yeux sur Sarah.

— Microbe, tu devrais avoir plus de jugeote que ça.

— Elle s'appelle Sarah ou Mme Beauregard.

Les yeux de Nick étaient de la couleur de l'orage.

— Si je t'entends encore une fois amoindrir son nom ou sa taille dans ce commissariat, je déposerai plainte contre toi en son nom.

Ryan cessa de rire et croisa le regard de Nick.

— Oh ça va, le gros dur. Tu ne vas pas faire ça.

— Tu verras. Tu découvriras que je ne joue pas, dit Nick avec un calme mortel.

— Ça n'ennuie pas Sarah que je la taquine, dit Ryan avec un peu moins d'assurance dans la voix.

— En fait si, Ryan, ça m'ennuie, dit-elle.

— C'est noté, répondit-il. Je suis désolé si je t'ai blessée.

Il prononçait ces mots, mais ses yeux étaient d'un bleu dur qu'elle ne lui avait jamais vu avant. Il n'avait pas l'air désolé, il avait l'air en colère.

Était-il possible que l'homme qui lui demandait de sortir avec lui depuis des mois soit le monstre du marais de Honey Island ?

10

Ryan fut incapable de fournir un alibi pour au moins une nuit des meurtres.

Il pensait être sorti avec une femme, puis il dit qu'il était seul à la maison et au lit.

Il avait besoin de consulter son agenda pour voir où il était, et avec qui.

Il devrait revenir vers eux.

Quand il quitta le petit bureau, Sarah poussa un profond soupir.

— Bon sang, il a l'air aussi coupable qu'on peut l'être, dit-elle.

— Peut-être, peut-être pas, commenta Nick. Beaucoup d'innocents, quand on le leur demande à brûle-pourpoint, sont incapables de dire ce qu'ils faisaient un soir en particulier.

— Mais il a enquêté sur des meurtres monstrueux. On pourrait penser que ses activités ces soirs-là sont gravées au fer rouge dans son cerveau, protesta-t-elle.

— On verra quel genre d'alibi il fournira une fois qu'il aura consulté son agenda.

— Son agenda, mon œil ! rétorqua-t-elle.

Nick se mit à rire.

— Tu ne crois pas qu'il a un agenda ?

— Il a un agenda comme moi j'ai un chien bleu qui vole, répliqua-t-elle, faisant rire Nick à nouveau.

— Nous verrons ce qu'il nous dit demain.

Sarah paraissait affreusement malheureuse, et Nick reconnut une fois encore combien tout cela était difficile pour elle.

Ces hommes étaient ses collègues, des collègues qu'elle considérait comme des amis.

— Je n'arrête pas de retourner tout ça dans mon esprit, reprit-elle avec une frustration évidente. Si l'un des policiers est notre tueur, alors pourquoi n'ai-je pas une sensation de noirceur à son propos ? Pourquoi est-ce que je ne sens pas quelque chose clocher chez lui ?

— Sarah chérie, n'avoir l'air de rien, c'est précisément le don de ce genre de personne, de ce genre de tueur. C'est un client cool, il se croit beaucoup plus malin que nous.

— Tu crois ? Je veux dire, est-il possible qu'on ne l'identifie jamais ?

Ses yeux brillaient d'une crainte éperdue.

Nick lui prit la main.

— On va l'attraper, Sarah. Il ne sait pas qu'il lutte contre une équipe plus douée que Batman et Robin, plus futée que Sherlock et le Dr Watson et plus tenace que Scooby-Doo et Sammy.

Elle éclata de rire en entendant ses bêtises, ce qui était exactement ce qu'il voulait. Il adorait le son de son rire, et le fait que le nuage qui obscurcissait son regard avait disparu. Il lui pressa la main avant de la relâcher.

— Tu ne peux pas renoncer, Sarah. Nous sommes si proches du but. Pense à toutes les jeunes vies que nous allons sauver.

Elle soupira à nouveau.

— J'aimerais que tu sois arrivé plus tôt. On l'aurait arrêté plus tôt, et certaines de ces femmes seraient encore en vie.

— Malheureusement, on ne peut pas revenir en arrière, mais nous sommes là, maintenant, et nous approchons du but. Et maintenant, à qui devons-nous parler ?

Il voyait qu'elle était encore troublée, mais il ne pouvait rien faire de plus pour lui faciliter les choses.

Il aurait aimé, mais la vérité, c'est qu'il ne le pouvait pas. Pourtant le tourment qu'il voyait dans son regard lui faisait mal pour elle.

Ils effectuèrent un interrogatoire de plus, puis allèrent rapidement déjeuner de hamburgers dans un drive-in appelé Big Larry. Après le repas, ils interrogèrent deux autres policiers.

Il n'y avait plus de policiers présents dans le commissariat à interroger, aussi passèrent-ils le reste de l'après-midi à donner des coups de fil et à programmer des interrogatoires pour le jour suivant, avec certains des hommes qui effectuaient des gardes de nuit.

Juste après 18 heures, Nick renvoya Sarah chez elle.

La journée du lendemain serait chargée, car ils devaient essayer de parler à autant de policiers que possible.

Une fois Sarah partie, son parfum s'attarda dans la pièce. Elle devait savoir qu'il était fou d'elle. Elle avait certainement vu l'émotion briller dans ses yeux lorsqu'il la regardait. Elle l'avait certainement sentie dans la manière dont il la touchait, même de façon très simple.

Mais parfois l'amour ne suffisait pas. Il aimait Amy quand il l'avait épousée, mais son amour n'avait pas suffi à faire durer son mariage. En matière de relations, il était un loser, et Sarah méritait bien mieux qu'un loser dans sa vie.

Son esprit revint aux interrogatoires qu'ils avaient menés

ce jour-là. Il avait été formé aux techniques d'interrogatoire et à déchiffrer le langage corporel.

Nick était impatient de voir quels justificatifs Ryan allait leur présenter le lendemain en guise d'alibi pour n'importe quelle nuit de meurtre.

Et à l'insu de Sarah, il avait un autre suspect en tête, un suspect dont elle avait fermement rejeté la possibilité. Gravois. Ce nom tonnait dans son cerveau.

Était-il possible que Gravois n'ait fait aucun effort pour résoudre les crimes parce qu'il ne voulait pas les voir résolus ? Et si Nick avait vu Sarah progresser à toute allure, pourquoi Gravois lui avait-il attribué au départ le membre le moins expérimenté du commissariat ? Quelqu'un qui n'avait jamais participé à une enquête criminelle ?

Gravois était physiquement assez fort pour transporter les femmes hors du marais et les emmener sur le lieu de leur mort. Il était aussi assez fort pour les transporter dans les lieux où on avait retrouvé leurs corps. Les femmes auraient réagi sans protester à une interaction avec le chef de la police.

Pourtant, Nick ne voulait pas tirer des conclusions trop hâtives en ce qui concernait Gravois. Il continuerait à exclure les autres hommes du commissariat, jusqu'à ce qu'il en vienne à lui.

Sans savoir combien de temps il était resté perdu dans ses pensées, il finit par se lever et sortir du bâtiment par-derrière.

La soirée était à nouveau maussade, avec des nuages noirs qui cachaient le soleil et jetaient des ombres sur le paysage. Il venait d'atteindre sa voiture quand un coup de feu retentit.

Il se jeta automatiquement au sol, conscient que la balle s'était encastrée dans la portière devant laquelle il se tenait.

Il prit son arme, galvanisé par une bouffée d'adrénaline.

Deux voitures plus loin, il vit un mouvement. Il ne riposta pas… Pas tout de suite. Pour l'instant, il constituait une cible trop facile, et il devait contourner sa voiture pour se mettre à l'abri.

Il voulut se redresser à croupetons, mais une autre balle fila à quelques centimètres de sa tête et s'encastra encore dans la portière.

Il se jeta à terre et rampa comme un serpent pour contourner le pare-chocs. Seulement alors, il riposta en tirant deux fois dans la direction où il avait aperçu le mouvement.

Qu'est-ce que c'était que ça, bon sang ? Qui lui tirait dessus ? Il attendit, le cœur battant. Puis il risqua un bref coup d'œil derrière le pare-chocs. Rien.

Les ombres s'allongeaient de minute en minute. Le tireur était-il encore là ? Attendant qu'il quitte son refuge ? Ou s'était-il déplacé pour pouvoir mieux le viser ?

Il regarda à gauche et à droite, ne sachant d'où viendrait le danger. Il resserra sa prise sur son arme, prêt à faire à nouveau feu si nécessaire.

Les secondes devinrent des minutes, et rien ne se passa. Il n'y eut plus de coups de feu. Nick répugnait tout de même à quitter sa position.

À cet instant, la porte de derrière s'ouvrit, et Colby Shanks en franchit le seuil. Ce n'était rien de plus qu'un gamin, et la dernière chose que Nick voulait, c'est qu'il soit blessé.

— Rentre à l'intérieur, Shanks. Il y a un tireur embusqué sur le parking ! hurla-t-il.

Au lieu de faire demi-tour, le jeune homme se laissa tomber à croupetons et sortit son arme.

— Où est-il ?

Il pointa son arme vers la gauche, puis vers la droite.

À ce moment-là, Nick eut le sentiment que le danger était passé.

Il se leva lentement. Quelqu'un avait essayé de le tuer. Il n'y avait aucun doute dans son esprit que le tueur du marais de Honey Island se trouvait ou s'était trouvé sur le parking avec l'intention de le tuer. C'était le plus sûr moyen de stopper l'enquête.

Sarah avait profité de la soirée pour se détendre. Elle avait pris un long bain chaud parfumé au lilas, puis avait mis des filets de poulet marinés au four et les avait accompagnés de brocolis à la vapeur pour le dîner.

Ensuite, elle s'était laissée tomber sur le canapé et avait allumé la télévision pour regarder une émission humoristique qu'elle aimait bien. L'émission venait juste de commencer quand Nick appela.

Oh Seigneur, pas encore un cadavre, pensa-t-elle en mettant l'émission en pause avec la télécommande.

— Hé, collègue, quoi de neuf ?

— Pas grand-chose, je me suis juste dit que j'allais t'appeler pour être sûr que tu vas bien, répondit-il.

Sarah fronça les sourcils. Quelque chose était arrivé. Elle le sentait au fond d'elle. Cet appel ne ressemblait pas du tout à Nick.

— Qu'est-ce qu'il se passe, Nick ? Tu ne m'appelles jamais juste pour savoir si je vais bien.

Il y eut une longue pause, et elle l'entendit soupirer.

— J'ai tenu un rôle dans OK Corral, ce soir, sauf que ça s'est passé sur le parking du commissariat quand je reprenais ma voiture.

— Quoi ?

Elle serra les doigts autour du téléphone.

— Est-ce que tu vas bien ?

— Oui, ça va. Heureusement, ce n'était pas un bon tireur. Il m'a tiré deux fois dessus et m'a manqué deux fois. J'ai réussi à me mettre à l'abri. Ensuite, Shanks est sorti par la porte de derrière, et le tireur a disparu.

— Tu as une idée de qui c'était ?

— Oui, notre tueur. Si je sais qui il est ? Non. Je ne l'ai pas vu.

— Tu es rentré le signaler à Gravois ?

— J'ai essayé, mais il était déjà parti. Ryan aussi était parti.

Même si son ton n'indiquait aucun jugement de sa part, elle sentit son estomac se nouer d'inquiétude.

Il lui était toujours impossible de croire à la culpabilité de Gravois, mais elle ne pouvait en dire autant vis-à-vis de Ryan.

— En tout cas, continua-t-il, je voulais juste t'appeler pour m'assurer que tu vas bien.

— Soyons honnêtes, Nick. Le tueur veut que l'enquête s'arrête, et il ne me voit manifestement pas comme une menace pour lui. Je suis juste la fliquette qui inflige des amendes pour excès de vitesse et reste assise à la réception.

— La plus grosse erreur qu'il peut commettre c'est de te sous-estimer, répliqua-t-il. Mais tu dois me promettre une chose, Sarah.

— Quoi ?

— S'il m'arrive quelque chose, tu continueras à te battre pour trouver le tueur.

— Rien ne va t'arriver, Nick, protesta-t-elle.

Elle ne voulait même pas envisager qu'il puisse être blessé ou tué. Son cœur ne pourrait pas le supporter.

— Promets-le-moi, c'est tout, Sarah, l'implora-t-il.

— D'accord, d'accord, je te le promets. Je devrais peut-être

être ton garde du corps, en plus de ta collègue, dit-elle mi-figue, mi-raisin. Je peux aller te chercher le matin et te reconduire le soir. Si nous sommes ensemble, ce sera bien plus difficile pour quelqu'un de s'en prendre à toi. S'il te plaît, Nick, faisons ça.

— Je ne veux pas te faire courir de risque, protesta-t-il.

— Nous nous protégerons l'un l'autre. Allez, c'est réglé. Je viendrai te chercher demain matin vers 7 heures.

Son rire grave s'éleva sur la ligne.

— Tu es une femme têtue.

— Oui, je le suis, quand quelque chose compte pour moi, et tu comptes pour moi, dit-elle. Alors on se voit demain matin chez Nene et, dans l'intervalle, fais attention à toi, dit-elle en luttant contre les mots qu'elle avait envie de prononcer.

Ce qu'elle voulait lui dire, c'est qu'elle l'aimait de tout son cœur et de toute son âme, et qu'elle ne pouvait imaginer la vie sans lui.

Mais elle savait aussi que le moment n'était pas encore venu pour lui d'entendre ces mots. Il venait d'être attaqué par le tueur, impliqué dans une fusillade. L'heure n'était pas aux aveux romantiques.

— D'accord, collègue. On se voit demain matin.

Ils raccrochèrent.

La détente qu'elle avait éprouvée dans la soirée avait disparu, anéantie par le fait qu'on avait essayé de tuer Nick sur le parking.

Était-ce Ryan ?

Ou bien un autre policier, un de ceux qu'ils avaient interrogés ?

Elle ignorait la réponse à cette question. Tout ce qu'elle

savait, c'est que quelqu'un s'était mis à l'affût et avait essayé d'abattre Nick.

Des frissons lui parcoururent le dos. Les enjeux étaient élevés depuis le début de cette affaire, mais cette tentative d'assassinat les rendait encore plus énormes.

Le matin suivant, elle s'arrêta dans l'allée de Nene dix minutes après 7 heures.

Nick sortit immédiatement par la porte, lui faisant comprendre qu'il avait guetté son arrivée.

Il prit place sur le siège passager et lui sourit.

— Je dois dire que tu es l'une des plus jolies gardes du corps que j'aie jamais vues.

Elle se mit à rire.

— Ne laisse pas toute cette joliesse te tromper. Je suis une vraie garce quand il s'agit de protéger ceux que j'aime.

Prenant conscience de ce qu'elle venait de dire, elle sortit rapidement de l'allée.

— La journée va être longue, dit-il lorsqu'elle tourna dans Main Street. Nous avons beaucoup d'interrogatoires de prévus, mais la bonne nouvelle, c'est que nous n'en avons que quatre demain.

— Et ensuite nous examinerons tous les alibis et nous verrons où nous en sommes.

— Exactement. Je dirais que d'ici une semaine nous serons en mesure d'identifier le tueur.

— J'espère. Et j'espère aussi qu'il n'y aura pas d'autre meurtre dans l'intervalle, renchérit-elle.

Si l'affaire était terminée dans une semaine, il serait temps pour lui de partir.

Ce qu'elle voulait lui dire, c'était combien il allait lui manquer.

Leurs conversations et leurs rires lui manqueraient.

Son contact et ses sourires lui manqueraient.

Bon sang, tout chez lui lui manquerait.

Elle ne dit rien de tout cela. Mais elle était résolue à ce qu'avant de quitter Black Bayou, il sache combien elle l'aimait et comme son amour était profond.

Ils s'arrêtèrent à une petite boulangerie en chemin pour prendre de grands cafés pour eux et deux douzaines de donuts.

— Nous leur offrirons un donut, et pendant qu'ils se pourlèchent les babines, nous les passerons sur le gril, dit Nick.

Lorsqu'ils arrivèrent au bureau, le premier policier de la liste était là.

Bart Kurby travaillait la nuit, et Sarah ne le connaissait pas très bien. Les nuits des meurtres, il était en congé.

C'était un homme d'âge moyen et de grande taille, physiquement en forme, avec des yeux noirs enfoncés. Il s'assit mais n'accepta pas leur offre de donut.

Il semblait fatigué et impatient, car il était l'heure de rentrer chez lui pour dormir, après avoir été de service toute la nuit.

— Nous aimerions vous parler des nuits des meurtres, commença Nick.

— Oui, j'ai entendu dire que vous interrogiez tout le monde au commissariat. Je ne peux pas croire que vous pensez que l'un de nous est le monstre du marais de Honey Island.

— Nous ne faisons qu'aller dans le sens des indices, intervint Sarah.

Il lui jeta un bref coup d'œil, puis revint à Nick.

— Alors, qu'est-ce que vous voulez savoir ?

Sarah fronça les sourcils.

L'homme ne se donnait pas la peine de la prendre au

sérieux, et cela l'irritait. Nick l'avait aussi saisi, car il la regarda et hocha imperceptiblement la tête.

— Bart, nous avons constaté sur le planning que tu ne travaillais pas les nuits des meurtres. Nous avons besoin de savoir ce que tu faisais ces nuits-là, entre 18 heures environ et 1 heure du matin, dit Sarah avec autant d'autorité qu'elle le pouvait.

Bart la regarda à nouveau, cette fois avec un peu plus d'intérêt.

— Je pense que la plupart du temps, je devais être au lit vers 21 heures.

— Quelqu'un au lit avec toi ? s'enquit-elle.

Elle savait très bien que Bart n'était pas marié.

Il haussa un sourcil.

— Je ne suis pas du genre à me vanter de mes conquêtes.

— Mieux vaut t'en vanter que de finir en prison pour des meurtres que tu n'as pas commis, répliqua-t-elle.

Il hésita un long moment.

— Parfait. La nuit du dernier meurtre, j'étais avec Paula Kincaid. Nous étions ensemble toute la soirée, et elle a passé la nuit chez moi.

— En parlant de chez toi, nous savons que tu vis dans un appartement en ville, mais que tu possèdes aussi une propriété en dehors de la ville. Qu'est-ce que c'est ?

— C'est l'ancienne maison de mes parents. J'y effectue des travaux et j'ai l'intention de m'y installer dans les mois qui viennent, dit-il.

— Bon, je pense que c'est tout ce que nous voulions savoir, dit-elle en se levant pour congédier l'homme.

— Bon travail, collègue, dit Nick dès que Bart fut parti.

— Il m'a agacée en me prenant de haut. Merci de m'avoir laissée conduire l'interrogatoire.

— Pas de problème, tu as fait du bon travail.

— Merci. Tu sais ce qui est vraiment intéressant ? Paula Kincaid est censée être heureusement mariée à George, qui voyage pour affaires. Je me demande si par hasard elle pourrait ne pas corroborer l'alibi de Bart.

— Le temps le dira, et en parlant de temps, notre prochain policier devrait être prêt, répondit Nick.

La journée s'écoula ainsi. Il était 18 h 30 lorsqu'ils eurent fini. Il restait deux donuts dans la boîte, et la tête de Sarah était farcie des informations recueillies toute la journée.

— Et si on dînait au café ? suggéra Nick tandis qu'ils rangeaient leurs notes.

— Bonne idée.

Ils quittèrent le commissariat et prirent sa voiture à elle.

— En mangeant, on pourra discuter de ce qu'on a appris aujourd'hui, dit-il lorsqu'ils marchèrent vers le café.

— Tant mieux, parce que j'ai l'impression que ma tête va exploser. J'espère que tu pourras m'aider à mettre tout ça en ordre.

— Je ferai de mon mieux, mais j'espérais aussi que tu m'aiderais à y mettre de l'ordre, répondit-il avec un petit rire.

Quinze minutes plus tard, ils étaient assis à une table du café, commandant leur repas.

Nick tendit la main pour prendre celle de Sarah. Elle adorait quand il lui tenait la main, et il le faisait souvent.

— Je suis très fier de toi, Sarah, dit-il.

Ses beaux yeux gris la contemplaient avec intensité tandis qu'il caressait sa main du pouce.

— Tu as fait beaucoup de chemin depuis ton bain dans le marais.

Elle éclata de rire.

— À ce stade, je n'avais pas vraiment le choix, sinon progresser.

Elle se sentit frissonner de tout son long tandis qu'il continuait à malaxer sa main avec tendresse.

— Sérieusement, tu es devenue une formidable policière, et j'espère que quand tout cela sera fini, tu ne seras plus obligée de coller des amendes pour excès de vitesse ou de tenir le standard. Tu mérites de travailler sur des affaires criminelles.

Il relâcha sa main quand leurs plats arrivèrent.

Ils avaient tous deux commandé un hamburger-frites, et durant l'heure suivante, ils parlèrent en mangeant des suspects qu'ils avaient interrogés.

— Ce que j'ai trouvé intéressant, c'est que Ryan ne nous a pas apporté son alibi, remarqua Nick.

Sarah fit traîner une frite dans le ketchup.

— Il a peut-être perdu son agenda, répliqua-t-elle d'un ton sec.

Cela fit rire Nick, mais il reprit vite son sérieux.

— S'il ne nous l'apporte pas demain, nous le convoquerons pour un entretien un peu moins amical.

— Bonne idée, approuva-t-elle. Je veux qu'on arrête ce tueur, et si c'est Ryan, il faut qu'il aille en prison.

— Qui que ce soit, il va passer le reste de sa vie derrière les barreaux. Tu as l'air fatiguée, dit-il tandis qu'ils finissaient leur repas.

— Oui, je le suis, avoua-t-elle. J'ai juste besoin d'une

bonne nuit de sommeil, et je serai prête à reprendre le collier demain matin.

Quelques minutes plus tard, ils quittèrent le café.

Tandis qu'ils marchaient vers la voiture, la main de Nick chercha la sienne.

Il devait forcément l'aimer, se dit-elle. Il devait l'aimer plus qu'un peu. Il recherchait bien trop souvent son contact pour qu'ils ne soient que de simples coéquipiers.

Ils atteignirent la voiture, et pendant que Nick s'installait sur le siège passager, elle se mit au volant.

— Et toi ? Tu es fatigué ? demanda-t-elle.

— Oui. Mais comme toi, il ne me faut qu'une bonne nuit de sommeil.

Ils restèrent silencieux durant le trajet jusque chez Nene et, en quelques instants, il disparut, ne laissant derrière lui que l'odeur de son eau de toilette.

Elle ignorait ce qu'il adviendrait d'eux lorsque l'enquête serait terminée et que le tueur serait derrière les barreaux.

Nick lui avait dit qu'il ne voulait plus jamais être un mari.

Mais elle, Sarah, en était à un stade de sa vie où elle ne pouvait pas viser moins.

Elle voulait un mari et des enfants.

Elle voulait une famille.

Depuis que ses parents étaient morts, elle n'avait qu'un désir : fonder une famille à elle.

Elle ne pouvait pas penser à tout cela maintenant. Ils avaient un meurtrier à arrêter et, ensuite seulement, elle verrait ce qui se passerait avec Nick. Mais peu importe comment elle tournait les choses dans sa tête, elle n'arrivait pas à imaginer une fin heureuse pour eux.

11

L'esprit de Sarah était rempli des explications des hommes avec qui ils s'étaient entretenus ce jour-là et de questions les concernant.

Même parler avec Nick durant le dîner n'avait pas réussi à apaiser le chaos dans sa tête.

Elle arriva chez elle, rentra la voiture dans le garage et pénétra dans la maison.

Laissant tomber ses clés de voiture sur la table, elle emporta son arme dans sa chambre. Elle ne commettrait plus jamais l'erreur de se trouver désarmée la nuit.

Après une douche rapide, elle enfila sa chemise de nuit et se mit au lit. Comme toujours, le matelas céda sous elle et, en quelques minutes, elle s'endormit profondément.

Ce fut son téléphone qui la réveilla. Elle le chercha à tâtons sur la table de chevet et nota qu'il était 1 heure du matin. Cet appel ne pouvait signifier qu'une mauvaise nouvelle.

Elle fut surprise de voir que c'était Gravois qui l'appelait. Elle prit l'appel.

— Gravois ?

— Sarah, je viens d'avoir un tuyau selon lequel le tueur va agir cette nuit, probablement dans moins d'une heure.

— Un tuyau ?

Elle fronça les sourcils.

— Un tuyau de qui ?

— Je t'expliquerai tout quand tu seras là, dit-il.

— Là où ?

Elle se redressa et serra plus fort le téléphone.

— Au marais, dit-il avec une note urgente dans la voix. Tu sais où est le vieil arbre couché ?

— Oui.

— Rejoins-moi aussi vite que possible. J'ai déjà appelé Nick, alors inutile de le faire. Ne perds pas de temps, Sarah. Nous allons arrêter ce salopard aujourd'hui.

— J'arrive, répondit-elle.

Dès qu'elle eut raccroché, elle se mit en mouvement. En s'habillant, elle se demanda quel genre de tuyau avait eu Gravois et qui était son indic.

Pourraient-ils vraiment arrêter le tueur cette nuit ?

Elle l'espérait de toutes ses forces. Il était plus que temps de le mettre derrière les barreaux, avant qu'une autre femme ne meure.

Elle fut prête en dix minutes. Montant en voiture, elle prit la direction de Vincent's.

La nuit était inhabituellement obscure, car d'épais nuages cachaient la lune et les étoiles. Les rues étant désertes, elle put dépasser un peu la limite de vitesse.

Sur le parking de Vincent's, elle ne vit ni la voiture de Gravois ni celle de Nick, mais elle savait où aller et espérait que les deux hommes se montreraient rapidement.

Elle décida d'adresser un bref texto à Nick.

> Gravois m'a appelée. Je suis là, en train de vous attendre tous les deux. Ce soir, on va l'arrêter !

Elle envoya le message puis descendit de voiture.

Elle hésita avant d'entrer dans le marais obscur. D'un côté, elle avait envie… non, elle avait besoin d'allumer la lampe de son smartphone, de l'autre elle ne voulait pas que le tueur la voie ou sache qu'elle était là.

L'obscurité était si épaisse qu'elle finit par allumer la lampe, en la dirigeant vers le sol.

Elle n'avait pas envie de trébucher et de se blesser. Elle tenait à être une participante active dans l'arrestation du tueur.

Elle avait travaillé dur pour cela.

Un indic… Manifestement, quelqu'un avait appris quelque chose sur le tueur et décidé de contacter Gravois.

Avec un peu de chance, aucune autre femme ne mourrait après ce soir.

Elle continua d'avancer en gardant la lampe orientée vers le sol et finit par trouver l'arbre couché. Une fois là, elle s'assit sur le tronc et éteignit sa lampe.

Elle s'efforça de distinguer les pas des deux hommes, mais le marais vibrait de toutes sortes de bruits.

Des moustiques bourdonnaient autour de sa tête et, au loin, un poisson sauta dans l'eau.

Le vent soufflait dans la cime des arbres, et de petits rongeurs filaient dans les fourrés.

Elle faillit hurler quand une main se referma sur son épaule. En se retournant, elle vit Gravois.

— Bon sang, vous avez failli me faire mourir de peur, chuchota-t-elle.

— Désolé, répondit-il.

Il éclaira son propre visage avec sa lampe.

— Que se passe-t-il ? Vous allez me dire qui est cet indic ? demanda-t-elle à voix basse.

— Pas encore. Selon ce qu'il m'a dit, nous n'avons pas beaucoup de temps, répondit-il sur le même ton.

— Je me demande où est Nick.

— Je ne sais pas, mais nous ne pouvons pas l'attendre. Il faut nous mettre en position.

— Est-ce que le tueur va passer par là ? demanda-t-elle, prise d'un petit frisson.

— C'est ce qu'on m'a dit. Accroupissons-nous derrière ce tronc et attendons de voir qui arrive. Je suis convaincu que ce sera un policier.

— Votre informateur ne vous a pas dit qui c'était ?

— Non. J'ai déjà eu de la chance d'en tirer quelque chose, dit Gravois. Maintenant, il faut prendre position.

Qui serait-ce ?

Qui allait pénétrer dans le marais avec un meurtre horrible à l'esprit ?

Elle se leva pour enjamber le tronc mais, avant qu'elle puisse faire un pas, Gravois fit sauter son téléphone de sa main et l'écrasa sous son talon.

Elle le dévisagea, stupéfaite.

— Gravois… qu'est-ce que… vous faites ?

En le contemplant, elle prit soudain conscience qu'il avait les yeux étrécis et que ses traits s'étaient durcis en un masque de méchanceté qu'elle ne lui avait jamais vu auparavant.

Figée par le choc, elle s'efforçait de comprendre ce qui se passait.

Danger. Danger. Une voix dans sa tête hurlait qu'elle était en danger. Gravois… C'était lui depuis le début. Oh Seigneur, c'était lui le tueur du marais de Honey Island.

— Sarah…, dit-il doucement en tendant la main vers elle.

C'est alors qu'elle la vit… une seringue hypodermique. Le brouillard du choc se dissipa, et elle se mit à courir.

Elle s'enfonça aveuglément dans le marais, Gravois sur les talons.

Elle courait pour sa vie. Elle accéléra l'allure dans l'obscurité, sachant que si le monstre l'attrapait, elle serait sa prochaine victime.

Le téléphone émit un bip, qui réveilla Nick. Il avait un texto. Mais qui diable lui écrivait à cette heure-là ?

Il prit le téléphone et lut le message de Sarah :

> Gravois m'a appelée. Je suis là, en train de vous attendre tous les deux. Ce soir, on va l'arrêter !

Il lut le message deux fois puis, le cœur battant, sauta du lit et s'habilla.

Gravois. Le nom tournait en boucle dans sa tête.

Il appela Sarah, mais la ligne sonna dans le vide avant de basculer sur la messagerie vocale.

Il finit de s'habiller et s'empara de son arme et de son holster.

Si Gravois avait touché à un cheveu de Sarah, il le tuerait.

Sarah disait qu'elle les attendait, mais pas où.

Tout ce qu'il savait, c'est qu'elle avait des ennuis. Son message impliquait que Gravois l'avait contacté lui aussi, mais ce n'était pas le cas.

Oui, Sarah était sans nul doute en danger. S'il avait raison, elle était seule avec l'homme qui pouvait être le tueur.

Le marais. C'était le seul endroit qui avait un sens. Elle devait y être. Il sauta dans sa voiture et démarra.

Il continua de l'appeler en chemin, mais tous ses appels aboutirent à sa messagerie.

Dieu merci, à 1 heure du matin, les rues étaient vides, ce qui lui permit d'arriver à la supérette en un temps record. Et Dieu merci, il avait deviné juste, car la voiture de Sarah était sur le parking.

Il descendit de voiture et contempla l'embouchure obscure du marais. Sa gorge se noua, et l'anxiété familière l'envahit.

Bon sang, il n'était plus un petit garçon craintif ! Il était adulte et il devait pénétrer dans le marais et retrouver la femme qu'il aimait.

Cette idée en tête, il ravala sa peur, alluma la lampe de son téléphone et entra dans le bayou.

L'anxiété qu'il éprouvait n'était plus due au marais, elle reflétait son besoin de retrouver Sarah.

Il ne lui fallut pas longtemps pour atteindre le vieil arbre couché.

Il parcourut l'endroit avec sa lampe torche, et le faisceau atterrit sur un téléphone...

Le téléphone de Sarah. Son sang ne fit qu'un tour et il eut une sorte de vertige.

S'il avait besoin d'une preuve concrète que Sarah était en danger, ceci en était une.

Il se pencha et ramassa le téléphone cassé. Il pressa le bouton d'alimentation, mais rien ne se passa. Il le glissa dans sa poche.

C'était pour cette raison qu'elle n'avait pas répondu à ses appels.

Qui avait fait ça ? Qui était avec elle ?

Était-ce Gravois ? Cela semblait logique, étant donné le texto qu'elle lui avait envoyé.

— Sarah ! hurla-t-il de toutes ses forces.

Toutes sortes de possibilités se pressaient dans sa tête, toutes plus douloureuses les unes que les autres. Où pouvait-elle être ?

— Sarah ! cria-t-il encore.

— Nick... Nick, au secours !

Sa voix venait des profondeurs du marais.

Il poussa un soupir de soulagement. Elle était en vie ! Mais elle était sans nul doute en danger.

Il courut dans la direction de sa voix, résolu à la rejoindre.

— Sarah, j'arrive... Continue de crier, hurla-t-il.

— Nick... dépêche-toi.

Sa voix exprimait une terreur qui lui fit l'effet d'un incendie.

Il devait la trouver. Oh Seigneur, il devait la sauver de celui qui la retenait captive.

Il courut aussi vite que possible, repoussant les branches et sautant par-dessus les mares. Sa peur du marais avait disparu, remplacée par le besoin désespéré de retrouver la femme qu'il aimait.

Il s'arrêta un bref instant pour reprendre son souffle, puis cria encore son nom. Il n'y eut pas de réponse.

— Sarah, hurla-t-il.

Il fallait qu'il entende sa voix pour la retrouver dans cette végétation dense.

Elle poussa un cri, un son à glacer le sang, qui fit courir des frissons dans tout son corps.

— Sarah, cria-t-il avec désespoir.

Il n'y eut pas de réponse.

— Sarah ? continua-t-il à crier en s'élançant devant lui.

Oh Seigneur, pourquoi ne répondait-elle pas ? Et qu'est-ce qui l'avait fait crier comme ça ?

Il courut droit devant lui.

Sa plus grande peur était qu'elle soit désormais dans les griffes du monstre du marais de Honey Island.

Il continua à la chercher, toute notion du temps évanouie. Mais si elle n'appelait plus, c'était inutile.

Était-elle toujours dans le marais ? Peut-être. Il ne savait que croire.

Gravois m'a appelée. Je suis là, en train de vous attendre tous les deux. Ce soir, on va l'arrêter !

Il relut le texto. Gravois. C'était forcément le tueur et il avait attiré Sarah dans le marais pour faire d'elle sa prochaine victime.

Peu importait qu'elle ne corresponde pas à son profil habituel. La preuve était dans le texto qu'elle lui avait envoyé.

Gravois l'avait appelée et attirée ici.

Gravois. Le nom de l'homme passait et repassait dans sa tête. Il fallait qu'il trouve le policier aussi vite que possible.

Cette idée en tête, il ressortit en courant du marais. Il ne pouvait rien faire tout seul. Le bayou était bien trop grand pour qu'il puisse retrouver Sarah par ses propres moyens.

Il atteignit enfin le parking de Vincent's, où la voiture de Sarah était toujours garée.

Il monta dans la sienne et appuya le front sur le volant, submergé par l'émotion.

Des larmes brûlantes lui remplirent les yeux, et sa poitrine se serra tandis qu'un sanglot désespéré lui échappait.

Son amour pour Sarah le déchirait. Il avait besoin de sa coéquipière.

Était-il déjà trop tard ? Non, il se refusait à le croire. Il ne pouvait pas être trop tard.

Il s'essuya les yeux, démarra et sortit du parking en trombe.

Bon sang, il ne savait même pas où habitait Gravois. Il allait devoir passer par le commissariat.

Il roula aussi vite que possible, conscient que le temps était essentiel.

Il fit halte devant le commissariat et entra par-devant. Judd Lynons tenait le standard.

— Hé, mon vieux, tu connais l'adresse de Gravois ? lui demanda Nick.

— Pourquoi ? Qu'est-ce qu'il se passe ? questionna Judd d'un air curieux.

— J'ai juste besoin de son adresse. C'est important.

Il ne voulait pas perdre du temps à tout expliquer.

— Je ne connais pas son adresse exacte, mais je sais qu'il vit dans Tupelo Lane. Tupelo Lane est perpendiculaire à Main Street, au niveau de la supérette Mike's. Sa maison est au milieu du pâté de maisons. Elle est bleue, à un étage, et…

Nick n'attendit pas d'en entendre davantage. Tournant les talons, il alla reprendre sa voiture en courant.

Il démarra sur les chapeaux de roues et prit la direction de Main Street, où était située la supérette en question.

Il serra le volant de toutes ses forces, et des larmes vinrent à nouveau brouiller sa vue.

Je vous en prie, faites qu'elle soit encore en vie.

Je vous en prie, faites qu'elle soit encore en vie.

Ces mots tournaient en boucle dans son cerveau comme un mantra… comme une prière.

Il atteignit la supérette et vit Tupelo Lane. Il tourna dans la rue. De grands arbres empiétaient sur la rue, assez étroite. Il roula lentement, examinant les maisons de chaque côté.

Le quartier était ancien, mais les bâtisses semblaient bien tenues. Enfin, il la vit.

Bleu ardoise, avec un porche qui faisait le tour de la maison. La voiture officielle de Gravois était dans l'allée.

Il se gara le long du trottoir et, le cœur battant, descendit de voiture. Courant à la porte, il frappa. Il n'y eut pas de réponse. Il frappa à nouveau, cette fois assez fort pour réveiller tout le voisinage.

— Une minute, dit la voix étouffée de Gravois.

Il ouvrit la porte au bout d'un instant. Il était torse nu, vêtu uniquement d'un pantalon de pyjama. Ses cheveux étaient ébouriffés, comme s'il venait de sortir du lit.

— Nick, qu'est-ce qu'il se passe, bon sang ?

Nick le dévisagea, désorienté. Ce n'était pas le Gravois qu'il s'attendait à voir.

— Sarah a disparu, dit-il.

Gravois fronça les sourcils.

— Disparu ? Qu'est-ce que vous voulez dire par « disparu » ? Elle n'est pas chez elle en train de dormir ?

— Non, elle n'est pas chez elle. Elle m'a dit que vous l'aviez appelée et lui aviez dit d'aller au marais.

Avec une expression d'inquiétude, Gravois sortit sous le porche.

— Je n'ai pas appelé Sarah. La dernière fois que je lui ai parlé, c'était ce matin, au commissariat. Alors qu'est-ce qui se passe ?

— Je l'ignore. Je ne sais qu'une chose, Sarah est allée au marais.

Nick poursuivit en expliquant ce qui s'était passé lorsqu'il était arrivé au marais.

— Bon sang, si quelqu'un a fait du mal à Sarah, il le paiera cher, s'exclama Gravois avec colère. Je vous rejoins au commissariat dans un quart d'heure. Je vais convoquer tous les hommes, et nous allons fouiller le marais jusqu'à ce que nous la retrouvions.

— Je vous attends là-bas, répondit Nick.

Il remonta dans sa voiture. Tout en conduisant, il sentit son esprit bouillonner.

Croyait-il Gravois ? Oui, il avait tendance à le croire. Mais si Gravois n'était pas le tueur, qui l'était ?

Qui avait appelé Sarah en se faisant passer pour le chef de la police ?

Était-elle trop ensommeillée quand elle avait répondu pour comprendre que ce n'était pas Gravois ?

L'appel avait-il été si court qu'on avait réussi à la tromper ? Il supposait que c'était possible.

Alors, qui était-ce ? Qui avait attiré Sarah dans le marais ?

Il était convaincu que c'était le monstre du marais de Honey Island.

Sarah avait cru qu'elle n'avait pas assez d'importance pour qu'on s'en prenne à elle, mais quelqu'un l'avait incontestablement vue comme une menace.

Lorsqu'il arriva enfin au commissariat, il était à nouveau la proie d'émotions contradictoires. Il retourna au petit bureau que Sarah et lui partageaient et se laissa tomber sur une chaise pour attendre Gravois.

Le parfum de Sarah était partout, cette senteur florale qu'il trouvait si séduisante.

Il pensa à son sourire éclatant, qui lui donnait toujours l'impression d'avoir un soleil dans la poitrine.

Elle ne pouvait pas être morte. Il fallait qu'elle soit en vie. Il avait besoin d'elle.

Il bondit sur ses pieds en entendant la voix de Gravois tonner dans le couloir. Il l'y rejoignit.

— J'ai appelé tous les hommes. Le seul que je n'ai pas pu joindre, c'est Ryan, mais je lui ai laissé un message. Tous les autres vont se regrouper au marais, alors il faut y aller.

— Je vous suis, dit Nick, saisi d'un nouveau sentiment d'urgence.

Vingt minutes plus tard, les hommes étaient devant Vincent's. Tous étaient équipés de puissantes torches.

Il était impossible de quadriller la zone, aussi Gravois attribua-t-il une zone approximative à chaque homme.

Pour l'instant, c'était une opération de recherche et de sauvetage. Nick espérait de toutes ses forces que cela ne deviendrait pas une opération de recherche d'un corps.

Il se hâta de retourner à l'endroit où il avait entendu sa voix pour la dernière fois.

Le marais résonnait des voix des policiers qui criaient le nom de Sarah.

Lequel résonnait aussi dans son cœur, au fond de son âme, même. Ils devaient la retrouver, et la retrouver en vie. Il poursuivit sa marche dans le marais, la cherchant partout.

— Monsieur Nick...

Gator sortit brusquement des fourrés, causant une peur bleue à Nick.

— Qu'est-ce qui se passe ?

— Gator, Sarah a disparu, et je l'ai entendue dans le marais.

Nick expliqua rapidement ce qui s'était passé.

— Vous avez entendu quelque chose cette nuit ? Vu quelque chose ?

— La plupart des nuits, je traîne dehors, mais cette nuit j'ai dormi jusqu'à ce que j'entende le bruit, alors la réponse est non. Désolé, je n'ai rien vu, rien entendu. Je vais vous aider à la chercher.

— Merci, Gator.

Le vieil homme hocha la tête et disparut dans les fourrés, tandis que Nick poursuivait son chemin.

Une personne de plus pour chercher Sarah ne pouvait qu'être utile.

Ils continuèrent les recherches jusqu'à l'aube, lorsque Gravois ordonna une pause car les hommes avaient besoin de se reposer.

Ils s'accordèrent pour se retrouver au commissariat pour recevoir d'autres instructions.

Nick resta sur le parking de Vincent's après le départ des autres.

Le soleil matinal brillait par les trouées des arbres, leur donnant une lumière dorée.

Sarah n'était pas là.

Son instinct lui disait qu'elle n'était plus dans le marais. Les recherches avaient été larges, mais le bayou était vaste.

Néanmoins, il pensait qu'on l'avait fait sortir du marais.

Avait-elle été emmenée jusqu'au lieu des tueries ? Où était-ce ?

Combien de temps le tueur gardait ses victimes avant de les tuer ? Peut-être quelques minutes... peut-être des heures.

Une fois encore, l'émotion lui serra la poitrine et des larmes vinrent lui brouiller la vue.

Où était Sarah ? S'il ne se trompait pas, l'un des policiers qui avait participé aux recherches était celui-là même qui l'avait enlevée.

Et où était Ryan ? Il ne s'était pas montré.

Soudain, il lui parut impératif de le retrouver.

12

Sarah reprit lentement conscience.

La première chose qu'elle éprouva fut un énorme mal de tête. Elle essaya d'ouvrir les yeux, mais elle était encore trop vaseuse, et ses paupières semblaient peser une tonne.

Elle resta immobile, respirant simplement. Mais une odeur délétère régnait autour d'elle.

Une odeur horrible, qui lui rappelait la puanteur de la cabane de James Noman. Seigneur, était-ce là qu'elle était ?

Non... Ce n'était pas possible.

Son cerveau commença à s'éclaircir.

Elle avait reçu un appel de Gravois, et elle était allée au marais. Son téléphone écrasé, la course à travers le marais... tout lui revint en un éclair.

Gravois. Seigneur Dieu, c'était lui depuis le début. Il était le tueur du marais de Honey Island.

Elle avait couru si vite pour lui échapper, à lui et à la seringue hypodermique qu'il avait en main.

Quand elle avait entendu Nick, elle avait espéré, prié pour qu'il la rejoigne, mais ce n'était pas arrivé.

Si elle n'avait pas trébuché sur une grosse racine, elle aurait pu échapper à Gravois. Mais dès qu'elle était tombée, il s'était jeté sur elle.

Elle avait hurlé et s'était débattue, mais il avait fini par lui enfoncer la seringue dans le bras. Elle avait continué à lutter plusieurs minutes avant que l'obscurité ne l'engloutisse et qu'elle perde conscience.

Alors où était-elle maintenant ? Elle réussit enfin à ouvrir les yeux.

Elle était ligotée sur une chaise à dos droit, et semblait se trouver dans un sous-sol.

Même s'il y avait peu de sous-sols dans la région, il y en avait quelques-uns.

Mais ce n'était pas un simple sous-sol ; elle savait qu'elle était dans le lieu des tueries.

Oh Seigneur. Il y avait du sang séché par terre, tout autour de sa chaise.

La puanteur était horrible, et elle savait que c'était ce qui restait des pauvres victimes.

C'était là que Gravois avait non seulement poignardé les femmes, mais leur avait coupé la gorge et dépecé le visage.

Il fallait qu'elle sorte de là.

En haletant, elle se débattit dans les liens qui retenaient ses bras derrière elle.

Elle se tortilla et tordit ses poignets. Si elle pouvait seulement libérer une main, elle pourrait se détacher et s'échapper.

Il n'y avait aucun bruit à l'étage, et elle sentait qu'elle était seule en ce lieu, quel qu'il soit.

Ce sous-sol appartenait-il à la maison de Gravois ? Cela faisait des années qu'elle n'était pas entrée chez lui.

Elle continua à se débattre dans les cordes, mais celles-ci n'avaient aucun jeu. Elle finit par être hors d'haleine, haletante de douleur et de pure terreur.

Combien de temps avant que Gravois ne revienne ?

Elle laissa finalement tomber sa tête en sanglotant. Personne ne saurait que le chef de la police était le monstre. Sauf Nick. S'il avait reçu son texto, il devait savoir.

Alors pourquoi n'était-il pas là ? Son texto n'était-il pas parti ? On ne pouvait pas se fier à la technologie.

Si pour une raison quelconque il ne l'avait pas reçu, alors personne ne saurait qu'elle était là.

Personne ne soupçonnerait jamais Gravois. Elle avait même assuré à Nick que c'était impossible qu'il soit l'auteur des meurtres. Elle avait eu tort... tellement tort.

Pour l'instant, elle était seule. D'une manière ou d'une autre, elle devait sortir de là.

Elle inspira plusieurs fois à fond et se remit au travail, tordant ses poignets jusqu'à ce qu'elle pleure à nouveau de douleur et que sa peau soit à vif.

Il lui fallut plusieurs minutes pour se calmer. Elle devait rester calme et penser rationnellement. Elle ne voulait pas devenir une autre victime du monstre du marais de Honey Island.

Elle regarda pour la première fois autour d'elle.

Devant elle, il y avait un petit établi en bois, avec deux grands tiroirs, mais sans rien dessus.

Toutefois, au-dessus, une griffe de jardin était accrochée. L'outil était sale, avec des taches couleur de rouille dont elle pensa que c'était du sang séché.

Était-ce avec cela qu'il coupait la gorge de ses victimes ? Qu'il leur écorchait le visage ?

Elle déglutit avec difficulté, luttant contre les émotions qui montaient en elle. Ce n'était pas seulement de la terreur ; c'était aussi l'horreur de ce qui s'était passé là.

Cela ressemblait à une scène d'un de ces affreux films

d'horreur qu'elle avait toujours refusé de regarder. Et maintenant, elle était en plein dedans.

À gauche il y avait un escalier menant à l'étage, et à droite... Dieu du ciel... Un vieux fauteuil rouge... Et dans ce fauteuil, un squelette humain.

La femme disparue de Gravois.

Celle qui l'avait censément quitté depuis des années.

Yvette.

Elle n'était pas du tout partie. Elle avait été assassinée, et son corps était resté là tout le temps.

Pour la première fois depuis qu'elle avait ouvert les yeux, Sarah se mit à hurler.

Heureusement, Gravois était là quand Nick arriva au commissariat. Il s'engouffra immédiatement dans son bureau.

— Il faut aller voir Ryan. Il ne s'est pas montré pour les recherches. Il pourrait être notre homme.

— Vous avez raison. Avec tout ce qui se passe, il ne nous manquait pas, mais c'est très suspect qu'il ne soit pas venu.

— Où vit-il ?

— Il possède une petite maison, en dehors des limites de la ville. Je vais rassembler quelques hommes, et nous allons y aller tout de suite.

Gravois se leva, et vingt minutes plus tard, Nick le suivait dans sa voiture, en direction de chez Ryan.

L'homme ne leur avait pas fourni d'alibi pour les nuits des meurtres, et il n'était nulle part quand Sarah avait disparu. Nick ignorait jusque-là qu'il vivait dans une maison à l'écart de la ville. Une maison qui pouvait être le lieu des meurtres. Un homme qui pouvait détenir Sarah en ce moment même.

La fatigue éprouvée après cette nuit blanche disparut quand une nouvelle bouffée d'adrénaline l'envahit.

C'était sûrement ça, et il priait pour qu'il ne soit pas trop tard. La dernière chose qu'il voulait, c'était retrouver le corps de Sarah, la gorge ouverte et le visage ravagé, derrière un bâtiment quelconque de la ville.

Au moins, Gravois conduisait vite, comme s'il éprouvait la même anxiété que Nick. Derrière suivaient deux voitures de patrouille, chacune occupée par deux policiers.

Ils s'arrêtèrent enfin dans la longue allée de Ryan. La maison semblait petite, sans doute un trois-pièces. Il y avait aussi un garage détaché. La voiture de Ryan était dans l'allée, indiquant qu'il était chez lui.

L'air résolu, Gravois marcha vers la porte d'entrée et frappa. Il attendit un instant, puis frappa à nouveau avec plus de force.

— Staub ! hurla-t-il.

— Oui, oui, j'arrive, cria Ryan en retour.

Quelques secondes plus tard, il ouvrit la porte.

Sa mine était épouvantable. Vêtu d'un pantalon de pyjama et d'un T-shirt gris, il était anormalement pâle et arborait un air de confusion.

— Qu'est-ce qui se passe ? Désolé d'avoir raté les recherches, mais je suis malade comme un chien. J'ai 39° de fièvre, et j'ai vomi la plus grande partie de la journée et de la nuit. Pourquoi êtes-vous ici ?

— Nous cherchons toujours Sarah, dit Nick. Ça t'ennuie si on entre ?

Ryan le considéra avec stupéfaction.

— Tu penses que Sarah est là ? Tu penses vraiment que je suis le tueur ?

Il ouvrit sa porte toute grande pour les laisser entrer.

— C'est pas moi, mon vieux. Vous perdez votre temps ici.

— Vérifiez le garage, ordonna Gravois aux hommes, tandis que Nick et lui entraient dans la maison.

Un drap bleu traînait sur le canapé et une boîte de mouchoirs en papier ainsi qu'un remède pour la grippe étaient posés sur la petite table.

Il n'y avait pas d'odeur désagréable, indiquant que quelque chose d'affreux s'était passé là.

— N'hésitez pas à faire le tour, dit Ryan en se laissant tomber sur le canapé. J'ai du mal à croire que vous pensez que j'ai quelque chose à voir avec les meurtres, ou avec ce qui est arrivé à Sarah. Je ne ferais jamais, au grand jamais, de mal à cette femme.

Ils firent effectivement le tour de la maison. Gravois se rendit dans la cuisine tandis que Nick jetait un coup d'œil aux deux chambres. Il n'y avait rien de suspect nulle part. Les deux policiers revinrent de l'extérieur en secoua la tête, indiquant qu'il n'y avait rien non plus dans le garage.

Nick éprouvait une amère déception. Elle n'était pas là, alors où était-elle ?

Ils se mirent d'accord pour se retrouver au commissariat d'ici une demi-heure. Là-bas, ils essaieraient de décider de la prochaine étape.

Nick se rendit au commissariat et entra dans leur petit bureau, malade de chagrin. Des heures s'étaient écoulées depuis qu'il l'avait entendue hurler dans le marais. Si elle était encore en vie, il savait qu'il ne lui restait plus beaucoup de temps.

Il parcourut frénétiquement les notes qu'ils avaient prises ce jour-là, cherchant quelque chose qui lui saute aux yeux.

Il avait tellement peur. Son traumatisme d'enfance, les serpents sous son lit, les coups de feu sur le parking... rien de tout cela ne l'avait préparé à la terreur qui le consumait.

Il lui avait fait promettre de poursuivre l'enquête si quelque chose lui arrivait, mais il n'avait pas vu le danger qui la menaçait. Pourquoi diable n'avait-il pas compris que c'était elle qui risquait sa vie ?

Sa mission avait été de venir résoudre l'affaire. Il lui avait dit qu'il n'avait jamais perdu de coéquipier, mais elle était tellement plus pour lui qu'une coéquipière.

Maintenant, il ignorait où elle était, et son cœur agonisait à petit feu.

Sarah avait lutté des heures pour se libérer, des jours peut-être, et elle ne sentait toujours pas de jeu dans ses liens. Elle s'était débattue de toutes ses forces et avait pleuré toutes les larmes de son corps.

Tête baissée, elle éprouvait désormais une telle lassitude qu'elle commençait à accepter l'idée de sa mort. Elle allait mourir des mains de l'homme dont elle avait cru qu'il l'aimait comme sa fille. Elle allait mourir dans cette chambre des horreurs.

Pourquoi, durant toutes ces années, n'avait-elle pas perçu la noirceur de son âme ? Pourquoi n'avait-elle pas senti le mal qui résidait en lui ?

Dieu merci, elle n'avait pas dit à Nick combien elle l'aimait, ce qui aurait constitué un fardeau supplémentaire pour lui.

Avec un peu de chance, il poursuivrait l'enquête et finirait par mettre Gravois derrière les barreaux.

Cela ne l'empêchait pas de pleurer sur ce qui aurait pu être.

Même si cela n'avait pas marché avec Nick, elle voulait tout de même être la femme de quelqu'un.

Elle voulait des bébés à tenir dans ses bras et fonder une vraie famille avec un homme spécial.

Elle n'avait pas réalisé à quel point elle voulait cela, et qu'elle le voulait avec Nick.

Maintenant, elle n'en aurait plus jamais l'occasion.

Au moins, elle serait réunie dans la mort avec ses parents. Elle serait à nouveau avec les deux personnes qui l'avaient aimée sans condition.

Une image de Nick traversa son esprit.

Ses beaux traits étaient gravés dans sa mémoire, de même que le son grave de son rire. Elle adorait la manière dont il plissait le front quand il était absorbé, la manière dont son sourire la réchauffait tout entière.

Elle aimait tout de lui, et elle aurait voulu avoir l'occasion de lui dire au revoir.

En entendant la porte s'ouvrir et se refermer à l'étage, elle se redressa.

Ce devait être Gravois, et il venait sans doute pour une bonne raison… La poignarder, l'égorger et lui écorcher le visage.

Une fois encore, elle tenta de se libérer de ses liens, sentant la panique l'envahir.

Elle se mit à pleurer en entendant les pas lourds de Gravois dans l'escalier. Elle eut l'impression que c'était la mort elle-même qui descendait.

Puis il fut devant elle.

— Ah Sarah, je suis tellement désolé d'en arriver là, dit-il avec de la pitié dans la voix. Malheureusement, ton petit copain semble avoir un ange gardien. Les serpents ne l'ont pas tué et je n'ai pas réussi à lui mettre une balle dans la tête. Mais je suis sûr que ta mort l'affectera tellement qu'il abandonnera l'enquête.

— Il ne cessera jamais d'enquêter. Il va vous jeter en prison, Gravois, dit-elle avec colère. Vous souffrirez le reste de votre vie derrière les barreaux. Je ne peux pas croire que vous ayez tué toutes ces jeunes femmes. Je ne peux pas croire que vous soyez un tel monstre. Et elle... c'est Yvette ?

— C'était mon adorable Yvette.

Ses traits s'adoucirent lorsqu'il contempla le squelette dans le fauteuil.

— Ça fait des années maintenant. Nous nous étions disputés, et je l'ai poussée. Elle est tombée à la renverse et s'est fendu le crâne sur le coin de la petite table. Malheureusement, ça lui a été fatal. Mon adorable femme est morte.

— Pourquoi ne vous êtes-vous pas rendu à la police ? Si c'était vraiment un accident, vous n'auriez pas eu d'ennuis.

Elle devait continuer à le faire parler, pour donner à ceux qui la cherchaient le temps de la trouver... de la sauver.

— Pour l'amour du ciel, Gravois, pourquoi ne pas lui donner une sépulture digne ?

— Je ne voulais pas qu'on me l'enlève, répondit-il d'une voix plus forte, avec un regard fiévreux. Je l'aimais plus que quiconque à la surface de la Terre, et j'avais besoin qu'elle reste avec moi. Je voulais qu'elle reste ici, avec moi. Je l'aimerai pour toujours, jusqu'à ce que je meure.

— Mais pourquoi tuer toutes les femmes du marais ? demanda doucement Sarah, essayant de le calmer.

— Yvette ressemblait beaucoup aux femmes du marais. Elle avait les mêmes traits harmonieux. Je voulais juste trouver son visage. Si je trouvais le bon, j'aurais pu le redonner à Yvette.

Sarah le dévisagea avec répulsion. Cette histoire aurait pu sortir d'un film d'horreur.

— Gravois, vous avez besoin d'aide.

Il était manifestement fou. Penser qu'il cherchait un visage à redonner à sa femme morte... Cette simple idée la fit frissonner de dégoût.

— Je n'ai pas besoin d'aide ! hurla-t-il, le visage cramoisi. J'ai juste besoin de trouver ce fichu visage ! Jusqu'à maintenant, elles avaient toutes le mauvais. Quand je les ai ramenées ici, j'ai compris que leurs visages ne correspondaient pas, alors je les ai supprimés.

Il s'approcha à pas lourds de l'établi et ouvrit l'un des tiroirs. Il en sortit un couteau à l'apparence tranchante et se tourna vers elle.

— Gravois, ne faites pas ça, cria-t-elle frénétiquement. Je vous en prie, ne faites pas ça. Laissez-moi partir, je ne raconterai ça à personne. Je me débrouillerai pour bousiller l'enquête et personne ne vous soupçonnera.

— Ah, petite Sarah, maintenant tu me mens.

— Non, pas du tout, je ne vous mens pas, répliqua-t-elle avec ferveur.

Elle aurait dit n'importe quoi pour qu'il la libère sans lui faire de mal.

— Gravois, je vous en prie, vous pouvez me faire confiance.

Il secoua la tête.

— Je ne te ferai plus jamais confiance. Tu es devenue une bonne policière, Sarah, et les bons policiers veulent arrêter les méchants. Tu constitues une menace pour ce que j'essaie d'accomplir.

— Mais j'ai toujours été loyale envers vous ! Vous m'avez tellement aidée, après la mort de mes parents ! Vous étiez là pour moi, Gravois, et je ne l'ai pas oublié. Maintenant, c'est à mon tour d'être là pour vous.

Il rit, mais c'était un rire dépourvu d'humour, malsain et retors.

— Tu es une fille bien, Sarah. Une fille très bien. Mais rien de ce que tu diras ne pourra stopper ce qui va se passer.

Il brandit le couteau.

— Je suis désolé, les premiers coups vont faire mal, mais avec un peu de chance, tu auras perdu conscience quand je t'égorgerai et que je t'arracherai la peau du visage.

Il lui enfonça le couteau dans le ventre.

La douleur, insoutenable, la fit hurler, et elle comprit qu'elle était bien la prochaine victime du monstre du marais de Honey Island.

Assis dans le bureau, Nick lisait leurs notes, déconstruisant tout ce qui s'était passé. Il savait qu'il avait commis une erreur quelque part, négligé quelque chose d'important. Il repensa à tout ce qui s'était passé à partir du moment où il avait reçu le texto de Sarah.

Elle lui avait dit que Gravois l'avait appelée, et pourtant l'homme avait nié ce fait.

Quand Nick était allé chez lui, il était apparu échevelé, comme s'il sortait du lit. Mais il avait très bien pu passer un pantalon de pyjama et s'ébouriffer les cheveux.

Il était sorti de la maison pour parler à Nick. Pourquoi ne l'avait-il pas invité à entrer ?

Nick avait mal à la tête. Le nom de Gravois tonnait à nouveau dans son crâne.

Pourquoi n'avait-il pas mieux enquêté sur les affaires ? Pourquoi avait-il assigné à Nick quelqu'un qui ne savait rien de ces affaires ? Et où était-il les nuits des meurtres ?

Et où était-il maintenant ? Pourquoi avait-il décidé d'une pause d'une demi-heure dans les recherches ?

Nick s'était montré tellement idiot ! Il sauta sur ses pieds et courut au bureau de Gravois. Il frappa une fois, puis ouvrit la porte en grand. Le chef de la police n'était pas là.

La panique le saisit. Gravois, c'était la seule chose logique. Bon sang, Nick l'avait soupçonné et, maintenant, il était impératif qu'il aille chez lui et voie si Sarah y était.

Colby Shanks et Ian Brubaker se tenaient à la réception.

— Vous pouvez venir avec moi, tous les deux ? demanda Nick d'un ton urgent.

— Où ? demandèrent-ils à l'unisson.

— Chez Gravois. Je pense que Sarah y est, et j'ai besoin de votre aide.

— Vous pensez que Gravois est le tueur ? questionna Shanks d'un air choqué.

— Oui, je pense que Sarah est chez lui, en danger. Vous allez venir avec moi ?

Les deux policiers s'entreregardèrent.

— Je viens, dit Shanks.

— Bien sûr, il faut y aller, renchérit Brubaker.

— Alors allons-y.

Nick courut à sa voiture, démarra en trombe et sortit du parking. Il était tendu comme une corde de guitare. Un coup d'œil au rétroviseur lui apprit que les deux policiers étaient derrière lui.

Était-il déjà trop tard ? Oh Seigneur, combien d'avance

avait Gravois sur lui ? Avait-il eu le temps de rentrer chez lui pour tuer Sarah ?

Des larmes de peur et d'énervement lui remplirent les yeux. Il ne pouvait pas être trop tard. Elle ne pouvait pas être déjà morte.

Son cœur battait si vite qu'il avait l'impression qu'il allait sauter hors de sa poitrine.

Il atteignit Tupelo Lane et tourna à gauche, coupant la route à un autre automobiliste, qui klaxonna et lui fit un doigt d'honneur.

Nick s'en fichait, il devait arriver chez Gravois aussi vite que possible.

Il s'arrêta dans l'allée, derrière la voiture du chef de la police, et descendit de voiture. Ce ne fut qu'en arrivant à la porte qu'il sentit le doute s'abattre sur lui.

Avait-il tiré trop vite des conclusions ? Tout cela n'était-il qu'une grossière erreur ? Non, ce n'était pas possible. Son instinct lui disait qu'il ne se trompait pas.

Shanks et Brubaker le rejoignirent sous le porche. Nick frappa vigoureusement sur la porte, et celle-ci s'ouvrit en grinçant.

Il dégaina immédiatement son arme.

À l'instant où il pénétra dans la maison, il eut la certitude d'avoir raison. Une faible odeur de pourriture et de sang humain lui parvint aux narines.

Les deux policiers le suivirent.

— Vérifiez les chambres, leur ordonna-t-il.

Tandis qu'ils disparaissaient dans le couloir, Nick parcourut le salon et la cuisine, sans rien voir de suspect.

Où était Gravois ? Il était forcément chez lui, sa voiture était devant. Brubaker et Shanks pénétrèrent dans le salon.

— Rien, dit Shanks.

— Gravois ! hurla Nick.

— Nick ! Nous sommes en bas ! cria Sarah.

Il faillit tomber à genoux en entendant le son de sa voix. Elle était en vie ! En bas ?

Il devait y avoir un sous-sol. Il ouvrit une porte et découvrit un placard.

Il courut à la cuisine, où il avait vu deux portes. Il les avait déjà ouvertes. L'une donnait sur le garde-manger. La seconde semblait être un placard à balais, mais en y regardant de plus près, Nick distingua une fausse cloison. Il la tira à lui, révélant un escalier.

— Gravois ! cria-t-il. C'est fini, mon vieux ! Ne lui faites pas de mal.

Il dévala les marches deux par deux, en se baissant pour évaluer la situation. La puanteur était affreuse en bas, et lorsqu'il aperçut la pièce, son sang ne fit qu'un tour.

Sarah était ligotée sur une chaise, et Gravois se tenait devant elle, un couteau sanglant à la main.

— Posez ce couteau ! hurla Nick. Posez ce couteau tout de suite !

Il dégringola le reste des marches et pointa son arme sur Gravois.

— Si vous ne le posez pas immédiatement, je vous abats !

Gravois le dévisagea, tout le mal qu'il recelait se reflétant dans ses yeux.

— Vous croyez pouvoir m'abattre avant que je la poignarde ? se moqua-t-il.

Nick fit feu. La balle atteignit Gravois à la cuisse et le policier tomba à terre avec un cri.

D'un coup de pied, Nick expédia le couteau à distance.

— Appelez une ambulance et menottez-le, ordonna-t-il aux deux autres.

Il se précipita auprès de Sarah.

— Tout va bien, chérie. Tu es en sécurité maintenant.

Il ne la quitta que pour fouiller le tiroir de l'établi en quête de quelque chose pour couper les liens qui la retenaient. Il trouva un couteau et revint en hâte auprès d'elle.

Elle se mit à pleurer doucement pendant qu'il s'efforçait de couper la corde épaisse. En s'activant, il promena un regard sur la pièce, horrifié par le squelette assis à proximité dans un fauteuil.

Il ignorait à qui appartenait ce squelette, mais il finirait par le découvrir. Un autre meurtre semblait-il, dont Gravois serait accusé.

Il continua de parler d'un ton apaisant à Sarah, tandis que Gravois hurlait de rage.

— Pourquoi ne m'avez-vous pas tiré dans le cœur ? écumait le chef de la police.

— Parce que je veux que vous soyez en vie pour affronter le mépris de vos hommes. Je veux que vous soyez en vie pour pourrir en prison, répliqua-t-il d'un ton bref.

— Allez au diable ! rugit Gravois tandis que Brubaker et Shanks lui passaient les menottes.

— Nick..., souffla Sarah en hoquetant.

— Ça va, chérie. Tu es presque libre, répondit-il.

Il coupa le reste de la corde, qui tomba de ses mains et de sa taille.

Ce fut alors qu'il le vit... le sang qui couvrait son ventre.

— Sarah, oh mon Dieu...

Il remonta son T-shirt et vit les blessures béantes qu'elle avait au ventre.

— Nick, murmura-t-elle.

Ses paupières battirent plusieurs fois, et elle perdit conscience.

— Faites venir une ambulance, tout de suite ! cria Nick.

Était-il arrivé trop tard, après tout ? Gravois l'avait-il mortellement blessée ?

Son cœur pleurait d'angoisse.

13

Nick était assis dans la salle d'attente des urgences. L'ambulance était arrivée, et Sarah était désormais en chirurgie.

Elle n'avait pas repris conscience.

Une fois encore, une peur abjecte l'envahit. Il ignorait la gravité de ses blessures, la profondeur des coups de couteau. Mais il ne pouvait s'empêcher de se rappeler que les autres victimes étaient mortes de leurs blessures.

Cela faisait une heure qu'il attendait des nouvelles, mais jusque-là personne n'était venu le voir.

Il savait que Gravois était aussi à l'hôpital. On l'opérait pour extraire la balle. Mais Kurby et Shanks le surveillaient de près.

Brubaker étant l'adjoint de Gravois, c'était lui qui allait prendre la suite du bazar que le chef avait laissé derrière lui, jusqu'à ce qu'une élection nomme un nouveau chef de la police.

Brubaker avait également la charge de la scène de crime. Il devait collecter les indices qui enverraient Gravois en prison pour le restant de ses jours. Il n'y avait aucun doute pour Nick que le sang de toutes ses victimes avait été versé dans ce sous-sol.

Il avait du mal à croire à l'enfer dans lequel Sarah avait été détenue. Il était dur d'imaginer l'horreur qu'elle avait dû éprouver en voyant le squelette dans le fauteuil. Seigneur, elle avait dû avoir tellement peur.

Il fallait qu'elle s'en sorte. Il fallait qu'elle survive à cela. C'était une battante, mais aurait-elle la force de lutter pour sa vie malgré ses blessures ?

Il se pencha en avant et prit sa tête entre ses mains.

Je vous en prie, faites qu'elle s'en sorte.

Il ne pouvait imaginer le monde sans elle. Le monde avait besoin de son sourire.

La porte extérieure s'ouvrit avec un sifflement, et il fut surpris de voir entrer Ryan. Il avait bien meilleure mine que le matin.

— Ma fièvre est tombée. J'ai appris pour Sarah, lui dit le policier.

Il se laissa tomber à deux chaises de Nick.

— Tu as des nouvelles ?

— Rien, répondit Nick.

— Je n'arrive pas à croire que c'était Gravois, reprit Ryan.

— Non seulement il représente un sérieux danger, mais il déshonore la police, laissa tomber Nick avec dégoût.

— C'est sûr que ça va causer un sacré choc à cette ville. Je ne serais pas surpris que ça fasse les nouvelles au niveau national. Un chef de police tueur en série... Alors, ça veut dire que tu pars bientôt ?

— D'ici une semaine à peu près. Je veux être certain que nous avons toutes les preuves nécessaires pour le procès. Ne t'inquiète pas, je ne serai plus dans tes jambes, tu auras le champ libre avec Sarah.

Articuler ces simples mots lui coûta un chagrin immense.

Ryan laissa échapper un rire sec.

— Il n'y a pas de champ libre avec Sarah, en ce qui me concerne. Au cas où tu n'aurais pas remarqué, elle est folle de toi.

Nick ne répondit pas. Les paroles de Ryan ne faisaient que le peiner encore davantage.

— Je te suis reconnaissant d'être venu, finit-il par dire.

— Malgré les apparences, j'ai de l'affection pour Sarah en tant que collègue et amie. Je ne lui souhaitais vraiment pas ça.

— Tu devrais voir le sous-sol de Gravois, dit Nick.

Il lui décrivit la folie qui y régnait.

— Je ne peux pas imaginer ce que Sarah a dû ressentir d'être piégée là-dedans, remarqua Ryan.

— Je me demande ce qui prend si longtemps ? Pourquoi le médecin n'est-il pas encore venu me parler ? dit Nick avec frustration.

Était-ce bon ou mauvais signe que cela prenne si longtemps ? Était-elle encore sur la table d'opération ou avait-elle succombé à ses blessures ?

Quinze minutes plus tard, un grand homme brun entra dans la salle d'attente. Nick et Ryan sautèrent tous deux sur leurs pieds.

— Monsieur Cain, je suis le docteur Etienne Richards.

— Comment va Sarah ? demanda Nick, le cœur battant irrégulièrement.

— S'il n'y a pas de complications, elle devrait bien récupérer. Malheureusement, l'un des coups de couteau a endommagé la vésiculaire biliaire, et j'ai dû la retirer. J'ai également réparé des déchirures dans ses muscles. Ses poignets sont à vif également, mais pour l'instant elle est dans un état stable.

— Puis-je la voir ? questionna Nick.

Le médecin secoua la tête.

— Elle dort, et je vais la garder sous sédatif jusqu'à la fin de la journée. Il vaudrait mieux revenir demain.

Nick fut déçu mais ne voulut pas argumenter.

— Merci, docteur Richards.

Le médecin les salua tous deux de la tête et franchit la porte en sens inverse.

— Au moins, on sait qu'elle va s'en sortir, dit Ryan. Et maintenant, je vais retourner sur mon canapé à quatre pattes. À plus tard, Nick.

Ryan quitta la salle d'attente.

Nick s'en alla également. Il était temps de travailler sur la scène de crime. Il monta en voiture et prit la direction de la maison de Gravois.

Tout en conduisant, il sentit son cœur se remplir de gratitude. Sarah avait survécu à cette rencontre avec un tueur en série. Dieu merci, elle allait s'en sortir.

Maintenant, il devait effectuer son travail, veiller à ce que toutes les preuves soient photographiées et recueillies. Tout devait être fait dans les règles, afin que Gravois ne bénéficie pas d'une libération pour vice de forme.

Lorsqu'il s'arrêta devant la maison bleue de Tupelo Lane, il vit que trois voitures de patrouille étaient déjà là, ainsi qu'un fourgon mortuaire, indiquant la présence du médecin légiste.

Alors qu'il atteignait la porte d'entrée, le policier Ken Mayfield et l'assistant du médecin légiste sortirent, avec le squelette sur une civière. Le Dr Cartwright les suivait.

— Sacrée journée, dit-il à Nick. Comment va Sarah ?

— Elle a dû subir une opération, mais elle est stable pour l'instant.

— Tant mieux. Au moins elle va mieux que cette pauvre femme, répondit le médecin en désignant le squelette. Qui aurait cru que Gravois était aussi tordu. Il devait être profondément malade pour garder le corps de son épouse et tuer toutes ces jeunes femmes.

Il secoua la tête.

— Sacrée journée, répéta-t-il. Je vous vois plus tard.

Il s'éloigna en direction du fourgon.

Nick entra dans la maison et descendit l'escalier.

Brubaker semblait bien maîtriser les choses. Il y avait trois autres policiers avec lui, et deux d'entre eux recueillaient des échantillons de sang autour de la chaise.

— Hé, Nick, quelles nouvelles de Sarah ? demanda Brubaker.

Nick lui répéta ce qu'il avait dit au Dr Cartwright.

— Je peux vous aider ?

— Je pense qu'on a tout en main. Nous avons déjà pris les photos de scène de crime et emballé le couteau et la griffe de jardin. Nous allons probablement passer le reste de la journée à recueillir des indices qui, avec un peu de chance, le relieront aux meurtres du monstre du marais.

Brubaker secoua la tête.

— J'ai du mal à avaler qu'il soit l'auteur de ce carnage. C'était un homme que j'admirais, avec qui je travaillais en étroite collaboration. Maintenant, je suis dégoûté, de lui et de moi-même, de n'avoir pas vu le mal en lui.

Nick lui asséna une claque sur l'épaule.

— Ne te blâme pas. Personne n'a vu qui il était. Et tu as maintenant une grande responsabilité sur les épaules. Je suis sûr que quand je partirai, le commissariat sera entre de bonnes mains.

— Merci. Cela me fait très plaisir venant de toi.

— Si ça ne t'ennuie pas, je vais rester un moment ici, et si tu as besoin de moi, dis-moi juste quoi faire.

— Ce serait formidable, répondit Brubaker. Le problème est que l'espace est plutôt restreint ici, et que nous ne pouvons pas être très nombreux à y travailler. Pour l'instant, ces deux-là s'occupent de ce qu'il nous faut.

Il désignait les deux policiers qui recueillaient des échantillons de sang.

Nick s'assit sur les marches de l'escalier et demeura là jusqu'à l'heure du dîner. Sarah lui manquait. Même s'il n'aurait pas voulu qu'elle soit là, dans la puanteur et le souvenir de sa détention, il aurait aimé qu'elle soit à ses côtés.

L'odeur de son parfum lui manquait, comme sa manière de se pencher pour lui murmurer quelque chose à l'oreille. Au moins, il pourrait la voir le lendemain, bien qu'il ne sache pas combien de temps elle resterait à l'hôpital.

Mais elle avait beau lui manquer, il ne s'écoulerait pas longtemps avant qu'il quitte Black Bayou. Il laisserait son cœur avec elle, et il lui faudrait très longtemps pour surmonter cela.

Mais il devait la quitter. Le pire qu'il puisse faire était de lui permettre de continuer à l'aimer. Elle finirait par vouloir le mariage, et il savait quel genre de mari il serait.

Elle méritait un mari formidable, et ce qu'il pouvait faire de mieux pour elle était de lui rendre sa liberté.

Sarah s'éveilla et, durant un instant, ne sut pas où elle était. Elle voulut se redresser, mais une vive douleur dans son ventre l'en empêcha.

Des réverbères se reflétaient dans la fenêtre. Elle était seule. Elle était à l'hôpital.

Elle se détendit et essaya de se rappeler comment elle était arrivée là.

La dernière chose dont elle se souvenait, c'était d'être ligotée dans le sous-sol de Gravois. Il lui avait donné un coup de couteau. Elle toucha son ventre, qui était entièrement bandé.

Puis elle se souvint de Nick descendant l'escalier.

Nick.

Il l'avait retrouvée. Il avait tiré sur Gravois et lui avait sauvé la vie.

Son amour pour lui s'épanouit dans sa poitrine, la remplissant d'une chaleur délicieuse.

D'une façon ou d'une autre, on l'avait amenée ici, et quoi que le médecin ait fait, il lui avait manifestement sauvé la vie aussi. Elle avait besoin de savoir ce qu'on lui avait fait. Pourrait-elle encore avoir des enfants, ou bien Gravois lui avait-il ôté aussi cela avec son coup de couteau ?

Elle regarda autour d'elle et vit un bouton d'appel. Elle le pressa, espérant que la personne qui répondrait pourrait lui fournir des informations.

Quelques instants plus tard, une infirmière pénétra dans la chambre et se présenta sous le nom de Kelly.

— Je sais que le Dr Richards attendait que vous vous réveilliez. Je vais aller le chercher.

— Merci, dit Sarah, et elle releva la tête de son lit.

— Comment va ma patiente ? demanda le Dr Richards en pénétrant dans la chambre quelques minutes plus tard.

— J'ai un peu mal, mais je voudrais savoir ce qu'on m'a fait.

En écoutant le médecin lui expliquer l'intervention, elle sentit le soulagement l'envahir.

Qui avait besoin d'une vésicule biliaire, de toute façon ? Au moins, elle n'avait pas subi d'autres dégâts importants.

— Avant que vous partiez, docteur Richards, avez-vous vu mon coéquipier, Nick ?

— Il était là tout à l'heure et il voulait vous voir, mais je lui ai dit qu'il valait mieux revenir demain pour vous rendre visite.

— D'accord, merci.

— Je vais veiller à ce que l'infirmière vous redonne des antalgiques, et je vous verrai demain matin.

Le Dr Richards s'en fut, et l'infirmière entra pour lui administrer une piqûre.

Il ne fallut pas longtemps à Sarah pour dériver dans le sommeil.

Elle s'éveilla lorsque le soleil illumina sa chambre le lendemain matin. Elle avait mal au ventre, mais elle savait qu'il lui faudrait du temps pour guérir.

Elle releva la tête du lit en se demandant quand Nick viendrait la voir. L'affaire était maintenant résolue, si bien qu'il n'y avait plus rien pour le retenir. Il la quitterait d'un jour à l'autre, maintenant.

À moins... À moins que sa déclaration d'amour ne le retienne. C'était sa dernière chance.

Elle devait lui parler aujourd'hui et lui dire combien elle l'aimait.

Combinée à la douleur qu'elle éprouvait, la perspective de lui ouvrir son cœur la rendait très nerveuse.

Elle n'était pas éveillée depuis très longtemps quand le petit déjeuner lui fut servi.

Il consistait en café, bouillon à l'os et gélatine. Elle prit immédiatement une gorgée de café. Elle espérait que quand elle pourrait partir, on lui expliquerait ce qu'elle pouvait manger après une ablation de la vésicule biliaire.

Avec un peu de chance, ce ne serait pas uniquement du bouillon et de la gélatine pour le restant de ses jours.

Elle tint à boire tout le bouillon et à manger la gélatine avant de continuer à siroter le café en pensant à Nick.

Le plateau du petit déjeuner venait de lui être retiré quand le Dr Richards entra dans la chambre.

— Sarah, comment allez-vous ce matin ?

— Mieux qu'hier, quand nous avons parlé, dit-elle.

— C'est toujours ce qu'un médecin veut entendre.

— Mais j'ai d'autres questions pour vous.

— J'espère que j'aurai les réponses.

Elle l'interrogea sur le temps que durerait sa convalescence et fut surprise d'entendre « six à huit semaines ». Puis elle le questionna sur ce qu'elle pouvait manger et demanda enfin quand elle pourrait sortir de l'hôpital. Sans autre complication, elle pourrait partir dans deux ou trois jours.

Lorsque le médecin fut parti, elle alluma la télévision pour passer le temps. Le jeu télévisé qu'elle regardait en était à la moitié quand il pénétra dans sa chambre.

Comme toujours, Nick était superbe dans un pantalon noir et un polo gris assorti à ses yeux. Son odeur familière était le parfum de la sécurité… du foyer.

— Sarah, dit-il doucement en s'asseyant près de son lit et en lui prenant la main.

Tout le traumatisme qu'elle avait enduré lui revint soudain en mémoire, et elle se mit à pleurer.

— Oh ! chérie… ne pleure pas. Tu vas avoir encore plus mal.

— Oh ! Nick, c'était… tellement horrible, dit-elle entre ses larmes. Être dans ce… sous-sol… avec l'odeur de la mort…

Et… et Gravois qui était là, avec son couteau… J'étais sûre que j'allais mourir… là-dedans.

— Mais tu n'es pas morte, répondit-il gentiment.

— Grâce à toi.

Elle réussit à contrôler ses sanglots et lui pressa étroitement la main.

— Comment as-tu compris que c'était Gravois ?

Elle l'écouta lui raconter tout ce qui s'était passé après qu'elle eut disparu dans le marais.

— Dieu merci, tu m'as envoyé ce texto, mais Gravois était malin et il m'a trompé au début.

Ils continuèrent à parler de l'affaire pendant plus d'une heure et demie.

— Tu as l'air fatigué, observa-t-elle à un moment donné.

Il avait les traits légèrement tirés, comme s'il était épuisé.

— Je suis resté debout la plus grande partie de la nuit, à aider les hommes à recueillir les preuves chez Gravois, dit-il.

— Il a besoin de soins de santé mentale. Il m'a dit que le squelette était sa femme et qu'il tuait les femmes du marais pour pouvoir lui redonner son visage. Mais chaque fois qu'il les amenait dans son sous-sol, il se rendait compte que leur visage ne convenait pas. Il est complètement fou.

— Je doute qu'on le soigne beaucoup en prison, et c'est là qu'il ira, répliqua Nick. Le bon côté de la chose, c'est que c'est enfin fini. Le méchant est derrière les barreaux, et selon ce que dit le médecin, tu vas bien t'en sortir.

— Je ne vais pas bien m'en sortir, Nick. Je suis profondément amoureuse de toi, déclara-t-elle.

En l'observant de près, elle sentit à nouveau les larmes lui monter aux yeux. Il posait un regard dur comme l'ardoise sur elle.

— Je veux t'épouser et te donner des bébés. Je veux passer le reste de ma vie avec toi. S'il te plaît, Nick. Je sais que tu m'aimes aussi, balbutia-t-elle.

Pourquoi ses yeux étaient-ils aussi dépourvus d'émotion alors qu'elle-même avait l'impression de s'effondrer ?

— Sarah...

Il lui retira sa main.

— Tu savais que je finirais par rentrer chez moi. Je ne t'ai jamais rien promis. Je t'ai même dit que je ne suis pas du bois dont on fait les maris.

— Mais si, protesta-t-elle. Peut-être que ton ex-femme et toi n'étiez pas faits l'un pour l'autre, mais nous le sommes, Nick. Regarde-moi dans les yeux et dis-moi que tu ne m'aimes pas.

Elle soutint son regard, cherchant un signe de radoucissement, et elle poussa un soupir de soulagement en le voyant.

— Peu importe. Même si je t'aime, cela ne suffit pas. Je suis désolé, Sarah, mais dans quelques jours je rentrerai chez moi, et avec le temps tu trouveras l'homme idéal, ici à Black Bayou.

Elle le dévisagea tandis qu'il se levait. Ne voyait-il donc pas qu'ils étaient faits l'un pour l'autre ?

— Tu as déjà envisagé que ton ex-femme se soit trompée sur toi ? Tu ne peux pas être un mauvais mari, parce que tu n'es pas un homme mauvais. Tu es l'homme que je choisis. Je ne veux personne d'autre que toi.

— Je suis navré, Sarah. Je ne voulais pas te faire du mal. Je viendrai prendre de tes nouvelles avant de quitter la ville. Et maintenant, je vais te laisser te reposer.

Se reposer ? Son cœur venait juste de lui être arraché. Submergée par les larmes, elle se mit à pleurer pour de bon.

Elle avait eu tant d'espoir, elle avait été si sûre qu'il l'aimait autant qu'elle l'aimait.

Elle avait tellement rêvé d'eux deux. Elle avait été tellement certaine qu'ils feraient leur vie ensemble. Et maintenant tous ses rêves étaient détruits.

Elle ne sut pas combien de temps elle avait pleuré.

Lorsqu'elle réussit à se reprendre, Ryan et Judd Lynons arrivèrent, chargés d'un gros bouquet de fleurs.

Le reste de l'après-midi, d'autres policiers défilèrent, apportant fleurs, plantes et vœux de rétablissement.

Il y avait incontestablement un respect tout neuf dans leur manière d'agir avec elle.

Au moins, elle avait gagné cela, mais rien ne pouvait la réchauffer alors que la perte de Nick était si récente.

À la fin de la journée, sa chambre avait pris l'apparence d'une boutique de fleuriste, et tous les policiers du commissariat étaient passés. Elle demanda à une infirmière de distribuer certaines des fleurs dans d'autres chambres.

Lorsque la nuit tomba, ses larmes recommencèrent à couler. Elle sanglota jusqu'à ne plus avoir de larmes dans le corps.

Elle avait été tellement excitée à l'idée de dire à Nick ce qu'elle éprouvait et, au tréfonds de son cœur, elle avait imaginé qu'il la prendrait dans ses bras et lui dirait combien il l'aimait aussi, qu'il voulait passer le reste de sa vie avec elle.

Maintenant elle se sentait vide, douloureusement vide.

Durant les trois jours suivants, ce vide ne fut rempli que de chagrin, car elle continua de pleurer la mort de ses rêves et la perte de Nick.

Elle ne cessait d'espérer qu'il revienne et lui dise qu'il ne pouvait vivre sans elle et qu'il voulait faire sa vie avec elle. Mais cela n'arriva pas.

Elle put finalement sortir de l'hôpital, et Ryan la reconduisit chez elle.

Elle s'était réinstallée depuis deux jours quand on frappa à sa porte. Elle alla ouvrir et trouva Nick sur le pas de la porte.

Elle n'avait pas eu de ses nouvelles depuis qu'il était sorti de sa chambre d'hôpital, emportant son cœur avec lui.

Elle lui fit signe d'entrer. Tandis qu'il la frôlait, elle sentit son odeur familière, un parfum qui ne lui apportait désormais que du chagrin.

— Bonjour, Sarah.

Il s'immobilisa dans le hall.

— Je t'avais dit que je m'arrêterais pour te dire au revoir.

— Alors tu pars.

Son cœur se mit à battre une nouvelle complainte.

— Oui. Il faudra probablement que je revienne quelques fois pour étoffer la mise en accusation de Gravois, mais pour le moment, je crois qu'il faut nous dire au revoir.

Il exsudait le malaise en la regardant. Elle n'allait pas le laisser se tirer d'affaire aussi facilement.

— Tu as été un excellent coéquipier. Tu m'as beaucoup appris, et j'ai adoré le temps que nous avons passé ensemble.

— C'est vrai, nous formions une bonne équipe, reconnut-il.

— Nous pourrions former une équipe pour la vie, dit-elle doucement. Oh Nick, si seulement tu voulais sonder ton cœur, je sais que tu y trouveras le genre d'amour qui nous durera toute une vie. Tout ce que tu as à faire, c'est de me donner une chance, de nous laisser une chance.

Elle vit ses yeux s'assombrir.

— Je suis désolé de ne pas pouvoir te donner ce que tu veux, dit-il d'un ton chargé de regret.

— Je déteste ton ex-femme, lança-t-elle soudain.

Il la dévisagea avec surprise.

— Je la déteste parce qu'elle t'a fait croire des mensonges sur toi, des mensonges qui ont détruit ta confiance en toi, ta conviction d'être un homme bon. Fais-moi confiance à moi, Nick, pas à elle.

— Sarah, je suis juste venu te dire au revoir.

Il recula vers la porte.

— Je t'aime, Nick, dit-elle une dernière fois, sachant qu'une fois qu'il aurait passé la porte, elle ne le reverrait jamais.

Il hésita un long moment, durant lequel elle retint son souffle, espérant... priant pour avoir réussi à le toucher.

— Au revoir Sarah, dit-il enfin, et il franchit la porte.

Elle eut envie de courir après lui pour l'enlacer, le supplier de reconsidérer sa décision.

Mais elle avait encore un peu de fierté. Elle se laissa tomber sur le canapé, assommée par un chagrin trop immense pour pouvoir même pleurer.

Quel intérêt de le poursuivre ? Il savait ce qu'elle éprouvait et il l'avait rejetée. Deux fois. Il ne restait plus rien à dire. Maintenant, elle devait imaginer comment vivre sans lui.

Trois semaines s'écoulèrent, et elle se sentait beaucoup mieux physiquement. Mais il n'y avait pas une minute où elle ne pensait pas à Nick. Elle avait tant de souvenirs de lui, qui brûlaient au fond de son cœur, elle ne pouvait l'oublier.

Elle était toujours en congé maladie, et l'écho du silence dans la maison était insupportable. Sa solitude était intense, mais elle savait que personne ne pouvait la soulager si ce n'est l'homme qui avait été son coéquipier.

Avec un peu de chance, quand elle reprendrait le travail, Brubaker lui attribuerait une affaire sérieuse, afin qu'elle puisse se plonger dans autre chose que la nostalgie de Nick. Son collègue verrait peut-être en elle la policière compétente qu'elle était devenue.

Le vingt-troisième jour après le départ de Nick, alors qu'elle venait de se confectionner un sandwich sur le coup de midi, on frappa à la porte.

Elle posa son sandwich et alla ouvrir. En voyant Nick, elle eut un hoquet de surprise.

Que faisait-il là ? Avait-il besoin de quelque chose pour l'affaire ? Des semaines auparavant, Brubaker avait pris sa déposition sur les heures qu'elle avait passées avec Gravois. Que pouvait bien vouloir Nick ?

L'espace d'un instant, elle souhaita être vêtue autrement que d'un T-shirt rose défraîchi et d'un jogging gris.

Comme d'habitude, Nick était renversant, en jean et chemise blanche.

En le voyant là, elle s'efforça de restaurer ses défenses intérieures.

— Bonjour, Sarah. Puis-je entrer ? demanda-t-il.

Elle s'écarta en silence. Il alla directement au salon et se laissa tomber sur le canapé.

— Que fais-tu ici, Nick ? demanda-t-elle, prise de palpitations.

Elle ne s'assit pas, préférant rester debout. Elle ne voulait pas s'approcher assez de lui pour sentir son eau de toilette et le laisser la toucher.

— Comment vas-tu ?

— Aussi bien que possible.

Avait-il une idée de ce que sa présence lui faisait ? Même si elle voulait se montrer forte et indifférente, son amour pour lui brûlait toujours au fond de son âme.

— Pourquoi es-tu là ? Je suis sûre que tu n'as pas fait tout ce trajet pour me demander comment je vais.

— En fait, j'espérais que tu pourrais m'aider à résoudre une affaire.

Elle fronça les sourcils.

— Quel genre d'affaire ?

Avait-il perdu l'esprit ? Pourquoi revenait-il à Black Bayou pour lui demander cela ?

— Il s'agit d'une femme qui a disparu. J'ai compris ces trois dernières semaines que j'avais besoin d'elle. C'est une femme que je veux absolument retrouver, parce qu'elle me comble d'une manière à laquelle je ne me serais jamais attendu.

Il se leva, posant un regard doux sur elle.

— Oh ! Sarah, j'ai été tellement idiot.

Elle fit un pas vers lui, le cœur battant. Était-ce bien réel ? Était-il vraiment là ? Elle avait peur d'y croire.

— Mais il y a autre chose, dit-il, l'arrêtant net. Cette femme doit être prête à déménager pour moi. La mauvaise nouvelle, c'est qu'elle doit tout quitter, mais la bonne, c'est que le commissariat de La Nouvelle-Orléans cherche toujours de bons policiers, et que si c'est ce qu'elle souhaite, elle pourra facilement obtenir un emploi.

Il avança un peu, avec un regard si doux… si aimant.

— Sarah, je t'aime tant que je ne peux pas imaginer que tu ne sois pas dans ma vie. Ces trois semaines sans toi ont été un enfer. Épouse-moi, Sarah, et je te promets que j'essaierai d'être le meilleur mari que tu puisses souhaiter. Épouse-moi et fais de moi l'homme le plus heureux du monde.

— Tu es sûr, Nick ? demanda-t-elle, sentant son cœur prêt à exploser de bonheur.

— Je n'ai jamais été aussi sûr de toute ma vie, répondit-il.

Elle ne put attendre plus longtemps. Elle se jeta dans ses bras, et il les referma sur elle, l'embrassant longuement et passionnément. Lorsque le baiser prit fin, il la contempla avec intensité.

— Tu es sûre que tu es prête à partir avec moi ? Je veux dire, tu possèdes une maison ici et des amis.

— Je peux vendre ma maison et, honnêtement, Nick, je ne me suis jamais sentie chez moi ici. C'est avec toi que j'ai trouvé un foyer, et oui, je suis plus que prête à partir.

Il se mit à rire.

— Nene avait raison après tout, dit-il.

Elle le regarda avec curiosité.

— Pourquoi ? Que t'a-t-elle dit ?

— Le jour de mon arrivée, elle m'a dit que je ressemblais aux héros de ses romans d'amour. J'étais le bel étranger qui venait sauver tout le monde et, dans le même temps, trouver l'amour véritable.

Il lui sourit.

— C'est drôle comme elle avait raison.

— C'est drôle comme tu avais raison de venir me chercher. Tu es mon héros, Nick, et je t'aimerai toujours.

— Et je t'aimerai toujours et à jamais.

Il reprit ses lèvres dans un baiser qui parlait de passion et d'amour.

Même si elle n'avait pas cherché l'amour, Nick était entré dans sa vie et tout avait changé. Elle était vraiment chez elle avec lui, et elle savait que l'équipe qu'ils formaient durerait toute la vie.

Vous avez aimé ce roman ?
Retrouvez en numérique Les enquêtes du marais :

1. Le mystère du bayou
2. Traque mortelle
3. Sous l'œil du prédateur

NICOLE HELM

L'ombre du silence

Traduction française de
KAREN DEGRAVE

BLACK ROSE

HARLEQUIN

Titre original :
COLD CASE KIDNAPPING

1

Grant Hudson connaissait bien la peur depuis ses seize ans, l'âge qu'il avait quand ses parents avaient disparu sans laisser de trace. Alors, une fois adulte, il avait placé la peur et l'incertitude au cœur de sa vie, d'abord chez les marines, puis comme détective privé avec ses frères et sœurs.

Enquêter sur des affaires classées n'était pas aussi dangereux que ses déploiements au Moyen-Orient, mais sa vie contenait toujours autant d'aléas, d'énigmes et de doutes que lorsqu'il était un marine.

Au moins, s'il se concentrait sur des affaires apparemment insolubles toute la journée, il n'avait pas le temps de penser aux cauchemars qui lui gâchaient la vie.

— Ton rendez-vous de 10 heures est là.

Grant leva les yeux de sa tasse de café. Sa sœur était habillée pour travailler dans le ranch, mais elle tenait un dossier qui devait contenir toutes les informations qu'ils avaient sur sa nouvelle affaire.

Hudson Investigations, HI, était une affaire familiale. L'agence avait été fondée par son frère aîné, Jack, et c'était une machine bien huilée dans laquelle les six enfants Hudson étaient impliqués, comme ils étaient impliqués dans la gestion du ranch qui était dans leur famille depuis cinq générations.

Ils avaient résolu plus d'affaires qu'ils n'avaient connu d'échecs, ce que Grant considérait comme un grand succès. Les réponses n'étaient souvent pas joyeuses, mais, d'une manière étrange, cela aidait à accepter le mystère de la disparition de leurs propres parents.

Grant jeta un coup d'œil à l'horloge en buvant une gorgée de café.

— Il n'est que 9 h 45, répondit-il.

— Elle est en avance, lui accorda Mary en lui tendant le dossier. Elle t'attend dans le salon, quand tu seras prêt.

« Quand tu seras prêt » n'était pas une option.

L'agence HI ne faisait pas attendre les gens, pas plus qu'elle ne les piégeait dans de petites pièces étouffantes. En général, les gens qui voulaient des réponses sur une affaire classée avaient déjà passé assez de temps dans des petites salles inconfortables de commissariats à répondre aux mêmes questions, encore et encore.

Les Hudson le savaient mieux que personne – surtout Jack, qui était le dernier à avoir vu leurs parents en vie et le seul majeur au moment de leur disparition. Quand il avait fondé l'agence, Jack avait tenu à ce qu'elle offre une expérience différente à ses clients.

Ils recevaient donc leurs clients dans le salon confortable du ranch, ils ne les faisaient pas attendre s'ils pouvaient l'éviter, ils les traitaient comme des invités… Le genre d'hospitalité qui aurait fait la fierté de leur mère.

Même s'il avait déjà examiné l'affaire, Grant parcourut le dossier que Mary venait de lui tendre. C'était une personne disparue, ce qui ne sortait pas de l'ordinaire pour Hudson

Investigations. Treize mois plus tôt, Dahlia Easton avait signalé la disparition de sa sœur Rose, qui s'était volatilisée pendant un voyage au Texas.

Dahlia Easton était une bibliothécaire qui vivait dans le Minnesota. Elle était convaincue d'avoir repéré Rose près de Sunrise, dans le Wyoming. C'est pour cette raison qu'elle s'était adressée à Hudson Investigations.

Elle n'avait pas divulgué la preuve qu'elle pensait tenir et avait insisté pour le faire en personne au cours d'un rendez-vous. Comme c'était son tour de diriger l'enquête, Grant s'engagea dans le couloir, où étaient encore accrochés les tableaux que sa mère avait choisis bien des années plus tôt – des paysages du Wyoming –, pour se rendre dans le salon.

Une rousse était assise sur le canapé. Elle était concentrée sur son téléphone et ses longs cheveux cachaient son visage. Elle ne tourna pas la tête quand Grant entra dans la pièce.

Il s'éclaircit la voix.

— Mademoiselle Easton ?

Elle releva la tête et cligna des yeux, mais elle ne bougea pas quand il lui tendit la main.

Il était étrange de voir une jolie femme sur le canapé sur lequel ses frères et sœurs et lui s'étaient entassés pour regarder des dessins animés – et encore plus étrange de sentir qu'elle éveillait son désir.

Alors qu'il aurait dû se réjouir que son corps soit encore capable de réagir tout à fait normalement à la présence d'une jolie femme, cela le mit extrêmement mal à l'aise.

Elle avait des cheveux roux foncé et des yeux d'un bleu profond. Son visage en forme de cœur aurait été d'une beauté encore plus stupéfiante si elle n'avait pas eu les yeux cernés. Grant remarqua aussi qu'elle flottait dans ses vêtements.

Comme la plupart des clients de Hudson Investigations, elle était physiquement marquée par ce qu'elle traversait depuis des mois.

Il tâcha d'ignorer son malaise et lui offrit un sourire chaleureux.

— Je suis Grant Hudson, lui dit-il. C'est moi qui m'occuperai de votre affaire. Mes frères et sœurs participeront de différentes manières, mais je coordonnerai l'enquête.

Il laissa retomber son bras, puisqu'il était évident qu'elle ne lui serrerait pas la main.

— Puis-je ? demanda-t-il en indiquant le fauteuil, près du canapé, dans lequel son père s'était endormi à chaque fois qu'ils avaient regardé un film.

— Vous ressemblez à un cow-boy, dit-elle d'une voix rauque, qu'elle devait sans doute au manque de sommeil.

Il pouffa. Quelqu'un du Minnesota ne devait pas avoir l'habitude de voir des cow-boys.

— J'en suis un, en un sens, répondit-il.

Elle secoua la tête.

— C'est vrai. On est dans le Wyoming. Bien sûr. Désolée. Je suis un peu déboussolée.

— Inutile de vous excuser, répondit-il en s'asseyant dans le fauteuil.

Elle avait l'air plus épuisée que déboussolée, songea-t-il en posant le dossier sur la table basse.

— J'ai toutes les informations que vous avez fournies à Mary, reprit-il.

— Mary est la personne avec qui j'ai correspondu jusqu'ici. Je croyais qu'elle...

— Elle s'occupe des tâches administratives, mais c'est moi

qui mènerai votre enquête. Je peux lui demander d'assister à notre entretien, si vous préférez.

— Non, c'est juste que... Merci de le proposer, mais ce n'est pas nécessaire.

Grant hocha la tête en songeant que cette femme avait besoin de sommeil et de calories.

— Avez-vous pris le petit déjeuner ?

Elle fronça les sourcils.

— Je ne comprends pas cette...

— J'aimerais que nous passions en revue tout ce que vous savez, ce qui peut prendre un moment. Je voulais juste m'assurer que vous étiez prête pour ça.

— Oh. Je mange rarement le matin.

Il l'avait deviné. Il sortit son téléphone et envoya un texto à Mary. Il ne voulait pas se montrer trop insistant, mais il ne voulait pas non plus voir Dahlia tourner de l'œil. Il rangea son téléphone.

— Le dossier contient toutes les informations concernant le voyage de votre sœur au Texas, reprit-il. Les relevés bancaires, les relevés téléphoniques... Tout ce que vous nous avez donné. Mais vous avez dit que vous aviez des raisons de croire qu'elle était ensuite venue dans le Wyoming.

— Oui, répondit Dahlia en rangeant son propre téléphone dans son sac. Tout ce que la police a découvert concerne le Texas. C'est comme si elle s'était volatilisée... sauf que c'est impossible. Les gens ne disparaissent pas comme ça.

Si. Cela arrivait en permanence. Il y avait de nombreuses manières de faire en sorte que quelqu'un ne soit jamais retrouvé – plus qu'il n'en connaissait et il avait beaucoup d'imagination. C'était pour cela qu'il se concentrait toujours sur l'affaire en cours.

— Alors, rien ne prouve qu'elle ait quitté le Texas ?

— Elle a fait un test ADN et découvert qu'elle avait des parents au Texas, dit Dahlia en ignorant sa question. Elle est partie pour les voir, mais elle ne les a jamais rencontrés, d'après la police. Comme celle-ci n'avait aucune piste, j'ai examiné les recherches généalogiques de Rose et j'ai découvert qu'il existait une branche de la famille à Vérité, dans le Wyoming.

Grant s'interdit de froncer les sourcils. Non, rien ne prouvait que Rose Easton avait quitté le Texas et personne, à Sunrise, n'aimait penser à Vérité.

— Ah, se contenta-t-il de répondre.

— C'est une secte.

— C'était une secte, la corrigea-t-il. Le FBI l'a démantelée avant ma naissance.

Il y avait encore des gens qui évoquaient les absurdités de l'Ordre de Vérité de temps à autre, mais rien ne prouvait que la secte avait continué à exister sous une forme ou une autre après l'assaut du FBI de 1978.

— Tout ne finit-il pas par revenir ? demanda Dahlia avec nervosité. Et si cette branche de notre famille était impliquée dans cette secte à l'époque, ne pourrait-elle pas l'être encore aujourd'hui ?

Grant l'observa attentivement. Elle était épuisée et semblait avoir les nerfs à vif. Cela ne diminuait pas sa beauté, mais cela lui donnait un air fragile. Il n'était pas bon d'être fragile dans une situation comme la sienne, mais cela ne l'empêchait pas d'être là, toujours debout, toujours en quête.

Elle fondait tous ses espoirs sur une fausse piste si elle suspectait l'Ordre de Vérité. Malheureusement, elle semblait convaincue. Comme il était évident qu'elle s'agrippait à cette idée comme à une planche de salut, il lui sourit aimablement et répondit :

— Voyons ce que vous avez.

Il ne la croyait pas plus que la police du Texas et du Minnesota. Dès qu'elle prononçait le mot « secte » – surtout pour parler d'une secte qui avait connu une fin très médiatisée –, les gens arrêtaient de l'écouter.

Grant Hudson était comme les autres, sauf qu'il voulait lui faire plaisir en lui demandant d'exposer ses arguments. Était-ce plus ou moins insultant que de l'envoyer paître ? Elle était bien trop fatiguée pour comprendre ce qu'elle ressentait.

Elle avait fait presque dix-huit heures de route en deux jours, de Minneapolis à Sunrise, et elle n'avait presque pas dormi la veille dans le joli chalet qu'elle avait loué. Elle était trop nerveuse et trop préoccupée par cette piste étrange. Et elle était trop électrisée par cette première lueur d'*espoir*.

— Je sais que les enquêteurs sont obsédés par les faits, mais les faits ne m'ont pas aidée jusqu'ici, dit-elle. Parfois, il faut relier des idées pour découvrir des faits.

Grant l'observait. Elle se sentait idiote de lui avoir dit qu'il ressemblait à un cow-boy, sauf que c'était simplement vrai. En plus de son accent, il avait une démarche particulière. Il y avait ses bottes, bien sûr, et le décor de ce salon, mais la mâchoire carrée de Grant et son nez légèrement busqué suffisaient à la faire penser au Far West. Et sa manière de ne faire qu'*esquisser* des sourires qui lui donnait un charme perturbant.

— Nous sommes des enquêteurs et nous ne pouvons pas nous contenter d'hypothèses, répondit Grant avec la même gentillesse polie, même si l'agacement semblait commencer à le gagner. Mais je crois que vous découvrirez que nous ne sommes pas comme les policiers à qui vous avez eu affaire. J'admets que la secte me paraît être une fausse piste, mais si vous me donnez une raison de changer d'avis, je le ferai.

La jeune femme grande et mince qui lui avait ouvert la porte entra dans la pièce en poussant un chariot. Elle portait des bottes de cow-boy adorables ornées de fleurs colorées et Dahlia se souvenait qu'elle avait le même accent que Grant.

Il était évident que Grant et elle étaient apparentés, bien que Grant soit beaucoup plus... *musclé*.

Ils avaient les mêmes yeux et des gestes semblables. Ils semblaient aussi avoir une relation fusionnelle qui devait être le fruit d'un long passé commun.

Personne ne pouvait dire cela de Rose et elle. Elles n'avaient en commun que de porter des noms de fleurs. Il fallait les observer longuement ensemble pour comprendre comment elles avaient appris à se gérer l'une l'autre et à gérer leurs parents, pour percevoir le rythme de sororité qu'elles avaient créé.

Dahlia était devenue enfant unique et ne savait pas comment fonctionner dans cette réalité. Elle ne savait pas comment faire face à ses parents, qui avaient baissé les bras en même temps que la police, ni à ses amis – qui étaient plus les amis de Rose que les siens et qui se souciaient plus de leur chagrin que de trouver des réponses.

Elle seule était incapable de renoncer, de poursuivre son ancienne vie dans ce nouveau monde où sa sœur n'existait pas.

Elle n'était pas morte. Elle n'était pas partie. Elle avait cessé d'*exister*.

— Je vous ai dit que je mangeais rarement le matin, grommela-t-elle.

Elle aurait dû s'en vouloir et elle sentit la réprobation de sa grand-mère depuis l'autre bout du pays, mais elle en avait marre de veiller à ne pas froisser les autres.

— Voyez ça comme un déjeuner, alors, répondit Grant avant de se tourner vers sa sœur. Merci, Mary.

Mary hocha la tête, sourit à Dahlia et quitta la pièce. Grant commença à remplir une assiette. Dahlia supposa qu'il allait la lui mettre dans les mains et chercha un commentaire déplaisant à lui faire.

Mais Grant posa l'assiette à côté du dossier, mangea un grain de raisin et se servit du café.

Dahlia savait qu'elle avait perdu trop de poids. Elle ne dormait pas assez et sa santé déclinait. Elle avait vu un psychologue qui voulait l'aider à faire le deuil de Rose.

Mais rien ne pouvait contrecarrer son besoin de découvrir la vérité.

Elle ne savait pas si Rose était encore en vie. Elle s'était préparée – elle avait essayé de se préparer, plutôt – à la vérité horrible qu'elle risquait de découvrir. Rose était peut-être morte depuis tout ce temps. Sa sœur douce et lumineuse avait peut-être été assassinée et enterrée dans un coin.

Ce n'était pas seulement possible : c'était probable. Mais Dahlia devait savoir. Elle ne pourrait pas se reposer avant d'avoir une certitude.

Et si tu ne découvres jamais rien ?

Comme elle n'avait pas de réponse à cette question, elle se contentait de mettre un pied devant l'autre jusqu'à ce que quelque chose change.

Grant continuait à manger en feuilletant le dossier.

Dahlia n'avait pas faim, mais elle avait bien conscience qu'elle avait perdu l'appétit depuis un an. Elle savait aussi que la nourriture était du carburant et que cette nourriture était gratuite. Elle aurait été stupide de la bouder alors qu'elle avait consacré toutes ses économies à engager Hudson Investigations et à organiser son séjour dans le Wyoming.

Elle se força à mettre quelques morceaux de fruits et un œuf dur sur une assiette. Comme elle avait bu trop de café ces derniers jours, elle prit une bouteille d'eau.

— Expliquez-moi pourquoi vous avez décidé de venir jusqu'ici, dit Grant avec douceur.

Elle savait qu'il trouverait sa réponse ridicule, comme tout le monde avant lui. Ce n'était qu'une hypothèse fragile, mais...

— Rose a découvert que notre arrière-grand-père s'était marié une première fois avant d'épouser notre arrière-grand-mère. Il a eu un fils de ce premier mariage, un certain Eugene Green.

Grant resta impassible, mais quelque chose changea dans l'atmosphère, sans doute parce qu'il savait qu'Eugene Green était le fondateur de l'Ordre de Vérité.

— Il s'agit donc d'un parent très éloigné, quelque chose comme un demi-arrière-grand-oncle.

Malgré la nausée qui la gagnait, Dahlia se força à manger un grain de raisin.

— Je vous l'accorde. Mais c'était dans les notes de Rose.

— Quelles notes ?

Dahlia sortit de son sac le gros dossier qui ne la quittait plus.

— Quand la police a décidé d'abandonner l'enquête, elle m'a rendu l'ordinateur de Rose. J'ai imprimé toutes les informations qu'elle avait rassemblées sur l'histoire de notre famille. C'est *ça* qui l'a poussée à aller au Texas. Les branches du Wyoming et du Texas de la famille sont reliées.

Grant regarda son dossier.

— Mademoiselle Easton...

— Je sais. Vous ne me croyez pas. Personne ne me croit. Ce n'est pas grave. Et je ne vous demande pas de tout lire. Mais il y a ceci...

Elle sortit la première page.

— La photo du haut est tirée d'un enregistrement de la caméra de sécurité de la station-service, au Texas, où Rose a été vue pour la dernière fois. Elle est là. Personne n'a pu identifier l'homme qui se trouve à côté d'elle, mais il ressemble beaucoup à celui de la photo du bas – une photo d'Eugene Green que j'ai trouvée dans les fichiers de ma sœur.

— Eugene Green est mort, répondit Grant sans ciller.

— Oui, mais il peut y avoir des hommes vivants qui lui ressemblent.

Grant parut y réfléchir. Tout le monde l'avait fait – au début.

— Je peux garder ça ? demanda-t-il.

Elle acquiesça. Elle avait des copies numériques de tout. S'il perdait les documents qu'elle lui fournissait, elle pourrait toujours les imprimer de nouveau.

— Avez-vous autre chose qui pourrait relier Rose à Vérité ou au Wyoming ?

— Pas vraiment...

— Pourquoi n'avez-vous pas voulu nous en parler par téléphone ?

Dahlia regarda la photo. Tous les policiers à qui elle en avait parlé lui avaient dit qu'elle s'accrochait à des chimères. L'Ordre de Vérité n'existait plus et tous les Green avaient quitté la région de Vérité. Et l'homme de la photo n'était pas *avec* Rose. Il prenait juste de l'essence à la pompe voisine.

— Je n'étais pas sûre de réussir à vous expliquer pourquoi, mais j'avais besoin de venir ici.

Grant hocha la tête.

— Je vais me pencher là-dessus. Y a-t-il autre chose ?

Dahlia rangea son dossier dans son sac et se leva. Il la congédiait, maintenant qu'il avait compris que sa piste n'était qu'une présomption – d'après la police.

Elle était déçue. S'attendait-elle à un miracle ? Même si elle s'était répété que cette famille qui enquêtait sur de vieilles affaires ne la croirait pas non plus, elle avait gardé espoir.

Il était temps d'en finir. Les Hudson ne seraient pas plus efficaces que la police et elle allait se ruiner.

— Si vous n'avez rien trouvé dans une semaine, on s'arrêtera là, dit-elle.

Alors qu'il se levait à son tour, Grant haussa les sourcils.

— Une semaine, c'est peu pour résoudre une affaire.

— Je ne vous demande pas de la résoudre. J'ai juste besoin de quelque chose qui m'aiderait à continuer. Si vous pouvez me prouver, de manière *irréfutable*, que l'Ordre de Vérité n'a rien à voir là-dedans, ça me suffira.

Il y réfléchit un instant, puis acquiesça.

— Vous vous êtes installée au chalet Meadowlark ? demanda-t-il en l'invitant à le suivre dans le couloir.

— Oui.

— Combien de temps comptez-vous rester ?

Dahlia contempla les vitraux, de part et d'autre de la porte d'entrée, qui représentaient des montagnes et des étoiles, puis elle regarda le visage austère de Grant.

— Aussi longtemps qu'il le faudra.

Elle eut l'impression que cette réponse le contrariait, mais il ouvrit la porte sans faire de commentaire.

— Je vous recontacterai, promit-il.

Elle se força à sourire et serra la main qu'il lui tendait.

Ce n'était pas parce qu'il promettait de la recontacter qu'elle resterait dans le chalet qu'elle avait loué à Sunrise sans rien faire.

Elle comptait enquêter de son côté. Elle espérait que les Hudson l'aideraient, bien sûr, mais elle savait ce qui lui serait vraiment utile.

Qu'elle se débrouille toute seule.

2

— Tu étais au courant ?

Mary, qui était à cheval, prit la feuille qu'il lui tendait et l'examina.

— C'est Eugene Green ? demanda-t-elle.

— Notre nouvelle cliente pense qu'il est impliqué.

Mary fronça les sourcils.

— Tu lui as dit qu'il était mort il y a cinquante ans ?

— Oui. Je lui ai aussi rappelé que le FBI avait démantelé l'Ordre de Vérité dans les années soixante-dix. Tu es censée écarter les affaires qui ne tiennent pas debout.

Mary devint parfaitement impassible. Les gens qui ne la connaissaient pas n'y auraient pas vu une réaction, mais Grant était son frère. Il savait qu'elle lui ferait payer ce reproche. Tant pis. L'agacement que lui inspiraient ces absurdités sur la secte l'emportait sur son instinct de survie, pour le moment.

— As-tu eu l'impression qu'elle *ne tenait pas debout* ? demanda Mary d'une voix parfaitement neutre.

— Pas avant qu'elle ne sorte cette photo.

— Elle suit une fausse piste, donc. Ça arrive. Même à nous.

Le cheval de Mary souffla. Il débordait d'énergie et avait hâte de galoper.

Mary flatta son encolure pour le calmer. Elle attendait une réponse.

On était confronté à des centaines d'impasses quand on enquêtait sur de vieilles affaires. Il fallait réexaminer les mêmes indices, encore et encore, chercher un nouvel angle d'attaque. Et oui, il arrivait qu'un enquêteur s'engage sur une fausse piste. Cela arrivait même souvent.

Y compris à lui.

Mais Grant ne voulait pas entendre parler de Vérité. Contrairement à d'autres, il n'avait jamais trouvé l'histoire de la secte intéressante. Peut-être parce que sa famille, comme celle de Dahlia et Rose Easton, y avait été mêlée.

Grant avait toujours suivi les conseils de sa mère sur ce sujet : il valait mieux ne pas s'y attarder.

De plus, la ville fantôme de Vérité ne lui avait jamais inspiré que de mauvais pressentiments – les mêmes que ceux qu'il avait eus, chez les marines, avant qu'une situation ne dégénère de manière catastrophique.

Mais leur cliente pensait qu'il y avait un lien entre son affaire et Vérité et il était prêt à parier que Dahlia Easton ne renoncerait pas à cette idée sans une preuve du contraire. Il devait donc lui démontrer qu'elle faisait fausse route avant de pouvoir l'aider à trouver une piste valable.

— Je prends l'un des chiens, grommela Grant.

— Vois ça avec Cash, répondit Mary. Et n'oublie pas de te servir de la carte professionnelle pour l'essence.

— Je ne suis pas Palmer, répliqua Grant en levant les yeux au ciel.

— Vous êtes des hommes et tous les hommes oublient des détails importants. Ceux que je connais, du moins.

Mary ne lui laissa pas le temps de répondre. Elle donna un

coup de talons à son cheval, qui fut ravi de s'élancer. Grant ne put que la regarder s'éloigner dans un nuage de poussière.

Il tourna la tête vers l'écurie. Il pouvait prendre un cheval. Le chenil de Cash était à l'autre bout de la propriété, comme la maison dans laquelle il vivait avec sa fille de onze ans. Puisque Izzy était à l'école, Cash devait entraîner ses chiens. Il dressait toutes sortes de chiens : des chiens de sauvetage, de détection, et même des chiens-guides.

Mais si Grant prenait un cheval, il devrait ensuite le ramener et le brosser. Il voulait en finir au plus vite. Il monta donc dans sa camionnette et emprunta le chemin de terre qui traversait le ranch en direction du coin que Cash occupait.

C'était une journée d'automne ensoleillée et douce, mais la température chuterait dès que le soleil s'approcherait de l'horizon. Le ciel était d'un bleu profond et le ranch, une succession de collines et de longues plaines, s'étendait autour de lui. De hautes montagnes s'élevaient au loin. Grant, qui avait beaucoup voyagé, savait que le ciel n'était nulle part aussi beau qu'à Sunrise et au-dessus de ce ranch.

Il avait toujours su qu'il reviendrait. Son engagement dans l'armée n'avait été qu'une parenthèse. Pour ne plus être dans les pattes de Jack. Pour calmer sa bougeotte. Voir le monde. Se battre pour son pays. Pour faire quelque chose en dehors de Sunrise, loin des gens qui le connaissaient et le confondaient avec sa tragédie.

Mais il avait toujours su qu'il reviendrait une fois la parenthèse refermée, pour travailler les terres que son arrière-arrière-arrière-grand-père avait travaillées avant lui.

Grant s'arrêta près du chenil, le bâtiment rouge et massif où vivaient tous les chiens de Cash. Cash était dehors, face à une rangée de chiens. S'il avait été de bonne humeur, Grant aurait trouvé amusant que les chiens ressemblent tant à des soldats attendant des ordres.

Il se gara et sortit de sa camionnette. Alors qu'il s'approchait de son frère, Cash fit un geste et tous les chiens s'assirent d'un même mouvement. Après un autre geste de Cash, ils se couchèrent tous.

Alors seulement Cash se tourna vers Grant.

— Qu'y a-t-il ?

— J'ai besoin d'un chien pour quelques heures. Sans compétences particulières. C'est plus pour me tenir compagnie qu'autre chose.

Cash observa ses chiens pendant quelques secondes.

— Willie !

Un chien marron et blanc se leva et trotta vers eux.

— Ne lui donne pas de cochonneries à manger, grommela Cash.

— Tu me dis toujours ça.

— Et tu ne m'écoutes jamais.

Grant pouffa. C'était vrai et ce n'était pas près de changer. Comment résister aux regards suppliants de ces bestioles ?

Quand Cash fit un autre geste et siffla, Willie sauta dans la camionnette de Grant.

— C'est pour l'affaire Easton ? demanda Cash.

— Oui. Comment le sais-tu ? Je croyais que tu te tenais éloigné de nos activités.

— J'essaie, mais Anna et Palmer sont si bavards que j'en sais toujours plus que je ne le voudrais.

Cash jeta un coup d'œil à sa maison. Grant comprit tout de suite que son frère pensait à Izzy, même si elle ne s'y trouvait pas.

C'était parce qu'il s'inquiétait pour la sécurité de sa fille

– et pour la sienne, en tant que père célibataire – que Cash ne participait pas davantage aux activités de l'agence. Du coup, même s'il essayait de se tenir à l'écart, Grant ne fut pas surpris de l'entendre demander :

— Alors ? C'est quoi le lien avec le Wyoming ?

— Il est fragile, répondit Grant.

Il n'avait pas envie d'entrer dans les détails, mais Cash découvrirait ce qu'il en était, d'une manière ou d'une autre. Grant n'avait qu'un moyen de prouver que cela ne le mettait pas mal à l'aise : mettre lui-même son frère au parfum.

— Elle croit qu'il y a un lien avec Vérité, ajouta-t-il.

Cash pouffa.

— N'est-il pas amusant que celui d'entre nous qui a le plus peur de Vérité se retrouve chargé de cette enquête ?

— Il n'y a pas de lien avec Vérité. La cliente le croit, c'est tout. J'y vais pour lui prouver qu'elle se trompe.

Il savait qu'il aurait dû en rester là, mais Cash avait le don de le déstabiliser et de lui soutirer plus d'informations qu'il ne voulait en livrer.

— Et je n'ai pas peur, grommela-t-il.

— À quinze ans, tu avais peur, répliqua Cash.

— Eh bien, si Palmer et toi n'avez pas préparé un autre canular pour essayer de me faire peur…

— On n'a pas fait qu'*essayer*. Tu étais mort de trouille.

Grant leva les yeux au ciel.

— Je suis allé au front, Cash. Je n'ai pas peur de Vérité. Ni de Palmer et toi, soit dit en passant.

Grant ajusta son chapeau de cow-boy et remonta dans sa camionnette en ignorant les ricanements de son frère.

Pour être honnête – même s'il ne l'avouerait jamais à ses frères –, il aurait préféré rempiler chez les marines plutôt que de passer les prochains jours à Vérité, mais il savait depuis longtemps qu'on n'obtenait pas toujours ce qu'on voulait.

Vérité était une ville fantôme. Cela ne surprit pas Dahlia. Tout ce qu'elle avait lu sur le sujet allait dans le même sens : depuis le raid du FBI qui s'était soldé par la mort de trois agents et de dix membres de la secte, et par l'incarcération de tous les autres membres adultes, plus personne ne voulait entendre parler de cette ville à part quelques touristes en quête d'excitation macabre.

Personne ne s'y installait. Personne n'y construisait d'attractions touristiques. Cette ville avait été le théâtre de quelque chose d'horrible que personne ne comprenait. Elle fascinait, certainement, mais personne n'y passait plus d'une heure.

Alors, non, Dahlia n'était pas surprise que les bâtiments soient vides ni que, depuis l'escarpement rocheux qu'elle avait escaladé pour observer les lieux, le paysage s'étende, gris, brun, désert, d'une manière que la plupart des gens trouveraient sans doute repoussante.

En revanche, le fait qu'elle trouve cet endroit d'une beauté étrange la surprit. La région ne ressemblait pas du tout à celle d'où elle venait. Il n'y avait ni verdure ni lacs scintillants, ni couleurs automnales. Dans toutes les directions, le paysage était d'un gris uniforme et parsemé de formations rocheuses, certaines fines, qui s'élançaient vers le ciel, d'autres plus épaisses. Mais elle n'avait pas l'impression de se trouver sur une autre planète. Ce paysage était vivant et vibrant.

Il lui semblait... *parfait*. Comme si elle était à sa place dans ces rues abandonnées. Elle ne comprenait pas du tout ce qu'elle ressentait. Inexplicablement, elle était si émue qu'elle avait envie de pleurer.

Tu es juste épuisée, se rappela-t-elle en descendant de l'escarpement.

Qu'avait-elle espéré trouver ici ? Une trace de sa sœur ? Des signes de vie ? Elle était à bout de forces et cela lui faisait perdre sa lucidité.

Mais elle emprunta ce qui avait été la rue principale. Elle savait qu'elle aurait dû se sentir hors de son élément. Peut-être même effrayée. Mais elle n'éprouvait qu'une curiosité qui l'incitait à jeter un coup d'œil dans toutes les maisons. Elle ne savait pas ce qu'elle cherchait ni ce qu'elle espérait prouver. Elle se contentait de suivre son instinct… ou quelque chose de ce genre.

C'était cette force qui l'avait poussée à abandonner sa vie pour venir ici. Tout s'était figé quand Rose avait disparu. Dahlia ne savait pas comment remettre le monde en mouvement sans découvrir… quelque chose.

Elle entra dans un bâtiment qui avait clairement été une sorte de restaurant. Il y avait encore quelques tables dans la pièce principale et un comptoir le long du mur du fond, ainsi qu'un présentoir qui semblait avoir autrefois contenu des pâtisseries.

Tout était couvert d'une épaisse couche de poussière. Personne n'était venu là récemment. C'était évident. Et si quelqu'un était venu, n'aurait-il pas veillé à ne laisser aucune trace ? Et que ferait-elle si elle trouvait une trace ?

Elle aurait dû regagner le chalet qu'elle avait loué et dormir. C'était une perte de temps. Il fallait qu'elle se penche sur les liens entre la famille Green et la sienne au lieu de visiter une ville fantôme dans le Wyoming.

Ses parents avaient peut-être raison. Il était possible qu'elle ne soit plus saine d'esprit et qu'elle doive se faire interner le temps de le redevenir. Mais elle savait qu'elle ne s'était pas dissociée de la réalité. Il était possible que ses émotions aient affecté son jugement, mais elle…

Elle devait aller jusqu'au bout. Mais de la bonne manière. Prendre soin d'elle-même devait devenir une priorité.

Elle sortit du bâtiment abandonné et se figea. Un frisson la parcourut. L'étrange sentiment de paix qu'elle ne comprenait pas céda la place à la sensation d'être observée.

Elle déglutit pour essayer de contrôler sa peur et observa les environs sans bouger. Rien n'attira son attention. Retenant son souffle, elle tendit l'oreille pour essayer d'entendre quelque chose d'autre que les murmures du vent.

Elle entendit un léger son aigu, puis un ordre. Elle s'ordonna de déguerpir, mais la peur la paralysait.

Cours ! Cache-toi ! Hurle !

Elle ne fit rien de tout cela. Elle en était incapable. Apparemment, quand il fallait se battre ou fuir, elle ne pouvait faire ni l'un ni l'autre.

Elle entendit un petit gémissement animal avant qu'un gros chien marron et blanc apparaisse au coin de la rue. Le soulagement l'étourdit au point qu'elle faillit s'appuyer contre le mur du bâtiment qu'elle venait de quitter. Ce n'était qu'un chien. Ce n'était…

— Willie. Assis.

C'était une voix d'homme. Autoritaire. Le chien posa immédiatement son derrière sur le sol poussiéreux à quelques mètres d'elle. Elle ne vit pas l'homme, mais le fait d'entendre sa voix et l'apparition du chien la tirèrent de sa stupeur. Elle se précipita dans le bâtiment et s'accroupit pour être invisible de l'extérieur.

Le dos au mur, elle essaya de retenir son souffle, puis se rendit compte que son réflexe était absurde.

Comment saurait-elle que l'homme était parti ? Le chien ne sentait-il pas son odeur ? Et pourquoi éprouvait-elle le besoin de se cacher alors qu'elle avait autant le droit d'être là que n'importe qui ? À sa connaissance, cette ville n'était pas une propriété privée et...

Elle entendit le chien s'approcher jusqu'à...

— Fermer les yeux n'empêchera pas les méchants de vous trouver, mademoiselle Easton.

Dahlia ouvrit les yeux et regarda l'homme imposant qui se tenait dans l'embrasure de la porte. Elle ne s'était pas rendu compte qu'un réflexe puéril l'avait poussée à les fermer.

Dès qu'elle reconnut l'homme, la honte lui fit oublier sa peur.

— Que faites-vous ici ? demanda-t-elle, les sourcils froncés.

— C'est la question que je suis censé vous poser, non ?

Elle ne s'y attendait pas du tout. Il s'était montré si sceptique...

— Vous enquêtez.

— J'ai promis de le faire.

— Mais je ne pensais pas que vous inspecteriez Vérité.

— Vous avez dit vouloir une preuve qu'il n'y avait pas de lien.

Quand il lui tendit la main, Dahlia mit quelques secondes à comprendre que c'était pour l'aider à se relever. Elle n'avait pas envie de prendre sa main, mais comme elle ne savait pas pourquoi, elle ignora son réflexe et le fit.

Il lâcha sa main dès qu'elle fut debout et sortit dans la rue sans dire un mot.

Dahlia ne trouva rien de mieux à faire que de le suivre – comme le chien.

— Ça ne vous suffit pas comme preuve ? demanda-t-il en embrassant la ville déserte d'un geste.

Dahlia balaya la rue du regard. Même si elle savait maintenant qu'on ne l'observait pas, qu'elle était simplement tombée sur le détective qu'elle avait engagé, quelque chose avait changé. Elle ne se sentait plus à sa place. Cette ville ne lui inspirait plus qu'un mauvais pressentiment.

— Ça prouve que Rose n'est pas à Vérité à cet instant, c'est tout.

Grant soupira.

— Mademoiselle Easton, il est important que vous compreniez…

— Je sais. J'ai bien conscience qu'elle peut être morte.

Les gens ne semblaient pas comprendre que l'espoir ne lui faisait pas ignorer la possibilité que sa sœur se soit fait tuer. Cette pensée la hantait autant que le mince espoir que Rose soit encore en vie. Voilà pourquoi il fallait qu'elle découvre la vérité.

Quand le chien gémit de nouveau, Grant le regarda avec étonnement et ordonna :

— Va !

Le chien s'élança dans la rue déserte. Comme Grant le suivit, Dahlia suivit Grant. Le chien les entraîna dans une ruelle, entre deux bâtiments recouverts d'une sorte de lierre. Cette ruelle était si étroite qu'elle était plongée dans l'ombre. La baisse de température fit frissonner Dahlia et l'incita à jeter un coup d'œil par-dessus son épaule.

Quand elle regarda de nouveau devant elle, elle s'aperçut que Grant avait tourné la tête aussi. Il la secoua et recommença à avancer.

Dahlia fut surprise que l'allée débouche sur une sorte de cour murée à laquelle on ne pouvait accéder que par là. Il n'y avait pas de toit, juste le ciel au-dessus d'eux, et cette cour n'avait rien de remarquable. Ce n'était qu'un carré de terre battue sur lequel poussaient quelques touffes d'herbe.

Mais le chien continuait à gémir. Le malaise de Dahlia s'intensifia quand Grant s'approcha de l'animal. Elle le suivit lentement et s'aperçut qu'il fixait un objet posé par terre.

— Qu'est-ce que c'est ?

— Une douille, répondit-il, l'air pensif.

— Qu'est-ce que ça veut dire ?

— Que quelqu'un a tiré un coup de feu ici. Et assez récemment. Peut-être juste pour s'amuser. Ou pour des tas d'autres raisons.

Grant se releva, mais quelque chose… avait changé. Il ne se tenait plus de la même manière. Son expression était plus grave.

— Alors, pourquoi avez-vous l'air si perplexe ?

Il observa les environs avec une froideur qui fit prendre conscience à Dahlia qu'elle se trouvait dans un lieu très isolé avec un homme qu'elle ne connaissait pas. Elle était coincée dans une petite cour avec une seule issue – que Grant pouvait facilement bloquer avant qu'elle ne s'échappe.

Quand il la regarda de nouveau, son expression n'avait rien de réconfortant et il lui dit :

— Rentrons en ville.

3

Quelque chose clochait. Grant ne pensait pas que c'était lié à Vérité, mais cela avait certainement un rapport avec la femme qui conduisait devant lui.

Il jeta un coup d'œil dans le rétroviseur. Il s'était à moitié attendu à ce que quelqu'un les suive. Il s'était à moitié attendu à ce que *quelque chose* se passe, même s'il n'aurait pas su dire quoi.

Il regrettait de ne pas avoir eu plus de temps pour inspecter les lieux, mais son instinct lui avait ordonné de faire sortir Dahlia de Vérité – et il avait encore assez de réflexes militaires pour obéir à son instinct.

Elle n'avait pas protesté. Elle l'avait fusillé du regard, certes, mais elle avait fait ce qu'il lui demandait. Ils avaient regagné sa voiture, elle était montée dedans et elle avait attendu qu'il la rejoigne en camionnette pour pouvoir la suivre jusqu'à Sunrise.

Il jeta un nouveau coup d'œil dans le rétroviseur, incapable de se débarrasser de l'impression qu'on les avait observés. Rien ne le prouvait. Ce n'était qu'une impression.

Mais comme il y avait aussi la douille, il était nécessaire de fouiller méthodiquement Vérité, même si cela le contrariait de l'admettre.

Il n'y avait peut-être aucun lien. Des gens se rendaient à Vérité. Des lycéens s'amusaient à s'y faire peur, des illuminés y pratiquaient les rituels dont ils attendaient un effet quelconque. Cette douille pouvait avoir été laissée là par n'importe qui.

Sauf qu'il avait aussi remarqué une marque sur un mur. Elle était presque entièrement effacée, mais elle l'avait incité à penser qu'il se passait quelque chose à Vérité – qui, encore une fois, n'avait peut-être rien à voir avec la sœur de Mlle Easton ni avec la secte.

Quoi qu'il en soit, il devait d'abord veiller à la sécurité de Dahlia, qui venait de quitter la nationale. Curieusement, elle ne conduisait pas une voiture de location. Ce véhicule était enregistré au nom de Dahlia Easton, qui vivait à Minneapolis, dans le Minnesota.

Il avait appelé Zadie, une vieille amie de la famille qui travaillait au bureau du shérif, pour obtenir cette information. Si Dahlia avait pris sa propre voiture, ce n'était sûrement pas pour jeter un bref coup d'œil dans la région et repartir.

Mais il n'avait pas été engagé pour enquêter sur Dahlia. Il était censé retrouver sa sœur, et cela supposait maintenant qu'il tire au clair ce qui se passait à Vérité.

Le chalet que Dahlia avait loué n'était pas très loin de la nationale. C'était une résidence coquette, située dans un coin charmant à la périphérie de Sunrise.

Il aurait préféré qu'elle s'installe dans une zone un peu plus fréquentée. Même si la criminalité était presque inexistante à Sunrise, il aurait aimé qu'elle ait des voisins susceptibles de remarquer quelque chose de louche en cas de besoin. Les nouvelles allaient si vite que sa famille en aurait été informée immédiatement.

Dahlia sortit de sa voiture et attendit, les doigts crispés sur son sac, qu'il la rejoigne.

— Vous n'aviez pas à me suivre jusqu'ici, lui dit-elle.

Il se rendait bien compte qu'il la mettait mal à l'aise. Il aurait aimé la laisser respirer davantage, mais il avait un mauvais pressentiment et la sécurité de sa cliente passait avant son confort.

Il siffla pour appeler Willie et Dahlia parut se détendre un peu.

— Je vais juste jeter un coup d'œil aux alentours, dit-il de la voix la plus neutre possible.

— Aux alentours de quoi ?

— De votre chalet.

Elle secoua la tête.

— Pourquoi feriez-vous ça ?

— Mademoiselle Easton, avez-vous eu l'impression d'être seule quand vous étiez à Vérité ?

— Oui. J'ai même trouvé l'endroit paisible… jusqu'à votre arrivée, répondit-elle en relevant le menton.

Elle avait beau être épuisée, peut-être même un peu fragile, c'était une battante.

— Et ensuite ?

— Je ne sais pas. Je suppose que j'ai senti votre présence ou un truc comme ça. Rien de surnaturel. J'ai entendu le chien et…

Elle fronça les sourcils et laissa sa phrase en suspens.

Il n'était pas sûr que quelqu'un l'ait suivie, mais il sentait qu'il y avait quelque chose de louche.

— Quelqu'un pourrait-il vous avoir suivie jusqu'ici ? demanda-t-il.

— Depuis le Minnesota ?

— Un détective privé que vous auriez engagé ? L'un de vos proches qui s'inquiéterait pour vous ? Quelqu'un que ça contrarierait de vous savoir ici toute seule ?

Elle cligna des yeux et secoua la tête. C'était un réflexe. Il fallait qu'elle y réfléchisse réellement – et elle le ferait peut-être une fois qu'il serait parti.

— Je vais juste inspecter le périmètre, annonça-t-il. Restez ici.

— Je...

Il s'éloigna sans lui laisser le temps de protester.

C'était une simple précaution. Quand il aurait quitté Dahlia, il retournerait à Vérité, peut-être avec Palmer et Anna. Il devait juste s'assurer que tout allait bien ici.

Il fit le tour du chalet. De l'autre côté, il y avait un jardin avec des arbres et un porche dont la balustrade supportait des fleurs en pots de toutes les couleurs.

Il examina les fenêtres. Elles avaient des rideaux, qui étaient ouverts. Il y avait trop de lumière pour bien voir à l'intérieur pour le moment, mais, de nuit, Dahlia serait parfaitement visible de l'extérieur si elle oubliait de tirer les rideaux.

En faisant le tour du jardin, il faillit ne pas remarquer une petite trace dans l'herbe. Sauf qu'il y en avait une autre à côté, puis une autre – celle-ci sur un chemin de terre et c'était clairement une empreinte. Elle était trop grande pour avoir été laissée par Dahlia ou par Ursula, la propriétaire du chalet.

Un jardinier ? Le fils d'Ursula ? Grant suivit les empreintes en direction du chalet tout en réduisant sa liste de suspects. Le fils d'Ursula vivait à Houston et n'était pas venu depuis

Noël. Ursula s'en plaignait en permanence. Et elle n'engageait pas de jardinier, parce qu'elle aimait s'occuper de tout elle-même.

Les empreintes allaient jusqu'à une fenêtre. En se protégeant les yeux du soleil, il parvint à distinguer un lit de l'autre côté. C'était une chambre.

La chambre de Dahlia.

Son estomac se noua. Comme pour la douille de Vérité, il y avait plusieurs explications possibles. Un voyeur, un cambrioleur... Dahlia n'était peut-être pas visée personnellement.

Mais qu'elle le soit ou non, c'était un problème.

Malheureusement, il avait du mal à croire à une coïncidence. Le timing était trop suspect... et tout semblait tourner autour de Dahlia.

Il acheva son inspection en se demandant s'il devait parler des empreintes à Dahlia. Réussirait-il à la convaincre de rentrer chez elle sans les mentionner ?

C'était une question frustrante. Il n'avait pas pour tâche de la ménager ni de la rassurer, mais de trouver des réponses.

Il retourna devant le chalet. Dahlia, assise sur les marches du perron, caressait Willie.

Elle tourna la tête vers lui quand elle l'entendit approcher, se raidit et se leva.

Il y avait sûrement une manière délicate d'aborder le sujet, mais Grant renonça à la chercher. Il lisait trop de méfiance dans le regard de Dahlia.

— Il y a des empreintes qui mènent à la fenêtre de votre chambre, annonça-t-il.

— Des empreintes ? répéta-t-elle.

— Qui ne sont pas les vôtres.

Elle fronça les sourcils, puis balaya les environs du regard.

— Elles pourraient avoir été laissées par la propriétaire, par la femme de ménage ou…

Il aurait aimé lui donner raison, mais il connaissait toutes les personnes qui s'approchaient de ce chalet et aucune ne portait de bottes militaires de pointure 46.

— Je vous crois en danger, Dahlia.

Puisque cela n'avait aucun sens, Dahlia réagit de la seule manière possible : elle éclata de rire.

— Je ne suis pas en danger.

— Quelqu'un vous observe. Si vous ne voyez pas qui pourrait le faire pour vous protéger, cette personne doit avoir un autre but.

— C'est absurde. Personne ne m'observe.

— Vous en êtes sûre ?

Elle ne l'était pas, évidemment, dès lors qu'il était arrivé quelque chose à Rose. Rose avait disparu parce qu'elle avait fait des recherches sur le passé et Dahlia en faisant autant pour la retrouver.

— Comment pourrais-je être sûre de quoi que ce soit ?

L'expression de Grant s'adoucit. Elle ne serait pas allée jusqu'à dire qu'il avait l'air compatissant, mais la réponse qu'elle venait de lui donner avait produit un effet.

— Je pense que vous devriez vous installer ailleurs le temps qu'on tire ça au clair, dit-il.

Dahlia regarda le joli chalet derrière elle.

— Où irais-je ? murmura-t-elle.

Elle n'avait pas vraiment eu l'intention de dire cela à voix haute et ce n'était pas une question qu'elle lui adressait.

— Si vous veniez au ranch pendant quelque temps ? suggéra-t-il.

— Mais… je ne vous connais pas.

— À ceci près que vous nous avez engagés pour retrouver votre sœur.

— Je vous ai engagés pour enquêter, oui. Pas pour… me protéger.

L'expression de Grant retrouva toute sa dureté.

— Mademoiselle Easton…

— D'abord, appelez-moi Dahlia. Ensuite, je ne comprends pas pourquoi vous me croyez en danger. Je… n'y comprends rien.

— Moi non plus. C'est pourquoi je pense qu'il vaudrait mieux que vous veniez au ranch le temps qu'on épluche votre affaire et qu'on détermine si vous êtes menacée.

— Y a-t-il une autre explication possible ?

— Il pourrait s'agir d'une coïncidence.

Elle soupira.

— Ça ne ressemble pas à une coïncidence, n'est-ce pas ?

— Non. Mais nous devons enquêter pour en avoir le cœur net. Néanmoins, si vous préférez rester ici – seule, dans un endroit isolé sans personne pour vous protéger – c'est votre droit. Si vous souhaitez bénéficier d'un service plus complet de la part de HI, allez chercher vos affaires et suivez-moi au ranch.

— Je déteste les ultimatums.

— Je déteste les clients récalcitrants, mais nous serons bien obligés de faire avec ce que nous avons.

Il grimaça un peu quand elle le fusilla du regard. À vrai dire, elle ne savait pas pourquoi elle se montrait hostile alors qu'il était simplement honnête.

Grant soupira à son tour.

— Je vous présente mes excuses, lui dit-il. Faites ce que

vous voulez, mademoiselle Easton – *Dahlia*. Vous êtes la bienvenue au ranch, mais le choix vous appartient.

La neutralité professionnelle de Grant, qui visait sans doute à l'apaiser, l'agaça encore plus que de se faire traiter de cliente récalcitrante.

— Vous pouvez aussi rentrer chez vous et vous en remettre à nous...

— Non.

Il n'était pas question qu'elle retourne dans le Minnesota avant d'avoir obtenu des réponses.

— Je m'en doutais, grommela-t-il. Alors ? Vous restez ici ou vous me suivez ?

Elle avait besoin de temps pour réfléchir, de dormir... d'aide. C'était pour cela qu'elle était venue et qu'elle comptait dépenser jusqu'à son dernier centime pour retrouver Rose. Grant avait accueilli son hypothèse avec scepticisme, mais il était allé à Vérité. Tout de suite.

Personne n'en avait fait autant pour elle jusqu'ici.

— C'est juste que...

Elle laissa sa phrase en suspens et secoua la tête. Grant n'était ni son ami ni son confident. C'était son employé – un partenaire, au mieux. Il n'avait pas besoin d'entendre ses tergiversations.

— Je n'en ai pas pour longtemps, déclara-t-elle.

Il hocha la tête.

— Très bien. Je vous attends dans ma camionnette.

Elle lui fut reconnaissante de ne pas essayer de la suivre dans le chalet et de lui accorder un minimum de solitude pour réfléchir.

Elle entra. Elle n'avait pas eu le temps d'apprécier ce joli chalet, et ce qu'il avait d'accueillant était maintenant gâché par l'idée que quelqu'un l'avait observée par la fenêtre de sa chambre, d'après Grant.

Elle se rendit dans la chambre en question, alla à la fenêtre et regarda le jardin. Il était charmant et paisible…

L'idée que quelqu'un s'était planté là pour l'épier à son insu la fit frémir.

— Je n'en reviens pas de faire ça, grommela-t-elle.

C'était insensé. Elle allait peut-être mal finir, comme Rose. Parce qu'elle était certaine que le ranch des Hudson était bien assez grand pour qu'elle y disparaisse purement et simplement. Néanmoins, elle rangea les quelques affaires qu'elle avait emportées dans sa valise.

Devait-elle rentrer chez elle ? Devait-elle…

Elle sursauta en découvrant Grant dans l'embrasure de la porte. Il était entré sans faire le moindre bruit, comme s'il pouvait se téléporter par magie.

— Restez ici, verrouillez la porte et n'ouvrez à personne, ordonna-t-il.

Il s'en alla sans lui laisser le temps de répondre, mais elle avait vu une arme apparaître dans sa main – comme par magie, là encore.

Alors qu'elle restait immobile, abasourdie, le chien entra dans la chambre et se coucha devant elle. C'était visiblement un chien de garde, ce qu'elle n'avait pas compris avant cet instant.

Dans quel guêpier s'était-elle fourrée ?

4

Grant sortit du chalet, l'arme au poing, et scruta les environs. Il y avait quelqu'un aux aguets quelque part.

Il ne pouvait pas courir le risque que cette personne les suive. Dahlia n'était peut-être pas immédiatement en danger, puisqu'elle était observée depuis quelque temps sans qu'il ne se soit rien passé, mais il n'y avait aucune bonne raison d'être épié.

Il jeta un coup d'œil par-dessus son épaule, se réjouit que Dahlia ne l'ait pas suivi, puis avança prudemment. Il avait de nouveau eu la sensation d'être observé quand il attendait dans la camionnette, mais cela n'aurait pas suffi à le faire réagir.

Il arrivait que les soldats ne se débarrassent jamais complètement de cette sensation. Sauf qu'il avait aperçu quelque chose dans son rétroviseur. Il ne comptait pas foncer vers cet endroit. Il devait se montrer plus subtil.

Au lieu de suivre la route, il partit en diagonale dans l'espoir de trouver un meilleur angle de vue sans éveiller les soupçons de l'intrus.

Lorsqu'il atteignit une partie du terrain légèrement surélevée, il l'aperçut de nouveau. Il ne vit guère qu'une silhouette qui disparut aussitôt. Il n'aurait pas su dire si c'était un homme ou une femme. Ce fut même trop bref pour qu'il perçoive la moindre couleur.

Bien décidé à découvrir qui surveillait sa cliente, il s'élança. Malheureusement, l'intrus avait trop d'avance sur lui. Quand Grant atteignit le premier virage de la route, il comprit qu'il mettrait Dahlia en danger en allant plus loin. L'intrus pouvait avoir un complice ou faire une boucle pour s'approcher du chalet.

Grant s'arrêta, consacra quelques secondes à reprendre son souffle en scrutant les environs, puis fit demi-tour. Même si son instinct lui disait que l'intrus avait filé, il resta vigilant en regagnant le chalet.

Il était contrarié de ne pas avoir pu suivre cette piste, mais il devait emmener Dahlia en lieu sûr avant toute chose.

Cette affaire était plus complexe qu'il ne l'avait d'abord cru. Bien sûr, Dahlia ne lui avait peut-être pas menti. Elle pouvait ne pas avoir mesuré le danger. Cela arrivait – mais cela ne diminuait en rien la frustration de Grant.

De retour au chalet, il essaya d'ouvrir la porte et la trouva verrouillée. Au moins, Dahlia était capable de suivre des instructions de temps à autre.

Il frappa et attendit. Quand elle ouvrit, Willie était à côté d'elle.

— Bon chien, dit Grant en se penchant pour gratter la tête de l'animal.

Grant, qui eut l'impression que Dahlia était au bord de la crise de nerfs, avait assez de sœurs pour savoir qu'il ne devait pas le mentionner.

— J'ai vu quelqu'un, sans doute la personne qui vous a observée précédemment. Malheureusement, elle était trop loin pour que je la rattrape, mais j'y vois une raison de plus pour que vous veniez vous installer au ranch.

— Pourquoi me surveillerait-on ? demanda Dahlia.

Il avait aussi assez d'expérience pour savoir qu'il ne fallait pas exposer toutes les hypothèses aux clients – surtout aux plus nerveux d'entre eux.

— Difficile à dire. On le découvrira. Et si on prenait mon véhicule ?

— J'ai une voiture, lui rappela-t-elle.

— Je sais. Laissons-la ici pour le moment. Comme une fausse piste.

— Une fausse piste ? répéta-t-elle.

Elle était peut-être en état de choc. Il prit la valise qu'elle tenait.

— Venez !

Il se dirigea vers sa voiture comme s'il était sûr qu'elle le suivrait, mais ce n'était qu'un pari. Après quelques pas, il jeta un coup d'œil par-dessus son épaule. Elle le suivait effectivement – d'un pas hésitant. Elle ne semblait vraiment pas convaincue que ce soit une bonne idée.

Une fois au volant, il envoya un texto à ses sœurs pour leur demander de préparer une chambre et de rester dans le coin. Leur présence rassurerait sans doute Dahlia. Celle-ci finit par monter dans la camionnette. Willie sauta sur ses genoux avant de passer à l'arrière.

— Je vais prévenir la police et Ursula, dit Grant à Dahlia. Et tout le monde, au ranch, sera sur ses gardes. On tirera ça au clair en un rien de temps, je vous le promets.

Il démarra.

— Moi qui croyais qu'il ne s'agissait que de retrouver ma sœur...

— Il arrive que des affaires soient plus compliquées qu'elles n'en avaient l'air, répondit-il. Quand ça se produit, on protège tous ceux qui sont menacés.

Dahlia comprit que cette réponse visait à la rassurer, mais elle était incapable de se détendre. Grant n'avait rien ajouté. Il conduisait, les yeux fixés sur la route et les traits tendus.

Elle se retourna pour regarder le chien assis sur la banquette arrière.

Si elle était menacée, cette situation n'était sans doute pas la pire dans laquelle elle pouvait se retrouver. Et si l'affaire était plus compliquée qu'elle ne l'avait d'abord cru, ils devaient tenir une piste.

Dans la matinée, elle avait fait ce même trajet entre son chalet et le ranch des Hudson, qui devaient rouler sur l'or. Leur propriété était gigantesque. Vu la somme qu'elle leur avait versée, des centaines d'affaires ne pouvaient pas suffire à acheter autant de terres.

Grant s'arrêta devant la maison où elle avait été reçue quelques heures plus tôt et qui était si accueillante que cela éveillait sa méfiance.

— Et si on allait voir la police ? suggéra-t-elle.

— Oui. On s'occupera de ça au dîner, répondit Grant.

Comme il sortit de la voiture, elle fut bien obligée de le suivre.

Tandis que Grant portait sa valise, le chien fila dans une autre direction en aboyant joyeusement.

— Au dîner ? demanda-t-elle.

— Mon frère aîné est le shérif de Sunrise. On lui en parlera au dîner. Et je vous préviens : tout ce que mes frères pourraient vous dire à propos de ma relation avec Vérité est faux.

Elle cligna des yeux. Sa relation avec Vérité… Comme s'il

avait un lien personnel avec la ville qui détenait l'explication de la disparition de Rose – elle en était certaine, à présent.

Grant la surprit en éclatant de rire. Jusqu'ici, elle ne l'avait vu que grave ou exagérément poli.

— Je suis désolé, ajouta-t-il. Je ne voulais pas dire que j'avais appartenu à une secte. Vérité était déjà une ville fantôme quand je suis né. Ce que je voulais dire, c'est que les adolescents qui vivent à proximité d'une ville fantôme ont souvent un faible pour les canulars.

— Oh.

Il ouvrit la porte et s'effaça pour la laisser passer la première. Elle hésita. Elle était sûrement en train de faire une bêtise. La voix de son père résonnait dans sa tête…

« Quand quelque chose paraît trop beau pour être vrai, ça l'est. »

Grant finit par entrer d'abord et tendit sa valise à Mary, qui les attendait, apparemment.

Celle-ci sortit pour lui prendre le bras et lui dit :

— Je sais que le chalet de Meadowlark est adorable, mais nous avons une belle chambre à vous offrir, avec une salle de bains attenante, et vous serez en sécurité chez nous le temps qu'on résolve votre affaire.

Alors, Dahlia se retrouva entraînée dans les profondeurs de cette maison magnifique. Elle jeta un coup d'œil à Grant par-dessus son épaule. Il était toujours intimidant, mais il avait inspecté Vérité, il l'avait prévenue que quelqu'un l'observait et il avait ri en évoquant son adolescence.

— C'est l'aile des invités, expliqua Mary tandis qu'elles montaient un escalier. Vous y serez tranquille. J'imagine que ça doit vous paraître bizarre de séjourner chez des gens que vous ne connaissez pas, mais sachez que ça n'a rien d'extraordinaire pour nous. On a déjà hébergé des clients. Ça aide à résoudre certaines affaires.

Sauf qu'il ne s'agissait pas de faciliter l'enquête, songea Dahlia. Il s'agissait de la protéger.

Mary ouvrit une porte et invita Dahlia à la précéder. Celle-ci entra dans une chambre belle et spacieuse. Les murs étaient couverts d'un papier peint à fleurs jaune pâle et il y avait des rideaux en dentelle aux fenêtres. Le lit était à la fois imposant et élégant.

— Si je peux faire quoi que ce soit pour votre confort, dites-le-moi. Voulez-vous qu'un proche vous rejoigne ? Vous n'aurez aucun supplément à payer. La porte ferme à clé, il y a un téléphone ici. La salle de bains se trouve derrière cette porte. J'y ai mis ce dont vous pourriez avoir besoin, mais s'il manque quelque chose, dites-le. Imaginez que vous êtes dans une auberge.

— Je ne vous paie pas pour séjourner à l'auberge, lui rappela Dahlia.

Mary lui sourit avec gentillesse.

— Vous nous payez pour un service et ça en fait partie en cas de besoin. Installez-vous. Détendez-vous. Je viendrai vous chercher quand le dîner sera prêt.

Mary s'en alla sans lui laisser le temps de répondre, la laissant seule dans cette chambre... absolument parfaite.

Elle s'approcha de la fenêtre et écarta le rideau. Tout était beau dans ce ranch. Les pâturages, les montagnes au loin, les bâtiments et les clôtures, qui étaient à la fois anciens et bien entretenus.

Rose adorerait cet endroit, parce qu'il était le fruit d'efforts prolongés sur des générations. Elle s'ouvrirait à ces gens et leur poserait des milliers de questions.

Mais Dahlia n'était pas sa sœur et cette situation lui semblait anormale. Même si Mary était gentille et Grant visiblement efficace, elle n'était pas à sa place sous leur toit.

Néanmoins, elle était prête à croire que quelqu'un l'avait observée. Elle avait cru le sentir, par moments, et avait mis cette impression sur le compte de la fatigue. Et Grant l'avait protégée et avait écouté ses hypothèses, bien qu'il les ait accueillies avec scepticisme.

Elle trouvait qu'il y avait une certaine noblesse dans ce que faisaient les Hudson. Elle ne les avait pas choisis seulement parce qu'ils habitaient près de Vérité. L'histoire de la disparition de leurs parents, qu'elle avait lue sur leur site, l'avait émue.

Dahlia avait envie de croire que cela les poussait à s'impliquer davantage dans leurs enquêtes, mais tout ce qui s'était passé depuis le matin lui semblait décidément trop beau pour être vrai. Et son père l'avait avertie à ce sujet.

Elle soupira et alla s'asseoir au bord du lit pour essayer de reprendre le contrôle de ses émotions.

Quand on frappa à la porte, elle eut l'impression qu'il ne s'était écoulé que quelques secondes alors qu'elle s'était clairement endormie. Elle se redressa, encore mal réveillée, s'aperçut que le soleil s'approchait de l'horizon et alla ouvrir.

— Avez-vous faim ? lui demanda Mary.

Sans lui laisser le temps de répondre, Mary l'entraîna hors de sa chambre, dans l'escalier, puis à travers le salon où Dahlia avait rencontré Grant jusqu'à une partie de la maison qu'elle ne connaissait pas encore.

Dahlia entendit un brouhaha de conversations avant d'entrer dans une vaste salle à manger où se trouvait *beaucoup* de monde. Il y avait Grant, trois hommes qui lui ressemblaient à s'y méprendre, une jeune femme qui se disputait avec l'un d'eux et une fillette de dix ou onze ans qui donnait des morceaux de ce qu'elle mangeait aux trois chiens assis sous la table.

La table était chargée de plats, comme pour Noël ou une grande célébration familiale, mais Dahlia déduisit du comportement des convives que c'était un repas ordinaire pour eux.

Mary tira une chaise pour elle avant de dire :

— Dahlia, je vous présente tout le monde. Vous connaissez déjà Grant. Voici nos frères Jack, Cash et Palmer. Ma sœur Anna. La fille de Cash, Izzy. N'essayez pas de retenir les noms des chiens. Ils sont nombreux et ils se ressemblent beaucoup. Asseyez-vous et servez-vous, je vous en prie.

Dahlia n'était déjà pas sûre d'avoir retenu les prénoms des humains et tout ceci lui semblait vraiment anormal. Elle resta debout et s'éclaircit la voix.

— Je vous remercie sincèrement, mais je ne devrais pas perturber votre dîner en famille. Je ne vous paie pas pour le gîte et le couvert. Je...

— Nous faisons payer notre travail, ce qui est honnête, la coupa Jack. Nous ne faisons pas payer l'hospitalité. Asseyez-vous et mangez. Vous en avez bien besoin.

Dahlia ne trouva rien à répondre à cet homme qui ressemblait encore plus à un cow-boy que Grant – au point d'avoir une étoile épinglée sur sa chemise.

Elle baissa la tête et s'assit.

Grant, qui se trouvait à côté d'elle, prit son assiette pour la servir et chuchota :

— Je vous conseille d'obéir. Jack a toujours le dernier mot.

5

Grant avait mal dormi. Il avait examiné le dossier de Dahlia Easton encore et encore, avait ruminé ses propres constatations et ne se sentait pas plus près de tenir une piste qu'au moment où l'intrus lui avait échappé au chalet.

Il était convaincu qu'Eugene Green et Vérité n'avaient rien à voir avec la disparition de la sœur de Dahlia, mais il ne pouvait pas le prouver et cela le contrariait profondément.

Il se leva quand même à l'aube, comme ses frères, pour s'occuper des tâches du ranch. Même s'ils avaient des employés, ils faisaient eux-mêmes un certain nombre de choses, comme tous les Hudson depuis leur arrivée à Sunrise un siècle plus tôt.

Il rejoignit ses frères dans l'écurie, comme tous les matins depuis leur enfance, mais il n'y trouva que Palmer et Cash.

— Où est Jack ? demanda-t-il.

— Il est parti tôt, répondit Palmer en baissant son chapeau pour protéger ses yeux du soleil levant.

Il semblait avoir peu dormi. Il devait avoir bu la veille... Mais comme il était visiblement de mauvaise humeur, Grant ne fit aucune réflexion.

— Il a dit qu'il allait prendre des photos de ces empreintes, faire un rapport et charger l'un de ses adjoints d'enquêter dans le quartier, précisa Cash.

— Tant mieux, répondit Grant en enviant son frère.

Lui, au moins, pouvait faire quelque chose de concret au lieu de relire vainement un dossier.

— C'est un canon, dit Palmer.

Grant aurait pu faire semblant de ne pas comprendre de qui son frère parlait, mais à quoi bon ?

— C'est une cliente, répliqua-t-il sèchement.

Qui était belle comme le jour et qui se trompait du tout au tout.

— Cash, tu as jeté un coup d'œil au dossier ? demanda-t-il.

Cash acquiesça tandis qu'ils se mettaient en selle. Ils n'avaient pas à discuter de ce qu'ils feraient. Jack tenait un agenda très détaillé et chacun savait toujours quel serait son rôle dans la journée.

— Que penses-tu de son idée qu'il y aurait un lien avec Eugene Green ?

Cash prit son temps pour répondre. Il finit par dire :

— La photo qu'elle a dégotée est de très mauvaise qualité, mais on ne peut pas nier que cet homme ressemble à Eugene Green.

— Ce type était fou à lier, intervint Palmer. Il a très bien pu avoir des enfants dans tout le pays.

— Qui ne savent peut-être rien sur lui, lui fit remarquer Cash.

— Ça peut aussi être une coïncidence, grommela Grant.

— Ça peut, lui accorda Cash. Mais ce n'est pas le seul lien avec Eugene Green. Il y a le test ADN et les recherches généalogiques de la sœur disparue.

— Ces trucs sont fiables ? demanda Palmer.

— Rien n'est parfaitement fiable, mais on doit prendre en compte les éléments qu'on a, répondit Cash avant de se tourner vers Grant. Même si je comprends que cette piste te perturbe, on ne peut pas ignorer les faits.

— Je peux me charger de cette affaire, si tu veux, proposa Palmer. Je prendrai la rousse *très* au sérieux.

Grant ne comprit pas pourquoi cette remarque le fit grincer des dents. Son frère faisait des remarques déplacées en permanence et semblait s'être donné pour mission de sortir avec toutes les femmes de la région. Étrangement, il ne s'en était pas encore mis une seule à dos.

— Emmène-la voir Mme Riley ce matin, suggéra Cash. Elle en sait plus sur la famille des Green que tous les sites généalogiques réunis. Je sais que tu n'as pas *envie* que cette affaire soit liée à Vérité, mais une piste peut mener à une autre.

C'était une bonne idée et un rappel à l'ordre mérité.

— C'est peut-être *toi* qui devrais reprendre cette affaire.

Cash haussa un sourcil, puis secoua la tête.

— Il faut que j'emmène Izzy à l'école. Après ça, j'entraînerai les chiens. Appelle si tu as besoin de quelque chose.

Sur ces mots, il donna un coup de talons à son cheval et s'éloigna.

— Ce que tu peux être con, parfois, dit Palmer.

— Il pourrait se charger de quelques affaires, répliqua Grant. Tu trouves ça normal qu'il ne sorte jamais du ranch parce qu'il a une fille ?

— C'est son choix.

Bien sûr. Les deux plus jeunes se serraient toujours les coudes et Jack n'était pas là pour le soutenir.

Palmer et lui travaillèrent ensemble jusqu'à l'heure du petit déjeuner en n'échangeant que quelques mots. La suggestion de Cash était bonne. Il emmènerait Dahlia à la bibliothèque. Il passerait peut-être aussi au bureau du shérif pour voir où Jack en était.

Ils ne trouveraient aucun lien avec Eugene Green, c'était certain. Mais Dahlia Easton avait beau paraître fragile, c'était visiblement une femme têtue et elle tenait à cette théorie.

Alors, il fallait qu'il lui prouve que cette piste ne mènerait à rien. Et Cash avait raison : ce faisant, il trouverait peut-être une piste plus solide.

Il repensa à l'attitude de Dahlia pendant le dîner de la veille. Elle avait été très mal à l'aise. Ce n'était pas surprenant. On pouvait se sentir dépassé quand on était confronté au clan des Hudson – même si on en faisait partie. Il avait compris que c'était encore plus dur pour Dahlia parce qu'ils constituaient une famille unie et qu'une partie de la sienne manquait.

Sauf qu'il manquait aussi une partie de la leur depuis la disparition de leurs parents. Aurait-il dû en parler à Dahlia ? Cela l'aurait-il un peu réconfortée ?

Il s'était contenté de la servir, de la surveiller du coin de l'œil pour s'assurer qu'elle mangeait, et il avait laissé Mary gérer le reste.

Il était l'enquêteur. Sa tâche consistait à trouver des réponses, même si rien ne garantissait qu'il y parviendrait.

Il regagna l'écurie et brossa son cheval avant d'aller prendre le petit déjeuner. En s'approchant de la maison, il découvrit Dahlia sur le perron.

Il fut tenté de changer de direction. Comme cette réaction était parfaitement absurde, il se força à rejoindre Dahlia.

Elle était assise dans le fauteuil à bascule où leur grand-mère aimait tricoter pendant l'été, autrefois. Dahlia tenait une tasse de café entre ses mains. La brise faisait danser ses cheveux roux et elle le regardait approcher avec un air méfiant.

Elle lui parut parfaitement à sa place, sur ce perron, en train de l'attendre. Cette pensée, sans doute la plus incongrue qu'il ait jamais eue, l'abasourdit.

Quand ils se retrouvèrent face à face, ils se regardèrent en silence pendant un long moment, ce qui n'avait aucun sens.

Elle finit par lui dire :

— Je m'attendais à un « bien le bonjour » ou quelque chose comme ça.

Il pouffa.

— On n'est pas si démodés. La bibliothèque de Sunrise a pas mal de choses sur Vérité et le club de généalogie local y a un bureau. Voulez-vous m'y accompagner après le petit déjeuner ? On pourrait aussi passer au bureau du shérif, pour voir si Jack a du nouveau sur le type qui vous espionnait.

Elle ne répondit rien. Elle continua à le regarder avec méfiance, ce qui l'agaça plus que cela n'aurait dû sans qu'il comprenne pourquoi.

— Ça doit être difficile pour vous de vous fier à des inconnus, même si vous les payez, et ça ne me dérange pas, dit-il en préférant mentir. Mais ça nous faciliterait les choses que vous nous laissiez une chance.

— Je suis ici, non ?

— C'est vrai – aussi vrai que vous êtes sur vos gardes.

Cette fois, il ne parvint pas à cacher sa frustration, qui semblait devoir être son émotion dominante en présence de Dahlia.

Il la regarda un long moment et, curieusement, la

contemplation de son beau visage encadré par ses longs cheveux roux l'apaisa comme une caresse.

Soit. La frustration ne sera peut-être pas l'émotion dominante.

Elle finit par hocher la tête.

— Vous voulez dire que vous n'êtes pas mon ennemi et que vous traiter comme si vous l'étiez n'arrange pas mes affaires.

— On peut dire ça comme ça, lui accorda-t-il.

— Je cherche de l'aide depuis un an, quelqu'un qui me prendrait au sérieux… Même mes parents ne le font pas.

Quand il la sentit sur le point de fondre en larmes, une envie de fuir le gagna. Heureusement, elle se redressa presque aussitôt et cligna des yeux pour refouler ses larmes.

— Je me suis battue contre tout le monde, même contre ceux qui prétendaient vouloir m'aider, reprit-elle. Ils ont tous fini par baisser les bras. Au bout d'un moment, on ne compte plus que sur soi-même.

Ces paroles le prirent de court parce qu'il voyait très bien ce qu'elle voulait dire. C'était en partie le sentiment de ne pouvoir compter sur personne qui les avait incités, ses frères et sœurs et lui, à fonder HI. L'expérience leur avait enseigné qu'il fallait se débrouiller seul dans les situations les plus difficiles.

Mais il avait pu compter sur ses frères et sœurs et s'appuyer sur ses racines. Dahlia ne semblait pas avoir grand-chose de ce genre.

— J'espère que vous finirez par avoir le sentiment que vous pouvez compter sur nous, répondit-il. Mais même si vous n'en arrivez jamais là, nous résoudrons votre affaire. Je vous le promets.

Elle baissa les yeux, soit parce qu'elle ne le croyait pas, soit parce qu'elle se sentait simplement dépassée.

— Quand irons-nous à la bibliothèque ? demanda-t-elle en fixant sa tasse.

Dahlia n'avait pas voulu prendre de petit déjeuner. Elle n'avait jamais aussi bien dormi depuis son départ du Minnesota que la nuit précédente, mais elle avait toujours la nausée – même si le dîner de la veille avait été délicieux.

Néanmoins, comme la veille, Grant avait réussi à la convaincre. Elle avait mangé des œufs brouillés et des toasts. Même si elle n'avait pas l'intention de l'admettre, cela l'aidait à se sentir plus robuste, mieux à même de survivre dans cet étrange nouveau monde.

Elle pouvait au moins admettre dans l'intimité de son propre esprit qu'elle n'avait pas pris soin d'elle – et qu'elle devait peut-être le faire pour tenir le coup jusqu'à la fin de l'enquête.

Après le petit déjeuner, elle monta dans la grosse camionnette intimidante de Grant, sans le chien pour lui tenir compagnie. Comme elle n'avait que son dossier qui contenait les copies des recherches de Rose, elle s'y agrippa comme à une bouée de sauvetage.

— Croyez-vous qu'on trouvera quelque chose que Rose n'avait pas déjà trouvé dans votre bibliothèque ? demanda-t-elle.

— C'est possible. On ne trouve pas tout sur Internet, surtout en ce qui concerne une petite ville comme Sunrise. Et Rose n'avait pas fait de lien avec le Wyoming avant d'arriver au Texas, n'est-ce pas ?

— Pas à ma connaissance.

— Elle n'a donc pas consulté nos archives, ce qui veut dire qu'on pourrait y trouver des indices.

Elle savait qu'il ne croyait pas que la disparition de Rose

soit liée à Vérité et à Eugene Green, et elle se répétait que ce n'était pas grave. Elle ne s'était pas souciée de ce que les gens pensaient jusqu'ici. Pourquoi commencerait-elle ?

Pourtant, elle mourait d'envie d'insister jusqu'à réussir à le convaincre. Heureusement, elle avait appris à se taire. Ses parents lui avaient peut-être enseigné quelque chose d'utile, finalement.

Grant n'essaya pas de meubler le silence.

Ils traversèrent des paysages magnifiques jusqu'à une petite ville qu'elle trouva charmante. Dahlia avait toujours voulu visiter l'Ouest, aller à Yellowstone, peut-être même au Colorado, mais ses études, puis son travail, l'en avaient empêchée. Quand elle avait enfin pu prendre des vacances, elle était toujours partie avec Rose, qui préférait les grandes villes et les musées de la côte Est.

Dahlia découvrait que les grands espaces du Wyoming lui plaisaient. Sunrise était une ville de carte postale et les montagnes qu'on voyait au loin étaient aussi sublimes qu'intimidantes.

Grant se gara devant un bâtiment qui ne payait pas de mine et qui semblait ancien. Mais, lorsqu'elle s'en approcha, Dahlia remarqua des détails charmants : de petites corniches en forme de livres et des livres gravés sur l'encadrement de la porte. Cette bibliothèque était petite, mais elle était aussi accueillante – bien plus que celle dans laquelle elle travaillait, qui était située dans un grand bâtiment d'aspect industriel.

La femme qui tenait l'accueil leva les yeux et fit un grand sourire en voyant Grant.

— Bonjour, Freya, lui dit-il d'un air absent, comme s'il ne s'était pas aperçu que son arrivée enchantait la jeune femme.

— Bonjour, Grant, répondit Freya.

Quand elle tourna la tête vers Dahlia, son sourire ne faiblit presque pas.

— Vous êtes là pour une affaire ? demanda-t-elle.

— Je te présente Mlle Easton.

— Bonjour, mademoiselle, dit aimablement Freya.

Dahlia sentit bien que la jeune femme s'interrogeait sur la nature de sa relation avec Grant, mais elle ne perçut aucune animosité.

— Est-ce que Mme Riley est là ? demanda Grant.

— Comme toujours.

Elle essaya d'échanger un regard complice avec Grant, mais celui-ci observait déjà les profondeurs de la bibliothèque, sans doute pour essayer de repérer Mme Riley.

— Merci, dit-il sans accorder une seconde d'attention de plus à la pauvre Freya.

Alors qu'il entrait dans la salle de lecture, la compassion empêcha Dahlia de lui emboîter le pas.

— J'adore cet endroit, dit-elle à Freya. Il est très chaleureux. Je suis bibliothécaire dans le Minnesota et tout est tellement… bureaucratique, là-bas. À chaque fois que je fais une suggestion de décoration, trois personnes doivent la valider et il y en a toujours une qui refuse.

— La bibliothèque dans laquelle vous travaillez doit être un peu plus grande que celle-ci, non ?

— Oui, mais pas aussi plaisante.

Freya se remit à sourire et regarda son environnement comme si elle le découvrait.

— Merci. C'est un lieu chaleureux, n'est-ce pas ?

— Je l'adore.

Dahlia rendit son sourire à Freya et rejoignit Grant, qui l'attendait près d'une porte et avait l'air de s'impatienter.

Il frappa.

Dahlia savait qu'elle aurait sans doute mieux fait de se taire, mais Grant semblait ne rien comprendre à ce qui se passait autour de lui.

— Vous lui plaisez beaucoup, dit-elle.

Il fronça les sourcils et répondit :

— Elle est sortie avec mon frère.

C'était sans doute à prendre en considération…

— Eh bien, quoi qu'elle ait fait auparavant, c'est vous qui l'intéressez, maintenant, répliqua-t-elle.

Alors que Grant haussait les épaules, une femme d'un certain âge ouvrit la porte.

— Bonjour, madame Riley, dit Grant. Je vous présente Mlle Easton. Dahlia, voici Mme Riley. Elle dirige le club d'histoire et le club de généalogie. Elle sait tout ce qu'il y a à savoir sur l'histoire de Sunrise.

Dahlia trouva que Mme Riley la regardait bizarrement. Était-ce la méfiance des habitants des petites villes envers les étrangers dont on lui avait parlé ?

— Entrez, dit Mme Riley.

La pièce était prodigieusement encombrée. Il y avait des étagères chargées de dossiers et de cartons le long de deux des murs, une table qui disparaissait sous les livres et les dossiers et deux chaises, sur lesquelles étaient posées d'autres piles.

— Alors, que voulez-vous savoir ? lança Mme Riley.

— Avant qu'on vous montre quoi que ce soit, j'aimerais vous demander de garder ça pour vous, dit Grant.

— Tu peux toujours demander, répondit Mme Riley avec un sourire en coin, ce qui prouva à Dahlia qu'elle avait le sens de l'humour.

Grant soupira.

— La sœur de Mlle Easton a disparu il y a un peu plus d'un an alors qu'elle faisait des recherches sur ses ancêtres. Mlle Easton a découvert certains… liens avec Sunrise et…

— Pas avec Sunrise, le coupa Dahlia. Avec Vérité. Avec les Green.

Grant grimaça comme si elle venait de le frapper et le regard de Mme Riley se mit à étinceler de fureur. Dahlia n'y accorda aucune importance. Elle ouvrit son dossier et tendit la page qui l'avait amenée dans le Wyoming à Mme Riley.

Celle-ci la parcourut, puis demanda sèchement à Dahlia :

— Comment avez-vous découvert ça ?

— Une minute ! intervint Grant. Vous saviez qu'il existait une branche des Green au Texas ?

— Évidemment. Je me suis juré de connaître cette famille sur le bout des doigts pour qu'elle ne puisse plus jamais faire de mal à la mienne.

Le regard qu'elle posa sur Dahlia était *glaçant*.

— Vous en faites partie, j'imagine ? ajouta-t-elle.

— Je ne suis qu'une parente très éloignée, se défendit Dahlia.

Cela n'apaisa pas Mme Riley.

— Ça ne fait aucune différence pour les Green, répliqua-t-elle. La secte considérait les liens du sang comme sacrés. Ils connaissent forcément leur arbre généalogique par cœur. Ils sont forcément au courant de *votre* existence. Alors, comment avez-vous découvert ça ?

— Ce n'est pas moi qui l'ai découvert. Ma sœur a fait un test ADN et des recherches.

Avant de disparaître.

— Eugene Green est mort, madame Riley, nous le savons

tous, dit Grant avec l'air de croire que cette femme l'accepterait s'il était assez catégorique.

— Peut-être, peut-être pas, riposta Mme Riley. Il y a des rumeurs et certaines parlent du Texas.

— Pas de théorie du complot, par pitié, murmura Grant, ce qui parut échapper à Mme Riley.

— Je ne veux pas de Green dans mon bureau, déclara-t-elle.

— Allons, vous…

Grant laissa sa phrase en suspens quand Mme Riley croisa les bras.

Ce n'était pas vraiment une impasse, songea Dahlia en quittant le bureau de Mme Riley sur les talons de Grant. Si celle-ci connaissait des théories du complot à propos d'un Eugene Green bien vivant au Texas, elle n'était peut-être pas la seule.

Quand ils passèrent devant l'accueil, Dahlia salua Freya tandis que Grant lui faisait un signe de tête négligent.

— Je suis désolé, dit Grant. Ça m'a pris par surprise alors que j'aurais dû m'y attendre.

— Ce n'est pas grave.

— À mes yeux, si. Il n'est pas juste de tenir les gens pour responsables de ce qu'un parent éloigné a pu faire.

Il était étrangement remonté, comme… s'il avait subi la même chose.

— Il n'est pas juste que ma sœur ait disparu, répondit-elle avec douceur. Mais le monde n'est pas souvent juste.

Le grognement de Grant prouva que cette réponse ne lui plaisait pas. Croyait-il qu'il pouvait redresser tous les torts par la seule force de sa volonté ?

— Le bureau du shérif est au bout de la rue, dit-il. On y va à pied ?

Dahlia eut l'impression qu'il avait besoin de marcher pour se défouler et accepta sans hésiter.

Elle baissa les yeux vers son dossier, puis regarda l'homme exaspéré qui marchait à côté d'elle et lui dit :

— Il ne s'agit pas de moi. La colère de Mme Riley. Il s'agit de… sa vie. Je ne sais pas ce que les Green lui ont fait, mais je n'ai pas besoin de le savoir pour la comprendre.

— C'est très généreux de votre part, ironisa Grant avant de s'adoucir un peu. Je sais que vous espérez que ce soit une piste, mais ce ne sont que des histoires farfelues. Et Mme Riley va parler de notre visite à tout le monde, alors attendez-vous à entendre d'autres histoires farfelues. Je crois qu'il y en a même une avec des extraterrestres. Vous devez comprendre que ce ne sont pas des pistes. Si elles avaient contenu la moindre once de vérité, les autorités l'auraient découvert il y a longtemps. Ne vous faites pas de faux espoirs. Je suis passé par là et ça ne fait que prolonger la douleur, croyez-moi.

Elle eut envie de se rebiffer, mais elle avait lu l'histoire de ses parents sur le site de l'agence. Ce n'étaient pas des paroles en l'air. Il savait par quoi l'on passait quand on n'avait pas de réponses.

Il n'avait jamais obtenu celles qu'il voulait.

— Comment faites-vous pour que ça ne vous ronge pas ? demanda-t-elle timidement.

Elle savait qu'elle n'aurait pas dû. C'était impoli et elle était sûre que la réponse lui déplairait.

— Ça ne cesse jamais de nous ronger. Il faut juste faire autre chose en même temps.

C'était affreux et déprimant.

— Pour toujours ?

— Si c'est pour toujours.

Quand elle rencontra son regard, elle perçut toute sa détermination et le chagrin que celle-ci camouflait. C'était sans doute ce qui le poussait à agir – ce qui les motivait tous. Elle ne cherchait sa sœur que depuis un an. Leurs parents avaient disparu depuis plus d'une décennie.

— Alors, vous espérez toujours, pour vos parents ?

Il *fallait* qu'elle pose cette question. Parce que l'espoir semblait être la source de la douleur, mais elle savait que c'était aussi ce qui lui permettait de continuer.

— Je préférerais que ce ne soit pas le cas, répondit-il en détournant les yeux.

— Ce n'est pas un non, lui fit-elle remarquer.

Il s'arrêta et parut hésiter, ce qui ne collait pas avec l'image qu'elle s'était faite de lui. Mais, au lieu de répondre, il finit par lui montrer la porte du bâtiment devant lequel ils se trouvaient.

— Venez. Allons parler à mon frère.

6

Jack avait trouvé les empreintes et chargé l'un de ses adjoints de faire une enquête de voisinage qui n'avait rien donné jusqu'ici. Malheureusement, ils semblaient avoir peu de chances de découvrir qui avait espionné Dahlia, à moins de le prendre en flagrant délit ultérieurement.

Grant n'aimait pas cela. Ni que Dahlia soit en danger ni que la femme qui allait inciter tout le monde à parler de Vérité soit sous leur toit.

Dahlia avait répondu aussi précisément que possible aux questions de Jack et lui avait demandé quelles précautions elle devait prendre.

Elle semblait plus en forme que la veille, ce qui procurait à Grant une satisfaction qu'il avait du mal à comprendre. Bien sûr, il y était pour quelque chose, puisqu'il l'avait forcée à manger, mais ce n'était pas une raison pour se sentir aussi fier de lui.

Après leur entrevue avec Jack, ils repartirent en direction du ranch. Ils roulèrent sans échanger un mot. Il devait accorder à Dahlia qu'elle semblait apprécier le silence autant que lui. Ils devaient être tous les deux perdus dans leurs pensées, leurs inquiétudes, leurs espoirs…

Cette idée lui fit froncer les sourcils. *L'espoir* n'était pas vraiment son truc. Il se concentrait sur la réalité, les faits, les probabilités.

Selon toute probabilité, ses parents étaient morts depuis longtemps. S'ils ne l'étaient pas, la vérité ne valait guère mieux. Mais son cerveau avait beau lui répéter cela depuis son adolescence, son cœur voulait toujours qu'il en soit autrement.

Ce qui était stupide.

Il se gara devant la maison en se demandant ce qu'il devait faire de Dahlia. En général, quand il était chargé d'une affaire, il ne servait pas de baby-sitter au client.

Le mieux était peut-être de la confier à Mary pendant qu'il réfléchissait à un moyen de freiner les rumeurs.

Quand Dahlia sortit de la voiture, Willie accourut en jappant comme s'il retrouvait un ami perdu de vue depuis longtemps.

Dahlia s'agenouilla et accepta les coups de langue enthousiastes du chien.

— Mon héros ! lui dit-elle.

En la voyant si joyeuse, Grant éprouva un désir qui le mit profondément mal à l'aise. Pendant quelques instants, il regretta que les circonstances ne soient pas différentes et qu'il ne puisse pas lui offrir ce genre de joie pour toujours.

Mais il n'était même pas sûr de pouvoir lui offrir les réponses qu'elle voulait. Certaines affaires n'étaient jamais résolues.

« Ce n'est pas un non », lui avait-elle dit.

Il *savait* que ses parents étaient morts. Il le savait.

Palmer apparut sur le perron.

— Tu es rentré. Super. J'ai un truc à te montrer, dit-il avant de se tourner vers Dahlia. Vous pouvez venir aussi avec Willie, mademoiselle Easton.

Dahlia perdit son sourire.

— J'imagine que ça me concerne, alors.

Palmer haussa les épaules et les invita à le suivre derrière la maison, du côté d'où Willie avait accouru, en direction de la clôture qui entourait le jardin et qui était plus décorative qu'autre chose.

Willie trotta à côté de Dahlia. Comme elle semblait plus détendue quand il était auprès d'elle, Grant décida de demander à Cash de laisser Willie rester dans la maison ces prochains temps.

— Êtes-vous le frère qui est sorti avec la bibliothécaire ? demanda Dahlia.

Palmer jeta un regard interrogateur à Grant avant de répondre :

— Freya ? Oui, on a passé quelques soirées ensemble il y a quelques années.

Dahlia lui jeta un regard réprobateur. Le mot « soirées » semblait lui avoir déplu, mais elle ne connaissait pas Palmer. « Quelques soirées » : c'était ce qu'il pouvait faire de mieux en matière de relations.

— Alors, Grant n'a pas besoin de s'en soucier, répondit Dahlia.

— Grant ? répéta Palmer avant d'éclater de rire. Elle a toujours eu un faible pour Grant. Ça remonte à bien avant l'époque où on est sortis ensemble. Mais Grant ne fréquente pas les femmes du coin – ni aucune autre, à ma connaissance. Tout le monde le sait, y compris Freya.

— Je suis ravi qu'on puisse parler de la vie privée de tout le monde aussi ouvertement, mais je préférerais qu'on se concentre sur l'affaire, ironisa Grant.

Il s'interdit de fourrer les mains dans ses poches ou de

rentrer la tête dans ses épaules. Il comptait rester parfaitement impassible.

Palmer se pencha vers Dahlia et chuchota :

— Il n'y a pas moyen de le dérider.

Grant fut contrarié par la colère qui le gagnait alors que Palmer était simplement fidèle à lui-même. Il essayait de le faire sortir de ses gonds, comme toujours, et il avait déjà fait mieux.

Dahlia esquissa un sourire, mais elle n'entra pas dans le jeu de Palmer, contrairement à ce que celui-ci devait espérer – et cela surprit un peu Grant.

— Parce qu'il fait des choses sérieuses, répondit-elle.

Palmer leva les yeux au ciel avant de s'arrêter près de la clôture.

— On a trouvé des empreintes, dit-il. Elles n'ont été laissées par aucun d'entre nous et ça m'étonnerait que ce soient celles d'un employé, même si ce n'est pas complètement impossible.

Grant réprima un juron. Il s'était un peu détendu quand ils avaient retrouvé Willie, mais c'était bien fini.

— Je ne comprends pas, balbutia Dahlia en regardant les empreintes dans la boue.

— Tu as appelé Jack ? demanda Grant.

Palmer hocha la tête.

— Je lui ai envoyé des photos. Ses adjoints sont tous occupés pour le moment, mais il nous en enverra un dès que possible. Je n'en ai pas encore parlé à Cash. Il va paniquer.

— Pourquoi ? demanda Dahlia.

— Cash... s'inquiète facilement, répondit Grant d'une manière qu'il espérait diplomatique. Izzy aime vadrouiller.

— Sa fille..., murmura Dahlia. Ne vaudrait-il pas mieux

que je m'en aille ? Je ne veux pas vous attirer d'ennuis. Ce n'est pas...

— On peut gérer ça, lui assura Grant. Le shérif vit ici avec des enquêteurs professionnels. Palmer peut vous certifier que notre système de sécurité est excellent.

— Je fais tout pour, confirma Palmer. Et ce garçon est un héros de l'armée.

Dahlia se tourna vers Grant, les yeux écarquillés, et répéta :

— Un héros de l'armée ?

Grant essaya de rester impassible. Il détestait cette expression. Il n'avait rien fait de particulier – à part survivre, contrairement à beaucoup d'autres.

— J'ai été un marine. Ça ne fait pas de moi un héros.

— Ce n'est pas ce qui était écrit dans le journal quand il est rentré, intervint Palmer.

— Est-ce qu'on peut se concentrer sur le problème du moment ? aboya Grant. Dahlia, j'aimerais que vous rentriez dans la maison. Je vais inspecter les environs.

Elle fronça les sourcils.

— J'aimerais vous accompagner. J'ai l'impression de... J'aimerais juste savoir de quoi je dois me méfier. Est-ce que vous comprenez ?

Grant échangea un regard avec Palmer. Il n'avait pas envie que Dahlia le suive, mais il pouvait difficilement rabrouer quelqu'un qui voulait apprendre à se protéger.

— Je vais prévenir Cash avant qu'il l'apprenne par quelqu'un d'autre, dit Palmer. Envoie-moi un texto si tu as besoin de quelque chose. Jack appellera Mary quand il pourra nous envoyer un adjoint. Ça ne peut pas faire de mal de jeter un premier coup d'œil avant son arrivée.

— Très bien, répondit Grant. Dis à Cash qu'on garde Willie pour le moment.

— Promis.

Palmer s'éloigna, laissant Grant se demander comment il allait gérer une femme et un chien alors qu'il aurait préféré être seul.

— Je ne comprends vraiment pas pourquoi quelqu'un m'épierait, dit Dahlia.

— Moi non plus. C'est pour ça qu'on va tirer ça au clair. Commençons par voir jusqu'où on peut suivre ces empreintes.

Il se tourna vers la maison. On ne pouvait pas voir clairement l'intérieur d'ici, mais l'intrus pouvait avoir cherché un meilleur poste d'observation.

Marchez bien derrière moi, pour qu'on n'ajoute pas trop d'empreintes, dit-il. La police aura besoin de savoir ce qu'elle cherche.

Dahlia hocha gravement la tête.

— Et Willie ?

— Willie sait obéir aux ordres.

— Ah.

Grant examina les empreintes, puis sauta par-dessus la clôture à plusieurs mètres de là pour ne pas ajouter les siennes. Willie se glissa sous le barreau inférieur, mais Dahlia hésita.

Comme elle portait un jean et des tennis et que la clôture n'était pas très haute, Grant ne comprit pas ce qui la retenait.

— Avez-vous besoin d'aide ?

— Non.

Sauf qu'elle escalada maladroitement la clôture. Alors qu'il s'approchait pour la rattraper, au cas où, elle réussit à passer de l'autre côté sans tomber.

Elle lui offrit un sourire penaud.

— Je ne suis pas très athlétique, avoua-t-elle. Mais je peux obéir aux ordres.

Il songea à l'escapade de Dahlia à Vérité la veille. Bien sûr, il ne lui avait pas *interdit* d'y aller. Cela l'incitait juste à douter de sa docilité.

Mais il hocha la tête par politesse et l'incita à le suivre, parce qu'elle méritait de savoir de quoi elle devait se méfier si elle était une cible.

Dahlia suivit Grant prudemment. Ses tennis n'étaient pas des chaussures idéales pour marcher dans la boue. Par contre, la boue était un support idéal pour conserver des empreintes.

Grant lui montra différentes marques. Il y avait aussi des traces d'animaux. Grant lui expliqua à quel animal appartenait chacune d'elles comme si c'étaient des informations importantes.

Elles devaient l'être pour lui. Elle l'écouta attentivement et retint tout ce qu'elle put, mais la nature n'était pas son élément. Elle préférait les livres et avoir les moyens de contrôler la température de la pièce.

Ils marchèrent un long moment. De temps à autre, Grant s'arrêtait, s'accroupissait et examinait une nouvelle empreinte. Quand il pensait qu'elle avait été laissée par un humain, il la prenait en photo.

Willie ne s'éloigna jamais d'elle, mais il lui arrivait de s'arrêter pour renifler quelque chose.

Dahlia avait toujours voulu un chien. Malheureusement, son père et Rose étaient allergiques et, quand elle avait quitté le domicile parental, elle avait loué un appartement dans un immeuble où les animaux étaient interdits. Il fallait qu'elle y songe sérieusement pour l'avenir, même si elle n'était plus vraiment capable de se représenter l'avenir.

Elle ne pensait plus qu'à trouver Rose ou découvrir ce qui lui était arrivé. Tout le reste était... sans importance.

Grant ne lui parlait pas, hormis pour lui signaler une empreinte. En général, le silence ne la dérangeait pas, mais sa brève conversation avec Palmer lui avait donné un aperçu de l'homme qu'était Grant. Même si cela ne la regardait pas, évidemment, elle vivait chez les Hudson pour le moment et ils l'aidaient.

Alors, pourquoi ne pas s'intéresser à eux ?

Elle se lança :

— Si je comprends bien, Jack est le shérif, Cash s'occupe des chiens, Palmer est le spécialiste de la sécurité et Mary s'occupe des tâches administratives. Quelle est votre spécialité et celle de votre autre sœur ?

— Anna est détective privée à son compte en parallèle. Elle aime avoir les coudées franches.

Il n'avait répondu qu'à une moitié de la question.

Quand elle glissa sur une flaque de boue, il lui saisit le bras pour l'empêcher de tomber et la lâcha aussitôt.

— Et vous ? insista-t-elle.

Ce n'était pas son genre, mais les réticences de Grant lui donnaient curieusement envie de le faire.

Il haussa les épaules, puis s'accroupit pour examiner une nouvelle empreinte.

— Je bouche les trous.

— Vous êtes polyvalent, donc ?

— J'imagine. Mes frères et sœurs ont ouvert l'agence pendant que j'étais à l'armée et ils ne savaient pas quand je reviendrais. Celle-ci est animale.

Il se releva et se remit en route.

Il parlait de l'armée d'une manière tellement neutre que cela éveillait la curiosité de Dahlia. Il ne semblait pas amer, mais elle avait perçu une certaine tension à chaque fois que sa carrière militaire était évoquée.

Elle trouvait logique qu'il se soit engagé. Il était si… imposant et sûr de lui. Elle n'avait aucun mal à l'imaginer en treillis avec une arme intimidante dans les bras. Si c'était ce que faisaient les marines. Elle n'en avait aucune idée.

Mais Palmer avait dit qu'il était un héros.

— Où avez-vous été…

— Ça n'a aucun intérêt, la coupa-t-il. L'armée, c'est l'armée. Je n'ai rien fait de spécial. Je ne suis pas un héros. Je me suis engagé dans les marines à dix-huit ans. Je suis allé au bout de mon engagement. J'ai été envoyé sur le front à quelques occasions, j'ai obéi aux ordres, j'ai veillé sur mes camarades, puis je suis rentré chez moi. Fin de l'histoire.

Même si elle en mourait d'envie, elle n'insista pas davantage. Elle avait du mal à se représenter la vie sous cette forme, loin de chez soi, dans un monde d'armes et de violence. Du coup, elle trouvait cela… intrigant. Courageux.

Mais elle comprenait aussi pourquoi il ne voulait pas en parler. Alors elle se mordit la langue et continua à le suivre, Willie à ses côtés.

Quand Grant s'accroupit une nouvelle fois, même elle aurait pu dire que c'était l'empreinte d'un humain. Ils se trouvaient tout à fait derrière la maison.

Elle observa la bâtisse et essaya de contrôler sa peur, mais l'une des fenêtres qui étaient visibles de cet endroit était celle de la chambre où elle avait dormi. Depuis la veille, tous ces indices lui semblaient de très mauvais augure.

— Ces empreintes ressemblent beaucoup à celles que j'ai trouvées près du chalet hier, dit Grant en prenant une photo. Il est probable qu'il s'agisse de la même personne.

Dahlia hocha la tête. La même personne. Ainsi, quelqu'un la... traquait, en gros. Et comme sa vie était inintéressante au possible et qu'elle ne s'était jamais fait d'ennemi, il n'y avait qu'une explication logique.

Elle déglutit péniblement avant de dire :

— Si quelqu'un a tué Rose, cette personne n'a sûrement pas envie qu'on enquête sur sa disparition, n'est-ce pas ?

Elle pensait que cette question allait le surprendre, mais il ne fit que conserver son air grave. Il y avait déjà pensé. C'était peut-être ce qui lui semblait le plus probable.

Un frisson la parcourut. Ses parents lui avaient bien dit qu'elle risquait de s'engager dans quelque chose qui la dépassait. Avaient-ils raison ?

— Ce n'est qu'une théorie, dit Grant avec douceur.

Sauf que sa douceur permit à Dahlia de comprendre que c'était la théorie la plus vraisemblable.

— Même si elle est morte, je ne peux pas baisser les bras, répondit-elle. J'ai besoin de découvrir ce qui lui est arrivé.

— Y compris si c'est risqué ?

Dahlia releva la tête et contempla les montagnes au loin. La personne qui l'observait ne lui avait pas fait de mal jusqu'ici.

Jusqu'ici.

— Je n'arriverai pas à me regarder dans le miroir si je rentre sans avoir obtenu de réponse.

Grant ne pouvait peut-être pas la comprendre, mais ce n'était pas grave. L'essentiel était qu'elle se comprenne.

— Je préfère prendre un risque plutôt que d'essayer de vivre en sachant que je n'ai rien fait, ajouta-t-elle.

Ils se regardèrent un long moment en silence. Finalement, Grant acquiesça et répondit :

— Rentrons. Je vais demander à Palmer d'améliorer le système de sécurité et il faut qu'on parle à Jack.

7

Après avoir raccompagné Dahlia jusqu'à sa chambre, Grant se rendit à la réunion habituelle de l'après-midi avec ses frères et sœurs.

Ils décidèrent d'augmenter la sécurité du ranch, ce qui n'était pas une première. La plupart des affaires dont ils s'occupaient ne mettaient personne en danger, mais ils s'étaient déjà retrouvés dans des situations délicates. Cela les avait incités à mettre au point un code de niveaux d'alerte. Aujourd'hui, ils étaient passés de « vert » à « jaune ».

Bien sûr, cela signifiait que Cash ne participerait plus aux réunions de HI, puisqu'il ne laisserait plus Izzy seule chez eux ces prochains temps. Même si Grant trouvait, comme Mary et Anna, que Cash en faisait un peu trop, il comprenait qu'on devait percevoir les choses autrement quand on avait un enfant.

— Ce doit être quelqu'un qui vient d'ailleurs, dit Jack, clairement contrarié de n'avoir toujours aucune piste. Elle a peut-être été suivie.

Grant avait fait le même raisonnement pour essayer de se convaincre qu'il n'y avait aucun rapport avec Sunrise et Vérité, sauf que rien ne le prouvait.

— Quelqu'un est allé à Vérité, dit-il. Avant l'arrivée de

Mlle Easton. La douille que j'ai trouvée n'était pas là depuis très longtemps.

— Des gamins, grommela Jack.

— J'aimerais...

— Écoute, Jack, intervint Anna. Si Grant est prêt à envisager la possibilité qu'il y ait un rapport avec Vérité, je pense qu'on doit prendre cette piste au sérieux.

— Je n'ai pas dit qu'il y avait un rapport, se défendit Grant. Je dis juste que quelqu'un est allé à Vérité et qu'il semblerait que Dahlia n'ait été suivie qu'à partir du moment où elle s'est penchée sur l'histoire de sa famille.

Grant regarda son frère aîné, dont le visage ne trahissait rien de ce qu'il pensait.

Jack s'était occupé d'eux quand leurs parents avaient disparu. En plus de faire tourner le ranch, il les avait nourris, obligés à faire leurs devoirs, et il avait tout fait pour qu'ils deviennent des adultes responsables. Même si Grant avait lui-même seize ans à l'époque, il en était venu à voir Jack comme une figure paternelle.

Du coup, il eut du mal à soutenir le regard réprobateur de son frère, mais il y avait des indices qu'ils ne pouvaient pas ignorer.

— Mes adjoints continueront à enquêter, dit Jack. Et il vaudrait mieux que Mlle Easton reste ici pour le moment.

— Je suis d'accord et je pense qu'elle le sera aussi, répondit Grant. Elle tient à découvrir ce qui est arrivé à sa sœur, quelle que soit la réponse.

Ils se turent tous pendant quelques secondes, parce qu'ils savaient bien que la détermination ne suffisait pas toujours.

— Je peux demander à l'un de mes adjoints de monter la garde ce soir, suggéra Jack.

— Si Palmer et Anna sont d'accord, je pense qu'il vaudrait mieux qu'on organise des tours de garde. On connaît le ranch. Il nous sera plus facile de repérer une activité inhabituelle.

— Le ranch est vaste, lui rappela Jack.

— C'est vrai, mais il y a des caméras un peu partout. Si on surveille ce qu'elles enregistrent, on arrivera peut-être à attraper ce type.

— Il n'a pas déclenché les détecteurs de mouvements, intervint Palmer. Je peux faire tourner les caméras en permanence, mais il faudra augmenter le budget de la sécurité ce mois-ci.

— Vous êtes tous d'accord ? demanda Jack, parce que le ranch était organisé comme une démocratie, même s'il eût sans doute préféré en être le dictateur.

Comme eux tous.

Tout le monde leva la main. Après cela, ils discutèrent de quelques détails administratifs, mais Dahlia était leur seule cliente, pour le moment. Comme elle était menacée, en plus, Grant eut du mal à penser à autre chose.

Après la réunion, chacun alla vaquer à ses occupations. Alors que Grant aurait adoré se lancer à corps perdu dans une activité physique, il s'installa dans le grand fauteuil du bureau de Mary et parcourut le dossier de Dahlia une nouvelle fois.

Eugene Green. Grant détestait les théories du complot. Le gourou était mort et la photo de l'homme qui *ressemblait* à Eugene Green fournie par Dahlia était de très mauvaise qualité.

Mais Dahlia n'avait pas dit qu'elle pensait que c'était lui.

Grant examina une nouvelle fois l'arbre généalogique des Easton. Dahlia appartenait à une branche des Green qui avait vécu au Texas, pas dans le Wyoming. Avant la naissance de Dahlia, son père avait fait ses études dans le Midwest et épousé une femme du Minnesota. Voilà pourquoi Dahlia et sa sœur étaient nées et avaient toujours vécu là-bas.

Il reporta son attention sur la photo. Rose Easton ressemblait un peu à Dahlia, mais leur ressemblance était moins frappante que celle du jeune homme avec Eugene Green.

Sauf que ce n'était que très vaguement une piste et Grant préférait les éléments concrets.

Comment faire pour en trouver un ?

Il dut mettre le dossier de côté quand arriva l'heure du dîner, qui était sacré dans la famille. Il fallait avoir une excellente excuse pour y couper. Lorsqu'il entra dans la salle à manger, Dahlia était déjà attablée. Elle semblait toujours mal à l'aise, mais Willie était couché derrière sa chaise et elle écoutait Anna, qui lui parlait avec animation.

Il s'assit à côté d'elle. Elle lui offrit un petit sourire tandis qu'Anna parlait toujours. Le dîner ressembla beaucoup à celui de la veille, à part que Cash, Izzy et les autres chiens étaient absents. Dahlia ne parla pas beaucoup, mais comment le lui reprocher alors qu'Anna et Palmer dominaient la conversation, comme d'habitude ?

Après le repas, il songea à s'entretenir un moment avec Dahlia pour lui rappeler que la piste d'Eugene Green ne mènerait peut-être à rien et la rassurer en lui parlant des mesures de sécurité qu'ils avaient prises.

Mais comme elle s'était lancée dans une discussion avec Mary, Grant quitta la pièce avec Palmer pour aller dans leur centre de surveillance – une petite pièce, au rez-de-chaussée, qui avait été un perron avant que la maison ne soit agrandie dans les années 1950. Elle contenait tout le matériel de sécurité de Palmer, leurs armes rangées dans des coffres et un ordinateur.

— Toutes les caméras enregistrent vingt-quatre heures sur vingt-quatre, comme on l'a décidé, dit Palmer en allumant l'ordinateur. Mais si tu penses que notre homme peut être dangereux, on devrait monter la garde physiquement.

Grant hocha la tête.

— Mary ne quitte jamais la maison et je ne m'éloignerai pas de Dahlia tant qu'on n'aura pas compris ce qui se passe.

— Le contraire m'aurait étonné, ironisa Palmer.

Grant ne mordit pas à l'hameçon. Cela n'en valait pas la peine.

— Si sa sœur a été assassinée, cette affaire est peut-être plus dangereuse qu'on ne le croyait initialement.

— C'est toujours possible, mais on est bien préparés, répondit Palmer. Je prends le premier tour de garde, Anna prendra le second. Puisque tu aimes te lever tôt, tu auras le troisième.

— D'accord. Viens me chercher si tu repères quoi que ce soit de louche.

— C'est ton instinct protecteur qui parle ?

Grant soupira.

— Combien de temps vas-tu me gonfler avec ça ?

— Aussi longtemps que je penserai que c'est justifié. Elle s'est intéressée aux sentiments que tu inspires à Freya.

— Je suis à peu près sûr que c'était pour jouer les entremetteuses.

— Il n'y a rien de mal à sortir avec Freya.

— Il n'y a rien de mal à s'occuper de ses affaires.

— Allez, va te coucher, frangin.

Oui, c'était une bonne idée. Son tour de garde commencerait

à 4 heures du matin. Ce n'était pas beaucoup plus tôt que l'heure à laquelle il se levait habituellement, mais il serait dans un meilleur état demain s'il dormait au lieu de relire un dossier qu'il connaissait déjà par cœur.

Il alla donc dans sa chambre au lieu de retourner dans le bureau de Mary, se coucha et fit taire la part de son cerveau qui avait envie de penser à Dahlia et à son affaire.

C'était une technique qu'il avait développée à l'armée et qui lui était bien utile.

Malheureusement, un peu plus tard, il se réveilla en sursaut avec un goût de sable et de sang dans la bouche. Un cauchemar qu'il n'avait pas fait depuis longtemps faisait battre son cœur à cent à l'heure, comme s'il venait de courir un marathon. Il se redressa et tâcha de reprendre son souffle.

Ce n'était pas un cauchemar précis, plutôt un mélange d'éléments disparates. Une fusillade, un sniper, ses camarades… Il arrivait même que ses frères et sœurs apparaissent au milieu de tout cela.

Cette fois, il y avait une rousse dont il ne voulait pas dans ses rêves, surtout pas aussi pâle, ensanglantée et morte qu'il l'avait vue.

Comme il avait du mal à retrouver son calme, il alluma sa lampe de chevet et fit ce qu'il avait dû faire presque tous les soirs dans les premiers mois après son retour. Il se concentra sur les taches d'humidité du plafond et les compta jusqu'à ce que son cœur retrouve un rythme normal et qu'il ne lui soit plus pénible de respirer.

Il était chez lui. Sa période dans l'armée appartenait au passé. Il jeta un coup d'œil au réveil. Il était 3 h 15. Ce n'était pas la peine qu'il essaie de se rendormir pour trois quarts d'heure.

Il se leva, s'habilla et alla rejoindre Anna dans la salle de sécurité. Elle buvait un soda, enfoncée dans le fauteuil et les pieds sur la table. Comme elle avait des écouteurs, elle ne l'entendit pas approcher.

Pourtant, elle ne sursauta pas quand il tapota sur son épaule. Elle tourna simplement la tête vers lui et retira l'un de ses écouteurs.

— Tu es en avance et tu as une drôle de tête, dit-elle, les sourcils froncés.

Comme toujours, elle était un peu trop observatrice à son goût. Anna, qui était le portrait craché de leur mère, n'avait pas du tout le même tempérament qu'elle. Le fait qu'elle soit le bébé de la famille pouvait l'expliquer. Elle n'avait que huit ans quand leurs parents avaient disparu et Grant se demandait parfois quels souvenirs elle avait d'eux.

— Je vais bien, grommela-t-il.

Même s'il avait eu raison des effets physiques de son cauchemar, il était encore ébranlé.

— Je ne t'avais pas vu dans cet état depuis...

— Je t'ai dit que j'allais bien, la coupa-t-il. Alors ? Rien de neuf ?

Elle parut tentée d'insister, mais elle répondit :

— Rien du tout. S'il sait qu'on a des caméras...

— Il faudrait qu'il soit du coin pour le savoir.

— C'est toi qui as dit à Jack qu'il pouvait être du coin. Et « il » pourrait aussi être une femme. On n'en sait rien.

Il résista à l'envie de lever les yeux au ciel. Bien sûr, c'était possible, mais c'étaient de grandes empreintes pour une femme. Alors qu'il allait le faire remarquer à Anna, un mouvement sur l'écran attira son attention.

— Tu as vu ça ?

— C'est une silhouette, confirma Anna.

— Et tout près de l'endroit où on a trouvé des empreintes. Comme il n'aimait pas cela, il récupéra son revolver.

— Tu ne peux pas y aller tout seul, protesta Anna.

— Je peux et c'est ce que je vais faire. Réveille Palmer et fais sortir Dahlia de sa chambre.

— Tu ne crois pas...

— Fais-la sortir de sa chambre ! répéta-t-il avant de foncer dans le couloir.

8

Dahlia fut réveillée par des coups frappés à sa porte et les gémissements d'un chien. Lorsqu'elle eut assez émergé du sommeil pour comprendre ces bruits – et qu'ils n'auguraient rien de bon –, elle repoussa les couvertures et s'empressa d'aller ouvrir.

Elle ne sut pas pourquoi elle s'attendait à ce que ce soit Grant ni pourquoi elle fut un peu déçue de voir Anna.

— Désolée de vous réveiller, dit celle-ci.

Comme elle était calme et souriante, ce n'était peut-être pas si grave.

— Quelle heure est-il ? demanda Dahlia.

Au lieu de répondre, Anna prit son bras et l'entraîna hors de la chambre. Puisqu'il faisait encore nuit noire, Dahlia estima qu'elle avait des raisons de s'inquiéter.

— On a peut-être surpris notre ami, expliqua Anna. Comme il est possible qu'il sache que vous occupez cette chambre, on veut juste vous emmener ailleurs, au cas où vous seriez une cible.

Une cible ?

Pourquoi serait-elle une cible ?

La réponse à cette question étant que Rose était morte, elle chassa cette pensée de son esprit.

Arrivée au milieu du couloir, elle prit conscience qu'elle ne portait qu'un short et un T-shirt – sans soutien-gorge. Et le sol était froid sous ses pieds nus.

Anna, pour sa part, portait un jean, un pull et des bottes de cow-boy, comme en plein jour.

— Euh…, balbutia Dahlia en frissonnant.

— Oh ! vous avez froid ! s'écria Anna. Je vous apporterai un pull, mais allons d'abord dans notre aile.

Notre aile ?

Cette maison était décidément gigantesque. Elle avait peut-être été agrandie au fil des ans à mesure que la famille gagnait de nouveaux membres.

Quand elles traversèrent le salon, Dahlia vit des lumières rouges et bleues clignoter devant la maison.

— La police est là ? demanda-t-elle avec étonnement.

— Oui, répondit Anna. J'espère qu'elle est en train d'arrêter notre homme. Mais ne vous inquiétez pas. Vous ne risquez sans doute rien. On est juste prudents concernant la partie active de l'enquête.

La partie active ?

Comme Anna ne parlait sûrement pas de la disparition de Rose, Dahlia s'inquiéta encore plus.

Elles traversèrent la salle à manger, montèrent un autre escalier et s'engagèrent dans un couloir. Mary y apparut, sortant de l'une des pièces. Elle aussi était habillée.

Dahlia se sentait de plus en plus déboussolée.

— Oh ! Je suis sûre que vous grelottez, s'écria Mary. Je vais vous chercher une robe de chambre.

— Elle a aussi besoin de chaussettes, dit Anna avant d'entraîner Dahlia dans une pièce.

Celle-ci était petite, avec des angles étranges et des vitraux.

Le mobilier était ancien. Anna l'invita à s'asseoir dans un fauteuil pelucheux et Willie, qui l'avait suivie depuis sa chambre, se coucha à ses pieds.

Mary apparut quelques secondes plus tard avec une robe de chambre et des chaussettes épaisses.

— Enfilez ça, dit-elle en les lui tendant. Comme la police est déjà là, on devrait rapidement en savoir plus.

Dahlia ne remarqua qu'à ce moment-là qu'Anna avait un revolver à la ceinture. Et Mary avait verrouillé la porte. Elles étaient calmes et même souriantes, mais la situation était grave. Dahlia se sentit immédiatement coupable. Les Hudson menaient sans doute une vie parfaitement normale avant qu'elle ne les engage.

— Je suis désolée, dit-elle. Si j'avais su que je vous attirerais autant d'ennuis...

Elle laissa sa phrase en suspens, faute de savoir ce qu'elle aurait fait. Certainement pas arrêter de chercher Rose.

— Mademoiselle Easton... Dahlia. On a l'habitude, dit Mary. On a des procédures pour les situations de ce genre, parce qu'il n'est jamais sans risque d'enquêter. On est tous bien entraînés. Alors ne vous sentez pas responsable des actions de quelqu'un d'autre.

— Oui, on gère, confirma Anna.

Le silence s'installa dans la pièce. Comme elle n'avait rien de mieux à faire, Dahlia observa les deux sœurs, qui ne se ressemblaient pas beaucoup. Anna était plus pâle que Mary et avait les cheveux plus clairs. Elle avait le look et l'attitude d'un garçon manqué. Mary était à la fois plus discrète et plus féminine.

Elles devaient l'une et l'autre ressembler à l'un de leurs parents et leurs personnalités étaient différentes. Dahlia songea que c'était un peu la même chose pour Rose et elle. Rose était bien plus extravertie qu'elle et toujours prête à faire de nouvelles expériences.

Dahlia n'en revenait toujours pas de s'être lancée dans cette aventure. C'était Rose qui était déterminée et tenace. Craignant de se mettre à pleurer, Dahlia se concentra sur un vitrail qui représentait une montagne avec une étoile au sommet.

Elle n'aurait pas su dire combien de temps s'était écoulé quand quelqu'un frappa à la porte. Mary ouvrit et Dahlia reconnut la voix de Grant, qui resta dans le couloir.

— La police l'a arrêté, annonça-t-il. Jack va l'interroger. Je pense qu'on peut tous retourner se coucher. Il y a juste une petite... bizarrerie dans cette histoire. C'est un gamin.

— Un gamin ? répéta Anna.

— Je dirais qu'il n'a pas plus de seize ans.

Grant entra finalement dans la pièce et Dahlia bondit sur ses pieds, le cœur affolé.

— Vous saignez !

Grant essuya le coin de sa lèvre et regarda le sang sur le dos de sa main.

— Oh. Comme j'ai été un peu surpris par son âge, il a réussi à placer une droite.

Il haussa les épaules et ses sœurs l'interrogèrent comme si sa lèvre fendue n'avait aucune importance.

— Il n'était pas armé ? demanda Anna.

— Il avait un revolver, mais il n'a pas dégainé. J'avoue que je ne sais pas quoi penser de tout ça. La police l'interrogera et vérifiera que les empreintes correspondent à ses chaussures, mais...

— Vous saignez, répéta Dahlia, dont le cœur tambourinait toujours.

Est-ce que tout le monde s'en moquait ?

Grant et ses deux sœurs la regardèrent avec différents degrés d'étonnement.

— Je vais chercher la trousse de secours, finit par dire Mary.

— Je t'accompagne, enchaîna Anna avant qu'elles ne disparaissent toutes les deux.

Alors, elle se retrouva seule avec Grant dans cette pièce étrange, dans cette étrange nouvelle version de sa vie.

— J'ai connu pire qu'une lèvre fendue, dit Grant comme si c'était censé la rassurer. Ne vous inquiétez pas.

Elle lui tourna le dos parce qu'elle détestait la vue du sang et qu'elle savait que c'était sa faute, quoi qu'Anna et Mary aient pu lui dire.

Elle fixa résolument la montagne du vitrail.

— Dahlia..., dit-il avec une douceur qu'elle n'avait entendue que pendant les dîners. Je ne peux pas vous interdire d'avoir peur, mais je vous promets que HI fera tout pour tirer cette affaire au clair et pour vous protéger.

Elle déglutit péniblement. Elle avait l'impression d'être secouée par un tremblement de terre à chaque fois qu'elle croyait avoir trouvé quelques repères dans cette situation horrible. Elle ne voulait pas être faible. Elle ne voulait pas pleurer.

Elle voulait juste trouver sa sœur. Elle s'éclaircit la voix et rassembla le peu de courage qu'il lui restait.

— C'est très déstabilisant, avoua-t-elle. Il faut juste que je trouve mes marques, je suppose.

De nouveau.

— Vous vous en sortez très bien.

Il s'approcha d'elle et pressa son épaule. Ce n'était qu'un geste amical, rassurant, mais le corps de Dahlia l'interpréta autrement et son cœur manqua un battement.

Grant recula aussitôt comme s'il avait ressenti quelque chose de semblable.

Elle se tourna vers lui et scruta son visage. Non, elle avait des idées saugrenues parce qu'elle manquait de sommeil.

— Je suis très fatiguée, dit-elle.

— Je n'en doute pas. On va continuer à monter la garde jusqu'à ce qu'on soit sûrs que ce gamin n'a pas de complice, mais vous pouvez retourner vous coucher.

Elle hocha la tête. Anna et Mary revinrent avec une petite trousse de secours.

— Voulez-vous que je vous raccompagne à votre chambre ? demanda Anna. On se perd facilement dans la maison quand on la connaît mal.

— Oui, je vous remercie.

Elle suivit Anna dans le couloir avec Willie sur ses talons, puis jeta un coup d'œil par-dessus son épaule. Mary était en train de nettoyer l'entaille de Grant.

Il était si fort… Comme un héros de western. Il était un peu amoché, mais toujours aussi noble et solide.

« Vous vous en sortez très bien. »

C'était étrange. Elle avait envie de le croire. Parce qu'il avait l'air de savoir. Comme s'il était nécessaire que toutes ses convictions soient vraies pour que le monde ne vole pas en éclats.

Mais il ne la croyait pas en ce qui concernait Vérité et les Green. Non parce qu'elle lui avait fourni une mauvaise piste, mais parce qu'il ne voulait pas y croire.

Elle devait se rappeler qu'il n'était pas son ami ni son

protecteur. Il n'était qu'un homme qu'elle avait engagé pour l'aider.

Mais le souvenir de la façon dont il avait pressé son épaule la tint éveillée jusqu'au lever du jour.

9

Grant ne dormit pas beaucoup après cela. Il voulait foncer au bureau du shérif, mais il savait que Jack voulait suivre la procédure à la lettre, alors il était bien forcé d'attendre.

Le fait que le coupable soit mineur le contrariait. Les parents du gamin – ou les services sociaux, s'il était placé ou en maison de correction – allaient leur compliquer les choses.

Il accomplit ses tâches matinales, prit son petit déjeuner et attendit que Dahlia sorte de sa chambre. Ils iraient au bureau du shérif dès qu'elle serait prête et ils verraient bien où cela les mènerait.

Son téléphone sonna alors qu'il regagnait la maison après sa deuxième série de tâches. Comme c'était la bibliothèque, il espéra que Mme Riley avait compris que sa réaction initiale avait été démesurée et qu'elle l'appelait pour lui fournir des informations.

— Hudson, dit-il en décrochant.

— Salut, Grant. C'est Freya.

Il grimaça. Que lui voulait-elle ?

— Bonjour, Freya.

— Je me suis dit que je devais t'appeler. Je sais que Mme Riley ne vous a pas beaucoup aidés, la rousse et toi, quand vous êtes passés hier.

— On peut dire ça, répondit Grant en s'essuyant les pieds sur le paillasson.

— Je l'ai entendue se plaindre de votre visite à M. Durst, ce matin. Elle pestait contre les Green. M. Durst lui a rappelé qu'ils étaient tous morts, mais...

— Mais ?

— Je sais que je me mêle de ce qui ne me regarde pas, mais la rousse a été très gentille avec moi. J'aimerais vous aider.

— Qu'y a-t-il, Freya ?

— Mme Riley a dit que la rousse était une parente des Green. Dahlia, c'est ça ?

— Une parente très éloignée, précisa-t-il. Tu sais comment c'est quand les gens font des recherches généalogiques. Ils finissent par découvrir qu'ils ont des liens de parenté avec presque tout le monde.

— C'est vrai, mais Mme Riley a dit un truc bizarre. Elle a dit que les roux étaient toujours les pires. Elle était furieuse. Même M. Durst lui a dit qu'elle exagérait.

Les roux ?

Eugene Green était chauve, tout comme l'homme sur la photo que Dahlia lui avait fournie. Mais il y avait d'autres Green et il existait des photos de Vérité à l'époque où Eugene Green y régnait.

— Merci, Freya. Tu peux me rendre un service ?

— Tout ce que tu veux.

L'enthousiasme de sa réponse le fit grimacer.

— Si des rumeurs commencent à circuler, peux-tu essayer de les freiner ? De les corriger, au moins ? Ça me compliquerait la vie que Mme Riley incite les gens à penser que ma cliente a un rapport direct avec Vérité.

— Bien sûr. Pas de souci.

— Merci.

— De rien. Si tu as besoin de quoi que ce soit d'autre, n'hésite pas.

— À bientôt, Freya. Au revoir.

Il raccrocha, avec un poids familier sur la conscience. Freya était une chouette fille. Et oui, il savait qu'elle n'était sortie avec Palmer que pour voir si ça le contrarierait, mais… elle ne l'intéressait pas, tout simplement.

Il était compliqué et il ne voyait aucune raison d'infliger ses complications à quelqu'un du coin. Sa famille avait déjà alimenté suffisamment de ragots.

Il se rendit dans la cuisine et n'y trouva que Dahlia avec Willie à ses pieds. Elle regardait par la fenêtre, une tasse de café à la main, et ne parut pas l'entendre arriver.

Le soleil faisait flamboyer ses cheveux roux et ses yeux bleus remplis de chagrin lui donnèrent envie de…

Mais qu'est-ce qui te prend ?

Il aurait dû être en train de penser à Mme Riley, qui croyait que Dahlia portait une sorte de marque infamante. Mme Riley colportait les ragots avec tant d'enthousiasme que tout le monde le croirait d'ici la fin de la journée. Freya ferait ce qu'elle pourrait, mais les gens adoraient les histoires.

Il était bien placé pour le savoir.

Comme si Dahlia avait fini par sentir sa présence, elle se retourna. Le découvrir en train de la fixer ne parut ni la surprendre ni la mettre mal à l'aise.

— Du nouveau ? demanda-t-elle.

— Pas vraiment. On ira voir Jack quand vous voudrez.

Elle hocha la tête.

— J'aimerais qu'on y aille tout de suite.

— D'accord, mais avez-vous mangé quelque chose ?

Elle baissa les yeux vers sa tasse et grimaça.

— Je n'ai vraiment pas l'habitude de manger le matin et ça me fait bizarre de...

Elle laissa sa phrase en suspens quand il ouvrit un placard. Même s'il ne comptait pas la forcer à manger un repas complet, il ne l'emmènerait pas au bureau du shérif l'estomac vide. Il trouva les barres de céréales qu'Anna adorait et tendit la boîte à Dahlia.

— Prenez-en une.

Elle hésita.

— Vous vous sentez mieux quand vous n'avez pas le ventre vide, non ?

Elle poussa un soupir d'agacement, mais prit une barre de céréales.

— Content ?

— Je serai content quand vous l'aurez mangée.

Elle ouvrit l'emballage et prit une bouchée sans cesser de fixer ses lèvres.

Il fallut de longues secondes à Grant pour comprendre, honteux, que ce n'était pas pour la raison à laquelle il avait d'abord pensé.

C'était à cause de sa lèvre fendue. Elle n'avait même pas vraiment enflé... Il y avait juste une petite entaille.

— Ça guérit, je vois, finit-elle par dire.

— Ce n'était vraiment rien.

Elle soupira.

— C'est juste que je suis complètement dépassée. Les gens ne prennent pas de coups, dans mon monde. Ils ne disparaissent pas et ils ne se font pas espionner.

Il s'interdit de lui rappeler que c'était désormais son monde, qu'elle se sente dépassée ou non.

Alors qu'il aurait dû le faire, il ne la prévint pas non plus que tout le monde en ville allait la regarder comme le diable en personne, maintenant que Mme Riley faisait circuler des rumeurs sur son compte.

Mais le gamin leur fournirait peut-être assez de réponses pour qu'elle reparte dans le Minnesota. Alors, les ragots de Mme Riley n'auraient plus aucune importance.

Pourquoi cette perspective lui déplaisait-elle autant ?

— Avez-vous besoin d'aller chercher quelque chose dans votre chambre avant qu'on parte ?

Elle secoua la tête.

— Non. Je suis prête.

Dahlia se sentait raisonnablement bien. Elle avait mal dormi, mais la personne qui l'épiait avait été arrêtée. C'était un soulagement et peut-être une piste.

Pourvu que ce soit une piste.

Quand Grant se gara devant le bureau du shérif, l'appréhension la gagna. Celui qui l'avait espionnée – un *adolescent* – se trouvait dans ce bâtiment.

— Jack vous posera sûrement quelques questions, dit Grant. J'espère qu'il pourra aussi nous donner des informations. En tout cas, l'arrestation de ce gamin est un progrès.

Sachant qu'il voulait la rassurer, elle essaya de se sentir rassurée et lui offrit un sourire.

Mais elle était hantée par l'idée que sa sœur était sans doute morte et que ce *gamin* y était peut-être pour quelque chose. Elle cherchait des réponses depuis plus d'un an. Maintenant qu'elle était peut-être sur le point de les obtenir…

— Dahlia, dit Grant avec cette douceur qui donnait envie de pleurer à Dahlia. Ma famille s'est spécialisée dans les affaires classées parce qu'elles sont particulières. Au bout d'un moment, obtenir des réponses finit par faire aussi peur que de ne jamais savoir. On le comprend parfaitement. Alors, on peut rester dans la voiture aussi longtemps que vous en avez besoin ou je peux aller voir Jack seul.

— C'est juste... que je ne m'étais jamais rendu compte que les réponses ne changeront rien, répondit-elle en essayant de ne pas flancher. Si elle est morte, elle est morte, que je le sache ou non.

Grant hocha la tête.

— Mais vous voulez savoir. Sinon, vous auriez baissé les bras depuis longtemps. Beaucoup de gens renoncent.

Il avait raison. Ses parents et leurs amis avaient renoncé. Tout le monde en avait eu assez. Elle seule n'avait pas réussi à passer à autre chose. Elle prit une grande inspiration pour se ressaisir.

— Très bien, dit-elle. Je suis prête.

Ils sortirent de la camionnette et Grant posa sa main dans ses reins pour la guider vers la porte. Pour la soutenir. Elle trouva cela d'autant plus émouvant que personne d'autre ne la soutenait. Tout le monde voulait qu'elle arrête. Qu'elle soit triste ou qu'elle tourne la page, mais qu'elle arrête d'être obnubilée par les incertitudes.

Seuls Grant et sa famille la comprenaient. Elle n'avait pas mesuré à quel point elle en avait eu besoin.

Bien sûr, c'était leur métier et elle les payait, alors ils ne se souciaient pas personnellement de son affaire. Mais elle avait quand même l'impression que Grant venait de la libérer d'un poids.

Ils entrèrent dans le bureau du shérif et la femme qui se trouvait à l'accueil leva les yeux. Il était évident qu'elle connaissait Grant, mais Dahlia trouva qu'elle la regardait bizarrement.

Néanmoins, elle leur sourit et dit à Grant :

— Votre frère est au fond.

Grant hocha la tête et entraîna Dahlia dans un couloir. Jack, qui se trouvait au fond, leur fit un signe de tête pour qu'ils le suivent. Ils entrèrent dans une petite pièce avec une grande vitre qui permettait d'observer la pièce voisine, où se trouvaient un adolescent et une femme en tailleur noir.

— Vous le connaissez ? demanda Jack.

Elle regarda attentivement l'adolescent, qui ne lui rappela strictement rien.

— Non.

Jack hocha la tête comme s'il s'y attendait et proposa :

— Allons discuter dans mon bureau.

Ils allèrent dans la pièce où elle avait déjà répondu aux questions de Jack la veille et, comme la veille, Jack poussa le gros chat noir qui dormait sur son bureau.

Dahlia, qui n'avait pas imaginé que Jack Hudson aimait les chats, trouvait la présence de l'animal curieuse, mais elle ne posa pas plus de questions que la veille.

— Qui est-ce ? demanda-t-elle.

— Il s'appelle Kory Smithfield. Il a seize ans. Il y a un an et demi, ses parents ont signalé sa disparition à Austin, au Texas.

Craignant de défaillir, elle s'appuya sur le dossier d'une chaise. Elle n'osa pas s'y asseoir, de peur de ne plus jamais pouvoir se relever.

— Au Texas, répéta-t-elle.

Jack hocha la tête.

— On l'a interrogé et on a parlé à ses parents. Ils ne

peuvent pas venir le chercher et j'ai eu l'impression qu'ils ne tenaient plus particulièrement à le récupérer, à ce stade. On va devoir l'envoyer au centre pour mineurs de Cody. Quand il y sera, il sera plus compliqué de l'interroger.

— Où a-t-il vécu pendant tout ce temps ? demanda Grant.

— Il refuse de nous le dire. Il n'admet pas qu'il a fugué, mais c'est clairement lui. Il refuse aussi d'admettre qu'il espionnait Mlle Easton. Ce n'est pas grave. On peut le prouver. J'aimerais organiser une entrevue avec Mlle Easton, mais il faudrait que ça se fasse en présence d'un avocat et les parents ne veulent pas payer.

— Alors, quoi ? C'est une impasse ? demanda Dahlia.

Mais il y avait le Texas…

Sauf qu'il n'était pas l'homme qui se trouvait sur la photo avec Rose, alors il n'avait peut-être aucun lien avec le reste.

— Pas tout à fait, répondit Jack.

Il parut hésiter et se tourna vers son frère.

— Il a un tatouage, Grant, dit-il.

Elle sentit Grant se raidir et l'attitude des deux hommes l'incita à repenser à toutes les recherches qu'elle avait faites sur la secte qu'elle pensait liée à la disparition de sa sœur.

— Un tatouage de l'Ordre de Vérité ? demanda-t-elle.

Le silence de Jack fut aussi clair qu'une confirmation.

— Tout est lié ! s'écria-t-elle. Vous ne pouvez pas continuer à le nier. Il me surveillait. Il a un tatouage de l'Ordre de Vérité. Vous devez me laisser l'interroger. Vous devez…

— La seule chose que je doive faire, c'est respecter la procédure, la coupa Jack. Si je vous laisse entrer dans cette pièce, on peut dire adieu aux poursuites à son encontre.

— Je m'en fiche !

— Dahlia.

Elle se tourna vers Grant.

— C'est vrai ! Il a quelque chose à voir avec la disparition de ma sœur. Il l'a peut-être tuée. Je me moque de son âge. Je découvrirai ce qui est arrivé à ma sœur !

— Respirez.

C'était la pire chose qu'il pouvait dire à cet instant.

— Que je respire ? C'est ma toute première piste et vous m'empêchez de savoir où elle mène alors que je vous ai engagés pour m'aider !

Sentant monter ses larmes, elle se jura de ne pas pleurer.

Grant posa une main sur son épaule. Alors que cela aurait dû l'agacer, ce contact et l'air grave de Grant l'apaisèrent un peu. Elle ne lisait aucune condescendance sur son visage.

Il tourna la tête vers son frère.

— On ne veut pas gâcher ton enquête, mais il doit bien y avoir un moyen pour qu'elle pose quelques questions à ce gamin, non ? dit-il. Ou tu pourrais les poser à sa place.

— Je l'ai amplement interrogé. Il refuse de parler.

— Jack.

Dahlia était certaine que Jack ne céderait pas. Il était aussi inamovible qu'une montagne. Pourtant, quelque chose se passa entre les deux frères et Jack finit par soupirer.

— Je dois le mettre en cellule en attendant que quelqu'un du centre vienne le chercher, dit-il. Ce qui veut dire qu'il devra emprunter le couloir… et rien ne vous empêche de vous trouver vous aussi dans le couloir à ce moment-là.

Que pourrait-elle tirer du fait de le croiser dans le couloir ? Elle était sur le point de protester quand Grant lui fit un petit signe de tête qui signifiait : « On n'obtiendra rien de plus. »

Ils suivirent Jack dans le couloir.

— Restez ici, leur ordonna-t-il. Et gardez à l'esprit que

rien de ce qu'il pourrait vous dire ne sera recevable devant un tribunal.

Grant plaça de nouveau sa main dans ses reins, comme pour lui fournir un appui. Elle regarda Jack entrer dans la salle d'interrogatoire en se demandant quelles questions poser.

Où est ma sœur ? Pourquoi m'espionnais-tu ?

Jack réapparut quelques secondes plus tard en tirant l'adolescent menotté, qui riait comme si tout cela n'était qu'une vaste plaisanterie. Dahlia en fut abasourdie.

— Je ne savais pas que les shérifs existaient pour de vrai, ricana l'adolescent. Vous n'étiez pas assez bon pour devenir un flic normal ?

Jack jeta un coup d'œil à Dahlia par-dessus la tête de l'adolescent, ce qui incita celui-ci à se retourner.

Alors qu'elle était sûre de ne pas le connaître, elle se sentit vulnérable sous son regard, comme s'il savait exactement qui elle était.

Puis l'adolescent lui décocha un sourire qui lui glaça le sang et chuchota :

— Tu rejoindras bientôt ta sœur.

10

Grant réagit par réflexe. Il essaya d'attraper le gamin, mais Jack fut plus rapide que lui et se plaça entre eux.

— Il va en cellule, dit-il en le fusillant du regard.

Alors que ce petit con avait menacé Dahlia ! Grant la regarda. Elle était devenue livide, ce qui n'avait rien d'étonnant.

— Dahlia, murmura-t-il.

Mais que pouvait-il lui dire ?

Elle tourna lentement la tête vers lui. Elle semblait en état de choc.

— Vous l'avez entendu, n'est-ce pas ? demanda-t-elle. Vous avez entendu ce qu'il vient de dire ?

Grant hocha la tête. Il aurait aimé la rassurer, mais il ne voyait pas comment. Le gamin avait parlé spontanément de la sœur de Dahlia. Il avait un tatouage de l'Ordre de Vérité.

Merde.

— Qu'allons-nous faire si on ne peut pas l'interroger ? ajouta-t-elle. Comment obtenir des réponses si Jack veut respecter la procédure ?

Elle retrouvait des couleurs, ce qui était bon signe.

Ils ne pouvaient rien attendre de Jack, qui pensait pouvoir poursuivre le gamin. Cette affaire allait tout remuer… *Tout.*

— J'ai mes méthodes, répondit-il. Venez.

Pour échapper à une leçon sur les limites de ce qu'il avait le droit de faire, il entraîna Dahlia dehors avant que Jack n'ait fini de mettre le gamin en cellule.

En général, il n'y avait pas de conflits entre les affaires dont s'occupait HI et le travail de Jack, parce que la plupart des personnes disparues qu'ils recherchaient s'étaient suicidées ou étaient mortes accidentellement. Ils avaient enquêté sur quelques meurtres, mais comme les coupables étaient déjà morts quand ils les avaient identifiés, cela n'avait pas placé Jack dans une situation délicate.

C'était une première. L'enquête sur la disparition de la sœur de Dahlia entrait en collision avec des poursuites pour harcèlement. Et tout était lié à l'Ordre de Vérité.

Merde. Merde. Merde.

Ce n'était pas le fait qu'il se soit trompé qui lui posait problème. Il pouvait l'assumer. Ce qui le rendait malade, c'est que cette histoire allait bouleverser la région. Sunrise ne commençait à se remettre de ce qui s'était passé à Vérité que depuis une dizaine d'années.

Et tout le monde allait recommencer à parler de la disparition de ses parents. Il n'était pas sûr de pouvoir le supporter.

Il ouvrit sa camionnette, se mit au volant et attendit que Dahlia s'installe sur le siège passager. Elle se tordait les doigts et semblait au bord de la crise de nerfs.

— On a son nom. On sait d'où il vient. Il y a le tatouage. C'est déjà beaucoup, lui dit-il.

Il démarra et prit la direction du ranch. Ses frères et sœurs et lui devaient faire des recherches sur Kory Smithfield le plus vite possible.

Et raviver leurs traumatismes liés à l'Ordre de Vérité.

— Et la douille qu'on a trouvée ? demanda Dahlia.

— Je l'ai donnée à Jack. Il vérifiera si l'arme du gamin est du bon calibre.

Un autre détail le perturbait. Quand il avait appréhendé le gamin, celui-ci avait essayé de lui échapper, mais pas de se servir de son arme. Et il ne s'était pas très bien défendu, ce qui indiquait qu'il n'était pas d'un naturel violent.

En même temps, le sourire qu'il avait décoché à Dahlia et ses paroles étaient glaçants. Comme le fait qu'il ait épié Dahlia avec une arme à la ceinture.

— Mais on pourra en tirer quelque chose, non ?

Malheureusement, tant qu'on n'avait pas de corps, on ne pourrait pas savoir si l'arme du gamin avait servi à tuer. Plutôt que de donner cette réponse déprimante à Dahlia, il essaya de la rassurer par un sourire.

— C'est sûrement une piste.

— Une minute ! s'écria Dahlia. Arrêtez-vous.

Il se gara aussitôt.

— Je crois qu'on devrait aller voir Mme Riley, dit-elle en lui montrant la bibliothèque. Puisqu'elle sait tout sur les Green, elle doit savoir si Eugene a eu des fils, des neveux... s'il y a quelqu'un qui lui ressemble. Ce garçon n'a pas pu se faire ce tatouage par hasard.

Grant hésita. Étrangement, il avait envie de protéger Dahlia et le fait de lui expliquer que Mme Riley ne voudrait pas la voir le mettait mal à l'aise. Celle-ci avait sans doute déjà dit à tout le monde que Dahlia allait faire renaître la secte de ses cendres ou une absurdité de ce genre. Et l'arrestation de Kory Smithfield n'allait faire qu'aggraver ce problème.

Mais Dahlia avait bien compris la situation toute seule, apparemment.

— Je sais qu'elle refusera de me parler, ajouta-t-elle. Mais vous pouvez l'interroger sans moi. Je vous attendrai quelque part. Dans la voiture, à la bibliothèque... Ou je peux aller faire un tour à l'épicerie, si vous préférez qu'elle ne me voie pas du tout.

Arriverait-il à obtenir des réponses de Mme Riley alors qu'elle savait qu'il travaillait pour Dahlia ? Il devait au moins essayer. Après avoir emmené Dahlia en lieu sûr.

— Je vous ramène au ranch et...

— On n'a pas le temps.

Ils avaient le temps... mais elle tenait sa première piste depuis plus d'un an. Il était logique qu'elle manque de patience maintenant qu'elle avait enfin le sentiment de progresser.

Sauf qu'elle n'avait toujours pas compris les conséquences que cela avait pour *elle* et il n'était pas question qu'il la laisse seule un instant. Un peu surpris qu'elle ne soit pas arrivée toute seule à cette conclusion, il lui rappela ce qui était en jeu à contrecœur :

— Dahlia... Ce que le gamin vous a dit était une menace. Ce qui signifie qu'il y a de grandes chances que quelqu'un d'autre veuille vous faire du mal. Tant qu'on ne sait pas qui ni pourquoi, je ne m'éloignerai de vous que si vous êtes sous la garde de mes frères et sœurs au ranch.

Ces paroles de Grant incitèrent Dahlia à envisager la situation dans son ensemble. Le fait que cet adolescent sache quelque chose sur Rose avait tellement retenu son attention qu'elle n'avait pas pleinement saisi ce qu'il avait sous-entendu avant cet instant. Lui dire qu'elle allait bientôt rejoindre Rose était sans doute... une menace de mort.

Rose était morte.

Et Dahlia se trouvait dans une petite ville du Wyoming,

dans la camionnette d'un cow-boy dont elle attendait qu'il l'aide à trouver des réponses.

Elle inspira et expira prudemment. Elle se sentait au bord d'une crise de nerfs, mais elle ne pouvait pas se permettre de craquer.

« Tant qu'on ne sait pas qui ni pourquoi, je ne m'éloignerai de vous que si vous êtes sous la garde de mes frères et sœurs au ranch. »

Il voulait l'aider et la protéger. Il s'inquiétait pour elle. Elle savait que ce n'était pas personnel, mais cela lui procura un grand réconfort. Jusqu'ici, les gens qu'elle connaissait ne s'étaient inquiétés que de sa santé mentale.

— Néanmoins, je vous accorde que Mme Riley détient peut-être des informations qui peuvent nous être utiles, reprit-il. Je vous ramène au ranch.

Il redémarra et elle regarda défiler le paysage. Elle avait engagé les Hudson pour enquêter et c'était exactement ce que Grant faisait, tout en la protégeant.

Il avait raison de la ramener au ranch. Elle ne pouvait pas prendre une menace de mort à la légère. Mais l'idée de se replonger dans son dossier lui donnait envie de hurler. C'était absurde. C'était son unique activité depuis un an. Et elle avait besoin de tout repasser en revue maintenant qu'ils avaient une piste.

Elle observa Grant du coin de l'œil. Comme Jack, c'était une véritable montagne d'assurance et de détermination. Elle aurait aimé lui ressembler.

— Grant..., commença-t-elle.

Mais elle ne savait pas exprimer ses sentiments. Elle détestait demander des choses aux gens et craignait toujours d'être un fardeau. Elle aimait être autonome. Comme elle détestait être au centre de l'attention, cela ne l'avait jamais dérangée d'être la fille qu'on oubliait vite.

Les gens qui lui accordaient de l'attention la trouvaient généralement bizarre – et, depuis la disparition de Rose, ils la trouvaient *dérangée*.

— Je sais qu'il est difficile d'attendre, lui dit Grant comme s'il avait lu dans ses pensées.

Même s'il était bourru la plupart du temps et semblait devoir faire un effort pour être gentil, il ne manquait pas d'empathie. Il semblait même la comprendre mieux que tout le monde, ce qui était réconfortant.

— Je ne fais que ça depuis un an et j'ai enfin un nouvel élément, répondit-elle. Je ne sais pas encore quoi en faire, mais c'est un élément. Il a dit « ta sœur ». Il sait quelque chose sur Rose. Je ne peux pas me cacher au ranch et rester sans rien faire simplement parce que…

— Parce qu'il vous a menacée ? la coupa-t-il. Ce n'est pas un « simplement parce que » à mes yeux. C'est une excellente raison.

Elle recommença à contempler le paysage paré des couleurs de l'automne. C'était un endroit magnifique et sa sœur avait sans doute été tuée. Pour une raison quelconque, l'adolescent pensait qu'elle allait connaître le même sort.

Elle repensa à la femme hostile de la bibliothèque qui avait dit…

— Mme Riley a dit qu'ils étaient au courant de mon existence. Qu'ils connaissaient leur arbre généalogique par cœur et que les liens du sang étaient sacrés pour eux. Mais si Eugene Green est mort depuis cinquante ans, de qui parlait-elle en disant « ils » ?

Grant fronça les sourcils. S'il n'aimait pas qu'il y ait un lien avec Vérité, il n'essayait plus de le nier, au moins.

— Écoutez. Mme Riley est... traumatisée. Son père est entré dans la secte quand elle était adolescente. Sa mère a tout de suite divorcé, mais le père a emmené certains des enfants avec lui. Son frère est l'une des personnes qui ont aidé le FBI. Il a dit à Mme Riley que leur père avait essayé de s'enfuir. Malheureusement, quand on entrait dans la secte, on n'en sortait pas vivant.

Cela expliquait l'animosité de Mme Riley.

— Ils sont tous morts, poursuivit Grant. Son père, ses frères... même celui qui a collaboré avec le FBI. Tous les membres de sa famille qui n'appartenaient pas à la secte sont... remplis d'amertume. C'est bien compréhensible.

— Ils sont aussi bien informés, Grant.

Les mâchoires de Grant se crispèrent.

— Il faut juste qu'on se montre particulièrement diplomates. Ça s'est passé avant ma naissance, mais tout le monde est traumatisé dans la région. Toutes les familles ont perdu quelqu'un.

Y compris la sienne, mais il n'eut pas besoin de le préciser pour qu'elle le comprenne.

Il soupira.

— Le pire, c'est que ce gamin et son tatouage ne vont pas seulement rappeler de mauvais souvenirs aux gens, reprit-il. Je n'en reviens pas de dire ça, mais ça veut dire que ce cauchemar ne s'est pas arrêté en 1978, comme on le croyait. Ça va faire du mal à beaucoup de monde.

— Faire l'autruche n'aidera personne, lui fit-elle remarquer.

— Les gens veulent que ce soit terminé.

— Sauf que ça ne l'est pas.

Il la regarda brièvement. Alors qu'elle s'attendait à l'entendre protester davantage, il posa subitement sa main sur sa tête et la força à se baisser. Elle poussa un petit cri de surprise.

— Restez cachée ! ordonna-t-il une seconde avant que quelque chose n'explose.

11

Grant laissa une main sur la tête de Dahlia tout en essayant de garder le contrôle du véhicule de l'autre.

On lui avait crevé un pneu. Il préférait que le tireur ait visé le pneu plutôt que la tête de Dahlia, mais ce n'était quand même pas bon.

Ils étaient à mi-chemin entre la ville et le ranch, sur une route assez peu fréquentée. Cette attaque avait sans doute été soigneusement préparée.

Il ne pouvait pas bien conduire avec un pneu crevé, surtout en se baissant le plus possible. Il avait une arme dans la boîte à gants. S'il n'arrivait pas à les tirer de là très vite, il devrait accepter l'affrontement.

Son estomac se noua. Il semblait avoir perdu toute son habileté avec une arme depuis qu'il avait quitté les marines. Les rares fois où il s'était forcé à s'entraîner, cela avait été un fiasco.

Du coup, il avait laissé tomber.

Mais quelqu'un leur tirait dessus et il allait devoir réagir, que son cerveau accepte de coopérer ou non.

La roue au pneu crevé produisait d'horribles grincements métalliques. La camionnette pouvait se renverser. Continuer à conduire dans ces conditions était presque aussi dangereux que d'essuyer des tirs.

Il écrasa le frein. Dahlia poussa un petit cri en étant projetée vers l'avant.

— Ne vous relevez pas, lui ordonna-t-il en ouvrant la boîte à gants pour récupérer son arme.

Il repéra le tireur dans le rétroviseur. Celui-ci se trouvait sur une crête, dont il amorçait la descente. Pour le moment, c'était le cadet des soucis de Grant, parce que trois autres hommes venaient de sortir de différentes cachettes et s'approchaient pour les encercler.

Le temps pressait. S'il y avait d'autres ennemis qu'il n'avait pas encore repérés, ils étaient mal barrés.

Comme il devait gérer les menaces l'une après l'autre, il s'empressa de chasser cette pensée.

— Restez dans la camionnette et appelez la police, dit-il à Dahlia. Je m'occupe de ça.

— Vous vous occupez de quoi ? demanda-t-elle.

Deux choses frappèrent Grant à cet instant. La première, que le tireur n'avait tiré qu'une seule fois. La deuxième, que les trois hommes qui s'approchaient semblaient ne pas être armés.

Ce qui signifiait que cette attaque ne visait pas à éliminer Dahlia parce qu'elle enquêtait sur la disparition de Rose.

Il s'agissait d'autre chose.

— Ne bougez pas, ajouta-t-il en espérant qu'elle lui obéirait.

Il ouvrit sa portière en surveillant le tireur. Au lieu de le viser, celui-ci continua à descendre vers la route.

Grant reporta son attention sur les trois hommes qui étaient beaucoup plus près. Même s'ils n'avaient pas d'armes visibles, le fait qu'ils soient clairement en train de les encercler n'augurait rien de bon.

— Je crois qu'il y a erreur sur la personne ! lança-t-il à l'homme le plus proche, celui qui se trouvait devant la camionnette.

Les deux autres approchaient sur les côtés et Grant surveillait la progression du tireur dans le rétroviseur.

Personne ne lui répondit. Il ajusta sa prise sur son arme en essayant de faire abstraction de sa nervosité. Il devait protéger Dahlia.

— Si vous approchez davantage, je tire ! prévint-il en visant l'homme qui se trouvait devant. On a appelé les flics, alors vous feriez bien de déguerpir.

Même si sa menace ne parut pas les effrayer, les trois hommes s'arrêtèrent.

— C'est vrai ? demanda celui qu'il visait. Vous l'avez ?

— Qui ?

Les trois hommes répondirent l'un après l'autre :

— La véritable.

— La réponse.

— Notre promise.

Grant avait vu des choses horribles et perdu le compte du nombre de fois où il avait eu peur, mais c'était sans doute la situation la plus terrifiante dans laquelle il se soit jamais retrouvé.

— N'approchez pas ! cria-t-il.

Comme l'homme qu'il menaçait fit un pas, Grant tira par terre devant lui. Il vit de la poussière se soulever loin à droite de l'endroit qu'il visait et réprima un juron.

Pas maintenant !

Les hommes s'arrêtèrent de nouveau.

— Donnez-nous la femme et vous serez récompensé, dit l'homme de devant.

Trouvant sa voix curieusement familière, Grant s'approcha de lui sans cesser de le viser. L'homme resta parfaitement immobile. Le fait d'avoir une arme pointée sur lui ne semblait pas l'inquiéter le moins du monde. Il se tenait bien droit, le menton levé, et fixait la camionnette comme s'il essayait de voir Dahlia.

Dans tes rêves.

Grant le reconnut lorsqu'il fut assez près pour voir son oreille.

— Lyle ?

— Lyle est mort, répondit l'homme d'une voix neutre.

Sauf que c'était bien Lyle Stuart. C'était un ami de Jack au lycée, avant que Jack ne coupe les ponts avec tout le monde quand leurs parents avaient disparu. Lyle était facile à reconnaître parce qu'un chien lui avait arraché une moitié de l'oreille droite dans son enfance.

Lyle avait quitté Sunrise depuis longtemps. Grant avait oublié où il avait déménagé, mais c'était peu après la disparition de leurs parents. Comme Lyle était en train de devenir un voyou, Jack s'en était réjoui.

Maintenant, toutes ces années plus tard, Lyle était là. La vie ne l'avait clairement pas épargné, mais c'était bien Lyle Stuart et il faisait partie de cette maudite secte qui n'avait pas disparu, finalement.

Et qui voulait Dahlia.

— Je vais te décevoir, Lyle : vous ne mettrez pas la main sur elle.

Dahlia obéit aux ordres de Grant pendant un moment. Elle appela la police. Malheureusement, elle fut bien incapable de fournir des réponses précises à la personne qu'elle eut au bout du fil.

— Jack Hudson saura vous expliquer où on est, finit-elle par dire. Le shérif de Sunrise, dans le Wyoming.

— Sunrise, dans le Wyoming, répéta la standardiste. Restez en ligne, mademoiselle.

Dahlia ne raccrocha pas, mais une détonation lui fit lâcher le téléphone. Paniquée, elle jeta un coup d'œil par-dessus le tableau de bord.

Il y avait trois hommes autour de la camionnette, un devant, les deux autres sur les côtés. Grant s'approchait de celui qui se trouvait devant. Personne ne semblait blessé – ni effrayé, alors qu'elle avait les mains moites et le cœur affolé.

Grant s'arrêta à quatre ou cinq mètres de l'homme et ils se mirent à parler. Elle n'entendit pas leur échange. Alors que Grant tenait l'homme en joue, celui-ci ne semblait ni inquiet ni hostile.

Il avait plutôt l'air d'attendre quelque chose ou de réfléchir.

Les deux autres observaient la scène en regardant la camionnette de temps à autre. À chaque fois que l'un d'eux tournait la tête, elle se cachait sans savoir pourquoi elle ne voulait pas qu'ils la voient. Ils savaient sûrement qu'elle était dans la voiture.

Elle se retourna et se redressa très lentement pour voir ce qui se passait derrière. Il y avait un autre homme et celui-ci avait une arme pointée sur le dos de Grant.

Elle trouva cela très inquiétant.

Sauf que personne ne tirait. Elle ne comprenait pas pourquoi Grant ne semblait pas se soucier de l'homme armé. Il devait bien l'avoir repéré...

L'homme à qui Grant parlait leva les mains vers le ciel et cria :

— Seigneur de Vérité ! Viens-nous en aide !

Les hommes qui se trouvaient sur les côtés de la camionnette l'imitèrent. Ils répétèrent ces mots encore et encore, en fixant le ciel comme si quelque chose allait en tomber. Elle jeta un coup d'œil derrière. L'homme armé s'approchait du véhicule – d'*elle*.

En voyant la manière dont l'homme la fixait à travers la vitre arrière, elle fut certaine que c'était elle qu'il voulait.

Les psalmodies des trois hommes ne faisaient qu'amplifier la panique de Dahlia, au point qu'elle devait résister à l'envie de se boucher les oreilles. Elle les regarda, désemparée.

Quand elle entendit une portière de derrière s'ouvrir, elle se retourna vivement. L'homme armé n'était plus dans son champ de vision. Elle jeta un coup d'œil du côté de Grant et s'aperçut qu'il avait disparu aussi.

C'était peut-être lui qui montait dans la camionnette... Elle vit apparaître le canon d'une arme.

— Sors de la voiture.

N'ayant rien pour se défendre, elle ne sut pas quoi faire à part... refuser.

— Non, répondit-elle en jetant des regards éperdus autour d'elle.

Il devait bien y avoir quelque chose qui pouvait l'aider... Elle se rendit compte que l'homme qui se trouvait sur sa droite s'approchait tout en continuant à crier. Elle ne voyait pas d'arme à sa ceinture, mais il pouvait en avoir une cachée quelque part.

Rose avait-elle vécu la même chose ?

Elle tourna la tête vers le canon de l'arme qui dépassait

entre les sièges. Curieusement, elle avait du mal à croire que cet objet pouvait la tuer. Était-ce parce qu'elle ne voyait pas le visage de l'homme qui le tenait ou parce qu'elle n'avait aucune expérience des armes à feu ?

Sauf que cet objet a peut-être tué Rose.

Pouvait-elle convaincre cet homme de l'épargner et de l'emmener là où il avait emmené Rose ? Elle en mourrait peut-être, mais elle aurait au moins une réponse.

Avant qu'elle ne mette ce plan irrationnel à exécution, l'arme disparut. Elle entendit un grognement, puis un cliquetis métallique. Elle se glissa sur le siège du conducteur pour voir ce qui se passait par la portière ouverte.

Grant se battait contre l'homme. Il reçut un coup de coude dans l'estomac qui le fit à peine grimacer, puis balança son poing dans la mâchoire de son adversaire. L'homme bascula vers l'arrière et tomba sur la banquette. Les trois autres n'avaient pas cessé d'implorer le ciel.

Elle crut entendre des sirènes malgré leur vacarme et pria pour que les renforts arrivent, parce qu'elle ne savait absolument pas quoi faire.

Les armes... L'homme et Grant étaient armés tous les deux, tout à l'heure. Où étaient passées leurs armes ? Elle scruta le sol et les repéra. Il y en avait une aux pieds de l'homme et une autre quelques mètres plus loin, presque de l'autre côté de la route.

Même si elle ne savait pas se servir d'une arme, elle pourrait les donner à Grant si elle les ramassait. Et cela empêcherait les trois autres de s'en saisir.

Elle sortit de la camionnette sur des jambes tremblantes et se concentra sur celle qui se trouvait le plus loin pour ne pas se retrouver prise dans la mêlée.

Elle fit un pas, puis un autre. Elle en était capable. Elle pouvait aider Grant. Entendant quelque chose sur sa droite, elle tourna vivement la tête. L'un des trois autres hommes était tout près d'elle. Il ne criait plus. Il se contentait de la fixer *en souriant*.

Elle eut envie de s'enfuir en courant, mais elle n'était plus qu'à deux pas de l'arme. L'homme tendit la main vers elle quand elle fit un pas de plus.

Elle s'empressa de se mettre hors de sa portée. Au lieu de se jeter sur elle, il continua à avancer calmement, le bras tendu.

— Plus un geste !

Elle se figea en entendant la voix de Grant. Quand elle comprit, deux secondes plus tard, que c'était à l'homme qu'il s'adressait, elle tourna la tête vers lui.

Il tenait une arme. Il avait dû ramasser l'autre. Son propriétaire gisait par terre. Il n'était pas évanoui, mais il avait le visage en sang et il haletait péniblement.

Alors, deux voitures de police apparurent, toutes sirènes hurlantes. Les trois hommes qui encerclaient la camionnette s'enfuirent, deux d'entre eux en criant toujours.

Dahlia suivit celui qui avait essayé de l'attraper sur quelques pas. Ils devaient savoir qui avait tué Rose. Ils devaient avoir des réponses.

— Dahlia.

Quand elle se tourna vers Grant, elle s'aperçut qu'il saignait aussi. Beaucoup. Une tache de sang s'étendait sur le bas de son T-shirt. Elle ne vit qu'à ce moment-là qu'il tenait un couteau couvert de sang dans sa main gauche.

— Grant ! s'écria-t-elle en se précipitant vers lui sans savoir quoi faire.

Il avait reçu un coup de couteau.

Les renforts arrivaient... Quand elle jeta un coup d'œil par terre, elle fut stupéfaite de ne plus voir l'homme qui rampait. Il avait disparu.

Jack accourut à cet instant.

— Il était temps, grommela Grant.

— Il est blessé ! s'écria-t-elle. Il faut appeler une ambulance !

Elle n'en crut pas ses yeux lorsqu'elle vit Jack devenir parfaitement impassible. C'était son frère...

Il aboya des ordres dans un micro, puis posa une main sur l'épaule de Grant.

— Les hommes..., dit-elle. Ils ont essayé de... Vous devez les rattraper.

— On s'en occupe, répondit Jack.

— Je vais bien, dit Grant.

Sauf qu'il n'avait absolument pas bougé. Il tenait toujours le revolver de l'homme et le couteau. Il saignait toujours.

Un autre policier arriva en courant avec une trousse de secours.

— Si vous nous laissiez travailler, mademoiselle Easton ? suggéra Jack. Allez dans une de nos voitures. J'aurai des questions à vous poser quand on se sera occupés de Grant.

Dahlia voulut protester, *aider*. Mais Jack se plaça entre Grant et elle et se mit à parler avec l'autre policier.

Il la congédiait. Il était évident qu'il lui reprochait ce qui venait de se passer – et il avait bien raison de le faire. Elle s'était juste cachée dans la camionnette. Quand elle avait fini par tenter quelque chose, c'était Grant – *blessé* – qui l'avait sauvée.

Elle se dirigea d'un pas lourd vers les voitures de police dont les sirènes ne sonnaient plus. Les hommes qui les avaient attaqués avaient tous disparu. Elle fut tentée de se lancer à leur poursuite. Ils avaient essayé de l'enlever. Ne devait-elle pas chercher à savoir pourquoi ? Cela valait sans doute mieux que de se sentir aussi inutile et coupable...

Une camionnette semblable à celle de Grant se gara près des voitures de police, et Mary et Anna en sortirent. Tandis qu'Anna fonçait vers Jack et Grant, Mary s'approcha de Dahlia.

— Ça va ? demanda Mary en lui prenant le bras.

— Grant...

— Jack va l'emmener à l'hôpital et je vous ramène au ranch. Il va bien. Il est encore debout, non ?

Elle glissa un bras autour de la taille de Dahlia et l'entraîna vers sa camionnette. Dahlia jeta un coup d'œil par-dessus son épaule et ne vit que l'attroupement qui s'était formé autour de Grant.

— La police..., balbutia-t-elle.

— Elle essaiera de mettre la main sur ceux qui vous ont attaqués et d'obtenir des réponses, lui assura Mary.

— Ils ne voulaient pas me faire de mal, dit Dahlia.

Même celui qui avait essayé de l'attraper ne s'était pas montré violent. Il souriait. C'était contre Grant que l'un d'entre eux s'était battu. C'était Grant qui avait reçu une blessure.

Mary l'observa un long moment avant de répondre :

— Ce n'est pas parce qu'ils ne vous ont pas attaquée physiquement qu'ils ne vous ont pas fait de mal. On tirera ça au clair au ranch.

Mary ouvrit la portière du passager, mais Dahlia ne voulait pas s'éloigner de Grant ni quitter cet endroit qui lui semblait détenir l'explication de la disparition de Rose.

— On va vous aider, Dahlia, ajouta Mary. Mais on ne peut rien faire de plus ici.

« On va vous aider. »

Ils n'avaient pas baissé les bras. Ils avaient trouvé quelque chose et Grant l'avait protégée. Elle avait plus progressé en quelques jours que pendant les treize mois précédents. Elle aurait dû se réjouir qu'ils aient enfin une piste.

Alors pourquoi avait-elle envie de pleurer ?

Elle déglutit péniblement et murmura :

— Vous êtes sûre qu'il va bien ?

— S'il était en danger, je serais auprès de lui. Montez, s'il vous plaît.

Alors, Dahlia se résigna à lui obéir.

12

— Je vais bien, dit Grant à Jack pour la centième fois.

Il ne savait pas pourquoi il se donnait la peine de le répéter. Il n'arriverait pas à convaincre cette tête de pioche. Il jeta un coup d'œil dans le rétroviseur pour regarder sa sœur assise à l'arrière. Il n'arriverait pas à la convaincre non plus.

Tous les Hudson étaient des têtes de mule.

— Tu as reçu un coup de couteau, répondit Jack entre ses dents.

Il était si crispé que Grant était presque sûr qu'il volerait en éclats s'il le touchait.

C'était tentant… Sauf que la douleur lancinante dans son abdomen l'empêchait de bouger.

— Ça vaut toujours mieux que de prendre une balle, grommela-t-il.

Il était fou de rage que ce type ait réussi à le poignarder, mais il ne pouvait pas se reprocher d'être resté concentré sur le revolver. Heureusement, cette blessure n'était pas grave. On allait le recoudre à l'hôpital et le renvoyer chez lui au bout de quelques heures. Il détestait les hôpitaux, mais ce n'était pas ce qui le contrariait le plus à cet instant.

— Ils voulaient l'enlever, dit-il. Ils criaient des trucs déments. Lyle Stuart – et je suis sûr que c'était Lyle – a dit :

« Lyle est mort. » Ce sont des délires de secte et ils veulent Dahlia. Ils l'ont appelée « la réponse », « la promise ». Elle est leur cible et elle est en danger.

— Et c'est toi qui saignes à travers ton bandage, répliqua Jack.

Grant ne prit pas la peine de baisser les yeux. Accorder de l'attention à sa blessure ne les aiderait pas.

— As-tu envoyé des hommes à leur poursuite ?

— Je n'avais qu'une adjointe de disponible, répondit Jack, les mains crispées sur le volant.

Grant le fixa, bouche bée, pendant une bonne minute avant de s'écrier :

— C'est tout ? Pourquoi n'y es-tu pas allé toi-même, alors ?

— Parce que je ne voulais pas que mon frère meure ?

— Je ne vais pas mourir d'un petit coup de couteau !

— L'adjointe Brink a suivi leurs traces sur quelques centaines de mètres. Je l'ai chargée d'organiser une battue. On va passer toute la zone au peigne fin et on les retrouvera. Je ne laisserai pas une nouvelle version de l'Ordre de Vérité semer le chaos en ville.

Grant aurait préféré participer à la battue plutôt que d'aller à l'hôpital, mais Jack avait fait quelque chose, au moins.

Alors, Jack gâcha son soulagement en disant :

— Je crois qu'on devrait lâcher l'affaire.

Grant se tourna vers Anna. Le mouvement lui fit mal, mais il valait mieux qu'il ne réponde pas directement à l'absurdité de son frère.

— Dis-moi qu'il plaisante !

Anna les regarda, Jack et lui, à tour de rôle, le temps de choisir un parti. Parce qu'elle n'avait jamais peur de prendre parti.

— Tu suggères qu'on laisse une bande de tarés enlever notre cliente, sans doute pour la tuer comme sa sœur ? finit-elle par demander.

— Non, ce n'est pas ce que je suggère, répondit Jack.

Il se gara devant l'entrée des urgences et éteignit la sirène et le gyrophare.

— On en discutera plus tard, conclut-il.

Grant eut envie de protester, mais il voulait aussi se faire recoudre rapidement. Perdre davantage de sang ne ferait que l'affaiblir.

Il sortit de la voiture sans laisser le temps à Anna de venir l'aider, ce qui fit grogner Jack. Cela procura un plaisir mesquin à Grant. Son frère se comportait comme une tête de mule tyrannique.

Comme d'habitude.

— Ta blessure l'a ébranlé, dit Anna en venant lui prendre le bras. Il le vit comme un échec, ce qui va le rendre grognon, mais tu sais aussi bien que moi qu'il ne laissera pas Dahlia en plan. En plus, c'est Chloe qui organise la battue. Elle est méticuleuse.

Chloe Brink était une très bonne policière, mais...

— Je devrais y être.

Anna secoua la tête.

— Tu parles !

Ils se présentèrent à l'accueil des urgences. Grant eut l'impression d'attendre des heures avant qu'on ne l'emmène dans une salle où quelqu'un viendrait le recoudre.

Pendant tout ce temps, il se repassa la scène. Qu'aurait-il pu ou dû faire autrement ? Qu'est-ce que cela signifiait pour Dahlia ?

— Ils la veulent, grommela-t-il.

— Et ils t'ont poignardé, répondit Anna.

— Ce qui prouve qu'ils sont dangereux.

Elle haussa les épaules.

Un médecin arriva, le recousit, lui dit qu'il avait de la chance et qu'il devait se reposer… bla-bla-bla. Sentant que son patient n'était pas très coopératif, le médecin tendit à Anna l'ordonnance des analgésiques que Grant n'avait pas l'intention de prendre.

Ensuite, Anna se mit à parler de chevaux avec le jeune médecin, qui la draguait visiblement. Quand le médecin partit enfin en les autorisant à en faire autant, Grant fusilla sa sœur du regard.

— J'ai reçu un coup de couteau et tu dragues le toubib ?

— Il est mignon, répondit Anna.

Quand ils sortirent de l'hôpital, la douleur lui rendait difficile de marcher, mais il préférait cela à l'abrutissement des analgésiques.

Je connais. Non merci.

Jack faisait les cent pas près de sa voiture, son téléphone à l'oreille.

— Oh ! murmura Anna. Il est de mauvais poil.

— Lui arrive-t-il jamais d'être de bon poil ?

— Tu marques un point.

Jack raccrocha quand il les vit et observa Grant un long moment avant de demander :

— Alors ?

— Le médecin a dit qu'il s'en remettrait, répondit Anna, parce qu'ils savaient tous les deux que Jack n'accorderait aucune valeur à la version de Grant. Il a besoin de se reposer, mais aucun organe n'a été touché.

Jack hocha la tête.

— C'est une bonne nouvelle, dit-il. Malheureusement, j'en ai de mauvaises.

— Évidemment, commenta Anna.

— On a retrouvé l'homme qui t'a poignardé assez facilement… parce qu'il était mort.

— Mort ?

— D'une balle dans la tête.

Grant écarquilla les yeux.

— Je ne l'ai pas…

— Non, mais quelqu'un d'autre l'a tué, le coupa Jack. Ses complices se sont volatilisés.

Grant dut se mordre la langue pour ne pas reprocher à Jack la façon dont il avait géré les choses. Ç'aurait été injuste. Il savait que son frère ne pouvait pas consacrer toutes ses ressources à cette enquête.

Mais Grant aurait dû poursuivre ces hommes lui-même, blessé ou non.

— La situation est devenue trop dangereuse, dit Jack en employant le ton paternel que Grant détestait tellement que c'était en partie à cause de lui qu'il s'était engagé chez les marines. On va tout transmettre à la police. L'affaire. La cliente. Point final.

Grant ne répondit rien. À quoi bon ? Cela n'aurait pas valu mieux que de parler à un mur.

Mais cela n'allait certainement pas se terminer ainsi.

Dahlia était profondément reconnaissante envers Mary. Non seulement celle-ci lui avait préparé un déjeuner, mais elle semblait deviner tous ses besoins avant qu'elle ne les formule.

Au lieu d'insister pour que Dahlia se repose, Mary lui

avait proposé de l'aider. Dahlia ne s'était vu confier que des tâches simples – du classement, essentiellement –, mais qui l'aidaient à se sentir moins inutile et qui lui occupaient assez l'esprit pour l'empêcher de céder au désespoir ou à la panique.

Néanmoins, elle ne cessait de penser à l'attaque et de se demander ce qu'elle aurait dû faire différemment.

La sonnerie du téléphone la fit sursauter.

Mary répondit.

— Allô ? D'accord. Oui. Je le lui dirai. À plus tard.

Après avoir raccroché, Mary offrit un grand sourire à Dahlia.

— Grant est recousu et sur le chemin du retour. Il sera rétabli en un rien de temps.

Dahlia sentit qu'il y avait aussi une mauvaise nouvelle. Elle retint son souffle en s'attendant à… elle ne savait pas quoi.

— Malheureusement, on n'a pas retrouvé les hommes qui vous ont attaqués, ajouta Mary.

— Oh.

— Pas encore, se corrigea-t-elle en posant une main sur le bras de Dahlia. Je suis sûre que Jack trouvera des indices et finira par leur mettre la main dessus.

Dahlia eut encore l'impression que Mary ne lui disait pas tout. Elle n'essaya pas pour autant de lui soutirer les informations qu'elle gardait pour elle. Mary n'était pas son amie. C'était juste un membre de l'agence qu'elle avait engagée pour retrouver sa sœur.

Et la situation ne cessait de se compliquer. Le bureau du shérif était impliqué, maintenant, et il était devenu clair qu'elle était une cible.

Sauf qu'elle en avait marre d'être passive. Elle avait laissé les Hudson tout gérer depuis que Grant l'avait trouvée dans les rues de Vérité. Il était blessé, maintenant, et elle devait se ressaisir.

Alors, elle se concentra sur ce qu'elle était capable de faire.

— Auriez-vous des livres ou des articles de journaux sur l'Ordre de Vérité, Mary ? demanda-t-elle. Quand j'ai fait mes recherches, je me suis concentrée sur Eugene Green et sa famille. J'aimerais en savoir plus sur la secte.

Mary hésita, ce qui ne lui ressemblait pas.

— Je ne sais pas…

Comme Dahlia allait se mettre à pleurer si elle expliquait ce qu'elle ressentait à Mary, elle se contenta de dire :

— Je ne peux pas rester sans rien faire et je ne suis douée que pour faire des recherches.

Mary hocha la tête.

— Jack et Grant ne veulent pas qu'il y ait quoi que ce soit en rapport avec la secte à la maison, répondit-elle. Ils tiennent ça de nos parents. On n'a jamais eu le droit d'en parler ni de plaisanter à ce sujet… Comme Jack et Grant sont les plus âgés, c'est eux qui ont pris cette histoire le plus au sérieux.

— Je devrai me contenter de faire des recherches sur Internet, alors.

— Surtout pas ! s'écria Mary. On trouve tellement de bêtises sur Internet… Attendez-moi une minute.

Mary disparut et Dahlia se remit à classer des dossiers, pour s'occuper les mains et l'esprit.

Mary revint avec une pile de livres.

— Ils appartiennent à Anna, lui dit-elle. Elle n'appréciera sans doute pas que je les aie empruntés, mais je voulais vous les donner avant le retour de Jack et de Grant. Peut-être parce qu'elle est la plus jeune et celle qui se souvient le moins de nos parents, Anna a toujours été obsédée par la secte malgré le tabou familial. Je suis sûre que ces livres vous aideront plus que ce que vous pourriez trouver sur Internet.

Dahlia prit les livres. Le titre du premier était *Ordre de Vérité : faits et fiction*.

— Emportez-les dans votre chambre et cachez-les, au cas où Grant y entrerait, dit Mary. Je préviendrai Anna.

— Merci, répondit Dahlia en se demandant pourquoi Mary s'imaginait que Grant entrerait dans sa chambre. Je vais me plonger dans un peu de lecture, alors. Si vous avez encore besoin d'aide, n'hésitez pas.

Il était urgent qu'elle trouve des réponses – d'autant plus urgent qu'elle ne pouvait plus guère s'offrir qu'une semaine des services des Hudson. Elle fila vers sa chambre.

Après s'y être enfermée, elle examina les livres. Avant de venir dans le Wyoming, elle avait concentré ses recherches sur Eugene Green. Cela lui avait permis d'apprendre certaines choses sur l'Ordre de Vérité, mais rien de très précis sur ses croyances et ses rituels. Comme elle pensait que la généalogie expliquait la disparition de Rose, cela ne lui avait pas semblé pertinent.

Mais ces hommes avaient psalmodié en tendant les mains vers le ciel. Il devait s'agir d'une sorte de rituel. Elle parcourut les tables des matières en se demandant de quel genre d'informations elle avait besoin.

Les meurtres et l'intervention du FBI ne l'intéressaient pas vraiment. Quelles étaient les croyances de la secte ? Quelle était sa vérité ?

Les hommes avaient crié : « Seigneur de Vérité ! Viens-nous en aide ! »

Qui était ce Seigneur ? Elle trouva un chapitre intitulé « Le Seigneur de Vérité » et en entreprit la lecture. Ce qui était décrit n'était basé sur aucune des religions qu'elle connaissait. C'était un mélange de symboles et de croyances. Surtout, Eugene Green lui-même semblait être au cœur de tout.

C'était *lui* le Seigneur de Vérité. Seuls Eugene et ses descendants connaissaient la vérité.

Le mot « descendant » lui donna la chair de poule. Mais Rose et elle n'étaient pas des descendantes directes d'Eugene Green, alors pourquoi ces hommes avaient-ils essayé de l'enlever ?

Elle se souvint des paroles de Mme Riley. D'après celle-ci, ils connaissaient leur existence.

Mais ce n'était peut-être pas tout. Rose avait peut-être disparu à cause de ce qu'*elle* avait découvert.

Des coups frappés à la porte la firent sursauter. En regardant par la fenêtre, elle constata que la lumière avait baissé. Elle devait lire depuis un moment.

— Dahlia ?

C'était la voix de Grant. Comme Mary lui avait demandé de ne pas le laisser voir les livres, elle résista à son envie de courir ouvrir et prit le temps de tout cacher sous le lit.

— Une minute !

C'était ridicule. Elle eut l'impression d'être de nouveau une petite fille qui cachait les *Harry Potter* que ses parents lui avaient interdit de lire.

Mais elle était sous le toit des Hudson. Elle devait respecter leurs règles.

Quand elle eut fini, elle se redressa et inspira pour essayer de se calmer. Une part d'elle voulait voir de ses propres yeux que Grant allait bien, l'autre ne voulait pas assumer qu'il avait été blessé à cause d'elle. Il était temps qu'elle arrête d'être aussi irrationnelle.

Elle ouvrit la porte et réussit à sourire. Elle trouva Grant un peu pâle, mais il était devant elle.

Vivant.

— Je voulais juste m'assurer que vous alliez bien, lui dit-il.

— Moi ? C'est vous qui êtes blessé.

Elle eut envie de le toucher pour vérifier qu'il était aussi solide qu'il en avait l'air, mais c'était comme s'il y avait un mur entre eux.

— Je suis désolé, dit-il.

— De quoi ?

— Ils se sont échappés. Jack enquêtera et il fera du très bon boulot.

— J'aimerais être convaincue…

Il grimaça.

— J'aimerais être plus convaincant. La vérité, c'est que Jack est freiné par les procédures qu'il doit respecter et les limites de ses moyens. Pas moi. Je ne baisserai pas les bras, Dahlia. Je veux que vous le sachiez. Je ferai tout pour découvrir qui vous menace.

Sa voix et son expression étaient solennelles, comme s'il lui faisait un serment. Comme s'il se souciait personnellement de sa sécurité.

— Je crois que personne n'a jamais…, balbutia-t-elle.

Se sentant bête, elle laissa sa phrase en suspens. Elle le *payait* et elle ne pourrait plus le faire très longtemps. Il était urgent qu'elle apprenne à se défendre seule.

— Pourriez-vous me rendre un service, s'il vous plaît ? demanda-t-elle.

— Lequel ?

— J'aimerais que vous m'appreniez à me battre.

13

Grant ne sut pas quoi dire. Elle avait l'air en meilleure forme que le jour de son arrivée, mais elle restait frêle. C'était une bibliothécaire du genre nerveux. Elle avait reconnu elle-même qu'elle n'était pas très sportive. Il n'arrivait pas à l'imaginer en train de donner un coup de poing.

Néanmoins, tout le monde pouvait apprendre à se défendre ou à tirer avec une arme à feu. Si Anna avait toujours aimé cela, la tendance naturelle de Mary était de fuir les armes. Pourtant, elle avait appris à tirer et Grant considérait son adresse comme une victoire personnelle, vu qu'il avait été son professeur.

Avant de perdre la capacité de tirer.

— Je sais ce que vous pensez, dit Dahlia sur un ton presque agacé. Et vous n'avez pas tort. Je suis faible. Je n'ai aucune connaissance en matière d'autodéfense. Je sais mettre mes clés entre mes doigts quand je marche dans un parking mal éclairé, mais c'est tout. J'ai passé ma vie à éviter les parkings mal éclairés et les situations à risque. Mais celle-là, je ne peux pas l'éviter. J'ai détesté ce qui s'est passé aujourd'hui. Parce que, non seulement vous avez été blessé, mais je suis restée assise sans intervenir. J'ai détesté me cacher sans savoir quoi faire. Je me suis montrée *faible.*

— Vous avez essayé de récupérer l'arme. Vous ne vous êtes pas cachée. Le fait que vous soyez toujours là, prête à continuer, après tout ce que vous avez subi, ce n'est pas de la faiblesse.

Mais elle ne voulait rien entendre.

— Je me suis cachée au début. Et je n'ai essayé de récupérer le revolver que pour empêcher les autres de mettre la main dessus. Je ne sais pas quoi faire d'une arme à feu. S'ils en ont après moi, je dois savoir me battre et tirer.

— Je serai là, lui assura-t-il en résistant à l'envie de la prendre par les épaules pour lui imprimer un sentiment de sécurité comme un tatouage. On sera tous là pour vous protéger.

— Pas pour toujours, répondit-elle, l'air troublé.

Il ne savait pas pourquoi cela le dérangeait qu'elle pense déjà à un avenir éloigné. Il ne comprenait pas pourquoi il voulait... la protéger autant. Quand ses sœurs grandissaient, il avait tout fait pour leur donner les moyens de se défendre seules.

Sa réaction vis-à-vis de Dahlia n'avait rien de logique. Par contre, ses paroles à elle avaient du sens, même si quelque chose en lui se rebellait.

— On peut le faire, concéda-t-il. On peut vous apprendre un peu d'autodéfense.

Elle soupira comme si elle avait craint un refus.

— Merci, dit-elle.

Puis elle fit un pas en avant et hésita. Après avoir pris un moment pour se décider ou pour rassembler son courage, elle tendit la main vers lui. Elle la posa sur son bras et le regarda droit dans les yeux.

— Je suis vraiment désolée que vous ayez été blessé.

C'étaient des excuses sincères et en bonne et due forme – chose à laquelle il n'était pas habitué en tant que Hudson et marine. Il ne put que la fixer bêtement. Que pouvait-il lui répondre ? Qui s'excusait sans rien attendre en retour ?

Elle s'éclaircit la voix et laissa retomber sa main, ce qu'il ressentit comme une perte. Pendant un moment, il avait eu l'impression de renouer avec de vieilles parties de lui qu'il pensait avoir perdues – ce qui était absurde.

— J'ai survécu à pire, ironisa-t-il.

Dahlia fronça les sourcils. Il avait oublié qu'en dehors de l'armée et de sa famille, les gens n'avaient pas forcément le même humour noir ni cette façon tordue de voir les choses.

— Vous avez été blessé à la guerre ?

— Ici et là, répondit-il en haussant les épaules. Rien de grave. On ne m'a jamais renvoyé chez moi pour ça.

Cela n'eut pas l'air de la rassurer.

— C'est pour ça que vous n'aimez pas en parler ? demanda-t-elle, les sourcils toujours froncés.

Il y avait quelque chose dans ses yeux bleus, dans la façon dont elle le regardait, qui lui donnait l'impression qu'elle lisait en lui. Il aurait juré qu'elle l'hypnotisait, s'il avait été du genre à croire à ces fadaises.

— J'ai survécu à mes blessures. Et non, je ne vois pas la nécessité de revenir dessus, elles ne me pèsent pas. Elles sont ce qu'elles sont.

— Alors, qu'est-ce qui vous pèse ?

Si quelqu'un d'autre lui avait posé cette question, il se serait crispé et il l'aurait rembarré ou ignoré.

N'importe qui d'autre.

Mais c'était Dahlia. Elle était... différente. Elle était ouverte. Elle n'avait pas d'idées préconçues sur lui, sur son expérience dans l'armée ni sur ce qu'il avait porté au bal de fin d'année du lycée. Elle s'excusait, trébuchait dans la boue et aimait les chiens. Elle avait ses propres démons et, bizarrement… cela lui donnait envie de parler des siens.

— J'ai eu de la chance. Ce n'est pas le cas de tout le monde. Et pas seulement de rentrer chez moi en un seul morceau, mais d'être capable d'encaisser ce que j'ai vu.

Elle lui serra le coude un bref instant, sans doute pour tenter de le réconforter.

— Je ne suis pas sûre d'encaisser très bien quoi que ce soit, dernièrement, dit-elle d'une petite voix triste.

Comme malgré lui, il posa sa main sur la sienne et la caressa du pouce.

— Il y a des choses plus dures à encaisser que d'autres. Comme la perte et le deuil. Il faut apprendre à vivre avec du mieux qu'on peut. Vous avez tenu bon jusqu'ici, Dahlia. Je sais d'expérience quelle force de caractère il faut pour persévérer quand tout le monde vous dit de lâcher prise. Jack et toute ma famille… On n'a pas obtenu nos réponses, mais on a persévéré jusqu'à épuiser toutes nos options. J'en suis fier et ça m'aide à tenir.

Sa main était petite et chaude, sa peau douce sous ses doigts. Le regard de Dahlia se posa un moment sur leurs mains jointes. Lorsqu'il perçut un changement dans sa respiration, il ressentit quelque chose qu'il n'était pas autorisé à ressentir pour une cliente.

Ce n'était pas vraiment une règle des Hudson, mais cela rait dû en être une.

Elle releva la tête et plongea son regard dans le sien.

— Je sais que vous avez dit que vous n'étiez pas un héros

de guerre, mais pourquoi les gens pensent-ils que vous en êtes un ?

Le sujet était suffisamment inconfortable et malvenu pour qu'il réussisse à retirer sa main au lieu de se perdre dans une situation qui devenait de plus en plus dangereuse.

— Pourquoi en discuter ? demanda-t-il. On va arriver en retard au dîner.

— Vous avez raison.

Elle baissa les yeux, retira sa main de son bras et esquissa un sourire qui s'évanouit aussitôt.

— Désolée, ajouta-t-elle. Je ne suis pas curieuse d'habitude.

— Alors, pourquoi l'êtes-vous maintenant ?

— Je n'en sais rien.

— Et moi, je peux être curieux ?

Elle inspira profondément, comme pour se préparer au pire. Quand elle le regarda de nouveau, elle arborait son sourire habituel, aimable, mais distant.

— Bien sûr, répondit-elle.

Il ne devait pas. Il devait la boucler. Ce n'étaient pas ses oignons. Dahlia était une cliente et, quelle que soit sa réponse, cela ne changeait rien. Les mots sortirent quand même.

— Personne ne vous attend chez vous ?

— Il y a mes parents, mais ils ne m'attendent pas vraiment.

— Ce n'est pas… ce que je voulais dire, précisa-t-il.

La confusion se peignit sur son visage, mais elle finit par comprendre, à en juger par le rouge qui lui monta aux joues.

— Oh ! non. Il n'y a… personne.

Il aurait peut-être dû dédramatiser ou prétendre qu'il voulait le savoir pour des raisons de sécurité, mais il ne le fit pas.

— On va dîner ? lui demanda-t-il à la place.

Elle hocha la tête et le suivit dans le couloir.

Dahlia avait passé le dîner à se demander si Grant avait utilisé une tactique de diversion. Avait-il flirté avec elle pour lui faire oublier son envie d'apprendre à se battre ?

Mais le lendemain matin, Anna et Palmer l'attendaient.

— Grant a dit que vous vouliez apprendre des gestes d'autodéfense ?

Il l'avait donc écoutée et avait accédé à sa requête.

— Oui, en effet.

Elle essaya en vain de ne pas le chercher du regard dans la cuisine et le salon.

— Il est dans le coin ? demanda-t-elle.

— Je l'ai renvoyé au lit. Il avait une mine *affreuse*, répondit Anna.

Puis, comprenant sans doute que ce n'était pas la chose à dire à la personne qui se sentait responsable de sa blessure, elle s'empressa d'ajouter :

— C'était vers 5 heures du matin. Il refuse de prendre ses analgésiques, alors il dort mal. Je parie qu'il ne va pas tarder à descendre prendre son petit déjeuner. À part ça, il se porte comme un charme.

— C'est un portrait flatteur, se moqua Palmer.

Sa plaisanterie lui valut un regard noir de sa sœur et un coup dans le ventre qui le fit se plier en deux.

— C'était votre première leçon : l'élément de surprise, dit Anna en souriant. Ça et un bon petit déjeuner.

Ils se retournèrent tous en entendant un bruit. C'était Grant qui arrivait dans la cuisine.

Dahlia ne lui trouva pas une mine affreuse, mais il ne s'était ni rasé ni peigné, ce qui lui donnait un air rebelle. Elle en frissonna. Cette réaction était puérile, vu qu'elle ne le connaissait pas, pas vraiment, et son immaturité commençait à être problématique.

— Ça va, champion ? lui lança Palmer.

— Merveilleusement bien, grommela Grant.

Il la regarda et lui offrit un sourire un peu faible.

— Bonjour, lui dit-il.

— Bonjour, répondit-elle. Je peux vous faire...

— Mary vous a déjà préparé deux assiettes, la coupa Anna en ouvrant la porte du réfrigérateur. Elle dit que vous êtes tous les deux au régime « convalescents ». Beaucoup de protéines et de liquide.

— Je ne suis pas blessée, protesta Dahlia.

— Non, mais vous êtes bien trop maigre et Mary adore dorloter les gens, déclara Anna. Elle doit s'occuper des chevaux ce matin, mais elle m'a donné l'ordre de réchauffer vos assiettes et de m'assurer que vous les mangiez. Elle a juré qu'elle me le ferait payer si je n'obéissais pas.

Elle enfourna une assiette dans le micro-ondes et ajouta :

— Allez dans la salle à manger. Je me ferai un plaisir de vous servir.

Palmer éclata de rire.

— On aura tout vu !

Grant et Palmer allèrent dans la salle à manger et Dahlia se sentit obligée d'en faire autant. Elle s'assit sur la chaise qui semblait être devenue la sienne, tandis que Palmer et Grant discutaient du ranch et buvaient leur café.

Anna entra bientôt en portant deux assiettes, qu'elle posa devant Dahlia et Grant.

— Mangez ou affrontez la colère terrible de Mary.

Dahlia essaya de sourire. Son appétit n'était toujours pas revenu, mais la nourriture était toujours si délicieuse qu'une fois la première bouchée avalée, elle réussissait à finir son assiette. Elle apprenait peut-être à nourrir son corps même quand il était récalcitrant.

— On verra les gestes de protection de base et comment se servir d'une arme à feu, dit Palmer, comme si c'était un sujet normalement abordé au petit déjeuner. Anna et moi vous montrerons les mouvements, puisque Grant doit se reposer, mais il vous apprendra à tirer.

— Elle se débrouillera peut-être mieux si c'est une femme qui l'initie, intervint Grant, qui ne put s'empêcher de grimacer quand il changea de position.

Dahlia aurait aimé pouvoir faire quelque chose pour soulager sa douleur.

— Ou avec quelqu'un plus proche de son niveau de débutante, dit Palmer pour taquiner Anna.

Mais Anna ne mordit pas à l'hameçon.

— Grant est le meilleur tireur, et de loin. C'est aussi le plus patient de nous tous, mais Mary ou moi pouvons le faire, si vous préférez.

— Hé, je peux me montrer patient ! rétorqua Palmer.

— Pour sortir du lit, oui, grommela Anna.

— Je ne veux pas…, commença Dahlia.

Elle laissa sa phrase en suspens et hésita. Elle avait désespérément besoin de leur aide et c'était elle qui avait sollicité Grant, mais elle avait l'impression d'abuser, tout à coup.

— J'apprécie que…, reprit-elle.

— Dahlia, la coupa Grant. Arrêtez de penser que vous êtes un fardeau pour nous.

Elle le fixa, stupéfiée par la simplicité avec laquelle il était allé droit au but alors qu'elle cherchait encore ses mots.

— Mais…, bredouilla-t-elle.

Elle s'était toujours vue comme un fardeau. Elle s'était efforcée de se minimiser, de se restreindre, afin que personne ne pense qu'elle prenait trop d'espace ou en demandait trop.

La disparition de Rose avait été un étrange tournant dans sa vie, qui lui avait donné un courage et une détermination qu'elle n'avait jamais eus. Elle avait peut-être besoin de changer sa vision du monde, de ne plus se voir comme un fardeau, mais comme une personne qui saisissait les occasions qu'on lui offrait.

— Tout ça, c'est pour aider les gens, dit Anna en embrassant la maison d'un geste. Parce qu'on l'a vécu. Alors, vous êtes tout sauf un fardeau.

— On en a fait une affaire, bien sûr, enchaîna Palmer. Mais c'est plus que ça.

— Le ranch, on le garde parce qu'il rapporte et que c'est notre héritage, ajouta Grant. Mais HI... c'est pour nous.

— Croyez-moi, on ne fait rien par bonté d'âme, tous les trois, conclut Anna.

Dahlia jeta un coup d'œil à Grant malgré elle. Il ne contredit pas Anna, mais elle se dit qu'il aurait dû. Il avait reçu un coup de couteau en s'efforçant de la protéger. *C'était* de la bonté d'âme.

— Mangez, lui dit gentiment Grant.

Ne sachant pas quoi faire d'autre, elle lui obéit.

14

Les jours passèrent sans réels progrès. Dahlia resta au ranch, toujours sous la garde de quelqu'un, des caméras ou d'un chien. Le matin, Grant ou l'un des membres de sa fratrie lui apprenait à se défendre ou à tirer.

Jack et ses hommes ne trouvèrent rien. Grant était frustré, mais il comprenait que ce groupe d'imitateurs de l'Ordre de Vérité avait réussi à éviter la police depuis un bon moment et que, même si les autorités étaient maintenant au courant de leur existence, ils n'en seraient pas moins difficiles à dénicher.

Si ce groupe était effectivement tombé sur Rose Easton et l'avait assassinée, il avait passé plus d'un an à le cacher – à la police, aux détectives privés et à Dahlia.

Bien qu'il n'ait aucun désir d'y retourner, Grant savait qu'il devait aller fouiner du côté de Vérité. La police l'avait fait à plusieurs reprises, sans découvrir le moindre élément nouveau, mais il avait le sentiment qu'il y avait quelque chose à trouver là-bas. Et cela lui éviterait de se tourner les pouces.

Parce que apprendre à tirer à Dahlia relevait de la torture, vu qu'elle était « hors limite ». Comme si cela ne suffisait pas, la conscience que l'homme qu'il était avant son déploiement ne s'en serait pas soucié et serait passé à l'action le mettait très mal à l'aise.

Il la trouva avec Anna dans la petite salle de sport aménagée dans l'une des dépendances. Elles étaient toutes les deux essoufflées après une demi-heure d'exercices d'autodéfense.

Il n'avait pas osé se montrer plus tôt, parce que la voir frapper, contrer et déjouer des prises l'affectait alors que cela n'aurait pas dû.

— Le tireur d'élite est là, annonça joyeusement Anna quand elle l'aperçut. Tu tombes à pic, j'ai des coups de fil à passer.

Anna s'approcha de lui et, une fois à sa hauteur, chuchota :

— Je vais m'absenter quelques jours, je te préviens.

— Je suis le seul à savoir ?

— Je l'ai aussi dit à Mary. Ne le répète pas au grand frère. Je connais un gars qui connaît un gars. Il pourrait me fournir des infos – ou pas. Je serai de retour avant ce week-end.

Il résista à la tentation de recommander à Anna d'être prudente. Ils étaient loin d'être semblables, mais contrairement à Jack, Palmer *et* Cash, qui voulaient tous l'enfermer dans sa chambre et faire comme si elle était encore une petite fille, il comprenait son aversion pour l'inaction et son besoin de prendre des risques.

Il n'en était pas moins son grand frère.

— Sois prudente, dit-il quand même.

— Je suis née prudente, répliqua-t-elle.

C'était un mensonge pur et simple, mais il ne servirait à rien de discuter avec elle. Il la laissa partir. Comme ses frères et sœurs l'avaient laissé partir autrefois.

Quand elle se fut éloignée, il se tourna vers Dahlia, qui se tenait debout sur l'un des tapis, l'air hésitant. Elle fixait l'arme qu'il tenait, mais elle leva les yeux et se força à sourire.

— J'apprécie vraiment…

Elle s'interrompit lorsqu'il fronça les sourcils, puis elle lui offrit un sourire sincère. Elle avait un sourire très doux sans être mielleux, qui donnait l'impression qu'elle vous offrait quelque chose de rare et spécial.

— Ce n'est pas pour vous remercier, cette fois, promit-elle.

Il la vit jeter un nouveau coup d'œil à l'arme. Elle avait appris les règles de sécurité et tiré une ou deux fois avec, mais elle n'aimait ni le bruit ni l'impact.

Dahlia s'avança et il eut l'impression qu'elle essayait de trouver les mots justes. Elle faisait toujours attention aux mots qu'elle employait et il se demandait comment elle avait acquis cette habitude.

— J'apprécie le fait que vous m'appreniez à utiliser une arme à feu, mais je déteste ça, dit-elle avant de soupirer, les épaules basses.

Il esquissa un sourire.

— Je m'en étais aperçu.

— Je sais que je suis faible.

— C'est loin d'être le cas. Mary n'est pas fan non plus. Elle a appris parce que c'est une nécessité ici et pour rassurer Jack, mais elle n'aime pas les armes à feu. Cash n'y touche pas quand Izzy est dans le coin. Ce ne sont pas des jouets. C'est normal d'être mal à l'aise. C'est mieux que de trop les aimer.

Elle hocha la tête.

— Merci de me dire ça. Alors, on pourrait dire qu'on en a fini ? demanda-t-elle, pleine d'espoir. Je sais au moins en tenir une et la pointer sur quelqu'un en cas de besoin.

— Et on va tout faire pour que ça n'arrive pas, lui assura-t-il.

Il allait en faire sa mission.

Dahlia souriait de nouveau, mais plus timidement.

— Eh bien… on s'est organisés, on s'est ressaisis et j'ai acquis des compétences minimales en autodéfense. Il est temps qu'on fasse quelque chose de concret. Je serai bientôt à court d'argent, et avant que vous me disiez encore une fois que l'argent n'a pas d'importance, essayez de comprendre qu'il en a pour moi.

Cela ne lui plaisait pas, mais il comprenait sa fierté et son besoin de sentir qu'elle avait un certain contrôle sur sa vie. Néanmoins, l'idée qu'elle partirait si elle n'avait plus de quoi les payer le contrariait profondément.

— Je pensais aller à Vérité cet après-midi, lui dit-il alors qu'il n'avait pas prévu de la mettre au courant.

Il pouvait s'avouer qu'il avait envie de passer du temps avec elle. Même si c'était une torture. Parce que c'était une torture qui lui rappelait que le Moyen-Orient n'avait pas tout brisé en lui.

— Jack n'approuvera pas, donc si vous voulez venir, il n'y aura que nous deux. Et Willie. Il faudra mentir à ma famille. Si tout ça ne vous dérange pas, vous pouvez m'accompagner.

Elle se mordilla la lèvre et, pour ne pas se laisser aller à rêver de l'embrasser, il se concentra sur les boucles qui s'étaient échappées de son chignon.

— En parlant de mentir..., commença-t-elle en évitant son regard.

— Vous avez menti ? dit-il, sincèrement surpris.

— Si omettre des faits qui pourraient vous déplaire, c'est mentir, précisa-t-elle avec un petit sourire qu'elle devait vouloir rassurant. C'est juste que ces psalmodies m'ont dérangée et ont mis en évidence un trou dans mes recherches.

— Quel genre de trou ?

— J'ai fait des recherches sur les Green, sur leurs liens avec ma famille et sur l'histoire passée de la secte, mais pas sur ses croyances et ses rituels.

Habituellement, il savait masquer ses émotions, mais pas quand il s'agissait de l'Ordre de Vérité.

— Vous avez fait des recherches sur la secte, dit-il, l'estomac noué.

Dahlia eut l'air peinée.

— Mary a dit que vous le prendriez mal.

Il fut contrarié que Dahlia se sente coupable alors qu'elle avait le droit d'agir à sa guise – et tout aussi contrarié que sa sœur discute de la secte et des sentiments qu'elle lui inspirait.

— Oh ! c'est ce que Mary a dit ? Et qui d'autre sait ce que vous avez manigancé ?

— Eh bien..., murmura-t-elle. Je suis navrée. Anna est au courant aussi, mais c'est tout. On en a juste parlé, je suis désolée. Je sais que ça vous ennuie, mais j'ai pensé que si je comprenais mieux... leurs pensées et leurs actions, ça nous donnerait des indices sur leur localisation ou...

Elle effleura la manche de sa veste.

— Je suis vraiment désolée, répéta-t-elle.

— Vous ne me devez pas d'excuses pour avoir fait ce qui vous semblait le mieux, dit-il.

Le mieux était subjectif. Son père l'avait averti que Vérité était un endroit dangereux. La secte n'était pas seulement un ramassis de meurtriers et de fanatiques religieux, elle profitait des gens qui voulaient désespérément croire en quelque chose ou appartenir à quelque chose.

Il ne voyait pas Dahlia comme une femme désespérée, mais elle était seule. Le peu qu'elle avait dit sur sa famille n'en donnait pas une bonne image. Dahlia était dans un endroit où elle ne connaissait personne pour essayer de retrouver le *meurtrier* de sa sœur. Il ne la croyait pas susceptible de se laisser entraîner dans une secte, mais c'était dangereux et elle ne bénéficiait que de peu de soutien.

— Ne soyez pas fâché contre moi, s'il vous plaît, dit-elle alors que le silence s'éternisait.

— Je ne le suis pas, répondit-il par réflexe.

Ce qu'il ressentait était bien différent. Il hésita à lui dire la vérité.

— Cette histoire est dangereuse. Je n'ai pas besoin de vous le dire. Et je ne suis pas sûr de pouvoir vous expliquer mon aversion. Vérité est une sorte d'ombre qui plane sur cette ville. Un monstre qui fait peur. Toutes les familles en ont souffert, même si ça date, maintenant. Mes propres parents aussi. Ils nous ont élevés dans l'idée qu'il ne faut pas remuer la boue de Vérité. C'est une plaie encore ouverte.

Il soupira.

— Bien sûr, Anna adore triturer les plaies ouvertes, ajouta-t-il.

Elle esquissa un sourire, comme si elle partageait son avis sur Anna, mais elle retrouva vite son sérieux.

— Je ne veux raviver aucune douleur. Je veux juste savoir ce qui est arrivé à ma sœur.

— Je sais. C'est pour ça que je ne peux pas vous en vouloir, même si tout ça me met mal à l'aise.

— Alors, si vous êtes renfrogné et bourru, c'est par gêne, pas par réprobation ?

— Renfrogné et bourru ? Vous passez trop de temps avec mes sœurs.

Elle sourit et son expression perdit un peu de sa gravité. Si seulement cela avait pu calmer un peu son inquiétude...

— C'est une situation dangereuse de bien des manières. Surtout s'il s'agit d'une affaire de meurtre. Même si je vous comprends et même si je pense que c'est nécessaire, enquêter sur l'Ordre de Vérité est risqué et délicat. Je m'inquiète pour vous.

Elle écarquilla les yeux.

— Personne ne s'inquiète jamais pour moi, répondit-elle.

— Vous ne pouvez pas dire ça, puisque je m'inquiète.

Elle l'observa avec un air sérieux et inquisiteur. Il ne savait pas ce qu'elle cherchait ni s'il pouvait ou voulait le lui donner.

— Vous vous inquiétez pour tous vos clients ? lui demanda-t-elle d'une voix feutrée après une longue pause.

Il secoua la tête.

— Non.

Il aurait pu lui expliquer que les affaires classées dont il s'occupait étaient rarement des affaires de meurtres et qu'elles ne le confrontaient jamais à des sectes psychotiques, mais il ne le fit pas.

Ils restèrent face à face, les yeux dans les yeux.

Il aurait dû rompre le silence ou changer de sujet. Son regard n'aurait pas dû glisser vers la bouche de Dahlia et son corps n'aurait pas dû se pencher vers elle comme s'il était attiré par une force magnétique.

Elle ne recula pas. Elle ne baissa pas les yeux. Elle ne fit rien pour l'arrêter. Il aurait pu l'embrasser... Mais le moment était passé, il y avait trop réfléchi. Et un aboiement vint mettre un terme à ses tergiversations.

Willie accourut, la queue frétillante. Il avait aboyé parce qu'il était content, pas pour les avertir d'un danger. Grant consulta sa montre pour éviter le regard de Dahlia. Il était midi. Il s'éclaircit la voix et annonça :

— C'est le signal du déjeuner.

— Oui. Bien sûr. On déjeune et on file à Vérité... sans rien dire à personne ?

Il acquiesça. Il sentit, et ce n'était pas la première fois, qu'il ne s'habituerait jamais à l'homme qu'il était devenu après avoir quitté l'armée et être rentré chez lui.

Dahlia suivit Grant à l'intérieur de la maison, où ils déjeunèrent avec Mary et Palmer. Puis Grant lui dit de prendre un sac avec toutes les notes qu'elle jugeait utiles, et ils se dirigèrent vers sa camionnette pour se rendre à Vérité, Willie sur leurs talons.

Il était à la fois étrange et affreux qu'elle pense davantage à la façon dont Grant l'avait regardée dans la salle de sport qu'à ses notes ou à ce qu'elle allait trouver à Vérité.

Elle aurait dû penser à Rose, à son meurtre, au danger, et se demander pourquoi le fait de savoir que Rose était morte ne lui apportait aucun apaisement.

Sauf qu'elle pensait à la façon dont le regard de Grant s'était attardé sur ses lèvres, à la façon dont il s'était... rapproché. Elle avait beau se dire qu'elle avait probablement halluciné, il avait semblé au moins *songer* à l'embrasser.

Elle était une personne horrible. Elle essaya de s'en convaincre, du moins. Mais, quelque part sur le trajet silencieux vers Vérité, elle se rendit compte que la voix qui lui reprochait la direction de ses pensées ressemblait beaucoup à celle de sa mère.

Grant avait dit qu'il s'inquiétait pour elle, ce qu'elle avait du mal à admettre, puisqu'on lui avait dit toute sa vie que personne n'avait besoin de s'inquiéter pour elle. Elle avait toujours été une fille sage qui suivait les règles et n'aurait jamais osé les enfreindre. Quelle raison y aurait-il eu de s'inquiéter ?

C'était Rose qui enfreignait les règles.

« Et regarde où ça l'a menée. »

C'était encore la voix de sa mère. Pas la sienne. Si elle avait une amie dans la même situation qu'elle, lui dirait-elle : « Quelle personne affreuse tu es de penser à autre chose qu'à ta sœur » ? Ou rappellerait-elle à cette amie que, tragédie ou pas, elle avait le droit de vivre ?

Cette pensée la rendit optimiste pour la première fois depuis longtemps.

Ce n'était pas seulement Grant et la possibilité qu'il s'intéresse à elle qui lui remontaient le moral, c'était toute sa famille, qui la traitait mieux que sa propre famille.

Il s'inquiétait pour sa sécurité. Elle pouvait se dire que ce n'était que… par noblesse. Comme tout soldat, il voulait aider et protéger les gens.

Néanmoins, l'inquiétude de Grant semblait différente de celle du reste de sa famille. Ses frères et sœurs étaient gentils et compatissants, mais Grant la regardait d'une façon particulière.

Et ta sœur est morte.

Mais toi, tu es en vie.

Elle jeta un coup d'œil à Grant. Son regard était fixé sur la route et son expression était très sérieuse. La façon dont ses frères et sœurs le taquinaient et les regards indulgents qu'il leur accordait quand ils le faisaient incitaient Dahlia à penser qu'il n'avait pas toujours été aussi stoïque. L'armée l'avait probablement endurci.

Mais sous son extérieur solide, il y avait de la douceur. Ce n'était peut-être pas le bon mot… Il y avait quelque chose de caché, en tout cas.

Willie passa la tête entre les deux sièges avant et réclama des caresses en poussant l'épaule de Dahlia du museau.

— J'ai toujours voulu un chien, dit-elle sans réfléchir.

— Pourquoi vous n'en prenez pas un ?

— Oh ! mon père et Rose sont – étaient tous les deux allergiques. Et quand j'ai quitté la maison, les chiens étaient interdits dans mon immeuble.

Il eut l'air d'y réfléchir.

— Sans vouloir vous dire quoi faire, à un moment donné, il va falloir que vous preniez conscience que vous êtes une adulte et que c'est à vous de faire vos propres choix, pas aux autres. Je dis ça parce que j'en ai moi-même pris conscience en quittant l'armée.

— On ne peut pas comparer le fait de quitter la maison et de partir à la guerre, lui fit-elle remarquer.

Il haussa les épaules.

— Si votre enfance a ressemblé à une zone de guerre, la comparaison se tient. Métaphoriquement, je veux dire.

Elle eut envie de protester, mais le mot « métaphoriquement » l'en empêcha. De fait, son enfance avait un peu ressemblé à une guerre. Ses parents tiraient à boulets rouges sur Rose, qui le leur rendait bien, tandis qu'elle, au milieu, essayait de se planquer.

Grant n'ajouta rien. Il quitta la nationale pour s'engager sur la route de campagne qui menait à Vérité. Dahlia contempla le paysage. Elle avait beau savoir que les hommes qui les avaient attaqués sur la route et qui avaient tué Rose étaient peut-être dans les parages, elle ressentit le même sentiment de paix que la première fois qu'elle avait mis les pieds dans la ville fantôme.

Elle aurait dû être horrifiée par ce qui s'était passé ici, mais...

— C'est un très bel endroit, dit-elle.

Il se gara. Il n'eut pas besoin de répondre pour qu'elle sente sa réprobation.

— Je sais que vous ne pouvez pas faire abstraction de ce qui s'est passé ici, mais ce lieu a quelque chose de paisible, ajouta-t-elle.

— Vous n'avez pas à vous justifier, Dahlia. Vous êtes aussi libre de ressentir ce que vous voulez que de faire vos propres choix.

Il sortit de la camionnette et Dahlia resta bloquée. Le ton de Grant n'avait été ni contrarié ni dédaigneux, il n'avait fait qu'énoncer une évidence.

« Vous êtes aussi libre de ressentir ce que vous voulez. »

C'était révolutionnaire. C'était peut-être parce qu'elle avait mené une vie timide, mais elle avait l'habitude de se justifier à tout bout de champ, d'avoir l'impression d'être l'intruse qui devait s'adapter aux autres... pour mettre fin à cette guerre métaphorique.

Il fit le tour du véhicule pour lui ouvrir la portière. Il semblait inquiet.

— Ça va ? demanda-t-il.

— Oui.

Elle allait bien. C'était juste que sa vision du monde avait été complètement bouleversée depuis la disparition de sa sœur. Elle se força à sortir de la camionnette et Willie en sauta derrière elle.

Ils restèrent là un moment, épaule contre épaule, à observer la ville abandonnée de Vérité. Dahlia se sentait perdue. Pendant si longtemps, le simple fait de chercher Rose lui avait donné un but, pour lequel se battre et vers lequel se diriger.

Elle voulait toujours retrouver l'assassin de Rose, mais la confirmation de la mort de sa sœur la désorientait.

Et voilà que Grant lui faisait remarquer toutes les choses qu'elle n'avait pas à faire. Tous ses vieux schémas de pensée et les comportements qui ne lui convenaient pas.

Qui était-elle donc ?

Grant lui prit la main pour lui apporter son soutien et pressa légèrement ses doigts.

— Allons-y, dit-il. Allons remuer la boue.

Elle ne savait peut-être plus qui elle était – ou bien elle ne l'avait jamais su. Il était possible qu'elle ait eu peur toute sa vie, mais elle avait passé une année à accomplir ce dont elle se croyait incapable. Et cela l'avait conduite à cet instant où elle tenait la main d'un beau cow-boy, bien décidée à trouver des réponses.

Alors, elle allait les trouver, ces réponses. Toutes.

15

Grant ignorait ce qu'il cherchait, comme c'était souvent le cas avec les affaires classées – même rouvertes. Il fallait fouiller partout et s'attendre à tout.

Même à tenir la main de sa cliente.

Il l'avait fait pour la réconforter et cela semblait avoir marché. Mais ce n'était pas tout pour lui. Lui prendre la main avait créé un lien entre eux, alors qu'il peinait depuis un an à en nouer avec d'autres.

Elle possédait une force intérieure qu'elle semblait ne pas vouloir utiliser. C'était probablement la conséquence d'une enfance passée à rentrer dans un moule bien trop étroit, chose qu'il comprenait…

Bien que ses parents aient été formidables, le fait de les perdre de cette manière les avait, sa fratrie et lui, cantonnés dans un rôle. Un rôle étouffant qu'il avait fui en s'engageant. Jusqu'à se perdre.

Ce n'est pas le moment.

Ils devaient trouver des indices, pas faire une introspection.

Mais il ne lui lâcha pas la main. Elle semblait avoir besoin de ce contact pour avancer et cela lui allait. La main de Dahlia le distrayait de la douleur lancinante qui lui perçait le flanc, là où il avait reçu ce satané coup de couteau.

— Vous vous souvenez de l'endroit où on a trouvé la douille ? demanda-t-elle.

— La douille, oui.

— J'ai lu que c'était un endroit consacré aux rituels. Peut-être qu'ils l'utilisent toujours. Peut-être que c'est pour ça que cette douille était là.

— Est-ce que ces rituels impliquent l'usage d'armes ? Parce que la semaine dernière, sur la route, un seul d'entre eux avait une arme et l'a utilisée.

— Non. J'ai trouvé dans la documentation qu'ils ne croyaient pas aux armes modernes, répondit-elle. Malgré le fait qu'Eugene Green a stocké des armes semi-automatiques dans un bunker. J'imagine que c'est un cas typique de « faites ce que je dis, pas ce que je fais ».

Grant hocha gravement la tête et ils empruntèrent l'allée pour rejoindre la cour. Il n'était pas surpris que ce soit un site de rituels. L'endroit lui donnait la chair de poule. Notamment la façon dont les murs de pierre bloquaient tout sauf le ciel et faisaient de vous une cible facile.

Cela ne le bottait pas d'y retourner, mais c'était là qu'ils avaient trouvé la douille. Elle indiquait une visite. Il était possible que quelqu'un se soit entraîné au tir, des ados, peut-être, mais… Il pouvait aussi y avoir d'autres indices.

Dahlia hésita avant d'entrer dans la cour.

— Ils ont choisi cet endroit et élevé ces murs, parce que, d'après eux, c'est un lieu qui contenait des roches sacrées.

Grant regarda la terre à ses pieds.

— Ils n'ont pas gardé les roches ?

— Non, ils en ont fait un autel portable pour le Prophète de Vérité, expliqua-t-elle. Bien qu'ils se soient installés ici, ils ont toujours su qu'ils devraient être mobiles… nomades ? Ils se sont accrochés à leur étiquette de réfugiés persécutés.

— Le Prophète de Vérité ! s'exclama-t-il. Qui gobe ces salades ?

Dahlia s'avança et lâcha sa main.

— Les gens désespérés font des choses désespérées, dit-elle.

Il se sentit sermonné sans savoir pourquoi. Il avait probablement vu plus d'actes désespérés qu'elle. Elle pénétra dans la cour murée. Le soleil de l'après-midi était haut et éclairait l'étrange carré de terre, avec Dahlia en son centre.

Ses cheveux roux luisaient au soleil. Elle ressemblait à une puissante déesse de l'Antiquité. Il n'était ni peintre ni photographe, mais il avait soudain l'envie d'immortaliser ce moment où elle lui apparaissait… irréelle et pourtant dans son élément.

Parfaite.

Son regard quitta les pierres pour se poser sur lui. Elle fronça les sourcils.

— Qu'y a-t-il ? demanda-t-elle.

— Vous êtes belle.

Elle ouvrit la bouche, puis la ferma, visiblement gênée. Il voulut s'excuser. C'était inapproprié. Mais c'était vrai, alors il ne sut pas comment ravaler ses paroles.

Elle le fixa de ses grands yeux bleus. Willie remuait la queue entre eux, comme un spectateur attentif.

— Eh bien, merci, finit-elle par dire tandis qu'il cherchait toujours ses mots.

Il haussa les épaules.

— C'est juste vrai, bafouilla-t-il.

Puis il balaya la cour du regard et désigna l'un de ses coins.

— La douille se trouvait là. Les livres parlent-ils de cet endroit spécifique ? Est-il particulièrement sacré ou…

Elle secoua la tête.

— Certaines choses sont décrites de façon précise, mais pas les lieux. Ils ne disent pas que Vérité est leur ville, ils ne nomment pas les rivières et les montagnes, ils décrivent juste ce qu'ils y ont fait. Ils ne mentionnent pas cet endroit, mais parlent d'un cercle de pierres sacré en raison de son emplacement. Il y en a peut-être un autre ailleurs, mais sachant que celui-ci existait, je me suis dit que c'était le bon.

Grant hocha la tête. Il ne comprenait pas qu'un adulte se laisse berner par ces histoires de « sol sacré » et de « prophète ». Un enfant pouvait être prédisposé à accepter le culte dans lequel il avait été élevé, mais qu'un adulte fasse ce choix… Cela n'avait aucun sens pour lui.

Dahlia, qui se tenait toujours au centre, avait levé les yeux vers le ciel.

— Les livres disent tous que le Prophète de Vérité est un Green. Les membres de la secte croient aux liens du sang et à la génétique. Un peu comme la monarchie, mais plus au sens qu'une lignée détiendrait… le pouvoir ou la vérité divine.

Il la sentait embarrassée d'être liée à toutes ces idioties alors qu'elle n'avait jamais mis les pieds ici avant.

— Vous n'êtes pas une Green, lui rappela-t-il.

Elle se tourna vers lui.

— Non, mais ils me veulent pour une raison ou pour une autre.

Elle semblait réticente à poursuivre. Il ne la força pas. Il préférait qu'elle se confie à lui de son plein gré.

— Ils croient aux sacrifices humains, lança-t-elle. Je pense que c'est ce qu'ils faisaient ici.

Le mot « sacrifice » lui donna la chair de poule et il la sentit aussi mal à l'aise que lui. Même sans avoir fait de recherches, il savait que l'Ordre de Vérité croyait aux sacrifices humains. C'était pour cela que leur histoire était tristement célèbre.

— Aucun de leurs sacrifices n'était par balle, dit-il.

— Effectivement, confirma Dahlia.

Elle se déplaça dans la cour, Willie sur ses talons. Elle avait l'air bien seule, comme si elle portait le poids du monde sur ses épaules – un sentiment que Grant connaissait bien. Toute aide est inutile quand on sent un tel mur entre les autres et soi. Un mur impossible à détruire, franchir ou pénétrer.

Il la suivit en maudissant le fait que chaque pas lui causait une terrible douleur au ventre. Mais cela valait mieux que d'être abruti par les analgésiques. Il la suivit jusqu'à être juste derrière elle, tandis qu'elle examinait l'endroit où ils avaient trouvé la douille mystérieuse.

— À quoi pensez-vous, Dahlia ? demanda-t-il. J'ai beau ne pas être toujours d'accord, vous pouvez me parler. Ça ne change rien.

Il la sentait sur la réserve et se demandait si elle se serait ouverte plus facilement à Mary ou à Anna.

Il ne voulait pas qu'elle taise ses opinions ou ses idées à cause de lui.

Elle se tourna vers lui en se mordant la lèvre, leva de nouveau les yeux au ciel, puis les baissa vers Willie.

— Rose est blonde, dit-elle enfin. Les Green qui étaient prophètes avaient tous les cheveux roux. C'était comme… symbolique.

Il comprit ce qui l'ennuyait et il fut triste qu'elle pense un seul instant que cela la concernait.

— Dahlia, vous n'êtes pas une Green, répéta-t-il.

— Quelle importance de savoir que je n'en suis pas une si eux le croient ? demanda-t-elle. Je ne m'intéressais pas à la génétique autant que Rose, mais c'est du sérieux. L'ADN, les chromosomes… Est-ce qu'avoir du sang de Green, ça change qui je suis ? Non. Mais ça fait de moi quelqu'un d'important à leurs yeux.

C'était pour cela qu'ils la voulaient, qu'ils étaient prêts à le blesser, mais pas elle.

— Grant…, implora-t-elle comme si elle voulait qu'il se range à son avis, alors qu'elle se doutait bien qu'il y serait opposé. Je crois que je dois les laisser me prendre.

Dahlia savait qu'il n'aimerait pas son idée, mais elle ne s'attendait pas à ce qu'il éclate de rire. Elle fronça les sourcils, tandis qu'il riait et riait.

Puis, gêné par la poussière, il éternua, grimaça et se plia en deux de douleur. C'était peut-être mérité, mais elle s'en voulut. Surtout quand il se mit à jurer, toujours courbé.

— Ça va ? demanda-t-elle.

Elle posa la main sur son épaule pour le réconforter. Il était puni d'avoir ri, mais elle se sentait quand même coupable pour sa blessure.

Il se redressa, pencha la tête en arrière et prit une profonde inspiration, qui parut douloureuse aussi.

— J'imagine que je le mérite, grommela-t-il.

Puis, il tapota sa main, qui était toujours sur son bras. Comme elle ne la retira pas, il laissa sa main sur la sienne.

Ils se regardèrent un long moment. Elle savait que ce qu'ils ressentaient était secondaire. Cela n'avait pas sa place dans la même réalité que cette secte effrayante, cette ville fantôme et sa quête pour retrouver sa sœur morte.

Mais c'était une goutte de bonheur dans un océan de

chagrin et elle voulait s'y accrocher comme à une bouée de sauvetage. Après tout, elle pouvait ressentir ce qu'elle voulait, faire ce qu'elle voulait, elle ne devait rendre de comptes à personne.

Quand il repoussa sa main de son bras, elle voulut protester, mais il la porta à ses lèvres et embrassa sa paume. Elle eut presque l'impression qu'il le faisait de manière désinvolte, mais c'était faux. Ce geste n'était pas simplement amical.

Il ouvrit la bouche comme pour s'excuser, mais plutôt que de dire quelque chose qui l'aurait vexée ou fâchée, il se tut.

Contrairement à ce qui s'était passé dans la salle de gym, où il s'était laissé distraire, il se pencha vers elle et pressa ses lèvres contre les siennes.

Son baiser fut doux sans être timide, prudent, mais sans retenue. Il contenait de la tendresse et du désir. Un sentiment d'appartenance auquel elle avait toujours aspiré l'envahit, comme si elle était parfaitement à sa place à cet instant.

Lorsqu'il s'écarta d'elle, cela n'avait rien d'une fin, c'était plutôt un mouvement de flux et de reflux naturel entre deux êtres sans que rien ne se brise.

Elle resta sans voix, parce que ce baiser était bien mieux que tout ce qu'elle avait lu ou vu au cinéma. Elle découvrait juste… que la réalité surpassait l'imagination.

Avec la bonne personne, du moins.

Elle le regarda sans parvenir à déchiffrer son expression. Son visage reflétait davantage d'émotions que son masque habituellement stoïque n'en laissait paraître.

Grant était réel, humain et imparfait, tout comme elle… Et elle s'étonna que ce baiser survienne au cours de ce qui était la pire année de sa vie. Il lui était d'autant plus précieux.

— Ce n'est probablement pas le lieu, dit-il.

Il ne la lâcha pas complètement, mais laissa sa main glisser le long de son bras et s'écarta un peu.

— Probablement pas, confirma-t-elle.

Il soupira et lui dit :

— Je ne peux pas les laisser te prendre, Dahlia. Je comprends que tu le voies comme une solution. Je penserais la même chose à ta place. Mais te sacrifier n'est pas la réponse.

— C'est quoi, alors ?

— Je n'en sais rien. Parfois la réponse prend du temps. Mais je ne peux pas le permettre. Ni professionnellement ni personnellement.

C'était si inattendu qu'elle eut un bref moment de panique. Elle n'était pas venue là pour cela. Un baiser pouvait-il changer le cours de sa vie ? Elle avait envie de le savoir. Mais elle obtenait rarement ce qu'elle désirait.

— On ne se connaît même pas, murmura-t-elle.

— J'aimerais dire la même chose. Mais tu sembles faite pour moi, Dahlia.

Elle en eut le souffle coupé. Elle savait qu'il pensait ce qu'il disait, sans exagérer ni ménager qui que ce soit. Elle était sûre que, pour Grant, la vérité était aussi sacrée que cet endroit l'était pour la secte qui la voulait.

Mais si ses membres la prenaient, elle aurait des réponses. Et s'ils ne la tuaient pas à cause de ses cheveux roux, c'est qu'elle pouvait contrôler la situation dans une certaine mesure.

Il lui souleva le menton pour la forcer à le regarder dans les yeux.

— Ce n'est pas une option. Promets-moi que tu comprends, insista-t-il.

— J'aimerais pouvoir être d'accord et te le promettre, répondit-elle.

Il fronça les sourcils, mais ne lâcha pas son menton. Il ne se recula même pas, alors qu'elle s'y attendait. Elle savait que sa réaction était injustifiée, parce que Grant ne lui avait jamais imposé ce qu'il voulait. Il l'avait toujours écoutée et, même en cas de désaccord, il l'avait traitée avec respect.

Et maintenant, il l'avait embrassée.

C'était une situation nouvelle, parce que jusqu'à présent, elle n'avait obtenu l'amour de ses proches qu'en se pliant à leur volonté.

Grant jeta un coup d'œil vers la gauche et se raidit subitement. Lorsqu'il bougea, ce fut rapide et il l'entraîna avec lui.

Il la plaqua contre un mur. Elle sentit la pierre froide dans son dos et la chaleur du corps de Grant sur sa poitrine. Elle aurait pu apprécier ce moment, s'il n'avait pas le regard fixé sur le haut d'un mur et s'il n'avait pas clairement utilisé son corps comme bouclier.

— Grant…

— J'ai entendu quelque chose, chuchota-t-il. On n'est pas seuls. Et on est trop exposés ici.

Elle se rendit compte qu'il tenait son arme d'une main tandis que, de l'autre, il l'avait attrapée par le coude, prêt à l'évacuer.

— On va sortir prudemment d'ici, dit-il, les yeux rivés sur Willie qui gardait l'entrée.

Celui-ci n'avait pas l'air de sentir la présence d'un intrus. Il ne remuait plus la queue, mais il ne grognait pas.

— Ils me veulent, mais pas morte, alors c'est moi qui devrais te protéger, dit-elle, inquiète pour la blessure de Grant.

— Ce n'est pas parce qu'ils te veulent vivante maintenant qu'ils ne te tueront pas plus tard. Réfléchis-y avant de te sacrifier en mémoire de ta sœur.

Vexée, elle comprit qu'il avait visé juste. Elle se croyait à l'abri malgré sa peur. Cela avait peut-être été le raisonnement de Rose. Mais une secte bourrée de psychopathes et de sociopathes pouvait n'avoir qu'un besoin limité des gens, même s'il s'agissait de descendantes rousses de Green.

— Je m'excuserai plus tard, grogna Grant en la tirant par le coude et en lui faisant toujours un rempart de son corps.

Elle savait qu'il l'aurait fait pour n'importe qui. C'était son rôle - de protéger, d'être un héros. Même si ce n'était pas personnel, cela faisait quand même chavirer le cœur de Dahlia. En plus, il était conscient de sa rudesse et prêt à s'excuser.

Quand ils atteignirent l'entrée de la cour, Willie se mit en état d'alerte. Grant jeta un coup d'œil dans l'allée.

— Je ne vois personne, mais quelqu'un est là.

Dahlia se remémora sa dernière visite. Elle avait attribué la sensation d'être observée au chien et à Grant, mais elle pouvait s'être trompée. Il y avait peut-être toujours eu un rôdeur.

Ils avaient pourtant parcouru la ville sans trouver âme qui vive.

— Viens, reprit-il en la poussant gentiment dans l'allée.

Lorsqu'ils regagnèrent la rue, Willie se mit à grogner et Grant se tourna vers lui pour voir ce qui attirait son attention. Dahlia, au contraire, tourna instinctivement la tête vers la droite et le bout de la rue déserte.

Il y avait une ombre derrière l'une des fenêtres brisées. Une ombre ou une silhouette. Elle ouvrit la bouche, prête à prévenir Grant, quand elle aperçut quelque chose de familier. Elle resta figée un long moment, se demandant si elle rêvait ou hallucinait.

Mais la silhouette ne disparut pas. Elle se déplaça de la fenêtre vers la porte et elle prit la forme d'une personne bien réelle.

— Rose, murmura-t-elle, juste au moment où Grant fit volte-face et tira.

16

Le hurlement de Dahlia assourdit Grant tandis qu'il la plaquait au sol. L'homme sur la crête avait disparu. Jugeant qu'il avait fait feu trop tard, Grant se prépara à essuyer une riposte.

Dahlia se débattait.

— Reste à terre, lui ordonna-t-il. Quelqu'un pourrait riposter.

— C'est elle, dit Dahlia en continuant à essayer de lui échapper.

Willie tremblait – mais pas de peur. Il voulait s'élancer à la poursuite de l'intrus. Or Grant ne pouvait pas laisser Dahlia toute seule. Willie devait rester.

Pourquoi l'as-tu amenée ?

D'autres cris se faisaient entendre dans sa tête, mais ils n'étaient pas réels. Ou du moins, pas en cet instant. C'étaient des cris passés étouffés par la fumée et les explosions.

Il n'avait vraiment pas besoin de cela maintenant.

— C'est elle. Je l'ai vue. Grant, je l'ai vue, répétait Dahlia.

Il n'arrivait pas à revenir au présent.

— Pourquoi lui as-tu tiré dessus ? ajouta-t-elle.

Lincoln est touché. Dégage, Hudson.

Il ferma les yeux et tenta de repousser les voix. Au moins,

il n'avait pas fui. Il aurait pu se sauver, mais il ne l'avait pas fait. Malheureusement, ses tentatives pour sauver son supérieur avaient été vaines.

— Grant ?

— Oui, répondit-il péniblement.

Sa gorge était sèche et poussiéreuse comme le désert. Il ouvrit les yeux et se concentra sur Dahlia. Elle avait cessé de se débattre et s'était retournée pour l'observer.

— Qu'y a-t-il ? demanda-t-elle.

Il lisait de l'inquiétude sur son visage et il savait qu'il devait se déconnecter du passé. Mais sa vision l'enveloppait comme un poing serré.

— Il y avait un homme sur la crête, expliqua-t-il sans lui dire ce qui se passait dans sa tête. Il est parti, mais il pourrait faire le tour.

— Et pour Rose ?

Il inspira un grand coup et utilisa les stratégies enseignées par son thérapeute : respirer, visualiser, s'ancrer dans la réalité. Mais c'était difficile parce qu'il les savait en danger. Comment différencier le passé du présent avec une arme au poing, une possible menace et une blessure lancinante ?

— Quoi, Rose ?

— Je l'ai vue. Elle était dans ce bâtiment, insista Dahlia en montrant le bout de la rue.

Tout en continuant à contrôler sa respiration, il observa le bâtiment avec attention pour déterminer si ce qu'il voyait était réel ou appartenait à de vieux souvenirs fragmentés.

— Je l'ai vue. Je suis sûre de l'avoir vue, martela Dahlia, comme si elle pensait qu'il ne la croyait pas alors qu'il n'arrivait simplement pas à y réfléchir. J'ai cru que tu lui avais tiré dessus, mais...

Elle s'interrompit et il crut avoir encore perdu pied. Puis il sentit ses doigts sur sa joue. Elle le touchait comme quand il l'avait embrassée. Parce qu'il l'avait embrassée. Ce baiser était bien réel. Elle était bien réelle.

— Grant, qu'est-ce qui ne va pas ?

Elle avait l'air angoissée. Il devait se reprendre. Ces cinglés la voulaient toujours et ils se moquaient bien de lui faire du mal au passage. La seule chose qui jouait en sa faveur était qu'ils ne semblaient pas raffoler des armes à feu.

Il inspira et expira en espérant qu'elle garderait sa main sur sa joue, parce que cela l'aidait à se recentrer.

— Tu penses avoir vu Rose dans ce bâtiment ? demanda-t-il d'une voix qu'il espérait calme, malgré la tempête qui rugissait sous son crâne.

— Je sais que je l'ai vue. Au début, j'ai cru à une hallucination, mais elle a bougé. De la fenêtre à la porte. Et elle portait le pull que je lui ai offert pour son anniversaire il y a quelques années. Il a de grosses fleurs. Je l'ai trouvé dans une friperie, il était fait pour elle.

— D'accord, d'accord, dit-il en essayant de la rassurer d'un sourire. Elle était dans ce bâtiment. Et il y avait un homme sur la crête.

Un homme qu'il n'avait pas touché parce qu'il était incapable de faire mouche depuis un an. Il aurait dû faire accompagner Dahlia par Palmer, Jack ou même Anna. Comment avait-il pu penser un seul instant qu'il était capable de la protéger ? Il ne pouvait sauver personne. Ni ses parents ni son sergent.

« Je ne m'en sortirai pas, Hudson. Dis à ma femme que j'ai tout tenté. »

Le pire moment de sa vie lui revenait en mémoire alors qu'il ne pouvait pas se le permettre.

— Laisse-moi aller la chercher, dit Dahlia en essayant encore de lui échapper.

— Ça pourrait être un piège, l'avertit-il sans la lâcher.

Si elle y allait, que se passerait-il ? Ils devaient y réfléchir posément et rationnellement. Ce qui signifiait qu'il devait reprendre ses esprits.

L'expression de Dahlia changea et il perçut sa détresse. Le besoin d'agir prenait le pas sur toute logique. C'était un sentiment qu'il connaissait bien.

— Elle pourrait avoir besoin d'aide, insista-t-elle.

Il ne pouvait pas continuer à la tenir. Il ne voulait pas lui faire mal. Et même si son instinct lui ordonnait de la sortir d'ici, devait-il s'y fier ? Il pouvait tirer, mais il ne touchait personne. Il pouvait se battre, mais il finissait blessé.

Ce n'est pas le moment de douter.

Ce n'était pas sa voix. Était-ce son père, le sergent Lincoln ou un mélange des deux ? Mais peu importait d'où l'ordre venait, il fallait qu'il s'y accroche.

— On doit partir. On n'est pas en sécurité.

— Je ne peux pas l'abandonner, s'entêta Dahlia. Grant, je l'ai vue. Elle est vivante. Elle est ici.

Elle avait les larmes aux yeux et il se sentit faiblir. Comme s'il ne pouvait plus rien lui refuser.

— D'accord. On va vérifier. Mais tu restes derrière moi. Tu suis mes ordres, compris ?

Elle acquiesça.

Il aurait dû la lâcher, s'écarter d'elle pour aller affronter le danger. Au lieu de cela, il l'aida à se relever et déposa un baiser sur son front. Pour se rassurer autant que pour la réconforter.

Il en avait besoin.

— Promets-moi. Pas de sacrifice, murmura-t-il en la serrant contre lui.

Elle hésita, puis hocha la tête.

— À voix haute, Dahlia.

— Bien. C'est promis, grommela-t-elle après un soupir. On peut aller la chercher ?

Grant soupira à son tour. Ses visions et les voix s'étaient évanouies. Il se sentait plus maître de lui, même s'il n'avait pas retrouvé toute son assurance.

Il se retourna, offrant toujours son corps comme bouclier à Dahlia, et scruta la zone. Ils étaient trop exposés. N'importe qui pouvait se cacher aux alentours.

Il voulait la dissuader d'entrer dans ce bâtiment, mais il savait qu'à sa place, il ne l'écouterait pas. S'il avait vu ses parents, ne ferait-il pas tout pour les rejoindre, quel que soit le danger ?

— Suis-moi. Ne regarde pas devant, regarde derrière. Préviens-moi si tu vois quelque chose, n'importe quoi d'anormal. On fait des cibles faciles dans la rue.

Une fois de l'autre côté, ils ne seraient plus visibles depuis la crête. Il doutait que l'intrus y soit encore, ce qui signifiait qu'il pouvait être n'importe où.

— D'accord, dit Dahlia.

Il se tourna vers le chien et lui ordonna :

— Willie, suis-nous.

Willie remua la queue en signe d'assentiment.

Grant mit de côté toutes ses appréhensions et tous ses doutes. C'était dangereux, sûrement un piège, mais il ne pouvait pas ignorer la possibilité que Dahlia ait vu sa sœur.

Elle en était certaine, peut-être par désespoir… mais il la

croyait. Il ne pouvait pas s'en empêcher. Il voulait y croire avec elle.

Il s'avança, l'arme au poing, Dahlia sur ses talons. Il repoussa ses souvenirs de guerres révolues, tandis qu'ils progressaient dans la rue, aussi abrités que possible. Une fois le dernier bâtiment atteint, il s'appuya contre son mur, puis passa devant la fenêtre à la vitre brisée.

— Reste ici, chuchota-t-il à Dahlia avant d'ordonner à Willie de s'asseoir.

Sentant Dahlia réticente, il lui jeta un regard sévère et ajouta :

— Je ne plaisante pas.

Elle hocha la tête. Willie s'assit à côté d'elle et Grant comptait sur le chien pour donner l'alerte en cas d'imprévu.

Il s'engouffra dans le bâtiment en pointant son arme droit devant lui, tout en cherchant un abri. Il n'en trouva aucun et, pire, il se rendit compte que c'était bien un piège.

Dahlia attendait le dos contre le mur. Willie haletait à ses pieds, comme un bon chien de garde. Elle ne pouvait penser qu'à Rose. Elle l'avait vue. Elle se repassait les images en boucle. Ce pull. Les cheveux blonds de Rose. Sa façon de bouger.

Elle était en vie.

Dahlia avait envie de pleurer, son cœur battait trop fort et le silence qui régnait la pétrifiait.

C'était bien trop calme. Et Grant pénétrait dans le bâtiment, seul et à contrecœur, pour lui faire plaisir… Il ne la croyait peut-être pas, mais il comprenait son besoin de savoir. Il se souciait de sa sécurité, mais aussi de ce qu'elle voulait.

De façon étrange, plus elle se concentrait là-dessus, moins

elle avait peur. Elle observa la ville fantôme et ne repéra aucune présence menaçante. Willie était assis, manifestement aux aguets, mais il ne grognait pas et ne s'agitait pas.

Grant disparut à l'intérieur et il n'y eut plus aucun bruit. Comment pouvait-il se déplacer aussi silencieusement ? Elle retint son souffle.

Et il ne se passa rien du tout. Grant ne revint pas et aucun son ne lui parvint. Elle relâcha son souffle, qu'elle ne pouvait pas retenir éternellement.

Alors, Willie commença à grogner. Il ne remuait plus la queue. Il se raidit, les oreilles dressées, prêt à attaquer. Dahlia comprit que le danger venait de l'intérieur du bâtiment. Grant lui avait dit de ne pas bouger, mais si...

— Willie, murmura-t-elle.

Elle essaya de se souvenir des ordres que Grant et Cash avaient utilisés avec les chiens. Il y avait « assis », « ne bouge pas » et...

— Tu es libre, chuchota-t-elle.

Elle avait entendu Cash donner cet ordre et vu ses chiens partir où ils voulaient. Elle espéra que cela inciterait Willie à foncer auprès de Grant.

Et c'est ce qu'il fit. Mais à peine avait-il passé la porte que Grant cria :

— Willie, va-t'en !

Le chien hésita sur le palier, visiblement aussi perplexe qu'elle.

— Entre, ma chérie, dit une voix de femme.

Willie grogna, mais Dahlia se moqua de son avertissement.

— Rose ! s'écria-t-elle en se précipitant à l'intérieur.

Elle s'arrêta aussitôt.

C'était bien Rose, portant le pull qu'elle lui avait offert, mais Dahlia ne pouvait pas courir vers elle pour la prendre dans ses bras en pleurant de soulagement et de joie, parce que Rose pointait une arme sur Grant.

— Tu es enfin là, dit Rose en souriant à sa sœur.

Elle semblait différente. Était-ce à cause du revolver qu'elle pointait sur Grant ?

— Rose, que fais-tu ? demanda Dahlia.

Rose poussa un long soupir, mais elle ne baissa pas son arme.

— Je t'attendais. Je t'ai attendue et attendue, répondit-elle, toujours souriante.

Quelque chose clochait dans son attitude.

— Rose, est-ce que ça va ?

— Je vais parfaitement bien. J'ai trouvé la vérité, Dahlia. Et maintenant, toi aussi tu pourras.

L'amabilité de Rose se refroidit un peu lorsque son regard se posa sur Grant, qui restait immobile et stoïque. Dahlia ne savait pas ce que pensait sa sœur, mais elle n'apprécia pas sa façon de l'observer.

— Est-ce que tu peux poser ton arme ? C'est un ami. S'il te plaît, pose ton arme.

— Qu'il pose la sienne d'abord, répondit Rose.

— Je ne vous vise pas, lui fit remarquer Grant.

Ce qui était vrai. Son arme était dirigée vers le sol. Et il ajouta :

— Je ne veux pas vous faire de mal.

— Mon arme est pointée sur votre tête, se moqua Rose. Vous ne pouvez rien me faire.

— S'il te plaît, Rose, répéta Dahlia.

Elle fit un pas vers sa sœur et, la voyant serrer son arme plus fort, s'arrêta net.

— Il m'a aidée à te retrouver, reprit-elle. Es-tu... Pourquoi tiens-tu une arme ? C'est bon. On peut rentrer à la maison, maintenant.

— À la maison ? Je ne rentrerai jamais.

Dahlia se retint de gémir. Tout allait de travers et elle ne comprenait pas pourquoi. Rose était en vie et c'était tout ce qui comptait, non ? Mais Rose pointait une arme sur Grant.

— Je ne comprends pas, balbutia Dahlia.

— C'est parce que tu n'as pas encore trouvé la vérité.

Le ton de sa voix était bien celui que Dahlia connaissait : gentil, mais ferme. Bien que Dahlia soit l'aînée, elle avait toujours été plus timide et introvertie que sa sœur. Rose avait une personnalité plus franche et, en grandissant, elle avait pris l'habitude de lui dire quoi faire.

Pourquoi tous les événements de ces dernières semaines semblaient-ils se rapporter à son manque d'affirmation de soi ? Pourquoi se pliait-elle toujours en quatre pour faire plaisir aux autres ou les apaiser ? Elle sentit la colère la gagner, mais ce n'était vraiment pas le moment.

Elle n'arrivait pas à croire que Rose puisse tuer Grant. Rose n'avait rien d'une tueuse et Grant, malgré une apparente soumission, semblait contrôler la situation.

— Grant, peux-tu..., osa Dahlia.

Grant la regarda pour la première fois depuis qu'elle était entrée.

— Non, la coupa-t-il sèchement.

Elle n'y comprenait plus rien.

— Et si vous baissiez tous les deux votre arme ? suggéra-t-elle.

— Non, répondirent-ils à l'unisson.

Même Willie émit un son sourd de réprobation.

— Qu'allez-vous faire ? Vous tenir en joue toute la journée ? C'est ridicule. Rose, tu es en sécurité, maintenant. Tu n'es pas obligée de rentrer à la maison, mais je peux te sortir de là et t'aider.

— M'aider ? s'exclama Rose. J'ai trouvé la vérité et la paix. Quand tu nous auras rejoints, tout sera parfait. Je te le promets. Viens avec moi. Laisse-le tomber.

Dahlia ne comprenait pas sa sœur. Rose faisait-elle partie de la secte ? Lui avait-on fait subir un lavage de cerveau ?

— Je dois te ramener, continua Rose. Je n'ai pas le choix.

Dahlia sentit que Grant voulait parler, mais il ne le fit pas, parce qu'il devait savoir que Rose ne l'écouterait pas. Dahlia aurait peut-être plus de chance.

— Tu es en sécurité, maintenant, Rose.

— Toi aussi, lui assura Rose.

Puis elle se tourna vers Grant et lui lança :

— Je vous laisse partir, pour Dahlia. Mais ne revenez pas. Et vous pouvez laisser le chien. On s'occupera bien de lui. Hein, mon beau ?

Willie continua de grogner.

— Il s'appelle Willie, intervint Dahlia. Viens, Willie.

Elle tapota sa jambe et Willie la rejoignit. Puis elle rassembla son courage pour regarder Grant.

Il n'avait pas bougé. Son visage était impassible, mais ses yeux trahissaient sa colère et sa frustration. Elle tenta de le supplier du regard.

Va-t'en. Je vais lui parler.

Il secoua la tête de façon presque imperceptible. Il était déterminé. Dahlia aurait aimé pouvoir le rassurer ou le convaincre. Rose n'était peut-être pas elle-même, mais ils devaient la sauver.

Grant reporta son attention sur Rose et, avec un calme déroutant, annonça d'un ton féroce qui fit trembler Dahlia :

— Je ne laisserai pas Dahlia seule avec vous.

17

Grant savait que Dahlia voulait qu'il aille chercher des renforts et ce n'aurait pas été une mauvaise idée. Mais quelqu'un d'autre rôdait dans les parages. Et la sœur de Dahlia était sous l'influence – voulue ou forcée – d'une drogue quelconque.

Il ne pouvait pas, même un instant, laisser Dahlia seule avec elle.

Bien que leurs cheveux soient de couleur différente, on voyait que les deux femmes étaient sœurs. La même ossature, la même bouche, la même maigreur due à une année difficile plus qu'à autre chose.

Mais Rose restait l'ennemie. Jusqu'à ce que Dahlia soit en sécurité.

— Je ne partirai pas, mais je veux bien venir avec vous, dit-il. Mon grand-père maternel faisait partie de l'Ordre de Vérité.

Cet aveu lui coûtait. Il n'était pas bon acteur, mais il voulait tenter quelque chose pour Dahlia.

Rose le fixa avec suspicion. Il n'osa pas croiser le regard de Dahlia. Il ne lui avait rien dit, et Mary et Anna avaient probablement fait de même. Personne ne se vantait de descendre d'un membre de la secte, surtout à Sunrise. Ses parents avaient toujours pris la secte au sérieux et sa famille était immanquablement gênée quand on parlait de Vérité et d'Eugene Green.

Sa mère avait fait beaucoup d'efforts pour compenser le fait qu'elle était née dans la famille Islay. Les gens avaient souvent dit à Grant, avant et après la disparition de ses parents, que c'était une bonne chose qu'elle ait épousé un Hudson – un membre d'une bonne famille.

Mais certains s'étaient demandé, quand sa mère et son père avaient disparu sans laisser de trace, si le sang des Islay ne les avait pas rattrapés.

— Ma grand-mère a quitté l'Ordre quand ma mère était enfant, continua-t-il. Et ma mère ne voulait pas qu'on en fasse partie, mais j'ai toujours pensé que…

Quel genre de mensonges suis-je censé lui sortir pour la convaincre ?

— … que je me sentirais plus chez moi à Vérité que dans le monde extérieur, conclut-il.

Rose plissa les yeux en le regardant de haut. Elle ne le croyait pas. Il s'y attendait et savait qu'il devrait se montrer patient.

Parce qu'il n'était pas question qu'il laisse Dahlia partir avec cette femme. Rose n'était clairement pas bien. Ce qui n'était pas surprenant, puisqu'elle avait été prisonnière de la secte, endoctrinée et droguée pendant un an.

Et si c'était un choix volontaire ? Il verrait cela avec Dahlia le moment venu.

— Personne ne quitte l'Ordre, affirma Rose.

— Si, après l'intervention du FBI.

— Posez votre arme, dit Rose d'un ton ferme.

— Grant, l'implora Dahlia.

Il ne savait pas trop si c'était pour qu'il lâche son arme ou qu'il la garde, qu'il parte ou qu'il reste, mais il avait pris sa décision. Ils infiltreraient la secte ensemble pour mieux la détruire de l'intérieur.

Et il veillerait sur Dahlia. Même au péril de sa vie.

Lentement, il s'accroupit et posa son arme au sol. Dahlia respirait à peine. Ils étaient à la merci de Rose.

— Peux-tu poser la tienne, maintenant ? demanda Dahlia.

Son ton indiquait qu'elle essayait d'être aimable alors qu'elle était sur les nerfs. Il n'était pas détendu non plus. Si Rose tirait, sciemment ou par accident, il était mort.

— Vous pourriez m'attaquer, lui dit Rose.

Il se redressa et leva les bras comme pour se rendre tout en se repositionnant pour éloigner sa tête de l'angle de tir.

— Je pourrais, mais je ne le ferai pas. Je ne m'en prends pas aux femmes.

Contrairement à votre secte, pensa-t-il avec amertume.

Parce que la violence envers les femmes et le sacrifice de femmes avaient été au cœur de l'identité de la secte dans les années 1960 et 1970, en réaction au mouvement de libération des femmes. Le FBI était intervenu à cause des sacrifices humains et des stocks d'armes, mais cela n'avait pas effacé des décennies de traumatismes subis par les femmes du groupe.

Sa mère incluse.

Il prit une profonde inspiration. Il ne pouvait pas se permettre d'être en colère.

Rose se mordit la lèvre et sa ressemblance avec Dahlia le frappa au point qu'un élan de sympathie l'envahit contre son gré. Mais il ne devait pas faiblir, le danger était toujours présent.

En même temps, il savait de quoi l'Ordre était capable et comment il traitait les femmes. Son devoir était de mettre également Rose en lieu sûr.

Rose se tourna vers Dahlia, fronça les sourcils et se frotta le front de sa main libre.

— On doit rejoindre Samuel, annonça-t-elle.

Sans baisser son arme, elle la bougea suffisamment pour que la tête de Grant ne soit plus dans son viseur.

— Que se passera-t-il une fois qu'on aura rejoint la secte ? demanda Dahlia.

L'une de ses mains était posée sur la tête de Willie, comme s'il lui apportait du calme.

— Dahlia, tu ne sais pas combien tu es chanceuse.

Rose s'avança vers sa sœur et il dut se retenir pour ne pas s'interposer. A priori, Rose ne ferait pas de mal à Dahlia pour le plaisir, mais...

La secte lui en ferait.

L'arme n'était plus pointée sur lui, mais il n'était pas rassuré pour autant. Rose faisait face à sa sœur, canon vers le sol.

— Quand Samuel sera là, on t'emmènera devant notre Seigneur.

Rose tendit la main et toucha les cheveux de Dahlia avec révérence.

— Tu es l'Élue.

— Je ne sais pas... Et si je ne veux pas l'être ? balbutia Dahlia.

Elle hésita, puis saisit la main de sa sœur pour l'écarter de ses cheveux et la garda dans la sienne.

L'expression de Rose changea.

— Tu es l'Élue, répéta-t-elle. J'ai cru l'être un temps.

Elle voulut sourire, mais n'y arriva pas. Elle commençait à se crisper, comme si les effets de la drogue se dissipaient.

Il voulait vraiment lui prendre l'arme des mains. Il fit un pas pour voir si elle le remarquerait, mais elle restait concentrée sur Dahlia, alors il continua.

— Je ne m'en souviens plus..., dit Rose en secouant la tête. C'est pas grave. L'important, c'est que tu sois ici et que tu aies été choisie. Tu vas t'élever. Tu as de la chance.

Ce n'était certainement pas de la chance et il ne laisserait en aucun cas Dahlia être quoi que ce soit pour cette secte. Il était à deux doigts de prendre son arme à Rose quand il entendit quelqu'un approcher prudemment et presque sans bruit. Willie, qui était toujours aux pieds de Dahlia, ne s'y trompa pas non plus et se mit à grogner.

Grant s'éloigna de Rose. Comment l'arrivée de cette personne allait-elle modifier la situation ? Il ne voulait pas avoir l'air de représenter un danger pour quiconque et préféra se placer entre Dahlia et la porte, afin qu'elle ne soit pas prise pour cible.

Parce qu'elle était clairement la cible.

L'homme apparut enfin, aussi furtif qu'un fantôme.

— Toi ! s'écria Grant.

L'un des hommes qui les avaient attaqués sur la route se tenait devant lui. Celui-ci le reconnut et esquissa un sourire. Il n'avait pas d'arme à feu, mais il avait un couteau accroché à la ceinture – semblable à celui que Grant avait pris dans le ventre.

— Tu étais censée ramener seulement l'Élue, mon enfant.

Toutes les femmes de la secte étaient appelées « enfant », quel que soit leur âge. Grant ne comprenait pas comment elles pouvaient supporter cela. Mais les tremblements qui secouaient Rose et prouvaient qu'elle émergeait de l'emprise d'une drogue fournissaient un début d'explication.

Du coup, il ne trouvait pas logique qu'une secte qui méprisait les femmes en choisisse une pour l'élever.

— C'est un descendant, indiqua Rose.

Samuel observa Rose et remarqua visiblement les mêmes symptômes que lui.

— Mon enfant, as-tu pris ton petit déjeuner, ce matin ? lui demanda-t-il.

— J'étais trop joyeuse pour manger, lui répondit Rose.

Il fronça les sourcils et se tourna vers Grant.

— Quel genre de descendant ? demanda-t-il.

Grant ne voulait pas lui dire. Il ne voulait pas participer à ce délire. Il se rappelait à quel point sa mère détestait qu'on mentionne la secte.

Mais Dahlia était leur cible. Il devait donc ravaler son aversion et faire son possible pour la sauver.

— Islay, avoua-t-il.

— Un ancien ? Je ne te crois pas, grogna Samuel.

— Spirit Islay était mon grand-père.

— Tu es donc le fils de traîtres.

— Je ne peux pas contrôler ce que les femmes de ma famille ont fait, dit-il en haussant les épaules et en essayant de prendre un air dégoûté.

Samuel hocha la tête d'un air pensif.

— On te testera. Si tu passes, un nouveau membre nous sera utile. Rose, fouille-le.

Rose s'approcha en traînant les pieds. Elle fouilla ses poches, d'où elle sortit son téléphone et ses clés, puis son portefeuille.

Elle ne trouva pas le couteau dans sa botte et il eut le désagréable pressentiment qu'il allait en avoir besoin.

— Rien à craindre, déclara Rose.

— Bien. Allons-y avant qu'on commence à les chercher. Mets leurs affaires dans le camion.

Rose s'empressa de lui obéir et sortit. Grant regarda Samuel. Il pouvait le maîtriser, mais il ne savait pas où cela les mènerait. Rose avait toujours son arme, alors quand elle reviendrait...

Non, c'était trop risqué. Il se rapprocha quand même de Dahlia et de Willie. Une fois près d'eux, il prit la main de Dahlia dans la sienne et, comme Samuel avait l'air de s'en moquer, il la serra de manière rassurante.

Elle s'appuya contre lui et il murmura :

— Tout ira bien.

D'une manière ou d'une autre, il s'en assurerait.

La situation était invraisemblable et Dahlia trouvait que tenir la main de Grant la rassérénait. Rien de tout cela n'avait de sens, mais qu'elle soit l'Élue ou pas, ils étaient en danger. Heureusement, ils l'affrontaient ensemble. Et Grant l'avait déjà tirée d'un mauvais pas.

En se faisant poignarder au passage.

Elle jeta un coup d'œil inquiet à l'arme que Rose tenait toujours quand elle revint dans le bâtiment.

— Attache-les ensemble, ordonna l'homme prénommé Samuel à Rose.

Rose esquissa le geste de tendre son arme à Samuel, mais elle se ravisa et chercha un endroit où la poser.

Dahlia échangea un regard avec Grant. Pour une raison

inconnue, certaines personnes du groupe ne voulaient pas ou ne pouvaient pas toucher d'arme. Il fallait le garder à l'esprit.

Rose prit la corde que Samuel lui tendait et elle se dirigea vers Grant et Dahlia. Elle nota leurs mains jointes avec un froncement de sourcils – non réprobateur, mais intrigué. Rose regarda Dahlia, mais Dahlia fut incapable de déchiffrer son expression. Alors qu'elle avait toujours su le faire.

Était-ce parce qu'elles étaient restées un an sans contact ou parce qu'elle l'avait crue morte ? Était-ce à cause de ce que la secte avait fait à Rose ? Ou n'avait-elle jamais compris sa sœur ?

Il devait bien exister un moyen de convaincre Rose… Mais elle ne pourrait rien tenter en présence de l'homme aux yeux de fouine qui se tenait dans l'embrasure de la porte.

Rose enroula la corde autour des poignets de Grant et de Dahlia, leur permettant de continuer à se tenir la main. Elle tremblait, mais elle fit des nœuds bien serrés, puis elle tendit l'extrémité de la corde à Samuel.

Ils étaient comme des chiens en laisse.

Samuel tira sur la corde.

— Suivez-nous. Notre Seigneur déterminera si tu dis la vérité, descendant d'Islay. L'Élue, il y aura une grande fête en ton honneur.

Elle ne put s'empêcher de réagir au mot « Élue ». Elle frissonna et eut la nausée. Elle n'avait jamais désiré être choisie, encore moins par des monstres.

Samuel tira sur la corde, et Grant et elle furent entraînés vers l'avant, hors du bâtiment et dans la rue. On aurait dit que Samuel les paradait dans toute la ville, sauf qu'elle était vide de spectateurs.

Willie trottait derrière eux. Rose lui avait donné un peu

d'eau dans le bâtiment, alors Dahlia se prit à croire qu'il serait bien traité. Elle l'espérait.

Elle osa jeter un coup d'œil à Grant dans la lumière déclinante du soir. Il paraissait aussi stoïque que d'habitude, mais elle s'inquiétait pour sa blessure. Et pour ce qu'il avait dit un peu plus tôt.

Était-ce la vérité ? Ou mentait-il pour amadouer Rose ? Elle avait l'intime conviction qu'il avait dit vrai, et que c'était ce qui l'avait mis sur la défensive et mal à l'aise chaque fois que Vérité avait été mentionnée.

Cela expliquait l'intérêt d'Anna et les craintes de Mary. Cela expliquait tout.

Il n'avait pas voulu en parler, mais voilà qu'il l'avait dit pour rester avec elle, afin de la protéger. Il avait dévoilé une vérité honteuse, pour elle.

Alors elle devait trouver un moyen de le protéger aussi.

Ils marchèrent et marchèrent jusqu'à ce que le soleil se couche et que l'air se rafraîchisse au point de la faire frissonner sous la voûte étoilée. Quand elle se retourna pour regarder Rose, elle la vit qui suivait en se serrant les bras, l'air malade dans le clair de lune argenté.

Elle aurait voulu lui parler, la toucher, faire quelque chose, mais Samuel continuait à les entraîner et, clairement, que ce soit par la force, le lavage de cerveau ou de son propre chef, Rose avait intégré une secte.

Les gens désespérés font des choses désespérées.

Elle l'avait dit sans songer à sa sœur.

Ils avaient gravi des collines qui lui semblaient des montagnes. Sa bouche était sèche, comme pleine de poussière, et elle avait mal à la tête. Elle rêvait d'un verre d'eau. Elle regarda Grant, mais avec la nuit qui s'assombrissait, elle ne distinguait plus que sa silhouette sous la lune.

Elle s'inquiétait pour sa blessure et pour ce qui leur arriverait quand ils auraient atteint leur destination. Tout l'inquiétait.

Enfin, après ce qui lui parut des heures, elle commença à apercevoir des lueurs de feux de camp et à sentir une odeur de fumée dans l'air froid. Elle faisait tout pour éviter de claquer des dents, mais la température baissait.

Ils se rapprochèrent suffisamment pour qu'elle distingue un campement fait de plusieurs petites tentes installées en cercle autour d'un gros camping-car. Vers l'ouest, un large feu crépitait et de nombreux hommes étaient assis autour, mangeant et discutant. À l'est, un groupe de femmes se tenaient debout à côté d'un chaudron posé sur un feu plus modeste. Elles semblaient manger, elles aussi, et nettoyer la vaisselle leur ayant servi à cuisiner.

L'estomac de Dahlia se mit à gronder. Que c'était étrange d'avoir faim maintenant alors que ses émotions lui avaient coupé l'appétit pendant si longtemps...

C'était sans doute parce que Rose était en vie. Elle n'était peut-être pas elle-même et elle était en danger, mais elle était en vie. Il y avait de l'espoir.

Une partie de cet espoir s'évanouit lorsqu'un homme vêtu d'une robe blanche s'approcha d'eux. Elle le reconnut tout de suite comme étant l'homme de la vidéo de surveillance : la copie conforme d'Eugene Green en plus jeune. Malgré la faible lumière des feux, elle voyait bien qu'il la fixait.

— Samuel, mon fils, dit l'homme en joignant ses mains devant lui. Tu m'as apporté tout ce que je désire.

18

Grant fit un énorme effort pour ne pas réagir. Il aurait voulu se jeter sur l'homme en blanc et le clouer au sol pour l'empêcher de poser de nouveau les yeux sur Dahlia.

Mais il ne pouvait pas. Si certains membres de la secte ne portaient pas d'arme, ce n'était pas le cas de tous, et il devait trouver un moyen de sortir Dahlia et Rose de là saines et sauves.

Et de faire en sorte que tous ces cinglés soient traduits en justice.

Le regard de l'homme se posa sur lui et son sourire se changea en rictus.

— Pourquoi l'avoir amené, celui-là ?

— Seigneur de Vérité, cet homme prétend avoir du sang d'ancien, répondit Samuel avec déférence avant de tendre la corde à l'homme en blanc. Il dit descendre des Islay, expliqua-t-il.

— Les Islay sont des traîtres.

— Il a dit que les femmes l'étaient, ajouta Samuel en courbant la tête.

Ce chef, ce « Seigneur de Vérité », acquiesça comme s'il trouvait cela logique, ce que Samuel avait fait avant lui.

— Mon Seigneur, continua Samuel, cette enfant n'a pas mangé ce matin.

— C'est une infraction grave, mon enfant, dit l'homme à Rose.

— Désolée, répondit Rose, la voix tremblante de peur et d'avoir manqué sa dose matinale de drogue. Je vais expier ma faute au plus vite.

Grant était dans le pétrin par sa faute. Néanmoins, il ressentit de la sympathie pour elle. Il était clair qu'elle était dépassée par les événements, qu'elle ait choisi d'intégrer la secte ou non.

Sauf que Dahlia était l'Élue – quoi que cela puisse vouloir dire – et que l'homme en face d'eux, ce Seigneur de Vérité, la regardait comme si elle détenait toutes les réponses de l'univers.

Grant espérait que ce serait une raison suffisante pour garantir sa sécurité, pour qu'elle puisse contrôler la situation, mais il en savait trop et il en avait trop vu. Sa grand-mère et sa mère avaient fui la secte. Personne n'était en sécurité dans cette secte, et surtout pas les femmes.

Comme pour le prouver, Samuel entraîna Rose dans les profondeurs du camp sans que Grant comprenne si c'était pour l'aider ou lui faire du mal. Dahlia regarda sa sœur s'éloigner avec inquiétude. Il ne put que lui serrer la main en guise de promesse silencieuse. Ils trouveraient bien une solution, d'une manière ou d'une autre.

— Je vais te conduire à ta tente, Élue. Descendant d'Islay, nous allons nous réunir pour discuter de ton cas. Viens par ici.

Avant même que Grant ouvre la bouche pour protester, Dahlia le fit à sa place :

— Non, dit-elle avec fermeté tout en serrant sa main plus

fort, même s'ils étaient encore attachés l'un à l'autre. Il doit rester avec moi.

— Élue…

— Si je suis bien celle dont vos hommes parlaient quand ils nous ont attaqués sur la route la semaine dernière, alors… vous devez m'écouter et faire ce que je dis.

Elle n'hésita presque pas. Il aurait gémi si l'homme n'avait pas été en mesure de l'entendre. Elle ne choisissait pas la bonne stratégie. L'homme qui se prenait pour un dieu plissa les yeux et Grant voulut une fois de plus défendre Dahlia, mais elle prit l'initiative :

— Vous avez besoin de moi, lança-t-elle au chef de la secte. Et vous devez me contenter jusqu'à ce que le temps soit venu.

Le temps de quoi ? Elle semblait sûre d'elle, mais Grant ne comprenait pas du tout de quoi elle parlait.

— Peut-être, mais nous devons le tester. Nous ne pouvons pas admettre n'importe qui sur notre sol sacré.

— Si, si c'est la volonté de l'Élue, affirma Dahlia.

L'homme haussa les sourcils.

— Je vois que tu nous as étudiés, Élue. Je suis impressionné.

Grant aurait aimé être impressionné aussi, mais il ressentait surtout de l'appréhension en les voyant s'enliser dans une situation qu'il ne maîtrisait pas et dont il ne pourrait pas s'échapper facilement avec Dahlia.

Avec Rose et Dahlia, parce qu'il savait que Dahlia n'abandonnerait pas sa sœur. Et il ne pouvait pas le lui demander. Rose était une victime, même si elle avait fait de mauvais choix.

— J'imagine que vous voulez partager une tente ? demanda le chef.

— Oui, répondit Dahlia avec l'aplomb d'une reine.

Elle lui rappela Mary lorsqu'elle donnait des ordres et il se rendit compte qu'elle devait effectivement l'imiter – ce qui l'aurait fait sourire dans d'autres circonstances.

Lui aussi avait dû apprendre à être dur sur le tas. Après la disparition de ses parents, il avait aidé Jack à tenir la maison, tout en essayant d'être un modèle pour ses frères et sœurs plus jeunes. Il avait dû s'interdire d'exprimer la rage et l'impatience qui bouillonnaient en lui à seize ans.

Il avait appris à être un adulte bien avant l'âge et à montrer l'exemple, même lorsqu'il était terrifié.

Il savait que ce n'était pas facile, mais Dahlia semblait avoir découvert en elle un peu de ce courage et de cette aptitude à diriger, en dépit des émotions qui devaient se bousculer en elle. Il était fier d'elle.

— Bien. Et sais-tu quand le temps sera venu, mon Élue ? interrogea le Seigneur.

Dahlia déglutit. Son visage ne laissa rien paraître, mais il sentit sa main trembler dans la sienne.

— Non, pas précisément, répondit-elle.

L'homme sourit, ce qui donna la chair de poule à Grant.

— C'est mieux. Pete ! cria l'homme en frappant dans ses mains.

Un autre gars maigrichon accourut. Il avait une arme glissée à l'arrière de son pantalon. Il ne portait pas de robe. Cela signifiait-il que les hommes en robe étaient trop saints pour porter une arme ?

— Emmène-les dans la tente de l'Élue. Garde-les attachés jusqu'à ce qu'ils soient dedans.

— Oui, Seigneur.

Le chef donna la corde à Pete, qui les entraîna au cœur du campement.

Derrière le camping-car se trouvait une grande tente – bien plus belle et spacieuse que les autres. Elle avait son propre feu devant, entretenu par une femme qui ne leva pas les yeux quand Pete les conduisit à l'intérieur.

Il les détacha, s'inclina devant Dahlia et sortit.

La tente était décorée, éclairée avec des lanternes et meublée d'un grand lit de camp avec de nombreuses couvertures. Elle disposait d'une glacière avec de la nourriture et des boissons. Un peu comme dans les catalogues de glamping que Mary lui avait montrés et qui avaient fait ricaner Jack.

Sauf que c'était une secte et que tout cela faisait froid dans le dos. Surtout, Grant avait compris que quelque chose lui échappait. Il se tourna vers Dahlia. De toute évidence, elle en savait plus que lui.

Le rabat de la tente fut fermé, mais il savait qu'ils n'étaient pas seuls pour autant. À travers la toile, il pouvait voir l'ombre d'un garde posté devant leur porte – un homme sans robe, potentiellement armé – et celle de la femme près du feu, qui était à portée de voix et qui les surveillait sans doute.

— On devrait se relayer pour dormir, proposa Dahlia dans le silence de la tente.

Elle grelottait. N'y tenant plus, il la prit dans ses bras et l'attira contre lui, ce qui réveilla sa douleur. Dahlia se laissa aller contre sa poitrine et ses épaules se relâchèrent progressivement tandis qu'elle prenait de grandes inspirations.

— Explique-moi tout ça, dit-il sans la lâcher.

— Grant…, murmura-t-elle.

— Non. N'essaie pas de m'amadouer et ne tourne pas autour du pot.

Il lui frotta le dos en espérant la réchauffer ou au moins arrêter ses tremblements.

— Explique-moi cette histoire d'« élue » et de « temps venu », poursuivit-il.

Elle avait l'air si triste et si bouleversée qu'il aurait voulu la rassurer. Mais il devait d'abord connaître la vérité.

— Ils vont me sacrifier.

Dahlia n'avait pas dit à Grant – ni à personne – tout ce qu'elle avait appris sur la secte au cours de ses recherches. Elle s'était même peut-être un peu voilé la face, mais les comportements bizarres de tous ces gens ne lui permettaient plus de douter. Ce qu'elle avait lu était vrai.

Elle serait sacrifiée. Selon un rituel que la secte devrait suivre à la lettre. Même si les livres ne donnaient pas beaucoup de détails, elle savait qu'elle serait en sécurité jusqu'à… ce qu'ils décident qu'elle ne l'était plus.

En évitant de partager cette information, elle était parvenue à retrouver Rose en vie. Il ne lui restait plus qu'à la sauver et à s'en sortir.

— Qu'ils essaient seulement ! s'exclama Grant avec plus de véhémence qu'elle ne s'y attendait.

Il la serra plus fort. Elle aurait peut-être dû être effrayée par son ton menaçant, mais elle se sentait surtout en sécurité et protégée. À l'abri dans ses bras, elle s'imaginait qu'ils pourraient réussir.

Il la repoussa doucement, mais avec assez de force pour qu'elle soit obligée de soutenir son regard, où elle lut sa colère et sa peine.

— Y a-t-il autre chose que tu as gardé pour toi ? demanda-t-il.

— Je ne savais pas…

Il haussa les sourcils et elle ravala son mensonge. Ce n'était pas juste de lui mentir alors qu'il n'avait fait que l'aider.

— Oui, j'ai lu des choses sur l'Élue et le sacrifice rituel. Et oui, j'ai compris à leur perception des femmes, des liens du sang et... des cheveux roux qu'ils me voulaient sans doute pour ça.

— Et tu n'as pas cru bon de le mentionner ?

— Je ne pouvais pas. Tu aurais voulu m'enfermer dans une chambre forte et te débrouiller tout seul. Si je te l'avais dit, je n'aurais pas su que Rose était vivante. On ne serait pas ici avec la possibilité de tout arrêter et de ramener Rose à la maison.

— Bien. Tu as eu ce que tu voulais. Tu es contente, maintenant ?

Elle se sentit blessée. Il n'avait pas employé son franc-parler habituel. Il se sentait trahi et voulait le lui faire payer. Mais il avait toujours ses mains sur ses épaules et il ne s'était pas écarté, alors elle s'y accrocha.

— Non, dit-elle, les larmes aux yeux. Je ne suis pas contente, Grant.

Il ferma les yeux comme si cela le faisait souffrir.

— Pardon, murmura-t-il avant de la serrer de nouveau dans ses bras. Bon sang, Dahlia ! Bien sûr que je t'aurais enfermée ! C'est bien trop dangereux. Bien trop risqué.

Elle sentit son souffle dans ses cheveux et lui caressa le dos, dans l'espoir de le rassurer... et parce que c'était un dos bien agréable à caresser.

— Tu ne sais vraiment pas dans combien de temps ? demanda-t-il.

— Non, c'était l'un des points vagues. J'imagine que seul le Seigneur de Vérité le sait ou le décide. Mais ils doivent satisfaire mes désirs d'ici là. Je pourrais peut-être leur demander de relâcher Rose.

Il la repoussa de nouveau, mais, cette fois, il prit son visage entre ses mains.

— Encore faudrait-il qu'elle veuille partir.

Elle ferma les yeux pour encaisser ce coup. Il avait raison.

— Je sais. Mais s'ils lui disaient qu'elle peut, elle le ferait peut-être. Il est possible qu'elle ait juste peur...

— Elle est droguée, la coupa-t-il. Cette histoire de petit déjeuner... c'est louche.

— Tu crois qu'elles sont toutes droguées ?

— C'est possible. Il n'y avait rien à ce sujet dans tes livres ?

— Non, mais ils parlent rarement des femmes. Elles ne font que servir les hommes et la vérité. La seule exception étant les Green ou les descendantes des Green, et plus particulièrement les rousses.

Elle ne savait pas quoi en penser ni ce que Rose en pensait, droguée ou non. Il aurait suffi d'un coup du sort pour que leurs situations soient inversées.

— On devrait se reposer, chuchota Grant. Ils nous surveilleront cette nuit. Mais demain matin, tu pourrais demander à visiter le campement. Je t'accompagnerai. On découvrira où est Rose et comment sortir d'ici.

Elle s'efforça de se concentrer sur ses mots plutôt que sur la chaleur de ses mains contre ses joues.

— Tu sais où on est ? demanda-t-elle tout bas.

— Plus ou moins. La bonne nouvelle, c'est que, même s'ils ont effacé nos traces, ma famille ne nous laissera pas disparaître dans la nature. Mes frères et sœurs savent sur quoi on enquêtait. Ils ont Kory Smithfield. Et Anna avait des pistes.

Elle hocha la tête.

— Tu te lèves plus tôt que moi. Tu es blessé. Tu devrais dormir d'abord.

Il se renfrogna un peu, mais elle n'allait pas céder.

— Ils viendront sûrement nous réveiller à l'aube. Préfères-tu être réveillé ou endormi à ce moment-là ? C'est le plus pratique, insista-t-elle.

C'était la vérité. En plus, elle savait qu'elle ne dormirait pas si elle se couchait maintenant. Elle ne penserait qu'à être dans ses bras, à Rose qui était droguée, au fait qu'elle devait être sacrifiée.

C'était une mauvaise combinaison.

— Je peux compter sur toi pour me réveiller dans une heure ou deux ? demanda-t-il.

— Évidemment.

Il haussa un sourcil. Il trouvait que son « évidemment » était exagéré. Mais elle voulait vraiment qu'il se repose.

— Je promets de te réveiller, dit-elle en lui caressant la joue. Je sais que je t'ai caché des choses, mais c'est une promesse que je compte tenir.

— C'est le « compte » qui m'inquiète, répondit-il après un soupir.

Elle se haussa sur la pointe des pieds et déposa un petit baiser sur ses lèvres.

— Bonne nuit, Grant.

Il grogna. Après l'avoir tenue et observée un moment, il la lâcha et alla s'allonger sur le lit de camp. Il s'endormit presque aussitôt et elle se mit à chercher dans la tente de quoi refaire son bandage le lendemain.

Elle aurait pu demander aux membres de la secte de lui fournir une trousse de secours, mais elle ne leur faisait pas assez confiance pour cela.

Ne trouvant rien, elle renonça et examina ce qui se trouvait dans la glacière. Après avoir repensé à Rose et aux discussions sur le petit déjeuner, elle décida qu'elle ne pouvait pas non plus se fier à la nourriture.

Un bruit la fit se retourner pour regarder Grant. Il était endormi – les yeux fermés, la respiration lente – mais il marmonna quelque chose, puis tourna vivement la tête comme s'il souffrait. Alors qu'elle s'approchait de lui, il se mit à s'agiter. Son grognement de douleur la fit sursauter.

Elle se précipita auprès de lui.

— Grant ! Grant, tu fais un cauchemar.

Fallait-il réveiller les gens qui faisaient des cauchemars ou éviter de le faire ? Ou était-ce pour les somnambules ? Elle ne savait plus. Elle se doutait qu'il ne voudrait pas qu'elle le voie ainsi, mais surtout que les autres dehors l'entendent gémir et marmonner.

Elle le secoua par l'épaule.

— Grant, réveille-toi ! Tout va bien. Tu es…

Il n'était pas vraiment en sécurité. Il était prisonnier d'une secte.

Il l'attrapa subitement. Elle réprima un cri quand il la poussa derrière lui comme pour la protéger.

— Reste à terre ! lui ordonna-t-il dans son sommeil.

Ne sachant pas quoi faire, elle entoura ses bras autour de son torse et pressa sa joue contre son dos.

— Grant, tout va bien. Réveille-toi. Je suis là.

Quelque chose changea. Sa respiration était toujours saccadée, mais elle sentit qu'il s'était réveillé. Il resta tendu. Il ne marmonnait plus et ne s'agitait plus, il était simplement figé.

— Je suis désolé, dit-il.

Il semblait mortifié.

— Ne t'excuse pas, répondit-elle sans bouger. Tu souffres... de stress post-traumatique ?

— Pas tout à fait. Je fais des cauchemars, parfois, quand mes souvenirs remontent. Mais ils m'ont jugé sain d'esprit. C'est normal, j'imagine.

— Bien sûr, lui assura-t-elle en le serrant plus fort. Tu as vu des horreurs. Ça ne s'oublie pas comme ça.

Il inspira profondément.

— Je t'ai fait mal ?

— Ne sois pas bête, le rassura-t-elle. Tu essayais de me protéger.

— Ouais, sacré bon boulot, grommela-t-il.

Elle comprit qu'il essayait de se détacher de son rêve par l'ironie.

— Grant. Qu'as-tu vu dans ton cauchemar ?

Elle le sentit se raidir et essayer de s'extirper de ses bras, mais elle tint bon. Finalement, il posa sa main sur les siennes, qui étaient jointes sur sa poitrine.

— Mon officier supérieur a été touché, raconta-t-il. J'ai essayé de l'évacuer sous des tirs nourris. Ce n'est pas dans le règlement, mais je l'ai fait quand même. Ou presque. Il avait une femme et deux enfants. Je n'ai personne. Il est mort et j'ai survécu.

L'entendre dire cela lui brisa le cœur.

— Tu as des frères, des sœurs et une nièce qui ont besoin de toi, lui rappela-t-elle.

— Tu ne comprends pas, Dahlia, répliqua-t-il.

Cette fois, il la repoussa, pas pour sortir du lit, comme elle s'y attendait, mais pour se tourner vers elle. Son expression était sérieuse et ses traits fatigués.

— Ils se sont très bien débrouillés sans moi.

— Tu te sous-estimes. La machine Hudson tourne moins bien sans le rouage que tu es.

— Un rouage, hein ? dit-il, en esquissant un sourire.

— C'est la vérité. Vous êtes un tout. Vous ne fonctionnez pas les uns sans les autres. Ça doit venir du fait que vous avez perdu vos parents. Je parie que si tu leur demandes – à tous, Jack y compris – comment ils se sont débrouillés sans toi, ils te répondront : pas aussi bien que quand tu es là. Tu es leur contrepoids. Sans toi, Jack est trop dur, Cash est trop solitaire et Palmer est trop... incontrôlable, je crois. Anna aussi.

— Et Mary ? demanda-t-il.

Elle réfléchit un instant.

— Probablement trop introvertie.

— Je n'en sais rien, grommela-t-il.

— Je pense que tu le savais déjà, mais que tu avais besoin qu'on te le dise.

Elle l'observa et sut qu'elle avait fait mouche.

— Tu ne leur en as pas parlé, n'est-ce pas ? demanda-t-elle.

— Ils savent que je fais des cauchemars de temps à autre.

— Mais tu n'en discutes jamais avec personne ? insista-t-elle.

— Je viens de t'en parler.

Elle ne savait pas grand-chose sur le stress post-traumatique, mais elle connaissait Grant. Elle le comprenait. À force de le côtoyer ces dernières semaines, de le voir interagir avec sa famille, les chiens et elle, elle savait qui il était.

Elle prit son visage entre ses mains pour le forcer à soutenir son regard.

— C'est à ton tour de me promettre quelque chose.

— Quoi ? répondit-il en essayant visiblement de rester stoïque, mais sans beaucoup de succès.

— Parles-en à quelqu'un. Un proche, un ami, même un chien.

Il resta silencieux un long moment.

— Ça peut être à toi ?

Son cœur chavira. Au beau milieu de tout ce bazar, elle tombait amoureuse de lui. Follement, irrémédiablement.

— Ça pourrait être à moi, oui, répondit-elle.

Après un autre second long silence, il hocha la tête, puis se leva.

— C'est à ton tour de dormir, Dahlia. L'aube sera vite là.

Il avait raison. Comme ils avaient une secte à berner le lendemain, elle lui obéit. Après tout, elle savait qu'un hochement de tête de Grant valait une promesse et qu'il n'était pas du genre à revenir sur ses promesses.

Elle se coucha et s'endormit. Et elle ne rêva que de soleil et de lui.

19

Grant avait le choix entre se laisser submerger par la honte et se concentrer sur leur mission. Néanmoins, il était hors de question qu'il laisse Dahlia seule dans la tente, endormie et vulnérable, pour partir en repérage.

Il examina sa blessure. Il avait fait sauter un ou deux points de suture, mais ils ne saignaient plus et avaient fait une belle croûte. Comme il ne trouvait rien de stérile pour refaire son bandage, il espéra en avoir fait assez pour tenir et sortir d'ici avant que cela ne pose problème.

Sa famille ne savait pas où Dahlia et lui étaient partis. C'était la conséquence méritée de leurs cachotteries. Mais il était persuadé qu'elle avait lancé les recherches dès le dîner et que Vérité serait sur la liste des lieux à fouiller. Et quand elle trouverait son camion avec les affaires de Dahlia et les siennes, elle pourrait les traquer jusqu'ici.

Bien sûr, cela prendrait un certain temps, surtout à cause de la nuit. Ce campement était bel et bien au milieu de nulle part. Samuel avait essayé de le perdre en les faisant tourner en rond dans les collines, mais Grant connaissait ce coin du Wyoming comme sa poche. Il était incapable d'indiquer précisément l'endroit où ils se trouvaient sur une carte, mais il savait vers où aller pour retrouver la civilisation.

Par contre, il ignorait comment convaincre Rose de venir avec eux. Il pouvait se montrer plus malin qu'une secte. Et entre ce qu'il savait et ce que Dahlia avait appris, il ne doutait pas qu'ils puissent s'en sortir.

Mais Dahlia n'abandonnerait jamais sa sœur, alors il ne le ferait pas non plus.

Il la regarda, roulée en boule sur le lit de camp. Elle dormait paisiblement, ce qui était un soulagement. Ils auraient besoin d'être en forme et lucides. Il détestait la savoir au milieu de gens qui voulaient la sacrifier, mais ils avaient profité d'un sursis cette nuit.

Si Dahlia arrivait à convaincre sa sœur de ne pas manger son petit déjeuner demain, ils pourraient peut-être la décider à partir une fois que les renforts se montreraient.

Le problème, c'est que, même droguée, Rose n'aurait pas dû accepter que Dahlia soit *sacrifiée*. Même endoctrinée, l'idée que sa sœur puisse être tuée aurait dû être une raison suffisante pour qu'elle ne la livre pas à sa secte.

Cela ne plaisait pas du tout à Grant. Néanmoins, il fallait qu'il trouve un moyen de les sortir toutes les deux vivantes de ce campement avant que le rituel ne commence.

Il entendit des gens dehors et vit des ombres bouger, puis la tente s'ouvrit. Il ne fit pas semblant d'être endormi et ne cacha pas qu'il montait la garde. Il voulait faire passer le message qu'il protégerait Dahlia coûte que coûte.

— Bonjour, lança l'homme qui les avait amenés hier soir, réveillant Dahlia en sursaut.

— Merci pour ce réveil en fanfare, Pete, grommela Grant.

Pete s'inclina bien bas. Cet endroit était vraiment étrange.

— De rien, sang d'Islay.

Grant échangea un regard avec Dahlia. Elle fronçait les

sourcils, tout comme lui, même si elle était encore mal réveillée.

— Venez. C'est l'heure du petit déjeuner, Élue.

Dahlia se frotta les yeux et se leva.

— Il n'est pas un peu tôt pour manger ? protesta-t-elle.

— Nous mangeons au lever du soleil. Nous accueillons chaque nouvelle journée comme une occasion de trouver la vérité enfouie dans les mensonges, expliqua Pete avant de les précéder hors de la tente.

Le feu de la veille était éteint et personne n'était là pour s'en occuper.

— Où est Willie ? Où est mon chien ? demanda Dahlia en cherchant l'animal du regard.

— Les enfants s'occupent bien de lui.

Grant lut de la confusion et de l'inquiétude dans le regard de Dahlia. Il ne put que hausser les épaules. Les membres de la secte ne s'étaient pas montrés agressifs envers le chien et il espérait que cela jouerait en leur faveur.

Pete les conduisit au-delà du camping-car et des petites tentes vers une longue table. Les femmes y étaient attablées tandis que les hommes se tenaient debout autour d'elles. Devant chaque femme, il y avait un bol rempli d'une mixture ressemblant à de la bouillie d'avoine. Rose était assise au bout de l'un des bancs et Willie était couché à ses pieds. Le chien remua la queue dès qu'il vit Dahlia.

—Voici ta place, Élue, dit Pete en montrant une chaise en bout de table, près de Rose.

Toutes les femmes inclinèrent la tête et murmurèrent des chants dédiés à « l'Élue ». Grant dut lutter contre une envie féroce d'emmener Dahlia loin de tout ce cirque.

Mais elle voulait sa sœur et il voulait faire tomber ces cinglés. Alors, il resta planté là, à se mordre la langue.

— Sang d'Islay. Ton petit déjeuner, mon frère, lui dit-on en lui tendant un morceau de viande séchée.

Grant observa sa viande séchée, puis les membres de la secte.

Il ne savait pas ce qui était le plus perturbant : que les hommes ne soient pas drogués ou que les femmes le soient toutes.

Les hommes se tenaient derrière les femmes comme pour vérifier qu'elles ne laissaient rien de leur repas. Il se demanda si c'était habituel ou si c'était une mesure de précaution prise après l'oubli de Rose de la veille. Il regarda l'homme à côté de lui qui lui avait tendu la viande séchée.

— Les repas se prennent toujours debout ? demanda-t-il de la voix la plus neutre possible.

— Nous devons protéger nos enfants, lui répondit l'homme en regardant autour de lui.

Grant s'efforça de ne pas réagir, mais tout le perturbait. Aucune des femmes ne semblait avoir moins de dix-huit ans. Il supposa qu'il devait se réjouir de ne pas avoir vu de *véritables enfants* jusqu'à présent.

L'homme d'hier – leur « Seigneur » – s'avança et prit place à l'autre bout de la table, en face de Dahlia.

— Mes enfants, je suis votre Seigneur de Vérité, dit-il. Et dans chacun de vos bols se trouve la vérité. Mangez et vous aurez un aperçu de la vérité que je vous inculque.

Dahlia lança un regard inquiet à Grant par-dessus son épaule. Qui sait ce qu'elle allait ingurgiter ? Il fallait empêcher cela ! Il devait donc créer une diversion.

Dahlia essaya de ne pas paniquer, mais il n'était pas question qu'elle mange cette bouillie d'avoine trafiquée. Elle regarda Grant qui semblait impassible. Elle savait que ce n'était qu'un masque.

Elle aurait aimé avoir sa capacité à cacher son effroi, sa colère ou tout autre sentiment qui l'habitait. Elle avait l'impression que son propre visage était un livre ouvert où se lisaient le refus, la peur et la panique.

Grant lui fit un petit signe de la tête. Ce n'était pas un encouragement, plutôt quelque chose comme : « Je m'en occupe. »

Le Seigneur de Vérité déblatérait sur l'importance de tout manger et la noble vérité contenue dans un bol vide.

C'était de la *pure folie*. Comment des gens pouvaient-ils croire à ces sottises ?

Les gens désespérés font des choses désespérées.

Rose était-elle désespérée ? Toutes ces femmes l'étaient-elles ?

Willie aboya, ce qui la fit sursauter et renverser son bol. Un instant plus tard, Willie sauta sur la table et se mit à courir d'un bout à l'autre, en jappant joyeusement, tandis que les femmes se levaient pour essayer d'écarter leur bol ou d'arrêter le chien.

Il courait, sautait, aboyait, mais ne grognait pas. Il se comportait comme si c'était un jeu et comme si les cris des femmes et les ordres des hommes en faisaient partie.

Dahlia regarda Grant, dont l'attention était fixée sur le chien. Il émit un petit bruit, presque un sifflement, et fit un geste. En réponse, Willie descendit de la table, aboya furieusement et détala.

Certains hommes s'élancèrent à la poursuite du chien. D'autres ordonnèrent aux femmes de nettoyer et de manger ce qui n'avait pas été renversé. Profitant du chaos, Dahlia se pencha vers sa sœur.

— Il y a des drogues là-dedans, dit-elle, voulant désespérément faire entendre raison à Rose. Tu dois éviter de manger ça à tout prix.

— Ça aide, expliqua Rose. C'est pour notre bien. C'est la vérité.

— Non, c'est pour leur bien, répliqua Dahlia en s'adressant à toutes celles qui pouvaient l'entendre. Essayez de vous rappeler comment vous vous sentiez avant de venir ici.

Ces femmes étaient peut-être nées au sein de la secte, mais elles pouvaient aussi avoir été kidnappées comme Rose.

Même si elle était devenue une adepte – ce que Dahlia avait du mal à accepter vu le caractère passionné de sa sœur –, Rose n'aurait jamais rejoint la secte sans prévenir, en laissant tout le monde s'inquiéter pour elle. Dahlia ne pouvait pas le croire.

— Ne mangez pas ce qu'ils vous donnent pendant un ou deux jours. Voyez comment vous vous sentez. Ce sera peut-être dur au début, mais je vous promets que vous gagnerez en lucidité. Vous verrez que la véritable vérité n'est pas la leur.

— Blasphème, siffla une femme.

Dahlia l'ignora et reporta son attention sur Rose.

— Je t'en prie. Évite d'en manger. Tu vas retrouver tes esprits.

Rose soutint son regard comme si elle y réfléchissait. Puis elle lui décocha un sourire aussi terrifiant que ceux du Seigneur de Vérité.

— Dahlia, tu devrais essayer. La vérité pure est… transcendante.

Dahlia déglutit, se détestant déjà pour ce qu'elle allait

dire, mais reconnaissant que, s'il fallait jouer le jeu de l'Ordre pour sortir sa sœur de là, les dés étaient jetés.

— Je suis l'Élue, Rose. Et je n'en saurais pas plus que toi ?

Rose cilla et baissa les yeux vers sa bouillie renversée. Quand elle releva la tête, elle avait une expression qui ramena Dahlia à son enfance : un air de rébellion têtue. Rose prit sa cuillère, commença à ramasser le gruau étalé sur la table et le mangea en la défiant du regard.

Dahlia en resta bouche bée. L'attitude de sa sœur la stupéfiait.

C'est alors que Rose s'attaqua à la part de Dahlia. Dahlia eut envie de croire que sa sœur se sacrifiait pour elle, mais le regard provocant de Rose semblait lui dire : « Tu vois, j'ai raison. Tu as tort. »

— Pourquoi fais-tu ça, Rose ? demanda Dahlia, au bord des larmes.

— Tu ne comprends pas. Tu ne peux pas comprendre.

Rose se fâchait. Elle n'avait pas l'air effrayée ni soulagée que Dahlia soit là. Elle semblait *folle de rage*.

— Tu es l'Élue et tu ne comprends rien ! s'écria-t-elle comme un enfant qui pique une crise.

— Je comprends, crois-moi. Être l'Élue veut dire qu'ils vont me tuer, chuchota Dahlia.

La plupart des hommes veillaient à ce que les femmes mangent leur bouillie ou cherchaient le chien, mais ils pouvaient reporter leur attention sur elle d'une minute à l'autre.

— Oui, répondit Rose comme si c'était une bonne chose qu'on la tue lors d'un sacrifice rituel.

Sidérée, Dahlia fixa Rose, qui ajouta en souriant :

— Quelle chance tu as !

20

Une fois que la pagaille du petit déjeuner fut passée, on reconduisit Grant et Dahlia à leur tente. Grant était soulagé. Se tenir au milieu des membres de la secte était… une véritable épreuve. Penser que sa mère avait grandi au sein de ce cauchemar était douloureux et songer que Dahlia risquait d'être sacrifiée lui était insupportable.

Les hommes parlaient de pourchasser le chien, mais il était convaincu que Willie avait une longueur d'avance suffisante. Il irait chercher Cash ou quelqu'un d'autre et ramènerait les renforts.

Grant l'aurait envoyé en mission la veille s'il avait pu, mais c'était mieux ainsi. Il avait permis à Dahlia d'éviter de manger le gruau d'avoine trafiqué. Grant ne savait pas encore quelle diversion il inventerait pour le déjeuner, il verrait le moment venu.

Avant que Pete ne parte, Dahlia lui dit :

— Je veux voir ma sœur. Ici et seule.

Pete cligna des yeux et regarda Grant, presque comme s'il demandait une permission, avant de reporter son attention sur Dahlia.

— Je ne sais pas…

— Je veux voir ma sœur, insista-t-elle. Tu peux obéir à

l'Élue ou aller demander à ton Seigneur de Vérité, je m'en moque. Mais je veux qu'on m'amène ma sœur.

Grant ne l'avait jamais entendue parler avec autant de férocité. Ce qui s'était passé au petit déjeuner l'avait visiblement secouée et il aurait voulu la réconforter, mais il ne savait pas comment. La situation était trop chaotique.

Pete s'empressa de sortir et Grant présuma qu'il ne reviendrait pas de sitôt. Il n'avait pas l'air très sûr de lui. Il irait sans doute d'abord parler à son chef.

Dahlia faisait les cent pas, les sourcils froncés. Comme il ne voulait pas qu'elle continue à ruminer son stress et sa contrariété, il se mit en travers de son chemin. Quand elle s'arrêta devant lui et releva la tête, il ouvrit les bras.

Elle ferma les yeux, l'air désemparé, et se blottit contre son torse. Il la serra dans ses bras. Elle inspira profondément et ses épaules se détendirent.

— Grant, elle a mangé sa part et la mienne, dit-elle d'une voix tremblante.

— Elle te sauvait.

Il n'était pas sûr que ce soit vrai, mais il espérait que Rose s'était sacrifiée pour sa sœur.

Elle secoua la tête.

— J'aimerais le croire, murmura-t-elle.

Elle releva la tête sans relâcher son étreinte. Des larmes avaient coulé sur ses joues.

— Elle ne cherchait pas à me sauver ou à se sacrifier, reprit-elle. Elle n'en avait pas l'air, en tout cas. Non, c'était plutôt… pour me défier parce que je lui ai dit qu'il y avait de la drogue dedans. Voulait-elle me prouver qu'elle était là de son plein gré ? Je ne sais pas. Elle pense que je suis *chanceuse* d'avoir été choisie comme sacrifice. Grant, j'ai peur qu'elle soit hors d'atteinte.

Il écarta une mèche de son visage.

— On va continuer à essayer, promit-il.

Elle posa son front contre sa poitrine et ajouta :

— Je ne peux pas partir sans elle.

— Je sais, lui assura-t-il.

Il lui caressa le dos et lui avoua une chose qu'il s'était juré de ne dire à personne.

— Ma mère nous a raconté une fois, une fois seulement, comment elle a fui l'Ordre, combien c'était difficile, que ça avait requis plusieurs tentatives et que sa mère avait souvent été sur le point d'abandonner. Mais ma grand-mère a persévéré parce qu'elle ne voulait pas de cette vie pour sa fille.

Dahlia releva la tête. Elle était de nouveau au bord des larmes, à la fois par compassion et parce qu'elle s'inquiétait pour sa sœur. Alors, il lui fit une promesse :

— On va essayer jusqu'à ce qu'on réussisse à la sortir de là. Je te le jure.

D'autres larmes coulèrent, mais elle ne sanglota pas. Elle ferma simplement les yeux et les larmes roulèrent sur ses joues.

— Je ne sais pas comment je pourrai te rendre…, commença-t-elle.

Il lui saisit le menton.

— Dahlia, arrête de voir ça comme un échange. Je ne suis pas là seulement parce que tu m'as engagé. Si ça avait été le cas, ce Samuel ne nous aurait jamais embarqués. On ne serait jamais allés à Vérité. On aurait écouté Jack et on aurait confié le dossier à la police la semaine dernière. Je suis là parce que je tiens à toi.

Elle ouvrit les yeux et plongea son regard dans le sien. Elle resta un moment à le fixer. Quand elle parla, elle le fit avec une gravité qui le toucha.

— Moi aussi, je tiens à toi, Grant.

Tout ce qu'ils auraient pu dire et faire fut empêché par l'arrivée de Rose.

Elle les observa tous les deux, enlacés. Alors que Dahlia pleurait, Rose la regarda avec une froideur qui n'inspira que de la méfiance à Grant. Il ne lâcha pas Dahlia.

Il voulait la protéger, parce qu'elle avait sans doute raison sur le fait que Rose était hors d'atteinte – du moins au sein de la secte et droguée. Dahlia connaissait sa sœur – et lui savait à quel point cette secte pouvait transformer une personne.

Néanmoins, il savait aussi qu'elle ne laisserait pas Rose rester, que cette dernière veuille partir ou non. Dahlia n'avait pas baissé les bras quand elle croyait sa sœur morte, alors pourquoi l'abandonnerait-elle maintenant qu'elle était vivante et se tenait devant eux ?

De plus, il lui avait promis de la sortir de là, alors il devait trouver un moyen de le faire.

Dahlia se sentit… Mon Dieu, elle était fatiguée de toutes ces émotions. C'étaient de vraies montagnes russes, qu'elle subissait dans cet endroit bizarre alors que sa sœur… était devenue une étrangère.

— Tu voulais me voir ? demanda Rose.

Elle semblait avenante et joyeuse, mais la façon dont elle regardait Grant mit Dahlia mal à l'aise.

— Je voulais m'assurer que tu allais bien. Puisque tu as mangé ma part, ce matin, tu as dû ingérer deux fois la dose de drogue destinée à une personne, expliqua Dahlia.

Rose sourit, mais ses pupilles étaient si dilatées que ses yeux étaient presque noirs.

— C'était du gruau, Dahlia. De la nourriture. C'est ainsi que le Seigneur de Vérité nous fait cadeau de la vérité. Et c'est en acceptant sa vérité qu'on devient libre.

Dahlia eut envie d'enfouir de nouveau son visage dans le cou de Grant et d'oublier ce discours de fanatique. Elle s'était préparée à l'éventualité de la mort de Rose. Même à la possibilité qu'on l'ait séquestrée. Mais qu'elle fasse partie d'une secte, qu'elle dise ces choses en ayant l'air d'y croire...

Elle ne savait pas quoi faire. Comment communiquer avec quelqu'un qui était drogué et endoctriné ?

Mais elle ne pouvait pas plus renoncer qu'elle ne l'avait fait ces treize derniers mois.

— Rose, peux-tu me dire comment tu es arrivée ici ?

— La vérité m'a guidée, répondit Rose, toujours aussi souriante.

— Dahlia souhaiterait une réponse un peu plus concrète, intervint Grant. Tu as disparu au Texas.

— Non, j'ai trouvé le Seigneur de Vérité au Texas, le corrigea Rose.

Dahlia n'aurait pas qualifié de *méchant* le regard que Rose lança à Grant, mais il n'avait rien d'amical.

— On ne savait pas que tu étais l'Élue, alors, ajouta Rose.

— Comment l'avez-vous découvert ? demanda Grant.

— Quelle importance ? répliqua Rose.

— Pour moi, ça en a, dit Dahlia.

Rose poussa un gros soupir. Elle se tenait toujours au même endroit, mais elle jetait des regards de tous les côtés et elle levait les mains de temps à autre, comme si elle débordait d'une énergie dont elle ne savait pas quoi faire.

— Le Seigneur n'a pas apprécié que tu cherches à me retrouver. Je lui avais dit que personne ne se soucierait de ma disparition et tu m'as fait mentir, sœurette.

C'était une accusation, comme si Dahlia aurait dû oublier sa sœur, la croire morte et tourner la page.

— Il fallait bien que je sache ce qui t'était arrivé, répliqua Dahlia, en essayant de dissimuler sa peine.

Rose n'était pas elle-même. Elle était droguée. Dahlia ne devait ni la croire sur parole ni accorder de valeur à ses paroles blessantes.

— Comment aurais-je pu laisser tomber ? Tu t'es évanouie dans la nature. Je pensais chercher ton meurtrier, Rose.

Elle ravala sa frustration et se rappela que Rose était en vie. C'était le plus important.

— Je ne perdrai jamais l'espoir de te ramener à la maison, conclut-elle.

Rose secoua la tête avec véhémence.

— C'est ici, ma maison. L'Ordre est ma famille. J'y ai ma place. Je suis importante. Pas comme à la *maison*, où je ne fais que me disputer avec nos parents bornés.

— Rose..., bredouilla Dahlia.

Les mots lui manquaient. Elle savait que Rose et leurs parents avaient une relation tendue, mais cela suffisait-il à expliquer que sa sœur soit tombée dans une telle folie ?

— Les gens se soucient de moi et prennent soin de moi, ici, ajouta Rose. Le Seigneur s'est bien occupé de moi. Je suis une Green, je suis spéciale.

— Nous ne sommes pas des Green, protesta Dahlia.

— Si ! On a son sang ! dit Rose en tapant du pied comme une enfant, ce qu'elle faisait toujours quand elle était contrariée. Et j'étais même importante avant que tu n'apparaisses.

Ensuite, j'ai dû te ramener. Le Seigneur t'a vue et il t'a voulue. Tu aurais dû rester dans le Minnesota. Tu aurais dû m'oublier. Alors, j'aurais eu une chance d'être choisie.

Dahlia ne comprenait pas. Être choisie signifiait être sacrifiée. Si on était spéciale pour l'Ordre de Vérité, on finissait morte.

Pourquoi Rose ne le voyait-elle pas ?

Elle regarda Grant, impuissante. Son visage exprimait la sympathie. Il comprenait ce que ce groupe pouvait faire à une personne et il ne portait aucun jugement.

Mais il ne savait pas comment réparer les choses. Quelqu'un avait-il ce pouvoir ?

— Est-ce que je compte pour toi, Rose ? demanda Dahlia. Tu es ma sœur, je t'aime.

— Tu es l'Élue, répondit Rose avec un grand sourire. C'est la vérité. Tu vas rejoindre le Seigneur qui est aux cieux. Tu seras libre. Et tes cendres nous guideront vers une vérité plus profonde.

À chaque mot, Rose avança vers elle, les mains tendues, comme l'avait fait l'homme sur la route.

Mais il y avait quelque chose de plus menaçant dans le regard de Rose. Comme si elle risquait de l'étrangler.

Grant s'interposa pour bloquer Rose et la protéger.

Elle était bouleversée. Sa sœur… voulait sa mort.

Ta sœur a été traumatisée, droguée, et elle a subi un lavage de cerveau pendant un an.

Elle se le répéta encore et encore, mais elle se sentait toujours abasourdie, effrayée et trahie.

— Tu pourrais nous laisser nous échapper, proposa Grant à Rose. Dahlia pourrait disparaître. Tu pourrais redevenir importante.

Dahlia essaya de protester. Comment pouvait-il ? Comment pouvait-il penser qu'elle abandonnerait Rose alors qu'il avait promis de les aider ? Il devait savoir qu'en dépit des menaces et de la colère, elle ne partirait pas sans sa sœur.

En dehors de l'Ordre, elle pourrait apporter de l'aide à sa sœur. Elle pourrait retrouver sa *vraie* sœur. Elle en était sûre. Il fallait qu'elle y croie et qu'elle s'accroche à cette possibilité comme elle s'était accrochée à la possibilité que Rose soit toujours en vie.

Et Rose était bien en vie. Il devait y avoir une fin heureuse à ce cauchemar.

Rose sembla réfléchir à la proposition de Grant et quand Dahlia ouvrit enfin la bouche pour protester, Grant secoua la tête.

— Grant..., commença-t-elle.

Il secoua de nouveau la tête.

— J'ai fait une promesse, dit-il avec douceur. Je compte la tenir.

Il avait promis de sortir Rose de cet enfer. Alors... ce n'était qu'un stratagème ou une ruse, et elle devait jouer le jeu.

— J'ai aussi fait une promesse, dit Rose d'un ton hautain. J'ai promis à mon Seigneur de ramener l'Élue et de trouver la vérité grâce à ton sacrifice, Dahlia.

Dahlia ne savait pas comment concevoir le fait que Rose n'avait pas changé en apparence, alors qu'à l'intérieur... rien n'était plus pareil.

Dans le silence qui suivit, elle entendit un faible jappement. Était-ce Willie ? Elle espéra que non. Même si les membres de la secte s'étaient montrés gentils avec le chien, elle pressentait que le désastre du petit déjeuner lui vaudrait une punition.

— Grant ?

Son expression était indéchiffrable. Mais elle savait qu'il l'avait entendu aussi. Il continua à parler à Rose comme si de rien n'était.

— Penses-y, laisse-nous partir. Ou viens avec nous quand on partira.

— Vous n'irez nulle part, mes amis, dit Rose avec douceur. Sauf auprès du Seigneur qui est aux cieux.

Et elle sortit de la tente sur ces mots.

Dahlia s'effondra sur le lit de camp. Ses jambes ne la soutenaient plus. Elle enfouit son visage dans ses mains pour essayer de réfléchir. Elle ne releva la tête que quand elle sentit la main de Grant sur son genou.

Il était accroupi devant elle, visiblement inquiet. Avant qu'elle ne dise quoi que ce soit, il chuchota :

— Les secours sont là.

— Quoi ?

— Ce jappement ? C'était Willie qui nous prévenait. Cash, Palmer ou un autre membre de ma famille est là, Dahlia. On doit sortir. Tout de suite.

Avant que Dahlia puisse protester ou expliquer que, malgré tout, elle ne voulait pas partir sans sa sœur, elle entendit des gens crier. Grant se précipita à l'entrée de la tente et elle le suivit.

Lorsqu'ils sortirent, des gens couraient dans tous les sens. Personne ne faisait attention à eux. Mais elle entendit Willie de nouveau, derrière eux.

Elle fit volte-face en même temps que Grant et vit Willie de l'autre côté d'un champ. Il émit un autre jappement et Dahlia perçut un clignotement.

Grant lui attrapa le bras.

— Tu as vu cette lumière ?

— Oui, répondit-elle.

— C'est Anna. Cours vers elle. Tout de suite. Ne t'arrête pas. Ne te retourne pas. Cours jusqu'à l'endroit où tu l'as vue, quoi que tu entendes, quoi qu'il se passe. Cours.

Elle agrippa son sweat-shirt.

— Et toi, que vas-tu faire ? demanda-t-elle, le cœur affolé. Il ne venait pas avec elle et elle ne pouvait pas les abandonner, Rose et lui.

Il la força à le lâcher.

— Je vais te ramener ta sœur.

21

Grant s'élança. Il n'avait pas d'arme à feu, mais il avait un couteau dans sa botte. Par contre, il ne savait pas où était Rose. La plupart des gens qui couraient partout étaient bien trop occupés à hurler des ordres ou à les suivre pour lui prêter attention. Il espérait que cela continuerait.

Les hommes se rassemblaient autour d'une sorte de trou dans le sol. Grant passa en courant, mais, quand il se retourna, il comprit ce qu'ils étaient en train de faire. Ils sortaient des fusils d'une réserve souterraine.

Et merde.

Cela se présentait mal pour lui, mais il devait absolument trouver Rose. Il fit le tour des tentes, puis revint sur ses pas et fouilla le camping-car sans découvrir aucune des femmes. Son inquiétude grandissait de minute en minute.

Il décida de retourner là où les hommes extirpaient des armes du sol dans l'espoir qu'ils le mèneraient aux femmes, mais ils étaient déjà partis.

Satanées sectes.

Il se figea et tendit l'oreille.

Même si l'endroit était étrangement calme, il finirait bien par entendre quelque chose.

De vieux souvenirs menaçaient de remonter à la surface.

Du sable, du sang et le sergent Lincoln. Des cris, des coups de feu et des explosions.

Mais il se concentra sur l'instant présent, sur l'herbe sous ses pieds et le bruit des toiles de tente dans le vent. Il se remémora le chemin qu'ils avaient parcouru la veille pour venir. Les collines gravies plusieurs fois. Il avait cru que c'était pour les désorienter, mais...

Il partit vers l'est, du côté d'où ils étaient venus. Alors qu'il approchait d'une colline, il entendit de faibles murmures. Il escalada la colline avec précaution et en silence.

Une fois arrivé assez près du sommet pour regarder par-dessus, il les aperçut au loin, les hommes et les femmes, mais la scène qu'il vit lui glaça le sang.

Les femmes étaient toutes agenouillées et les hommes se tenaient alignés derrière elles... avec leurs fusils. Ensuite venait une autre rangée d'hommes vêtus de robes qui flottaient au vent. Ces derniers n'étaient pas armés.

Ils étaient tous tournés vers le nord et Grant comprit, sans rien voir, que les forces de l'ordre étaient embusquées quelque part derrière la deuxième colline.

Anna était arrivée par le sud pour les évacuer, Dahlia et lui, avant que les autorités n'interviennent.

Cela ressemblait beaucoup trop à l'assaut du FBI : les otages, les stocks d'armes et la folie générale. Bien trop de gens allaient finir blessés ou morts. Il scruta les visages des femmes à genoux sans voir Rose.

Où était-elle donc ? S'était-elle enfuie ?

Il aurait voulu y croire, mais après tout ce qui s'était passé dans la tente, il n'y arrivait pas.

Si la police était sur la colline d'en face, les membres de l'Ordre étaient disposés de manière à servir de bouclier. Ils étaient la première vague de sacrifices. Il pouvait y en avoir une seconde.

Et si Dahlia était toujours là, ils la voudraient.

S'étaient-ils mis à sa recherche ?

Son cœur manqua un battement à cette idée, mais elle ne devait pas l'arrêter. Il fit demi-tour et descendit la colline le plus discrètement possible.

Et en évitant de penser que quelque chose avait pu arriver à Dahlia et à sa sœur.

Alors qu'il retraversait le campement, il entendit des gens parler à voix basse et il ralentit. En s'abritant derrière les tentes, il se rapprocha jusqu'à parvenir à l'emplacement du feu de camp de la veille, marqué par un grand cercle de pierres.

Aujourd'hui, il n'y avait pas de feu. Pas encore. Au centre des pierres s'élevait un grand poteau de bois. Et le soi-disant Seigneur de Vérité était en train d'y attacher Rose.

Mais ce qui le stoppa net dans son élan fut l'incroyable quantité d'explosifs qui les entourait.

Bon sang.

Comme s'il l'avait senti, le Seigneur de Vérité interrompit sa tâche et regarda autour de lui. Grant était caché derrière une tente et, tandis qu'il scrutait les environs, il se rendit compte qu'ils n'étaient que tous les trois. Le chef de l'Ordre avait des explosifs, mais il ne semblait pas porter d'arme. Puisque le Seigneur était vêtu d'une robe, il devait être trop saint pour toucher un revolver.

Grant l'espérait, du moins.

Alors, il fit la seule chose qui pouvait l'aider à atteindre son but, qui était de sauver Rose pour Dahlia : il sortit son couteau de sa botte et s'avança.

L'homme resserra le nœud qui attachait Rose au poteau tout en lançant un regard noir à Grant.

— Je ne sais pas ce que tu espères arrêter. La violence n'est pas la solution.

— Dit l'homme qui attache une femme à un poteau entouré d'explosifs, ironisa Grant.

— Ce sacrifice est bon et juste. Il nous apportera la vérité et rétablira l'équilibre. C'est un moyen de progresser jusqu'à ce que nous soyons réunis avec l'Élue.

— Vous ne mettrez jamais la main sur elle.

L'homme secoua la tête et s'éloigna de Rose, ce qui ne rassura pas Grant. Il ne faudrait pas grand-chose pour déclencher ces explosifs et il y en avait assez pour les tuer tous les trois.

— C'est toi qui nous as amené ce mal, sang d'Islay, l'accusa l'homme.

— Oui, c'est moi. Alors, laissez Rose… l'enfant partir.

L'homme sembla y réfléchir un instant et Grant en profita pour se rapprocher.

Le regard du Seigneur se posa sur les explosifs, puis sur Rose.

— Elle n'est pas l'Élue.

— Non, elle ne l'est pas, confirma Grant.

Il fit un pas de plus. Plus que deux et il pourrait neutraliser ce cinglé sans utiliser son couteau.

— Vous devriez la laisser partir, continua-t-il.

— Mais un sacrifice nous apportera la vérité. La vérité nous aidera à survivre. Tu as permis au monde extérieur de nous envahir, sang d'Islay, et…

Grant s'élança. L'homme était tellement absorbé par

son petit discours qu'il ne vit rien venir, mais il se débattit comme un beau diable une fois plaqué à terre.

Heureusement pour Grant, il n'avait rien d'un combattant aguerri. Ses frappes étaient hésitantes et molles et sa robe limitait l'ampleur de ses mouvements. Grant l'immobilisa au sol en moins d'une minute. Et pendant tout ce temps, l'homme continua à parler de vérité et de sacrifice.

— Je l'ai fait renaître de ses cendres ! Je suis le descendant du Seigneur originel. Je suis l'Ordre. Je suis la vérité ! Il n'y avait plus rien et je l'ai rallumé en lui insufflant la flamme de la vérité !

— Vous auriez dû le laisser mort, dit Grant.

Puis, il leva son poing en se concentrant sur une zone qui assommerait ce cinglé et frappa de toutes ses forces. Le Seigneur de Vérité s'affala.

Grant poussa un soupir de soulagement, mais quand il jeta un coup d'œil à Rose, il jura et s'élança vers elle.

Dahlia avait rejoint Anna, guidée par Willie, et ils attendaient maintenant tous les trois, blottis derrière une colline. Ils ne faisaient qu'attendre et cela rendait Dahlia malade.

— Comment pouvez-vous le laisser risquer sa vie ? finit-elle par demander à Anna, qui semblait détendue.

Anna la fixa et, contrairement à son habitude, réfléchit avant de répondre :

— Croyez-vous que Grant serait… d'accord pour qu'on aille l'aider ?

Dahlia ne répondit rien parce que la réponse était évidemment non.

— Et s'il avait le choix, voudrait-il envoyer quelqu'un d'autre gérer ce bordel à sa place ? continua Anna.

De nouveau, Dahlia resta silencieuse. À quoi bon répondre ? Elle ne savait même pas pourquoi elle discutait, elle…

— Je ne supporte pas d'attendre sans rien faire, protesta-t-elle.

— Je comprends, croyez-moi. Mais si on s'en mêle, on va gâcher leur plan et ruiner l'intervention. On doit se montrer prudentes et attendre notre heure.

Puis Anna l'observa pendant un bon moment avant de poursuivre :

— Grant est mon frère. Je l'aime plus que tout. Et quand on aime quelqu'un, il faut le laisser être ce qu'il est. Même si ça fait mal. Je n'ai pas pu l'empêcher de s'engager. Je ne peux pas l'empêcher d'être un héros. Personne ne le peut, c'est ce qu'il est.

C'est ce qu'il est.

Dahlia le savait. Elle sentit son cœur devenir vulnérable après ces vingt-quatre heures déjà trop riches en émotions, sans parler de toute cette année. Parce qu'elle… *aimait* ce qu'il était. Ce héros bourré d'insécurités. La façon dont la guerre l'avait marqué parce qu'il s'était impliqué au lieu de fuir la réalité. La façon dont il traitait ses frères et sœurs. Le fait qu'il était incapable d'adoucir la vérité pour la rendre supportable, même si, parfois, il essayait.

— Il faudra vous y habituer si vous comptez rester dans le coin, ajouta Anna.

Avant que Dahlia trouve quoi lui répondre, une détonation l'assourdit. L'explosion fit trembler le sol alors qu'elle semblait s'être produite loin.

Anna laissa échapper un juron et partit en courant, Willie sur ses talons. Dahlia resta figée une minute, puis elle les suivit aussi vite qu'elle le put en direction du panache de fumée et des cris qui semblaient venir de partout.

Elle essaya de ne pas perdre de vue Willie parce que Anna, qui courait plus vite qu'elle, avait déjà disparu dans le campement. Heureusement, le chien l'attendit avant de reprendre sa course pour la guider vers la fumée.

Elle entendait des coups de feu, mais ils étaient plus éloignés. Grant participait-il à cette fusillade ? La plupart des membres de la secte n'avaient pas d'armes... sauf s'ils en avaient caché quelque part, comme leurs prédécesseurs.

Le flot de ses pensées s'interrompit quand elle atteignit le nuage de fumée et les quelques flammes résultant de l'explosion.

Grant tenait Rose dans ses bras. Celle-ci hurlait et se débattait, tandis qu'Anna essayait d'intervenir. Il y avait des tirs et des cris au loin – tous assourdissants – mais ils ne semblaient pas avoir de rapport avec la scène que Dahlia voyait.

Elle regarda Rose batailler contre deux personnes qui n'avaient fait qu'aider et se montrer gentilles. À bout de nerfs, elle s'avança et hurla de toutes ses forces :

— Arrête !

Rose se figea et Grant et Anna en profitèrent pour saisir ses bras. Ils étaient tous les trois ensanglantés et essoufflés.

— Qu'est-ce qui te prend ? lança Dahlia à sa sœur.

— J'allais être sacrifiée ! cria Rose, les joues couvertes de suie et inondées de larmes. J'allais être choisie. Mais il a tout gâché !

Elle tira sur le bras que Grant tenait, mais les Hudson l'avaient parfaitement immobilisée. Elle ne put que s'agiter et pester.

Dahlia regarda Grant. Lui aussi était couvert de suie. Il saignait de la lèvre, du nez et de la tempe. L'une de ses manches était brûlée. Pourtant, il restait stoïque – tel un héros, une fois de plus.

Pendant ce temps, les coups de feu se poursuivaient au loin, accompagnés de cris. Mais il n'y avait pas eu d'autre explosion, Dieu merci.

Dahlia se concentra sur sa sœur. Elle se rapprocha pour pouvoir la regarder droit dans les yeux, puis elle tendit la main et lui caressa la joue.

— Je te choisis, Rose. Et je choisis de te voir en vie.

Rose inspira, toute tremblante. Elle ne semblait pas ravie, mais elle ne protesta pas.

— Que fait-on maintenant ? demanda Dahlia aux Hudson.

— Jack a toute une équipe d'intervention, dit Anna. Des policiers des comtés voisins et quelques fédéraux, tous venant par le nord. Ça nous a pris un moment, hier soir, pour vous retrouver, mais pas tant que ça. On a un itinéraire d'exfiltration par le sud pour ne pas être pris dans la...

Anna s'interrompit, les yeux fixés sur Rose. Dahlia se tourna vers sa sœur. Cette dernière regardait au loin, avec un air de défi. Puis un sourire rebelle se dessina sur ses lèvres. Méfiante, Dahlia suivit son regard tandis qu'Anna essayait de convaincre Grant de ne pas se précipiter au-devant du danger.

Lorsque Dahlia vit ce qui faisait sourire Rose, son cœur manqua un battement. Un homme se tenait au sommet de la colline, avec une vue dégagée sur eux quatre, et il avait un fusil dans les mains.

— Baissez-vous ! hurla Dahlia en plaquant sa sœur au sol par réflexe.

22

Tout se passa très vite. À l'instant où Dahlia cria et plaqua Rose, Grant se retourna, alerté par un sixième sens qu'il avait acquis au combat et qu'il ignorait stupidement depuis quelques secondes.

Dahlia avait vu le tireur et réagi en premier. Comme il avait ignoré son instinct une seconde de trop, il attrapa Anna trop tard. Le coup de feu atteignit sa sœur, qui recula en poussant un petit cri.

Grant ne se figea pas pour autant. Il était bien trop entraîné pour cela. Il passa à l'action. Il entraîna tout le monde derrière le camping-car, hors de portée du tireur, puis vérifia qu'Anna n'était pas gravement blessée. Mais ses émotions s'étaient figées. Quand il ordonna à Dahlia de tenir Rose à l'œil et qu'Anna le repoussa en lui disant que ce n'était qu'une égratignure, son cœur n'était plus qu'un bloc de glace.

— Je vais bien, dit Anna en lui donnant une autre tape avec son bras valide.

Elle lâcha un ou deux jurons qui contredirent ses paroles. Elle saignait. Elle avait reçu une balle. Sa petite sœur était blessée.

Elle le regarda droit dans les yeux avec un air très sérieux.

— Ce n'est pas grave, Grant, lui assura-t-elle. Regarde.

Elle souleva son bras. La balle avait troué sa manche et sa blessure saignait, mais il avait vu pire.

Sur des *soldats*. Pas sur sa petite sœur.

— Ton bras a été brûlé par l'explosion, alors fiche-moi la paix, ajouta-t-elle.

Il inspira un grand coup, forçant les souvenirs de guerre et de morts à réintégrer leur compartiment du passé. La douleur de son bras et toutes les autres lui avaient semblé n'être que des séquelles presque oubliées, mais le commentaire d'Anna lui fit prendre conscience qu'elles étaient bien réelles.

C'était la vérité. Il était blessé. Et la situation était critique. Dahlia luttait avec Rose, essayant toujours de lui faire entendre raison.

Il ne lui dit pas qu'elle perdait son temps. Il comprenait qu'elle devait le faire.

Lui devait s'occuper du tireur. La peur de tirer qu'il avait développée depuis qu'il était rentré chez lui le gagna. Anna n'était pas une mauvaise tireuse, mais elle était blessée au bras droit, tandis que c'était sa main gauche qui était brûlée.

Ils ne pourraient pas s'en sortir s'il ne neutralisait pas l'homme armé qui continuait à tirer. Les balles fusaient et se logeaient dans le camping-car les unes après les autres. Grant ne pouvait pas attendre, espérer que les renforts débarquent et laisser une autre personne être touchée.

— Donne-moi ton arme, dit-il à Anna.

Elle la lui tendit sans rien dire. Il avait réussi à garder ses problèmes pour lui, alors elle le prenait toujours pour un excellent tireur.

Cela signifiait qu'il devait réussir.

— Fais gaffe à toi, mais vois si tu peux l'aider, dit-il à

Anna en indiquant Dahlia, qui se bagarrait toujours avec Rose, d'un signe de tête.

— J'ai quatre frères. Ça va être du gâteau, répondit Anna d'un ton moqueur, malgré sa pâleur et sa douleur évidente...

Il devait mettre un terme à tout cela.

Il prit une profonde inspiration, soupesa son arme et essaya de bloquer tout le reste : les cris de Rose, les suppliques de Dahlia et d'Anna qui essayaient en vain de la faire taire, le bruit des coups de feu au loin qui indiquait que ses frères se trouvaient peut-être dans une situation qui...

Non. Seul comptait le tireur qui le menaçait et qu'il devait arrêter pour qu'Anna ne soit pas plus gravement blessée et pour que Dahlia et Rose s'en sortent saines et sauves.

C'était à lui de jouer.

Mais *il n'était pas seul*. Ce qu'il avait perdu ou oublié à l'armée et que Dahlia lui avait rappelé quand il lui avait parlé de ses cauchemars, c'est qu'il appartenait à une famille. Il était un *rouage* dans un plus grand tout.

Tout ne reposait pas sur ses épaules. Si cela avait été le cas, il se serait toujours trouvé dans l'une de ces tentes, à chercher un moyen de sortir Rose de là contre sa volonté. Non, il avait une famille qui le soutenait.

Il avait juste besoin de se charger de ce gars et il était un bon tireur. Il était capable d'accomplir beaucoup de choses quand il ne se mettait pas en tête qu'il était responsable de tout.

Il se déplaça autour du camping-car, calculant la position du tireur d'après son angle de tir. Un calme qu'il connaissait bien l'envahit. Et quand le tireur réapparut pour tirer une nouvelle fois, Grant tira le premier.

Il vit l'homme lâcher son fusil et dégringoler de la colline. Il avait mis dans le mille.

Il relâcha le souffle qu'il avait retenu sans s'en rendre compte. Il avait réussi. Comme au bon vieux temps.

Quand il reporta son attention sur les femmes, Anna était juste derrière lui et Dahlia avait réussi à calmer Rose.

— Joli tir, lâcha Anna. Mais tu transpires.

Elle réussit presque à sourire.

— Ça vaut mieux que de saigner, marmonna-t-il. Viens. Tirons-nous d'ici.

Grant et Anna les conduisirent hors du campement par le sud afin d'éviter la confrontation qui se déroulait au nord. Dahlia devait tirer sa sœur, mais Rose avait arrêté de protester, au moins.

Cela venait probablement du fait qu'Anna l'avait menacée de lui casser toutes les dents si elle prononçait encore un mot au sujet de la vérité et des sacrifices. C'était une stratégie qui manquait de délicatesse, mais pas d'efficacité.

Ils marchèrent pendant ce qui sembla une éternité à Dahlia. Rose marchait de plus en plus lentement, la tête de plus en plus basse, comme si chaque pas lui pesait. Dahlia, qui lui tenait toujours fermement le bras, savait qu'elle ne pouvait pas l'atteindre.

Personne ne parla et ils finirent par rejoindre un groupe qui attendait. Il y avait une voiture de police et une camionnette. Mary se précipita vers eux dès qu'elle les vit.

— Emmène Anna à l'hôpital, lui ordonna Grant en attrapant Anna par le bras pour la pousser vers Mary.

— Je vais bien, protesta Anna. C'est lui qui a le bras brûlé.

Mary échangea un regard avec Grant par-dessus la tête d'Anna.

— Tous les autres vont bien ? demanda-t-elle.

— Tout le monde ici va bien, précisa Grant. Donne-nous une minute.

Mary acquiesça, offrit un sourire aimable à Dahlia et emmena Anna vers la camionnette tandis qu'une adjointe du shérif s'avançait pour leur parler.

— Salut, Grant. Madame, dit-elle en saluant Dahlia de la tête.

Elle se concentra sur Grant pour lui transmettre les nouvelles.

— Jack a encore un peu de boulot au nord, mais il voulait que je t'informe que c'est pratiquement terminé. Ils ramassent les armes, ils coffrent tout le monde. Ils se disputent avec les agents du FBI, bien sûr. Les femmes auront droit à une évaluation psy, les hommes seront accueillis dans les locaux qui ont des cellules libres. Ensuite, la police et le FBI prendront le relais.

Grant hocha la tête, puis lui montra Rose.

— Elle doit les accompagner. C'est Rose Easton. La personne disparue que Hudson Investigations recherchait.

— Je peux l'emmener, mais je vais devoir lui passer les menottes, prévint l'adjointe.

Grant regarda Dahlia d'un air désolé, mais elle comprenait, même si elle détestait cette idée.

— C'est bon, dit-elle.

L'adjointe approcha avec les menottes. Rose ne protesta pas, mais, une fois menottée, elle regarda Dahlia.

— Tu ne pourras pas arrêter la vérité, Dahlia, dit-elle. Jamais.

Dahlia était à deux doigts de s'effondrer, mais Grant glissa son bras autour de ses épaules pendant qu'elle regardait sa sœur se faire embarquer.

— Je sais que ça peut sembler atroce, murmura-t-il avec douceur, mais elle va recevoir l'aide dont elle a besoin et elle redeviendra… un peu plus elle-même.

Un peu plus, pas totalement. Parce que quelle que soit l'aide qu'elle recevrait, Rose avait fondamentalement changé. Tout comme Dahlia avait fondamentalement changé depuis qu'elle cherchait sa sœur.

Lorsqu'elle se tourna pour poser son front contre la poitrine de Grant, elle ne pleura pas. Elle utilisa son étreinte pour ne pas s'écrouler ni penser au pire. Il était devenu… son roc. Elle n'en avait jamais eu.

Il se trouvait qu'avoir quelqu'un sur qui se reposer était une bonne chose. Et elle savait, depuis qu'il s'était confié à elle sur ses cauchemars, qu'il se reposerait sur elle s'il en avait besoin.

Mais tout cela était fini, plus ou moins, et il n'était plus légitime qu'elle se repose sur lui. Elle ferma les yeux et s'accrocha aux derniers instants de ce qu'ils avaient partagé, quoi que cela ait pu être.

Les jours qui suivirent filèrent en un éclair. Dahlia n'avait pas retenu la moitié de ce qui s'était passé. Il avait fallu répondre à des questions, mettre de l'ordre dans ce capharnaüm, et les Hudson avaient été simplement merveilleux.

Ils lui avaient parlé de programmes de désendoctrinement et de bourses pour les payer. Ils l'avaient accompagnée partout et s'étaient chargés de tout sans jamais lui donner l'impression qu'elle était un fardeau.

Elle supposa que c'était parce qu'ils avaient grandi en sachant ce qu'étaient les sectes. Ils n'avaient jamais retrouvé leurs parents, mais ils avaient trouvé des réponses pour les autres et appris à clore proprement leurs affaires.

Rose, qui était toujours hostile envers Dahlia, était traitée dans une institution tout près de Sunrise. Dahlia savait qu'elle ne pouvait pas continuer à profiter de la gentillesse des Hudson, mais l'idée de rentrer chez elle, d'être loin de Rose et des gens qui étaient devenus ses amis...

C'était trop dur à supporter. Elle ne voulait pas rentrer chez elle. Elle voulait rester.

Sauf qu'elle ne savait pas comment s'y prendre. Le moyen d'y arriver lui parvint d'une façon surprenante.

Dahlia passait dans la rue principale de Sunrise au volant de sa voiture, après avoir rendu visite à Rose, quand elle vit Freya qui lui faisait de grands signes depuis le trottoir. Dahlia se gara et baissa la vitre du passager tandis que Freya se précipitait vers elle.

— Bonjour, Freya. Tout va bien ?

— Bonjour, dit Freya en lui souriant. Désolée de vous interpeller comme ça, mais je ne savais pas comment vous joindre sans... enfin, bref.

Elle balaya la rue du regard, puis se pencha un peu plus et annonça :

— Je quitte la ville.

— Oh ! fit Dahlia, qui ne savait pas trop comment réagir à cette nouvelle. Pour une bonne raison, j'espère ?

— Oui ! J'ai décroché un emploi dans un musée à Denver, expliqua Freya. C'est une occasion en or et comme je ne suis jamais allée nulle part... enfin, bref. Mon poste est à pourvoir. Ça ne paie pas des masses, mais vous sembliez si enthousiasmée par la bibliothèque que je me suis dit que je devais vous en informer. Si vous êtes intéressée, je peux vous recommander à l'association chargée du recrutement. Ils voudront un CV et des références, bien entendu.

Freya agita la main comme si c'était sans importance.

Et cela l'était. Dahlia savait qu'elle était suffisamment qualifiée pour une position de bibliothécaire dans une petite ville. Et cela lui donnerait les moyens de rester près de Rose pendant qu'elle suivait son programme.

Et de Grant.

Depuis que tout était terminé, il avait été très présent. Il veillait à ce qu'elle mange, l'aidait à organiser les soins de Rose et gérait l'aspect administratif des choses. Tout en soignant les blessures qu'il avait reçues en les aidant, Rose et elle.

Mais il avait été aussi très… prudent. Il avait souvent parlé de son départ, non pas parce qu'il voulait qu'elle parte, mais pour se préparer à cette éventualité.

Et voilà que l'occasion d'éviter cette éventualité se présentait. Elle sourit à Freya.

— J'aimerais beaucoup que vous me recommandiez pour le poste.

— Tenez, dit Freya en lui tendant sa carte de visite. Mon adresse mail et mon numéro. Envoyez-moi votre candidature. Je m'en occupe.

Dahlia regarda la carte, puis Freya.

— Puis-je savoir pourquoi ? demanda Dahlia.

— Vous avez eu les mots qu'il faut pour décrire la bibliothèque, le jour de notre rencontre. Je ne voudrais pas laisser ma place à quelqu'un qui ne comprend pas. Et puis j'ai fait les yeux doux à Grant presque toute ma vie et je ne l'ai jamais vu regarder personne comme il vous regarde.

Dahlia se sentit rougir.

— Eh bien…

— Envoyez-moi tout ça au plus vite, la pressa Freya. Vous ferez parfaitement l'affaire.

Elle s'écarta de la voiture et fit un petit signe d'adieu à Dahlia.

Dahlia prit une profonde inspiration et reprit sa route en direction du ranch des Hudson. Lorsqu'elle arriva devant la maison, Grant l'attendait, comme toujours.

Willie se mit à aboyer joyeusement et s'assit près de la voiture, la queue frétillante, le temps qu'elle en descende. Elle le caressa avant de s'approcher de Grant.

— Tu as l'air joyeuse, lui lança-t-il. Ça s'est bien passé ?

— Pas vraiment, répondit Dahlia en s'asseyant à côté de lui sur la balancelle du porche.

Il avait créé une sorte de routine. Quand elle revenait d'une visite à Rose, Willie et lui l'attendaient. Elle pouvait lui parler ou simplement s'asseoir sur la balancelle.

Grant était vraiment un homme bon. Et même si elle se disait – ou était-ce la voix de sa mère dans sa tête ? – qu'elle ne devait pas prendre de décisions basées sur une seule personne… Il les avait sauvées, Rose et elle. Il se souciait d'elles.

C'était un homme bon et elle était amoureuse de lui. Elle ne voulait pas retourner dans le Minnesota, où sa vie était triste et ennuyeuse. Elle voulait rester ici, avec Grant.

Elle ne voulait pas d'une vie aussi excitante que celle des dernières semaines, mais elle voulait vivre avec des gens qui la rendaient meilleure.

— Il n'y a aucun changement, dit-elle en essayant d'accepter le pincement au cœur qui venait avec ces paroles et en espérant qu'il s'atténuerait avec le temps. Elle me déteste toujours et elle a repris son refrain sur la vérité et les sacrifices.

Grant passa son bras autour de ses épaules.

— Quoi qu'elle dise, elle ne te déteste pas, lui assura-t-il.

Elle ne répondit pas que la vouloir morte pour accéder à une vérité quelconque n'était pas de l'amour, parce qu'elle comprenait ce qu'il voulait dire. Rose avait subi un traumatisme psychologique et elle avait besoin de temps. Elle devait guérir.

Dahlia donnerait du temps à Rose et elle se construirait une vie.

— Je ne peux pas continuer à habiter ici, Grant. Il n'est pas correct de profiter de ta famille de cette manière.

Elle leva la tête qu'elle avait posée sur son épaule pour ajouter :

— Et ne proteste pas. Je profite de vous.

Il lui offrit un sourire forcé.

— D'accord, dit-il. Mais quand tu rendras visite à Rose, tu auras un endroit où dormir. Chez des amis.

Il lui pressa gentiment l'épaule.

Se rendant compte qu'elle lui avait mal expliqué la situation, elle éclata de rire. Il fronça les sourcils.

— Grant, je ne peux pas l'abandonner.

Elle prit une grande inspiration et rassembla tout le courage qu'elle s'était découvert ces quatorze derniers mois.

— Et je ne veux pas te quitter, ajouta-t-elle en lui effleurant la joue.

Il poussa un soupir et posa son front contre le sien.

— Dieu merci, dit-il.

Elle rit de plus belle. Il voulait qu'elle reste.

Dieu merci, en effet.

— Freya déménage à Denver et elle m'a dit qu'elle m'aiderait à décrocher le poste de bibliothécaire.

Grant s'écarta, surpris.

— Freya ? Un emploi de bibliothécaire, ici ?

Dahlia acquiesça.

— Elle m'a dit que je ferais parfaitement l'affaire. C'est un emploi rémunéré, donc je pourrai trouver un appartement à Sunrise. Je serai proche de Rose et j'aurai ma vie. Avant que Rose ne disparaisse, je n'avais pas de vie. Je ne faisais qu'exister. Puis Rose a disparu et là, ça a été de la survie. Maintenant, je veux une vie, ici, avec des amis, Rose et... toi.

— Tant mieux, parce que c'est aussi ce que je veux.

Elle se pencha et pressa ses lèvres contre les siennes en oubliant ses peurs et sa culpabilité de savourer le bon côté des choses, pour une fois.

— Je t'aime, Dahlia, murmura-t-il contre ses lèvres.

— Dieu merci, murmura-t-elle à son tour.

Elle plongea son regard dans le sien, lui sourit et répondit :

— Je t'aime aussi.

Ils restèrent assis sous le porche à parler de l'avenir, au son des battements de queue de Willie, qui rythmèrent le commencement d'une nouvelle vie.

Pour eux deux.

Vous avez aimé ce roman ?
Retrouvez votre série « Les enquêteurs du Wyoming »
dès le mois de juillet dans votre collection Black Rose !